ALGORITMO - 323

Novela

Erasmus Cromwell-Smith II

Algoritmo-323
© Erasmus Cromwell-Smith II
© Erasmus Press

ISBN: 979-8-9989106-8-5
Publisher: Erasmus Press
Editor: Elisa Arraiz Lucca
Traducción al español: Erasmus Cromwell-Smith II
Corrector de prueba: Erasmus Cromwell-Smith II
Diseño de Portada: Alfredo Sainz Blanco
www.erasmuscromwellsmith.com
Primera Edición
Impreso en USA, 2025

Books written by the author

In English,	En Español,
As Erasmus Cromwell-Smith II: The Equilibrist series, (Inspirational/Philosophical)	Como Erasmus Cromwell-Smith II: La serie del Equilibrista, (Inspiracional/Filosófico)
- The Happiness Triangle (Vol. 1).	- El triángulo de la felicidad (Vol. 1)
- Geniality (Vol. 2)	- Genialidad (Vol. 2)
- The Magic in Life (Vol. 3)	- La magia de la vida (Vol. 3)
- Poetry in Equilibrium (Vol. 4)	- Poesía en equilibrio (Vol. 4)

(Young Adults)
-The Orloj of Prague (Vol. 1)
-The Orloj of Venice (Vol. 2)
-The Orloj of Paris (Vol. 3)
-The Orloj of London (Vol. 4)
- Poetry in Balance (Vol. 5).

(Jóvenes Adultos)
-El Orloj de Praga (Vol. 1)
-El Orloj de Venecia(Vol. 2)
-El Orloj de Paris (Vol. 3)
-El Orloj de Londres (Vol. 4)
-Poesía en Balance (Vol. 5)

As Erasmus Cromwell-Smith II
The South Beach Conversational Method
(Educational)
-Spanish
-German
-French
-Italian
-Portuguese

Como Erasmus Cromwell-Smith II
El Método Conversacional South Beach
 (Educacional)
  -Inglés
  -Alemán
  -Francés
  -Italiano
  -Portugués

The Nicolas Tosh Series, (Sci-fi)
-Algorithm-323 (Volume 1)
-Tosh (Volumen 2)

As Nelson Hamel (*)
The Paradise Island Series, (Action/Thriller)
-Miami Beach, Dangerous Liaisons (Volume 1)
-Miami Beach, Dangerous Lifestyles (Volume 2)

-White Spaces at Lake Erie (Volume 1) (Sci/fi)

(*) in collaboration with Charles Sibley.

All titles are or will be available in audio book

Nota del Autor

Estimado lector:

Siempre me ha fascinado la intersección entre tecnología y sociedad. Como informático y matemático, he presenciado el extraordinario poder que tienen los algoritmos para transformar nuestro mundo, para bien o para mal. Sin embargo, tal poder conlleva una responsabilidad ineludible: la obligación de valorar las consecuencias de aquello que desatamos. «Algoritmo – 323» nace precisamente de esa tensión, una fábula cautelar tejida con hilos de ambición, innovación y traición.

Esta historia sigue a un hombre cuya genialidad crea una herramienta con un potencial inimaginable, solo para ver cómo esta escapa de sus manos, retorcida con fines que nunca previó. Es un relato sobre ideales enfrentados: seguridad frente a privacidad, progreso frente a control, libertad frente a orden. Mi esperanza es que estas páginas te lleven a cuestionar las máquinas que construimos y las manos que las guían. Gracias por adentrarte conmigo en este mundo.

Cordialmente,

Erasmus Cromwell Smith

Prólogo

Una multitud abarrotaba el auditorio renovado de Lingtao. Desde un escenario brillante, Artemis Wang, aun oficialmente presidente y CEO, daba la bienvenida a socios y líderes mundiales. Detrás, otro «co-CEO» esperaba en la sombra, cara visible del proyecto filantrópico Experta. El verdadero poder, Nicolás Tosh, vigilaba desde un terminal remoto en el subsuelo seguro del edificio.

Una alerta digital sacudió la consola: ESCANEO NEURAL NO AUTORIZADO DETECTADO. Un escalofrío recorrió a Tosh. Más que infiltración, era un intento de sobreescritura parcial de memorias, precisamente el potencial aterrador del CDA-325 aún no liberado.

—Rainer, tenemos una brecha grave. Estoy en las instalaciones subterráneas de Lingtao. ¿Lo ves? —transmitió Tosh mentalmente. —Sí. Están intentando sobreescrituras parciales. Personas están perdiendo memoria a corto plazo. Debemos movilizarnos.

Arriba, Wang continuaba su discurso sobre ética en la inteligencia artificial mientras el público aplaudía ignorante del peligro. Pero abajo, Tosh enfrentaba una nueva amenaza: alguien buscaba reescribir la voluntad humana.

Su móvil vibró con mensajes urgentes desde la Casa Blanca: «Frenadlos, o lo haremos nosotros. Usad el siguiente algoritmo si es necesario.»

Su corazón latía acelerado. Desplegar el Algoritmo–325 cambiaría el mundo para siempre.

Sobre ellos, monitores mostraban el lema: «LINGTAO & EXPERTA: Construyendo un mañana sin límites».

En la mente de Tosh, paradójicamente, esos «límites» eran lo único que evitaba que la humanidad perdiera su esencia. En la sombra, una carrera armamentística imparable estaba en marcha.

Bienvenidos al Algoritmo–325: el siguiente paso para reescribir el futuro.

San Carlos de Bariloche, Argentina – 1968

El aula contenía la respiración. Fuera, las colinas batidas por el viento se alzaban bajo la imponente silueta de los Andes, pero dentro de esas cuatro paredes, solo se escuchaba el tenue raspar de la tiza sobre la pizarra. Nicolás Tosh, de diez años, inclinado sobre su pupitre, mantenía los ojos oscuros clavados en el laberinto de números que cubría el encerado. A su alrededor, sus compañeros se habían rendido; sus pizarras permanecían en blanco o marcadas con garabatos a medio borrar. Sin embargo, Nicolás continuaba imperturbable.

Era diferente, y todos lo sabían. Mientras otros niños se perseguían por el aire fresco de las montañas de Bariloche, Nicolás se perdía entre libros y los ritmos ocultos de la lógica. Sus profesores susurraban «prodigio» con admiración y cierta inquietud, conscientes de la sombra que proyectaba una inteligencia tan excepcional. Una mente tan amplia en un niño tan pequeño, ¿qué cargas acarrearía?

Nicolás ignoraba por completo aquella preocupación susurrada. Para él, el mundo era un rompecabezas y los números, la clave. La ecuación que tenía frente a sí no era un simple acertijo: era una bestia erizada de exponentes y variables que desafiaba incluso a los adultos más experimentados. Su lápiz volaba, trazando caminos que sus compañeros ni siquiera habían imaginado.

De pronto, un destello de claridad iluminó su rostro. El patrón se reveló con una sencillez inevitable. Garabateó la última línea, sonrió triunfante y alzó la mano.

—Señor Gómez —dijo con voz llena de seguridad—, tengo la respuesta.

El maestro levantó la vista, sorprendido.

—¿Tan rápido? Esto no es un problema cualquiera, Nicolás. ¿Estás seguro?

—Sí, señor Gómez, estoy seguro.

Con lentitud, el profesor cruzó la sala y observó la pizarra del niño. Contuvo el aliento.

—Esto... esto es correcto. Perfectamente correcto. ¿Cómo lo has...?

Nicolás se encogió de hombros, sus hombros pequeños vibrando de emoción.

—Vi el patrón. Siempre estuvo allí.

La voz del maestro bajó hasta convertirse casi en un susurro, una mezcla de admiración y advertencia en su mirada.

—Tienes un don, Nicolás. Pero grandes dones pueden convertirse en grandes cargas; recuérdalo siempre. Usa tu talento con sabiduría.

La advertencia pasó por el niño como una suave brisa. Al fin y al cabo, tenía diez años, y los números eran una especie de magia. La sabiduría y las cargas eran preocupaciones de adultos.

Sin embargo, los años demostrarían que el señor Gómez tenía razón. La mente excepcional de Nicolás construiría maravillas y, a veces, las vería transformarse en pesadillas. Descubriría que el poder, una vez liberado, adquiere voluntad propia, y que las amenazas más graves a menudo llevan rostros familiares.

Por ahora, sin embargo, solo era un niño en una silenciosa aula, la solución brillando ante él como una promesa. El futuro se extendía infinito y desconocido, aguardando al muchacho cuya genialidad algún día sacudiría gobiernos y redefiniría mundos enteros.

San Carlos de Bariloche, Argentina, 1974
Cerro Catedral

Ubicada muy al sur, en lo alto de la Cordillera de los Andes de Argentina, la pequeña ciudad de San Carlos de Bariloche se asienta a orillas del lago Nahual Huapi. Muy similar, en esencia, a Lake Tahoe (Nevada), es un paraíso para los amantes de la naturaleza, donde Cerro Catedral es la montaña de esquí durante el invierno. Tiene una marcada influencia bávara-alemana en su arquitectura y gastronomía.

La mañana no había comenzado bien para Nicolás Tosh. Mientras trabajaba en el turno nocturno de la panadería Muller, en la calle principal, había estado esperando con ansias una jornada ininterrumpida de esquí en su único día libre de la semana.

Hizo autostop desde el pueblo hasta Cerro Catedral y, a las 8:15 de la mañana, ya estaba en la base de la montaña, esperando a que abrieran los telesillas. Pero la mañana no empezó como él deseaba: los remontes no abrirían a la hora prevista debido a un corte de electricidad.

El sol se alzaba por el valle, y las pistas estaban en perfectas condiciones, impecablemente preparadas con la nieve fresca de la noche anterior; Nicolás no iba a permitir que una avería mecánica arruinara el día.

—Ya está. "*Voy a subir*", pensó Nicolás.

En un segundo, se calzó los esquís al hombro y empezó a caminar hacia la montaña, solo para caer de bruces unos pasos después. Caminar sobre nieve profunda, con botas pesadas y tobillos inmovilizados, es una locura, se dijo con rabia. Pero se levantó respirando con dificultad, sin más que mirar hacia delante. Dio dos pasos y volvió a caerse. Tres pasos y volvió a caer. Luego intentó pisar muy suavemente la nieve, pero era imposible con semejantes botas pesadas. Aun así, continuó caminando dos o tres pasos a la vez, luego avanzaba otros dos o tres pasos. Era doloroso, pero estaba decidido a esquiar ese día.

Una hora después, había llegado hasta el extremo más alejado del primer telesilla. Ahora podía esquiar cuesta abajo, pero al girar y mirar hacia la cima de la montaña, vio que las pistas estaban totalmente vírgenes. El sol ya estaba alto. Era un día mágico. La decisión era obvia: esquiar durante cuatro o cinco minutos o seguir ascendiendo hasta la cumbre. Esta vez no tuvo que pensarlo, simplemente siguió escalando, hasta el final del tercer telesilla, cerca de la cresta del Cerro Catedral. Eran las 10:30 de la mañana y llevaba dos horas escalando: 120 minutos de lucha y dolor. Bajar esquiando le llevaría diez o doce minutos como máximo, ¡pero valdría la pena!

—Vaya, veo que no soy el único loco que está subiendo a pie hoy —dijo un hombre joven, alto y larguirucho.

—Parece que no lo eres —respondió Tosh con una amplia sonrisa; su cabello rubio claro y sus ojos verdes brillaban en perfecta armonía con la luz intensa del día y la nieve.

—Oye, en vez de bajar esquiando, ¿te apetece acompañarme? Voy hacia la cumbre y luego hacia la otra cara de la montaña. Hay que caminar un poco más antes de llegar, pero después es todo esquí fuera de pista en otro valle; nieve cien por ciento virgen.

—Me apunto, vamos —contestó Nicolás y luego preguntó—: ¿Cómo te llamas?

—Rainer Sábato, ¿y tú?

—Nicolás Tosh.

A través de los pinos, un sendero de nieve endurecida hizo que la subida no solo fuera soportable, sino también más rápida. Primero alcanzaron con rapidez la parte más alta de la montaña, unos 150 metros por encima. Luego caminaron por la cima hasta llegar al borde, al otro lado. Ahora, frente a ellos, se abría un valle blanco, con un lago helado al fondo.

—¿Eres de San Carlos? —preguntó Rainer.

—Sí, nací y crecí aquí, ¿y tú? —respondió el muchacho de casi 1,83 m de estatura.

—Soy de Buenos Aires, pero me crie en Düsseldorf, Alemania, en la zona de Nord Rein Westfallen.

—¿Entonces estás de visita? —preguntó Nicolás.

—No, trabajo en la zona.

—¿En el pueblo?

—No, trabajo en la central nuclear.

—¿Eres científico?

—En cierto modo, sí. Soy físico nuclear.

Se ajustaron el equipo y descendieron esquiando hacia el lago. La nieve era blanda y espesa; ambos, esquiadores experimentados, se deslizaban esculpiéndola con trazos perfectos, como si pintaran un lienzo intacto. Al aproximarse al lago, la superficie se aplanó, así que empezaron a impulsarse con los bastones. El lago estaba congelado y cubierto por unos treinta centímetros de nieve. Poco después llegaron al otro extremo del lago y reanudaron la caminata hasta alcanzar otra cumbre más. Ahora tenían una vista panorámica impresionante de la Cordillera de los Andes, 360 grados de naturaleza en su máxima expresión: hermosa, áspera y serena.

A lo lejos se divisaba el lago Nahuel Huapi y se vislumbraba San Carlos. Eran las 11:30 de la mañana, así que habían tardado alrededor de tres horas en llegar. Se descalzaron los esquís y se sentaron.

—Vamos a almorzar —dijo Rainer.

—Bueno, ve tú. Yo no traje nada. Tomé la decisión de venir en el último momento.

Mientras Rainer abría su mochila, comentó:

—Tengo comida de sobra. Sírvete, por favor. Vengo aquí al menos una vez al mes. Es increíble y muy tranquilo.

—¿Qué hace un físico en una central nuclear?

—La dirijo. Generamos energía para la red eléctrica de la zona. ¿Y tú qué haces, Nicolás? —preguntó Rainer.

—Estoy terminando mi doctorado en matemáticas en la universidad local y trabajo en la panadería Muller para pagar las cuentas.

—Pareces muy joven para estar haciendo el doctorado, ¿cuántos años tienes?

—Dieciséis —respondió Nicolás.

—Entonces eres un genio —dijo Rainer.

—Ese término es relativo —replicó Tosh.

—No, simplemente significa que tienes un "motor" muy potente en la cabeza.

—Se podría decir que sí —contestó Nicolás.

—¿Cuál es tu especialidad? —preguntó Rainer.

—Algoritmos discretos —respondió Nicolás, en voz baja—. Es un término nuevo, todavía no está muy divulgado.

—¿Por qué?

—No está terminado. Además, puede que guarde en privado algunas partes.

—¿Y qué pasa con el trabajo en la panadería? —bromeó Rainer.

—Me paga las facturas y me mantiene con los pies en la tierra, lejos del mundo abstracto de las fórmulas y los números —dijo Nicolás con una gran sonrisa—. Además, la gente de matemáticas solo consigue trabajos de profesor o en ciencia, así que es probable que ese sea mi futuro cuando termine.

—¿Pero los algoritmos no tendrían aplicaciones comerciales?

—Bueno, en teoría, las matemáticas aplicadas sí, y en el futuro, los algoritmos discretos, en particular, podrían estar en el núcleo de muchas industrias y negocios.

—Me pregunto si la física cuántica podría ayudarte a llevar tus herramientas matemáticas a nuevos ámbitos, como por ejemplo con un fotón, que es una partícula subatómica de luz. ¿Podríamos reducirlo a una fórmula? Algo así como un ADN matemático —preguntó Rainer.

"¿ADN matemático?"

El joven matemático miró intensamente a Rainer; abrió los ojos de par en par y, así, de repente, algo hizo clic en el cerebro de Nicolás, como si miles de bombillas se encendieran al mismo tiempo.

—Supongo que vale la pena explorarlo.

Fue una respuesta distraída. La mente de Nicolás estaba en otra parte. Respiró hondo, inspirando el aire frío y seco de la montaña. Fue allí, sentado en la cima del mundo, con una vista de 360 grados de la Cordillera de los Andes, donde Nicolás encontró su vocación.

"¿Podríamos cuantificar y diseñar un algoritmo para el cerebro humano? Y entonces, como consecuencia natural, cada cerebro podría identificarse de manera única

mediante un número. Si fuera así, ¿nos daría acceso directo a comunicación de voz y datos hacia y desde el cerebro? ¿Nos daría acceso a la información almacenada en las bases de datos del cerebro? ¿Podría la matemática permitir el acceso a la computadora humana, el cerebro?"

—Rainer, ¿y si en vez de, digamos, fotones, calculamos y desbloqueamos el cerebro?

Sábato lo miró con la misma intensidad, pensativo.

—¿Cómo lo harías?

—Si podemos calcular el cerebro y formular matemáticamente cómo procesa y almacena la información, también podríamos comunicarnos y leer directamente en él, como si conectáramos dos ordenadores.

—Fascinante en tu mundo teórico y abstracto, pero poco probable en la vida real.

—Algún día, tú y yo podríamos trabajar juntos —dijo Nicolás.

—¿Quieres decir que podría llegar a trabajar para ti algún día?

—Sí, podrías.

Poco sabían ellos que aquel encuentro casual entre dos mentes obstinadas, pero poderosas, marcaría no solo el inicio de una amistad para toda la vida, sino también de una relación laboral que generaría uno de los conjuntos de fórmulas matemáticas más potentes de la historia. Algunas de ellas acabarían contribuyendo a la creación de la primera fortuna de varios billones de dólares. Otras serían tan peligrosas que, a petición de Nicolás Tosh, se clasificarían como Armas de Destrucción Masiva (WMD).

Rainer y Nicolás regresaron esquiando, disfrutando de las pistas pero absortos en sus pensamientos. Ambos sabían que algo extraordinario había sucedido aquel día.

Washington D. C., EE. UU., 2016
La Casa Blanca

Día 1, 10 P. M. Hora del Este (ET)

A altas horas de la noche, todavía en el Despacho Oval, el presidente reflexionaba sobre su última reunión con el subdirector de la CIA, Mark Thiel, y otros miembros de su gabinete. Sentado a solas, sumido en sus pensamientos, oyó un zumbido familiar. Siempre estaba al alcance de la mano, como lo había estado para sus predecesores, los últimos seis presidentes de los Estados Unidos.

Rápidamente tomó el pequeño contenedor con cerradura e introdujo un código de cinco dígitos. Dentro, había un manual de instrucciones, un sobre sellado y un pequeño monitor que vibraba y parpadeaba: CÓDIGO 321. El presidente O'Sullivan tomó la unidad de pantalla de 3,5 pulgadas, extremadamente delgada, que fácilmente podría haberse confundido con un iPod Touch aún más fino. Por un momento, el presidente se quedó mirando la pantalla. Sabía que no debía tardar en contestar, y aun así, siempre lo hacía sentirse incómodo. Le disgustaba profundamente no tener el control, no saber; hasta el punto de que ni las mentes matemáticas más eminentes del país habían podido darle una explicación de cómo o por qué funcionaba. Tocó la pantalla y volvió a "su" mundo... bajo "sus" términos.

—Buenas noches, señor presidente.

—Señor Tosh, ¿en qué puedo ayudarlo esta noche?

—Estoy actualmente bajo amenaza, en una situación de peligro claro y presente.

La voz familiar del hombre al que nunca había visto le llegaba con nitidez. Reinaba el silencio en el Despacho Oval, pero el sonido llegaba directo al cerebro del presidente, inmediatamente después de que el dispositivo estableciera su ubicación exacta.

"¿Cómo lo hacían?"

El presidente leyó con rapidez el Manual Aprobado del G-7 y encontró el protocolo prescrito para "peligro claro y presente". Sus ojos se abrieron de par en par al comprender la magnitud de lo que estaba a punto de ocurrir.

—Señor presidente, solicito autorización para desplegar e implementar el algoritmo de comunicaciones 323.

—¿Dónde está en este momento, señor Tosh? —preguntó el presidente.

De repente, la imagen de un prisionero en una oscura celda apareció ante la vista del presidente, todo ello dentro de su mente. No podía verle bien el rostro.

"¿Qué estaba pasando?"

San Carlos de Bariloche, Argentina, 1974
Laboratorio de la Central Nuclear

Un mes después

Rainer contemplaba asombrado.

Nicolás Tosh acababa de llenar dos pizarras con la teoría del algoritmo para comunicarse con el cerebro humano y "desbloquearlo".

—Un laboratorio de investigación en Palo Alto, California, ha logrado interconectar computadoras. Cada computadora tiene un número de identificación único. Una vez que ese número es conocido por la otra computadora y ambos "cerebros" u Operating System (COS) compatibles conocen cómo funciona el otro, pueden comunicarse entre sí y transferir archivos. Las "tuberías" para lograrlo son cables, y en el futuro se comunicarán por ondas de radio —explicó Nicolás.

Rainer volvió a revisar las pizarras:

Algoritmos 319 al 324

El Conjunto Discreto de Algoritmos de Comunicación (CDAs) permite calcular matemáticamente cualquier cerebro humano. Cada función, cada señal, cada bit de información almacenado se traduce en un conjunto de fórmulas. Este conjunto de fórmulas es distinto para cada cerebro y queda automáticamente identificado con un número único por el algoritmo. Ese número único se llama "número identificador": un ADN matemático del cerebro, que abarca cada proceso y todos los datos almacenados para ese cerebro en particular, y un "número identificador" que desbloquea el conjunto de fórmulas, habilitando la comunicación y la transferencia de datos desde y hacia ese cerebro. El "identificador" es un dispositivo con batería incorporada que capta las señales cerebrales. Una vez que se apunta en su dirección, almacena todos los CDAs y, al conectarse, se comunica recíprocamente con cualquier cerebro al que se le haya asignado un "número identificador". Todas las comunicaciones entre cerebros y el centro de datos se realizan a través del dispositivo "identificador". Un "carrier" o "portador" es una persona que ha aprendido y comprende los algoritmos discretos de comunicación (CDAs). A los "carriers" se les proporcionan dispositivos "identificadores" para establecer "números identificadores" para la persona objetivo. Una vez hecho esto, el "carrier" podrá comunicarse directamente con el cerebro del sujeto, según el tipo de CDA que se utilice. El dispositivo "identificador" debe encontrarse en un radio menor a una milla del sujeto. Los "carriers" pueden estar en cualquier lugar del mundo cuando hablan con los sujetos; solo necesitan su ubicación geográfica exacta para poder apuntar el "identificador" en su dirección. Todos los "carriers" están permanentemente sujetos al CDA "identificador" con fines de transferencia de datos. Todos los datos se almacenarán en un gran centro de datos. Se establecerá una red neuronal inalámbrica global para permitir comunicaciones fluidas entre el "identificador" y el centro de datos.

Estos son los primeros tipos de CDAs:

Algoritmo 319: Calcula, en un conjunto de fórmulas matemáticas, cada función, señal y bit de información almacenado en un cerebro. Luego asigna un número único que desbloquea el conjunto de fórmulas, llamado "número identificador" para cada cerebro.

Algoritmo 320: Con la aplicación de este CDA, cualquier individuo con un "número identificador" puede escuchar o ser escuchado directamente en su cerebro por un "carrier" a través de un dispositivo "identificador". Los individuos pueden responderle al "carrier" simplemente hablando en voz alta. Si el "carrier" no está junto al individuo, pero sí en la proximidad, el dispositivo "identificador" lo captará mediante un software de reconocimiento de voz y transferirá las palabras de la persona en forma de pensamientos al cerebro del "carrier".

Algoritmo 321: Permite a un "carrier" hablar con otro "carrier" o con un sujeto directamente desde su cerebro, sin necesidad de voz. También posibilita la comunicación de pensamientos de doble vía entre "carriers".

Algoritmo 322: Permite a un "carrier" escuchar, ver y grabar todo lo que ocurre en la mente de un sujeto en tiempo real. Un "carrier" verá lo que ve el sujeto, sabrá lo que piensa y oirá lo que dice. Todo se capta, graba y cifra automáticamente en el centro de datos.

Algoritmo 323: Permite reconstruir la vida entera de un sujeto desde su nacimiento, separando la vida real de los sueños, gracias al banco de datos de su cerebro. Todo lo que vio, dijo, oyó o pensó queda registrado en video y audio, y encriptado en el centro de datos.

Algoritmo 324: Permite también reconstruir la vida de personas que hayan interactuado con sujetos con el CDA-323 y que posean "números identificadores".

En los meses siguientes de 1974, Nicolás Tosh completó el primer conjunto de algoritmos discretos para predecir el riesgo de los mercados financieros. En dos años, había acumulado una pequeña fortuna simplemente por ir un paso delante del mercado. Rainer, en efecto, llegó a trabajar para él, y juntos completaron el Conjunto Discreto de Algoritmos de Comunicación CDA-319 al CDA-324, los dispositivos "identificadores", la red neuronal y el centro de datos en Zermatt, Suiza, con su computadora cuántica "de última generación".

Zermatt, Suiza, 1977

El helicóptero sobrevoló tan cerca de los Alpes Suizos que a Nicolás Tosh le pareció que podía tocar las cumbres con la mano. Valles de alta montaña desolados y nevados. En el borde de las grietas, el efecto del sol pintaba la nieve de colores verdes, azules y morados. Después, sobrevolaron el Mont Blanc, la cumbre más alta de los Alpes. A la izquierda, justo al frente, se alzaba Monte Rosa. Detrás, con un glaciar en medio, dominaba la ciudad la pirámide rocosa de Zermatt: el Matterhorn.

El helicóptero descendió con rapidez. Fue una bajada brusca, pues las montañas escarpadas dejaban un espacio de vuelo muy reducido. Paredes verticales de piedra rodeaban el pequeño pueblo de Zermatt, que cuenta con una calle principal y muchos callejones que explorar.

Hacía un par de meses que Nicolás había comprado el edificio, y la renovación acababa de concluir. La construcción de cinco plantas, antes un hotel familiar, se ubicaba al extremo sur del pueblo, encajada contra la pared de la montaña. La parte trasera de la estructura se adosaba a la roca milenaria. La montaña empequeñecía el pequeño edificio, que parecía apoyarse en ella. El tejado original se había modificado para convertirlo en un helipuerto; su ubicación en el límite del pueblo permitía aproximarse sin sobrevolar la localidad.

El helicóptero alcanzó la plataforma de aterrizaje, apenas lo bastante grande para la cabina principal; la cola del aparato quedó suspendida en el aire. Se había construido un ascensor sin pared trasera en la parte posterior del edificio, horadando la roca, de modo que la montaña se movía arriba o abajo mientras uno viajaba en él.

Nicolás Tosh había decidido desde el principio que Zermatt sería la sede de su centro de datos para el proyecto secreto. Bajó en el ascensor y se detuvo en la tercera planta, pero la puerta frontal del elevador no se abrió.

—Ya estoy aquí —dijo.

Tras un chasquido, una parte de la roca se desplazó. Apareció una puerta en la pared que estaba frente a él, y entró a su nueva sede central.

Al dar los primeros pasos, constató que su sueño de tener un centro de comunicación y de datos completo, construido y totalmente oculto en la roca, se había hecho realidad. Ahora Tosh debía contratar a su banquero y a su gerente de auditoría, y con el consejo de su mentor y maestro, el profesor Bernard Schneiderman, había elegido Zúrich como la ciudad para hacerlo.

Zúrich, Suiza, 1977
Oficina de Union National des Banques (UNB)

Un par de meses después, 9 a.m. Hora de Europa Central (CET)

Zúrich es a la vez una "postal perfecta" y una ciudad siniestra. Con sus calles y edificios impecablemente alineados y "limpios como una patena", todo parece estar perfectamente en su lugar, incluidas las magníficas montañas que la rodean. Es un universo eficiente y ordenado que sigue las normas hasta el punto de que las reglas prevalecen sobre la vida cotidiana. Es una urbe rígida e inflexible y, sin embargo, cuando se trata de dinero y confidencialidad no existe lugar más discreto y flexible en la faz de la Tierra, oculto tras las grandes y pesadas puertas de instituciones financieras centenarias.

Era una mañana de invierno húmeda y gris en Zúrich. Markus Wildi, presidente de la Union National des Banques (UNB), el banco privado más antiguo de Suiza, contemplaba por la ventana de su oficina deseando poder estar en lo alto de las montañas, por encima de las nubes, en su chalet de Flims, un pueblo turístico a menos de noventa minutos de Zúrich.

—Herr Wildi, el señor Donaldson está aquí —anunció su antigua asistente, Ute Behrenz, a través del intercomunicador, en inglés, pero con un marcado acento suizo-alemán.

—Señor Donaldson, puede pasar.

Patrick Donaldson era el director de Ticino & Co., la firma de auditoría, contabilidad y asesoría fiscal más antigua de Zúrich.

—Markus, buenos días. ¿Te pillé soñando que bajabas por la pista de La Siala en Flims?

—Efectivamente, Patrick. Buenos días, siéntate.

—Bueno, yo pronto iré una semana a mi casa en Klosters. Hace meses que no tomo vacaciones —dijo Patrick.

—Klosters es magnífico y grande, pero para mí el trayecto es demasiado largo —respondió Markus.

—Entonces, ¿qué sabes de este cliente? —preguntó Patrick.

—Nada, salvo que es extremadamente rico y, aquí viene lo interesante, es muy joven —dijo Markus.

—Otro niño con un gran fondo fiduciario, prepárate para un mocoso malcriado —dijo Donaldson, con curiosidad y desdén en su rostro.

La señora Behrenz los interrumpió. El intercomunicador cobró vida, retumbando con su acento marcado:

—El cliente está aquí.

Tanto Markus como Patrick se levantaron de sus asientos. La señora Behrenz condujo al visitante, con una expresión de diversión y sarcasmo. No era para menos, porque cuando el nuevo cliente entró en la oficina, pudieron comprobar que ¡solo era un adolescente!

Tras las presentaciones, Markus fue directo al grano.

—¿En qué podemos ayudarlo, joven?

El adolescente respondió con voz clara y directa:

—Quiero que sus dos firmas administren mis activos —luego continuó—. Los he escogido por varias razones, y una de ellas es que sus respectivas empresas se complementan muy bien entre sí. —Miró fijamente a Markus y añadió—: Otra razón, señor Wildi, es su antiguo cliente, el profesor Bernard Schneiderman.

'El cascarrabias y viejo profesor Schneiderman ya anda por los sesenta', pensó Markus. Era un cliente complicado para el banco. Muy exigente y perfeccionista; esperaba las comisiones más bajas y el mayor rendimiento sin riesgo alguno. Pero no se le podía discutir. Era el matemático suizo más destacado, ganador de un "Nobel" de Matemáticas, y profesor en el MIT durante más de 25 años, antes de jubilarse en su ciudad natal de Vevey, junto al lago de Ginebra.

—¿Lo llamamos? —preguntó Markus.

—Como desee —dijo Nicolás Tosh.

—Frau Behrenz, por favor comuníqueme con el profesor Schneiderman —pidió Markus por el intercomunicador.

—Pero a él no le gusta que lo llamen sin avisar —contestó la señora Behrenz, tratando aún de entender qué hacía su jefe con un muchacho en su despacho. 'Seguramente un niño rico que heredó una fortuna inmerecida', pensó, recordando a sus propios hijos y sus dificultades económicas.

Schneiderman respondió al teléfono:

—¿Hola?

—Guten Tag, profesor Schneiderman —dijo la señora Behrenz en un perfecto acento suizo-alemán, y luego cambió al inglés—. Le paso a Herr Wildi.

—Guten Morgen, Herr Wildi —respondió el profesor, con un tono que ya sonaba impaciente y denotaba a alguien a quien no le gustaban las llamadas fuera de agenda.

—Herr profesor, le ruego que acepte mis disculpas por llamarlo sin previo aviso esta mañana.

'Insoportable reciprocidad suizo-alemana', pensó Patrick Donaldson, un británico expatriado que nunca se adaptó del todo a las costumbres de la región.

—¿Qué quiere, Herr Wildi? —preguntó el profesor Schneiderman con brusquedad.

—Tenemos aquí a un amigo suyo. Quiere abrir una cuenta con nosotros.

—¿Se refiere a Nicolás Tosh? —Ahora su voz sonó relajada, casi paternal—. Es la mente matemática más brillante que he conocido en mucho tiempo. Va de veinte a treinta años por delante de su época. Ningún otro matemático ha podido entender, y mucho menos descifrar, sus algoritmos. Lo que pretende hacer es noble y estoy seguro de que tendrá un profundo impacto en la mejora de la humanidad. Que tengan un buen día, caballeros, y les deseo lo mejor en sus nuevos proyectos. —La línea se cortó.

Markus y Patrick se quedaron atónitos, mirando al joven.

—Caballeros, desde que tengo uso de razón he tenido facilidad tanto para los números como para ganar dinero.

—¿Cuánto has ganado, jovencito? —preguntó Markus.

—Cien millones de dólares estadounidenses —respondió Nicolás Tosh.

Cinco meses antes del Día 1

"El Handler" tenía instrucciones claras: debía entregar veinte teléfonos desechables cada semana, hasta nuevo aviso, y tenía que hacerlo en lugares públicos. Así que los entregaba él mismo a caras conocidas. A cada una de estas personas les daba una carpeta que contenía documentos legales inservibles y, dentro de una pequeña bolsa de plástico, un teléfono prepago desechable. Ocho de ellos se repartieron en DC y doce en Miami, todos con números locales. Estaba bien pagado y llevaba trabajando para Bain & Associates lo que parecía toda una vida. Su lealtad era incuestionable. Sin embargo, siempre se cubría las espaldas, y esta misión no era la excepción.

Ryan McNamee tenía prisa. Debía estar en Morton's quince minutos antes, pero el tráfico en Biscayne Blvd estaba completamente detenido.

—Randolph, me bajo y voy a pie —le dijo a su chófer, mientras salía del coche. Con paso rápido, unos minutos después, llegó a su destino.

—Disculpe el retraso.

Ante la falta de respuesta, Ryan se sentó en silencio; al general retirado no le gustaba que lo hicieran esperar.

—McNamee, esperaba que llegaras quince minutos antes, no quince minutos tarde.

—Sí, señor.

El general retirado Robert L. Pinkus III había fundado la firma de seguridad Zaptec hacía cinco años. La dirigía con puño de hierro, disciplina militar y precisión. Ryan era el jefe de operaciones especiales y trabajaba para Pinkus desde el primer día. Antes, mientras seguía en el ejército, también había servido bajo sus órdenes en Oriente Medio durante tres años.

—Señor, le pedí que nos reuniéramos fuera de la oficina porque hoy, durante una operación de vigilancia de rutina sobre el caso Klein & Co., surgió una situación.

—Adelante, ¿qué situación? No me digas que volvimos a violar las leyes del Acta PATRIOTA.

—No, señor, no lo hicimos.

—Está bien, McNamee, deja de andarte por las ramas y aclárame el tema de una vez.

—Señor, llevamos vigilando a Klein & Co. desde hace ocho semanas. Como sabe, su socio, Rodney Ortega, nos contrató. Resulta que hace dos semanas, mientras revisábamos las grabaciones de la vigilancia a Klein, notamos a Ortega al fondo de la imagen recibiendo una carpeta con documentos, que tiró rápidamente a la basura, después de sacar lo que parecía ser un móvil desechable. La secuencia se repitió exactamente del mismo modo las dos semanas siguientes. Mismo lugar. Misma hora.

—¿Qué hicieron entonces? ¿Seguir al mensajero?

—Sí, señor, eso hicimos. Grabamos todas las entregas y luego usamos un software de reconocimiento facial.

—¿Y? —El general retirado empezaba a impacientarse.

—Cada día, después de entregarle el teléfono a Ortega, hacía otras once entregas, mismo método: misma carpeta, que rápidamente descartaban tras quedarse con el teléfono.

—McNamee, Ortega es nuestro cliente; estás siguiendo a nuestro cliente. ¿Me estoy perdiendo de algo?

—Señor, esos doce teléfonos se entregaban cada vez a un juez federal, un fiscal, un agente del FBI, periodistas, varios líderes empresariales, lobistas, gente de seguridad privada y un abogado prominente.

—¿Y eso qué tiene que ver con nosotros? —preguntó Pinkus.

—Por el mensajero, señor.

—¿Por qué?

—Porque el mensajero es su futuro consuegro, Jimmy Ocando, alias "El Handler", el padre de Jennifer.

Aquello fue un duro golpe para el general retirado. Jennifer estaba comprometida con Robert Pinkus IV. Era lo mejor que le había pasado a la familia Pinkus desde que la señora Pinkus falleciera ocho años atrás, víctima de cáncer de mama. Aunque algunos decían que murió de tristeza y soledad, pues el general había pasado gran parte de su matrimonio destinado en el extranjero. Jennifer era una hermosa y alegre morena que enseñaba Urbanismo en la Escuela de Arquitectura de la Universidad de Miami. Amaba a su hijo con pasión y era tan cercana al general que se había convertido en la hija que nunca tuvo.

—Tengo que hablar con Ocando, y ya.

—¿Necesita su número?

—No, necesito su dirección.

McNamee envió la dirección al chófer de Pinkus.

—Sígueme y espera en tu coche. Quiero que estés cerca, por si te necesito.

Ambos sedanes oscuros recorrieron el oeste, pasando el aeropuerto y entrando en la ciudad de Doral. La comunidad cerrada no fue obstáculo para el general, pues el guardia simplemente abrió la barrera y los vehículos con cristales tintados pasaron de largo. Al anotar las matrículas, el guardia pensó que serían agentes de la ley. Un par de minutos después, el general Pinkus estaba frente a la puerta de la casa de su futuro consuegro, con su imponente figura de casi 1,90 m y 115 kilos que empequeñecía la entrada.

—General, qué sorpresa.

—¡Ocando! Tenemos que hablar.

No es que no se lo esperara, pero ¿por qué tan temprano? Durante las últimas semanas, habían estado discutiendo de manera elaborada sobre si Jen y Robert Jr. debían o no casarse. Hablaban por teléfono de que ambos viudos debían actuar al unísono para disuadirlos. El general Pinkus interrumpió sus pensamientos.

—No es sobre los chicos —dijo el general retirado, como si leyera la mente de Ocando.

Las alarmas resonaron en la cabeza de este. Si el general no estaba allí como futuro consuegro, entonces estaba allí como jefe de una de las firmas de seguridad más poderosas del país.

—¿En qué puedo ayudarlo, señor?

El general escribió un mensaje en su teléfono: "McNamee, necesito ayuda aquí".

Segundos después, McNamee entró y revisó la casa en busca de micrófonos.

—Sin micrófonos, señor —dijo unos minutos más tarde.

—Ocando, has estado entregando teléfonos desechables a jueces, agentes de la ley, funcionarios del gobierno, empresarios… —dijo el general.

A Ocando le palpitaba la cabeza.

'Esto no pinta nada bien', pensó. *'En absoluto'*.

Decidió mostrarse firme.

—¿Y qué tiene de malo? Solo hago lo que me ordenan.

—Estoy seguro de ello, pero esto huele a conspiración y tráfico de influencias. ¿Cómo más se puede llamar al reparto semanal de móviles desechables ocultos a figuras prominentes y funcionarios públicos? ¿En qué te has metido?

Ocando se sintió acorralado, pero se detuvo un instante; al fin y al cabo, Pinkus era su futuro consuegro. Tal vez estaba allí para ayudarlo. Eso lo relajó un poco.

—¿Me estás escuchando?

—Sí, señor.

—¿Qué acabo de decir?

Ocando guardó silencio.

—No has pensado en tu hija, ¿verdad? ¿A que no? —repitió el general, enojado.

Jimmy Ocando se dejó caer en el sofá de la sala, abrumado, como si llevara el peso del mundo entero sobre los hombros.

—¿Para quién trabajas?

—Bain & Associates.

—¿Bain, como en Mark Bain?

—Sí.

Pinkus recordó lo que sabía de Mark Bain. Había sido agente de la CIA, ascendiendo hasta informar directamente al director de la agencia, y de pronto renunció sin dar explicaciones, más de veinte años atrás. Él y sus socios dirigían una consultora especializada en contratos gubernamentales, pero todos sabían que aquello era solo una fachada.

Su verdadero negocio era el trabajo clandestino. Sus clientes pagaban fortunas por espionaje industrial, pero esto era distinto.

—Ocando, ¿cuánto tiempo llevas trabajando para Bain?

—Veinte años.

—Entonces te tienen agarrado.

—No estoy tan seguro de eso.

—¿Para qué se usan los teléfonos?

—Es sencillo; una o varias partes quieren comunicarse con total seguridad entre sí. Suele haber una jerarquía de líderes y varios seguidores. Todo el grupo cambia de teléfonos continuamente. Cada semana entrego a Bain una lista con cada número de teléfono y a quién se lo he dado.

—¿Tienes esos registros?

—De cada entrega, persona y número; esa es mi póliza de seguro.

—¿Y esto lleva sucediendo…?

—Seis meses.

—De acuerdo. Consígueme esos registros. Me llevaré a Jen y a ti a un lugar seguro.

Quince minutos después, McNamee condujo a Ocando hasta la Universidad de Miami. Hubo que persuadir un poco a Jennifer, tanto por parte de su padre como del general, pero finalmente aceptó. McNamee los dejó en el Aeropuerto Ejecutivo Miami-Opa Locka, desde donde un jet de la compañía los llevó a un refugio seguro en el Caribe. Sin equipaje, sin llamadas. El general quería sacarlos a los dos antes de que Bain & Associates se diera cuenta de que Ocando había desaparecido.

Mientras McNamee conducía hacia el sur por la I-95, con el centro de Miami justo enfrente, sonó su teléfono. Era Pinkus.

—¿Qué tenemos?

—Señor, con esos registros solo tenemos qué números se entregaron a quién y cuándo. Ahora necesitamos seguir el rastro de esas llamadas. Necesitamos fecha, hora, el origen y el destino de cada una de ellas. También necesitamos la ubicación de la torre más cercana desde donde se hizo cada llamada.

—Sabes qué hacer.

—Sí, señor —respondió McNamee.

Miami, Florida, EE. UU., 2015
Sede de Zaptec

Tres meses antes del Día 1

Su hijo había sido insistente hasta la saciedad. ¿Dónde estaba Jennifer? ¿Qué había pasado? La necesitaba. Tenía que hablar con ella. La tensión llegó a tal punto que hubo amenazas e intercambios violentos. Había sido una pesadilla, pero finalmente, el general cedió y envió a Robert Jr. para reunirse con su prometida, y su mundo volvió a ser estructurado y organizado.

"Todo bajo control, aguas calmadas", pensó.

Pero no por mucho tiempo; su iPhone sonó.

—¿Has terminado? —preguntó el general.

—Sí, señor. Quizá quiera echarle un vistazo.

—Deja la cortesía, McNamee. ¿Quieres verme ahora?

—Sí, señor, pero no en la oficina.

El Challenger Jet de Zaptec surcaba las nubes con suavidad, dejando atrás la cada vez más lejana silueta de Miami. El sol se estaba poniendo y el cielo se teñía de colores rojos, naranjas y amarillos.

—Es necesario reunirse con Ocando, señor.

—De acuerdo. Ahora, ve al grano, McNamee.

—Señor, ocho personas ubicadas en la zona de Washington D. C. están detrás de todo esto. Cuatro de ellas se ocupan de tres personas cada una, en Miami. Una de ellas interactúa con las 12 personas de Miami y con todas las demás en D. C.

—¿El cerebro de la operación?

—Sí. Las ubicaciones de las antenas nos han permitido determinar que los usuarios son los mismos que recibieron los teléfonos, ya que solo hablan en lugares públicos con mucho ruido, que forman parte de su rutina diaria (desayuno, comida o cena). También los usan al caminar por la calle o pasear por el parque, así como mientras trotan o montan en bicicleta. Uno utiliza el teléfono desechable mientras navega en barco y otro, mientras pasea a sus perros. Las ubicaciones de las torres también nos han permitido establecer que solo esa persona pudo usar ese teléfono desde ese lugar. Contamos con videos y fotos de cada persona usando los teléfonos. Tenemos algunos de los teléfonos y carpetas que se entregaron en las últimas cuatro semanas, pues hemos logrado recuperar parte de ellos. Señor, sabemos quiénes son, quiénes son los líderes y quién es el "cerebro" de la conspiración, y sabemos que se trata de un complot a gran escala. Sabemos que hay corrupción e influencia indebida, pero aún no sabemos exactamente qué están haciendo. Por eso debemos volver a hablar con Ocando. Él tiene que saber más, esté al tanto de ello o no —dijo McNamee.

Parecía que las cartas y llamadas de Ocando a Bain & Associates habían dado resultado para explicar su ausencia. Alegó que su renuncia se debía a una enfermedad terminal, la necesidad de privacidad y de tratamiento en un país extranjero. Las llamadas que hizo a la oficina para traspasar todas sus responsabilidades, usando líneas seguras vía satélite, dieron por finalizada su relación laboral y lo volvieron ilocalizable. A la semana de su partida, Bain & Associates no encontró ninguna prueba de que Ocando los hubiera traicionado, y un nuevo "handler" continuó las entregas a las mismas personas.

Al aterrizar, el avión casi rozó el agua mientras el piloto tomaba tierra justo al inicio de la corta pista. Las ruedas impactaron con fuerza, y la frenada fue todavía más brusca. Al girar la aeronave rumbo a la terminal, vieron que apenas quedaban un par de cientos de pies de pista.

Miami, Florida, EE. UU., 2015
Sede de Bain & Associates

Tres meses antes del día actual

—Mark, han pasado ya cuatro semanas. Nadie sigue al nuevo "handler". Hemos tenido tres agentes vigilando cada uno de sus movimientos y no ha surgido nada sospechoso —comentó John Hill, mano derecha de Mark Bain y exagente del Servicio Secreto, con la complexión de un jugador de línea defensiva.

—Sigo sin sentirme cómodo con la conexión de la hija de Ocando con el hijo de Pinkus. ¿Cómo nadie lo averiguó antes? —inquirió Bain.

—Mark, no hacemos verificaciones de antecedentes a empleados con veinte años de servicio, a menos que ocurra algo, como sucedió con Ocando —respondió Hill.

—Aun así, quiero que continúen vigilando a nuestro nuevo "handler". Puede que más adelante quiera encontrarme con el general, aunque solo sea por antiguas rivalidades. Eso es todo.

Al salir de la oficina, a Bain le invadieron las ganas de fumar. Hacía algo más de un año que lo había dejado y, aun así, cada vez que el estrés se apoderaba de él, sentía la necesidad de encender un cigarrillo. El rostro y las manos de Bain eran un testimonio viviente de su antigua adicción. Manchas amarillentas en los dedos, surcos profundos y un tono de piel ceniciento en la cara le daban la apariencia de un hombre enfermo, mucho mayor de sus cincuenta y nueve años. Bain era eficiente y cumplía con las tareas. La mayor parte de las actividades de Bain & Associates rozaban la ilegalidad y, en el caso de la misión de este cliente, era demasiado importante como para fracasar. No podía permitirse pasar nada por alto, y la repentina desaparición de Ocando, hasta que estuviera completamente explicada y "resuelta", era un cabo suelto demasiado grande para ignorarlo.

Isla de Canouan, El Caribe, 2015

Tres meses antes del Día 1

Al principio, fue como una luna de miel para Jennifer Ocando y Robert Pinkus IV. Para Jimmy "El Handler" Ocando, había sido la primera vacación real en muchos años, pero con el paso de las semanas, los tres comenzaron a sentirse inquietos, y la tensión afloró, primero en forma de recriminaciones hacia Jimmy.

—Tú y solo tú nos metiste en todo esto, papá.

Después, se convirtió en culparlo de todo.

—Tu vida entera ha sido una apuesta, papá, y mamá no pudo soportarlo. Te culpo de su suicidio; la mataste tú.

Jennifer no solo se desahogaba, sino que finalmente dejaba salir la rabia profundamente arraigada. Su relación con Jimmy siempre había sido ambivalente, pues el inmenso amor que sentía por su padre chocaba con aquel mundo de figuras sombrías y actividades turbias que, en el mejor de los casos, bordeaban la ley.

Jimmy se sentía impotente, mientras la ansiedad de Jennifer crecía con cada hora. Robert, por su parte, se mantenía en contacto a diario con su padre, mediante un teléfono satelital seguro. Sabía que tenía que quedarse allí y dejar que Zaptec hiciera su trabajo. Después de todo, él había decidido refugiarse con su prometida, pero la llamada anunciando la llegada inminente del general lo sorprendió, porque no esperaba que apareciera en persona. Debía de ser algo importante, seguramente relacionado con Jimmy.

Mientras el jet se aproximaba a la pista, Jennifer le apretó la mano con fuerza.

—¿Nos vamos? ¿Vinieron a buscarnos?

—No, Jennifer, no lo creo. Vienen a hablar con tu papá.

El avión se detuvo por completo, y el general retirado descendió lentamente, aspirando el aire cálido con aroma tropical. McNamee lo siguió a pocos pasos.

—Papá, bienvenido al paraíso.

Mientras se abrazaban, el general atisbó a Jen. Ella miraba al suelo y parecía avergonzada.

—Venga, preciosa, acércate.

Jennifer corrió hacia él, como si fuera su pequeña hija, e intentó abarcar a ambos con un abrazo, pero no alcanzó a rodear los dos grandes cuerpos que estaban fundidos en uno. Entonces el general retirado la estrechó con un brazo y con el otro a su hijo, y los mantuvo así durante un rato.

—Jen, eres como una hija para mí. Jimmy es tu padre, pero tú no eres responsable de sus actos. ¿Entendido? Y tampoco le va a pasar nada. Siempre protegeré a tu padre.

—Gracias, papi.

—Eso está mejor, niña. Ahora, ¿dónde está ese canijo?

—En la casa. No sabe que estás aquí. ¿Hay algo que deba saber, papá?

—No por ahora, aparte de lo que ya conoces.

Condujeron en silencio por la estrecha carretera. Al general siempre le llamaba la atención la ausencia de palmeras, que permitía contemplar la isla de un extremo a otro casi desde cualquier punto. Aguas color esmeralda enmarcaban esta belleza caribeña. Dos resorts internacionales de alta categoría daban sustento a cientos de isleños y acogían a los visitantes. Un lugar pequeño, justo como le gustaba. Ninguna salida o llegada aérea pasaría inadvertida para él. La propiedad de los Pinkus era una casa de estilo caribeño de unos 465 metros cuadrados, con techos altos en dos aguas y un porche que la rodeaba. Tenía cuatro dormitorios y una vivienda independiente para el servicio. Mientras el vehículo todoterreno se aproximaba, el general vio la silueta de Jimmy a lo lejos, con su gran cabeza calva asomando desde el porche. Él los estaba mirando y, en cierto momento, debió de reconocer la imponente figura del general retirado, pues empezó a deambular de un lado a otro.

Al estacionar, el general se ahorró los saludos.

—Jimmy, demos un paseo. El ejercicio nos hará bien. McNamee, mantente cerca, pero danos unos minutos y luego únete a nosotros.

McNamee avanzó lentamente, mientras los dos hombres conversaban caminando.

—Ocando, necesitamos saber qué están haciendo. Sabemos cómo lo hacen, pero no hemos podido averiguar nada más.

—General, yo no tenía acceso a esa información; solo entregaba los teléfonos.

—Jimmy, no podré proteger a tu hija indefinidamente. Conozco a Bain, y él siempre ata todos los cabos sueltos.

—Estoy perdido, señor, nunca hablé con ninguno de los sujetos.

—¿Y sobre otras operaciones encubiertas?

—Ninguna de este tipo; cubría un par de casos corporativos, gestionando el intercambio de documentación, videos…

—¿Te refieres a pruebas incriminatorias?

—Potencialmente, sí, pero estos casos no tienen relación con las veinte personas, ninguna en absoluto.

—Déjame a mí juzgar eso. ¿De qué trataban esos casos?

—Espionaje industrial de una fórmula de resina china para materiales compuestos y robo de smartphones a operadoras telefónicas.

—¿Algún otro caso?

—Sí, con dos periódicos locales.

—Te escucho.

—Les pasaba información.

—¿De qué tipo?

—Lo que recibía venía casi siempre sellado y, bueno… en un par de ocasiones, los paquetes estaban dañados.

—¡Qué conveniente!

—Bueno, general, siempre me cubro las espaldas. Tenía que asegurarme de saber.

—¿Y?

—A mí me pareció todo bastante inofensivo, registros judiciales, extractos bancarios, documentos empresariales como hojas de cálculo y presentaciones de PowerPoint.

—¿Nombres de empresas o individuos?

—No sabría decirle, señor. En aquel momento no me molesté en mirar tan detalladamente el contenido.

—¿Cuánto tiempo estuviste entregando esos paquetes?

—Seis meses, y de pronto se canceló el mes pasado.

—¿A quién se los entregabas?

—Al redactor jefe.

—¿En persona?

—Sí.

—¿Tenían que ver con alguna investigación de esos periódicos en aquel entonces?

—No sabría decirle, señor, y tampoco veo relación con la entrega de teléfonos.

—Eso nos toca averiguarlo a nosotros, Ocando.

De hecho, el general retirado ya se hacía una buena idea de cuál podría ser la conexión.

—Quédate aquí, Ocando.

El general se dirigió directamente hacia McNamee.

—Pide a la oficina que recopilen todos los periódicos locales del último año. Quiero todos los reportajes principales sobre negocios, política y figuras prominentes.

Miami, Florida, EE. UU., 2016
American Justice Center

Día 2, 3 p. m. (ET)

La gran sala del tribunal, con capacidad para doscientas personas en el American Justice Center, en el centro de Miami, estaba casi vacía.

Los cubanos han escrito gran parte de la historia de éxito de Miami. A principios de la década de 1960, la ciudad se benefició enormemente porque el talento artístico, emprendedor, humanitario e intelectual de la isla caribeña huyó del régimen de Castro, y lo mejor de La Habana llegó principalmente a Miami.

Los cubanos, en general, son intensamente nacionalistas y aman a su país con una pasión desmedida. Por tanto, los recién llegados sentían cólera ante la nueva situación de Cuba, y estaban sedientos de triunfar. Cuanto antes se recuperaran, antes obtendrían el poder político y el respaldo necesarios en su nueva tierra adoptiva para, simplemente, regresar y recuperar su país, o al menos eso creían.

Así, la ciudad se benefició de miles de cubanos altamente cualificados que comenzaron o continuaron su oficio. Como consecuencia, Miami sustituyó rápidamente a Nueva Orleans como el centro neurálgico de América Latina. Sin embargo, durante las décadas de 1980 y 1990, la dependencia de la ciudad respecto a la región resultó costosa, ya que los ciclos de auge y caída de América Latina impulsaban y hacían desplomarse su economía. También, Miami se ganó la reputación de ser un lugar inseguro y un paraíso para el narcotráfico y el lavado de dinero.

Hoy en día, aunque los cubanos de Miami todavía no han recuperado su país, sí han logrado convertir a Miami por completo bajo su influjo. Mientras tanto, la ciudad ha seguido prosperando, y su mala reputación se ha disipado, volviéndose un lugar más seguro, y el lavado de dinero se ha trasladado en gran medida a otros lugares. La economía basada en el turismo se ha diversificado hacia Europa y Norteamérica, y la dependencia total de América Latina prácticamente ha desaparecido. Pero ahora, todo parecía frágil, pues algunos de los mejores ciudadanos de la ciudad estaban a punto de verse en el punto de mira.

Washington D. C., EE. UU., 2016
La Casa Blanca

Día 2, 3 p. m. (ET)

Kelly O'Sullivan, presidente de los Estados Unidos de América, permanecía sentado, inmóvil, en su escritorio. Su rostro no expresaba emoción alguna, aunque se notaba su tensión en el parpadeo constante de sus ojos.

«*Vaya desastre*», pensó.

Apenas ayer, Tosh lo había desafiado acerca de si estaba listo para "depurar el sistema".

—Sí, absolutamente —había respondido.

Poco sabía entonces de la cadena de acontecimientos que se desataría, con su consentimiento.

—Señor presidente, el enlace de video está listo; tiene la imagen en directo de la sala del tribunal en Miami en la pantalla. Nuestro enlace con ellos comenzará en cinco minutos.

O'Sullivan contemplaba la sala casi vacía, con la mente repasando los acontecimientos de los últimos días. De pronto, la puerta de la sala se abrió de golpe, y rostros conocidos fueron conducidos a sus asientos designados. A cada uno se le había pedido que asistiera a la audiencia por orden directa del presidente: un juez federal, un fiscal, un agente del FBI, varios periodistas, líderes empresariales y abogados.

Ahí estaban todos. Qué desastre. Luego entraron los abogados defensores y los fiscales federales, que tomaron sus lugares frente al estrado. Seguidamente, el delincuente convicto fue conducido esposado hasta la sala y sentado junto a su abogado defensor. Estaba a punto de recibir sentencia.

—Señor presidente, un minuto —indicó el asistente del enlace de video de la Casa Blanca.

La imagen del presidente apareció de pronto en la gran pantalla ubicada a la derecha de la sala.

—Todos de pie.

La Honorable Jueza Federal Amanda Beltrán entró en la sala.

—Pueden sentarse. Señor presidente, es un honor, y una "primera vez" para mí, darle la bienvenida a mi sala.

—Gracias, jueza Beltrán. Espero que no haya sido una intromisión que nosotros elaboráramos la lista de invitados de hoy.

—En absoluto, señor. No había familiares ni partes agraviadas para dar testimonio. Ahora, si me lo permite, estoy lista para dictar sentencia.

—Adelante, por favor; este es su tribunal.

—Su Señoría, ¿puedo interrumpir? —dijo Juliette Stevens, fiscal federal a cargo del caso.

—Es inusual; sea breve.

—Su Señoría, en este momento, el gobierno solicita retirar todos los cargos contra el señor Nicolás Tosh.

Se oyeron murmullos, exclamaciones y maldiciones que al instante se convirtieron en un estruendo general en la sala.

—¿Qué demonios acaba de pasar? —gritó el agente del FBI Tomassi desde su asiento.

—Silencio, silencio en la sala —exclamó Beltrán, golpeando la mesa con su mazo para llamar la atención y restablecer el orden.

La jueza Amanda Beltrán repitió la misma pregunta en su interior. Allí estaba, en su tribunal, pero claramente no tenía el control. «Estúpido narcisista», se dijo, refiriéndose a sí misma por haber sentido orgullo ante la presencia del presidente al dictar sentencia. Ahora comprendía lo obvio: «¿Qué hacía el presidente aquí? ¿Por qué estaban esos "invitados" en mi sala?»

Las caras del público le resultaban demasiado familiares. Aquello no iba a ser una celebración de la justicia. El silencio en la sala se hizo tenso, hasta que la jueza Beltrán finalmente habló.

—Estoy lista para dictar sentencia. Este tribunal, dada la posición del gobierno, deja sin efecto el veredicto de culpabilidad y declara al acusado no culpable. Señor Tosh, queda usted en libertad.

La sala estalló en un torrente de gritos airados.

—¡No! —interrumpió el presidente, y la potencia y el tono de su voz bastaron para reducir la sala a un silencio ensordecedor—. No se irá a ninguna parte. Jueza Beltrán y señora Stevens, por favor tomen asiento en la zona de público, ya que también forman parte de los distinguidos invitados aquí presentes. Abogados defensores, personal del tribunal y alguaciles federales, pueden abandonar ahora la sala. Alguaciles, por favor retiren las esposas al prisionero antes de marcharse.

Agentes del Servicio Secreto entraron rápidamente y escoltaron a todos los mencionados por el presidente hasta la salida. Luego pasaron a custodiar y bloquear todas las entradas de la sala. También se desenchufaron todos los micrófonos y equipos informáticos del tribunal.

—Señor Tosh, debe permanecer en la sala.

—Sí, señor.

Beltrán y Stevens avanzaron apresuradas hasta sus asientos, con la perplejidad reflejada en sus rostros. Fuera lo que fuese que estuviera ocurriendo allí, el público no dejaba de observar al absuelto, vestido con su mono naranja. Ahora, libre de ataduras, seguía sentado en la mesa de la defensa.

«¿Adónde pretende llegar O'Sullivan con esto? ¿Por qué sigue aquí el prisionero? ¡No me gusta nada el cariz de esta situación!», pensó el agente del FBI, Louis Tomassi.

Destinado en Manhattan, Tomassi había sido citado esa misma mañana, cuando se dirigía a su oficina. Tan solo tuvo tiempo de dar media vuelta y tomar un vuelo a media mañana desde el aeropuerto de La Guardia. Al aterrizar en Miami, alrededor de las dos de la tarde, trató de averiguar qué pasaba. ¿Por qué el presidente le ordenaba asistir a la audiencia en persona? Pero no obtuvo respuesta alguna. Cero. Nada. Silencio total. Rezaba para que el nexo común entre todos los invitados no fuera la verdadera razón de aquella convocatoria, pero en su fuero interno presentía que sus plegarias no serían atendidas.

De pronto, el presidente tomó la palabra.

—Están todos aquí hoy por razones de seguridad nacional. Más temprano, un recurso estratégico militar de la más alta importancia para el G-7 fue declarado bajo amenaza, en una situación de peligro claro y presente. Como consecuencia, todos los miembros del G-7 aprobaron una resolución para el despliegue y la implementación del Algoritmo Discreto de Comunicación 323. Esta decisión fue necesaria para proteger el recurso y porque el CDA-323 está catalogado como un arma de destrucción masiva (WMD), lo que me lleva al motivo por el que están aquí hoy.

Excepto uno, todas las personas en la sala mostraban desconcierto, pues las palabras del presidente parecían no tener nada que ver con ellas. Pero la absolución repentina, en presencia del presidente, significaba que, de algún modo, existía una razón muy poderosa para que todos estuvieran allí: el hombre absuelto con el mono naranja.

Observándolo todo desde Zermatt, a través de los ojos y oídos de Tosh, Rainer esbozó una sonrisa de alivio al ver que la pesadilla había terminado. En cuestión de segundos, la información se difundió entre los miembros del equipo con "necesidad de saber" y, poco después, se escuchó un suspiro colectivo de alivio en la organización de Tosh, dispersa por varias partes del mundo. Ahora su misión se centraría al cien por ciento en desenmascarar a los conspiradores.

«Casi no hemos tenido relación con los miembros del G-7, pues nuestros CDA jamás se habían aplicado fuera del alcance de la resolución original del G-7. Sin embargo, esta serie de eventos nos acerca peligrosamente a uno de sus miembros, y eso

es justo lo que Nicolás y yo hemos intentado evitar desde que los CDA se concibieron como armas de destrucción masiva», pensó Rainer con preocupación, en su fuero interno.

Washington D. C., EE. UU., 2016
La Casa Blanca

Día 1, 11 p. m. (ET)

—Tosh, he leído la Resolución de 1977 y, tal como se exige, estoy listo para convocar esta noche a una reunión de emergencia del G-7 y llevar el tema al Congreso temprano mañana. Ahora necesito saber cuáles son sus circunstancias y el motivo de su petición.

«Adelante, señor presidente, estoy preparado».

—En primer lugar, ¿podría explicar cómo funcionan los distintos Algoritmos Discretos de Comunicación?

«Existen seis, señor. Del CDA-319 al CDA-321 son de uso público, pero no los licenciamos por razones que explicaré más adelante. Los CDA-322 al 324 están designados como Armas de Destrucción Masiva (WMD), por lo que su uso está restringido. Un CDA se aplica del siguiente modo: un dispositivo llamado "identificador", cuando está en las proximidades y apuntando en dirección general a un sujeto, capta sus ondas cerebrales, del mismo modo que una computadora detecta una señal de red wifi. El dispositivo "identificador" actúa como un enrutador móvil de una red neuronal global cuyos servidores centrales se encuentran en un centro de datos secreto y seguro. La red neuronal está compuesta por neuronas artificiales o nodos interconectados que imitan las propiedades de las neuronas del cerebro humano. Todos los datos que pasan por la red neuronal se almacenan automáticamente en el centro de datos. El dispositivo "identificador" es el puente que conecta las neuronas artificiales con las neuronas biológicas del sujeto, conectando así el cerebro del sujeto

con la red neuronal. Los CDA se aplican en orden ascendente. En un sujeto dado, el segundo CDA (CDA-320) no puede aplicarse antes de haberse aplicado el primero, y así sucesivamente. Los operadores de los dispositivos "identificadores" se llaman "carriers" o "portadores", pero hay algunas excepciones, como usted y otros miembros del G-7 que están autorizados de forma especial para usar "identificadores" aunque no sean "carriers", con el fin de facilitar la comunicación con nosotros —explicó Tosh.

—Por favor, continúe —pidió el presidente.

«Una vez que se establece la conexión entre la red neuronal y el cerebro del sujeto, el "identificador" muestra en pantalla la palabra CONNECTED. A continuación, el "carrier" selecciona el tipo de algoritmo que va a aplicar. Entonces, el dispositivo descarga del nodo central el CDA-319 hacia el sujeto para identificar ese cerebro en particular. Como cada cerebro humano es único, la red neuronal le asigna un "número identificador" único. De ese modo, el CDA-319 permite el acceso entre la red neuronal y el cerebro del sujeto y habilita la designación de un número ID, que, una vez establecido, aparece en la pantalla del "identificador", seguido del nombre de la persona. En ese momento, el cerebro de ese sujeto queda registrado en la red neuronal con ese número de identificación. Una vez completado este proceso, cualquier "carrier" que opere un dispositivo "identificador" puede conectar el cerebro del sujeto registrado a la red neuronal, es decir, cualquiera que disponga de ese número ID. De nuevo, los dispositivos "identificadores" funcionan como enrutadores móviles de red que permiten las conexiones entre la red neuronal y los cerebros registrados de los sujetos. El dispositivo "identificador" debe encontrarse en un radio menor a una milla y apuntar en la dirección general del sujeto. El segundo algoritmo, el CDA-320, es un algoritmo de comunicación utilizado por los "carriers". Así es como funciona: el "carrier", usando su dispositivo "identificador", descarga el CDA-320 de la red neuronal a su propio cerebro. Con ello, el "carrier" puede comunicarse, a *través de la red neuronal, con el cerebro de cualquier sujeto registrado. Las comunicaciones mediante CDA-320 no se hacen hablando, sino pensando. Los pensamientos del "carrier" se transmiten a la red neuronal por medio de un dispositivo "identificador" y luego al cerebro registrado del sujeto. Los "carriers" se comunican a través de nuestra red neuronal pensando, de modo que lo que el sujeto registrado recibe son también los pensamientos del "carrier"».*

El presidente prestó mucha atención a las palabras de Tosh.

«Los "carriers" literalmente "hablan" al cerebro registrado del sujeto mediante sus pensamientos. A su vez, el sujeto registrado simplemente habla en voz alta para responder, como hace usted, señor. El dispositivo "identificador" capta sus palabras mediante un algoritmo de reconocimiento de voz y después las transmite a la red neuronal, y de ahí al "carrier", a través de un "identificador". Entonces el "carrier" recibe esa comunicación en forma de pensamientos».

—¿Este es el algoritmo que usa para comunicarse conmigo, el CDA-320?

«Sí, señor».

—¿Qué sucede si los "carriers" quieren comunicarse entre sí?

«Se comunican solo a través de pensamientos».

—¿Y todo pasa de un lado a otro por medio de dispositivos "identificadores"?

«Así es».

—Déjeme entenderlo bien: cuando hablo al "identificador", este reconoce mi voz y la transfiere a la red neuronal, luego a usted, y todo esto pasa por mi dispositivo "identificador" —preguntó el presidente.

«Correcto, señor».

—Usted recibe mis palabras directamente en su cerebro como si fueran un pensamiento.

«*Sí, señor*».

—Pero usted no habla cuando se comunica conmigo. ¿Solo piensa?

«*Sí, señor*».

—¿Cómo sabe su "identificador" si usted quiere o no transferir esos pensamientos en particular?

«*No lo sabe, porque es un canal abierto. Cada pensamiento se transmite a usted. En su caso, solo lo que usted dice me llega a mí*».

—¿Y lo que pienso?

«*No tenemos acceso a eso con este algoritmo. Hemos considerado que esos CDA son demasiado peligrosos para uso general*».

—¿Armas de destrucción masiva?

«*Así es, señor*».

—¿Los "carriers" usan siempre dispositivos "identificadores"?

«*El dispositivo "identificador" es el puente y, sin él, no se podría conectar la red neuronal biológica, el cerebro, con la red neuronal artificial. Siempre es necesario para establecer la conexión, como un enrutador de red*».

—De acuerdo, entiendo —dijo el presidente.

«*El tercer algoritmo es el CDA-321 y también es un algoritmo de comunicación, igual que el CDA-320, pero para comunicación de pensamientos bidireccionales solo entre "carriers". Básicamente, dos "carriers", cada uno con su dispositivo "identificador", se comunican sin hablar*».

—¿Solo a través de sus pensamientos? ¿Están licenciando esto o hay alguna otra organización que lo use?

«*La respuesta es "no", señor. Señor presidente, somos una organización sin fines de lucro, así que, desde el principio, determinamos que los algoritmos CDA-319 a 321 otorgarían ventajas desproporcionadas a ciertas naciones, actores del mercado y empresas, generando no solo enormes trastornos sino también una gran desconfianza entre las partes y enormes tensiones entre quienes tienen acceso a ellos y quienes no. Con el tiempo, la sociedad debería estar lista para un lanzamiento global de los tres algoritmos sin restricciones».*

—Entendido. Ahora, sospecho la respuesta, pero ¿por qué los CDA-322, 323 y 324 están designados como WMD?

«Porque con el CDA-322 leemos la mente de las personas como si todo sucediera en "modo en vivo". A través de sus ojos, vemos lo que ven, oímos lo que oyen y de lo que hablan, sabemos lo que saben y lo que piensan, y lo grabamos todo en la base de datos. Por otro lado, con el CDA-323 accedemos a los bancos de datos del cerebro del sujeto registrado y podemos reconstruir su vida hasta el día en que nació. Con el CDA-324, también accedemos a los bancos de datos del cerebro, pero solo para reconstruir la vida de las personas que interactúan con sujetos sobre quienes se haya aplicado el CDA-323. Con el CDA-324, si los sujetos objetivo no estaban registrados en la red neuronal, la organización los buscará primero para registrarlos. Finalmente, señor presidente, por motivos de transparencia y seguridad, cada trabajador del centro de datos que sea "carrier" debe aceptar someterse, de por vida, al escrutinio de los CDA-319 al 324. Basándonos en una Resolución unánime del G-7 de hace algunos años, acordamos que ciertas personas que ocupan cargos gubernamentales clave, designadas por los miembros del G-7, estén sujetas al mismo escrutinio de por vida, con la condición de que la información se use y se proporcione únicamente al país de origen del sujeto».

—Señor Tosh, ¿por qué está usted en la cárcel?

«Me preguntaba cuándo iba a formular esa pregunta, señor presidente».

«Ante todo, señor presidente, permítame decirle quién soy».

—Me parece bien. Adelante, por favor.

«A una edad muy temprana, aún siendo adolescente, me comprometí a devolverle a la sociedad todo lo que ganara a través de mis herramientas matemáticas. Así que,

en 1977, creé en Suiza una fundación que, desde entonces, recibe el cien por ciento de mis ingresos derivados de todas las herramientas matemáticas que he creado y, luego, los reinvierte en cada país del mundo, de manera prorrateada, según su población. La fundación opera con menos del uno por ciento de gastos administrativos. Desde entonces, me he repartido entre una identidad privada, una pública y otra secreta. El centro de datos y la fundación forman parte de mi identidad secreta. Usted ha trabajado conmigo en ambas. En lo que respecta al centro de datos, me conoce simplemente como Tosh. El nombre de la fundación es Experta».

A O'Sullivan aquello lo dejó estupefacto. Experta había sido un aliado esquivo de Estados Unidos durante treinta años. Hasta esa noche, nadie sabía si se trataba de una empresa, un grupo de personas, un único individuo o una fundación. Se sabía muy poco sobre Experta, pero se respetaba su confidencialidad como única condición para recibir su apoyo económico.

Experta era un comprador fiable de bonos del Tesoro cuando hacía falta. Tan solo era necesaria una llamada telefónica del Secretario del Tesoro, y respondían de inmediato. Se calculaba que Experta, con toda probabilidad, poseía activos superiores al billón de dólares, siendo la única organización no gubernamental que había alcanzado esa cifra.

«Señor, ¿sigue ahí?»

—Sí, intento recordar qué sé acerca de su fundación.

«Bien, además de lo que usted sabe, Experta dona aproximadamente 50 000 millones de dólares al año en Estados Unidos, señor. Cubre las áreas de educación, emprendimiento, erradicación de la pobreza y la nueva economía».

El presidente estaba al tanto de que Experta destinaba cada año miles de millones de dólares en donaciones, pero al ser una fundación extranjera, el gobierno de EE. UU. no conocía quién estaba detrás ni el tamaño real de dichas contribuciones.

—Acláreme algo: cuando Experta compra bonos del Tesoro de EE. UU., ¿lo hace por alguna razón en concreto? ¿Gestión de tesorería? ¿Buscan rendimiento a la inversión?

«Sí, pero no lo necesitamos. Se hace, principalmente, para asistirles. Es como una red de seguridad, de modo que siempre puedan llamarnos y conseguir los recursos, pero los estatutos de Experta establecen que cada año se donen todos los beneficios generados durante el año anterior. Dicho de otro modo, todo el dinero recaudado el año pasado debe gastarse este año. Los bonos del Tesoro solo son colocaciones de dinero, parte de nuestras reservas de activos líquidos».

—Entonces, ¿Tosh y Experta son lo mismo?

«Bueno, yo soy el fundador y proveo todos los recursos a Experta y al centro de datos».

—¿Algún nombre en clave para el centro de datos?

«Sí, pero es solo para uso interno, señor».

Tosh había logrado proteger su ubicación durante años. A nivel interno, se referían a él como Zermatt. Les favorecía que Experta operara en el país más hermético del mundo, y Suiza, su anfitrión, se beneficiaba de 2 000 millones de dólares al año en donaciones.

«Pero, ahora que se ha descubierto el secreto, señor, con más tiempo, cuando surja la oportunidad, con gusto le mostraremos todos los detalles del centro de datos y de Experta, incluida su ubicación».

—De acuerdo. Hábleme de su identidad privada.

«Señor, realizo todas mis actividades empresariales con fines de lucro bajo una organización que internamente llamamos Walkyria, que actúa manteniendo el

anonimato y la privacidad de su propiedad. Y, como he mencionado, todos sus ingresos van a la Fundación Experta».

—Póngame algunos ejemplos de los negocios en los que participa.

«Otorgamos licencias de más de dieciocho mil aplicaciones de software basadas en mis algoritmos al gobierno de EE. UU.».

—¿Entonces dependemos de sus algoritmos?

«No, señor, los complementamos y mejoramos su productividad, así como la capacidad de redirigir y gestionar riesgos. Optimizamos procesos, de modo que les ahorramos diez veces más de lo que nos pagan. Por otra parte, las bolsas de productos básicos y de futuros de Wall Street sí dependen de nuestros algoritmos, al igual que nuestras herramientas de visualización de datos, un total de treinta y dos mil de ellas».

—De acuerdo. ¿Y su identidad pública?

«Soy profesor universitario de matemáticas aplicadas, con doctorado en estadística; hombre de familia, casado y con dos hijos. No utilizo ninguna de mis herramientas matemáticas para ganarme la vida y, como "carrier", cada segundo de mi existencia queda grabado. Utilizo mi nombre de nacimiento; nací en San Carlos de Bariloche, Argentina, en 1958. Mi identidad pública es la de un empresario extravagante y con defectos, que ha tenido problemas varias veces y que, de hecho, se retiró de la vida empresarial para ser profesor en la Universidad de Miami. Presumiblemente, usted me conoce. Mi nombre es…»

La imagen de la celda se aclaró y el rostro en la pantalla se enfocó lentamente.

—Cielos, usted es…

«Nicolás Tosh, señor».

He estado un par de veces en su casa, en eventos de recaudación de fondos.

—Pero está a punto de ser sentenciado. ¿No lo declararon culpable de terrorismo? —preguntó el presidente.

«Sí».

—No entiendo nada y necesito una explicación, rápido. ¿Por qué debería estar hablando con un convicto y por qué el G-7 debería relacionarse con usted?

«Señor, por favor, lea la Cláusula 17 de la Resolución del G-7 sobre nuestros algoritmos».

O'Sullivan echó un vistazo rápido a lo que ya conocía. Todos los empleados del centro de datos gozaban de inmunidad diplomática a nivel mundial, pero debía saber más. Aquella situación era un gran problema político, pues la identidad pública de Tosh había sido difamada y vilipendiada. Había perdido gran parte de sus activos conocidos tras una furiosa campaña mediática en la prensa local, impulsada por poderosos aliados y donantes del presidente.

Recordó que, tras la acusación y el arresto de Tosh, se le había denegado la libertad bajo fianza. Luego, con un juicio rápido, lo declararon culpable y, en menos de treinta y seis horas, se enfrentaría a una dura sentencia.

—¿Cuánto tiempo lleva encarcelado?

«Cuatro meses, señor».

—¿Necesita que lo saquemos de allí?

«No, señor».

—Un momento. ¿Tiene un "identificador" en su celda?

«No, señor, está en las proximidades, concretamente en el edificio de enfrente».

—¿Entonces por qué puedo verlo?

«Usted ve mi rostro porque, utilizando el CDA-322, mis ojos actúan como cámara mientras miro el espejo de mi celda».

—Entonces, ¿por qué designar una situación de peligro claro y presente? Parece más bien un asunto diplomático que se arreglaría con inmunidad a través del Departamento de Estado, en cuestión de minutos.

Si actuaba con rapidez, tal vez podría minimizar el costo político, pero necesitaba la colaboración de Tosh. Un rudo despertar llegó enseguida, en forma de un baño de realidad. Este hombre era uno de los activos nacionales más valiosos. No iba a haber encubrimientos de la Resolución del G-7, pues el riesgo, en caso de fracaso, era demasiado alto.

«Señor, por favor, lea la Cláusula 19 de la Resolución».

Lo hizo. Tosh, su equipo y el centro de datos se consideraban recursos militares estratégicos del G-7.

«Señor, entiendo que conoce al general retirado Pinkus y a su empresa de seguridad privada, Zaptec».

—Sí, así es.

«¿Le importaría si lo integro a esta llamada?»

—No.

«Él solo trata con mi identidad pública, así que no sabe nada sobre el centro de datos, los "carriers", los "identificadores" o los CDA. Cree que nos comunicamos por videoconferencia en un equipo informático estándar, ¿entendido?»

—Sí —dijo el presidente.

Unos segundos después, Pinkus apareció sentado ante la cámara de un computador de escritorio, ocupando la mitad de la pantalla del "identificador" del presidente, y Tosh la otra mitad. Tosh, por su parte, tenía en su mente las imágenes del presidente y de Pinkus. Pinkus veía en su pantalla la imagen del presidente en un lado y la de Tosh en el otro. El compañero de celda de Tosh no se había percatado de nada en los últimos cuatro meses. Aquella noche no era diferente. Tosh no necesitaba hablar en absoluto.

«Robert, el presidente está en la línea» —pensó Tosh.

—Señor presidente, ¿trabajando hasta tarde?

—Puede decirse. ¿Cómo ha estado, general?

—Encantado de ser detective, señor.

«Robert, ¿podría explicarle al presidente sus hallazgos?» —pidió Tosh.

—Señor, hace seis meses, durante una operación de vigilancia en Miami, nos topamos con una conspiración contra el señor Tosh. Observamos a un individuo que recibía una carpeta con documentos. El sujeto sacó de ella una pequeña bolsa con un teléfono prepago y, acto seguido, tiró la carpeta y los papeles a un basurero. Posteriormente, vimos que lo mismo se repetía dos semanas más. Seguimos al mensajero. En total, hubo doce entregas en Miami y ocho en Washington D. C. La semana siguiente se repitió el mismo patrón. Lo preocupante fue saber quiénes eran los receptores, señor: un juez, un fiscal, un agente del FBI, un abogado prominente, un lobista de renombre y varios empresarios destacados, todos recibiendo teléfonos de la misma manera; el mismo mensajero, el mismo tipo de teléfono. Como esto no tenía relación con lo que nos habían pagado para investigar, pensamos en dejarlo.

El instinto de supervivencia de O'Sullivan, digno de cualquier político de su nivel, se activó. Recordó ahora que la campaña contra Nicolás Tosh, el profesor de la Universidad de Miami, había sido liderada por amigos políticos y miembros destacados de su partido. La ignorancia deliberada dio paso de inmediato al papel de ejecutor. Tosh ya no era enemigo de sus aliados, sino un amigo del país y de su fundación, quizás su mayor benefactor de la historia. Sus habilidades matemáticas, sumadas a las aportaciones económicas y militares, lo convertían en uno de los activos más valiosos del G-7. Ahora sus viejos aliados se transformaban en objetivos, y él pasaba a ser el ejecutor.

—¿Entonces no lo dejaron? —preguntó el presidente.

—No pudimos, señor. El mensajero resultó ser Jimmy Ocando, alias "El Handler", empleado de Bain & Co., una empresa de seguridad propiedad de Mark Bain. Y, además, señor, Jimmy es muy cercano a mi familia, ya que es mi futuro consuegro. Su hija, Jennifer, está prometida con mi hijo. Finalmente, señor, determinamos que se entregaban veinte teléfonos a la semana a las mismas personas, doce en Miami y ocho en D. C. A través de los registros telefónicos y de ubicación de antenas, supimos quién llamaba a quién y cuándo, además de dónde se realizaban y dónde se recibían las llamadas. Luego relacionamos las ubicaciones con los sujetos, y no fue muy complicado, porque siempre eran lugares públicos y parte de su rutina diaria. Tome como ejemplo a la jueza: desayunaba siempre a las 7:15 a. m. en el Café Versailles de la Calle Ocho y terminaba puntualmente a las 7:35 a. m. En ese lapso recibía llamadas. Hablaba uno o dos minutos y se marchaba. Una vez a la semana, en ese mismo horario, al dirigirse al estacionamiento, recibía la carpeta, sacaba el teléfono, ponía el viejo en la carpeta y la tiraba a un basurero antes de irse. Todo el proceso duraba apenas unos segundos. Los registros de llamadas indican que los doce sujetos de Miami solo recibían llamadas. Tres de los individuos en D. C. llamaban a cuatro grupos distintos, de tres personas de Miami cada uno. Los otros siete en D. C. se llamaban entre sí. Solo una persona en D. C. llamaba y recibía llamadas de los doce de Miami, y era quien también efectuaba y recibía llamadas de todos, tanto en D. C. como en Miami.

—¿El cerebro de la operación?

—Sí. Por otro lado, pero relacionado, Ocando entregó durante varias semanas infinidad de paquetes de documentos a editores de varios periódicos de Miami. Con estos datos, no tardamos en revisar la multitud de artículos de prensa contra el señor Tosh y encajar las piezas. Finalmente, señor presidente, debería saber que hay un sospechoso más, no confirmado, un senador de EE. UU.

«*Vaya embrollo*», pensó el presidente.

—¿Por qué no está confirmado? —preguntó.

—Porque, aunque está muy vinculado a los conspiradores, no tenemos pruebas de su implicación directa.

—¿Está diciendo que hubo una conspiración a gran escala, desde los más altos niveles de poder, contra Nicolás Tosh? —preguntó el presidente.

—Sí, señor.

—Gracias, general Pinkus.

La videoconferencia terminó. La mente del presidente iba a mil por hora. Sabía algo, pero no lo suficiente; conocía a la mayoría de los sujetos, pero debía mantener el autocontrol, así que, como mecanismo de defensa para aliviar la tensión, su mente se distrajo.

—Tosh, ¿cómo carga la batería de su "identificador"? —preguntó el presidente.

«El mío solo necesita luz diurna y se recarga solo. Es nuestra última generación. Señor, quiero recordarle que mi "identificador" está cerca, pero no conmigo. Si fuera necesario revelar su ubicación, se movería o se sustituiría. Y, por cierto, todo lo que veo, escucho o pienso queda registrado, incluida esta conversación».

—Entiendo. ¿Estoy actualmente bajo el CDA-323?

«No, señor. Según su solicitud original en la Resolución del G-7, solo sus secretarios de Defensa, secretarios de Estado, jefes de Estado Mayor y directores de la CIA y el FBI, presentes y pasados, están sujetos al CDA-323 y 324. Esa información no se almacena en nuestro centro de datos, sino que se transfiere directamente a la supercomputadora de su Departamento de Defensa».

—¿Eso significa que el gobierno de EE. UU., incluyéndome a mí, tiene en su poder cinco "identificadores"?

«Sí, señor, y solo veinte personas han ocupado esos cargos desde la Resolución inicial del G-7. Al igual que en su caso, esos dispositivos son únicamente para fines de comunicación».

—Tosh, ya pasan de la 1:00 a. m., pero todavía tengo algunas preguntas.

«Señor, el que tiene que preocuparse por la hora límite es usted, no yo».

O'Sullivan respondió rápidamente:

—Desgraciadamente, no hay mejor momento para hacerlo. Sería imposible mantener esta conversación de día. Tosh, ¿por qué se ha metido en este lío?

«De otro modo, hubiera puesto en peligro el secreto del centro de datos y de Experta, y habría terminado con la privacidad de Walkyria, nuestras actividades empresariales ligadas a las matemáticas».

—Entonces, ¿qué hizo?

«Descubrir la conspiración mediante métodos convencionales, para que el proceso se anulara o se desestimaran los cargos, y que todos los responsables pagaran. Pero cuando fui a juicio, todavía no habíamos logrado localizarlos con procedimientos de investigación comunes, ni saber cómo lo hacían ni quiénes estaban involucrados exactamente. Eso fue, por supuesto, hasta que el general Pinkus dio con la pista. Al *darse cuenta de que yo era la víctima de la conspiración, se puso en contacto conmigo. Señor presidente, ¿está preparado para "depurar el sistema"?»*

—Sí, por supuesto, pero primero explíqueme lo que pretende hacer.

«Aplicar CDA-322, 323 y 324 a esos veinte conspiradores, para saber exactamente lo ocurrido».

—¿Qué pasa si hay algún expresidente involucrado? —preguntó el presidente O'Sullivan.

En ese momento, Tosh se dio cuenta de que el presidente ya lo sabía. Pero, ¿estaría él mismo involucrado?

«Él no forma parte de los veinte sospechosos. Además, existe una lista de exclusión en la Resolución del G-7 para los expresidentes elegidos democráticamente». —contestó Tosh

Tosh sabía perfectamente a quién se refería O'Sullivan; de hecho, cierto expresidente estaba tácitamente implicado en la conspiración, como mínimo por ignorancia deliberada. Pero ni él ni O'Sullivan eran el objetivo de ese expresidente. No planeaba atacar los símbolos del país. En cuanto a los veinte individuos, era otra historia.

—Tosh, eso significa que tendremos grabado cada segundo de su vida.

«Sí, señor, y con el CDA-324 también obtendremos la vida de todas las personas relevantes con las que hayan interactuado en este caso».

—¿Y la amenaza que pende sobre usted, en la cárcel, es real?

«Así es».

—Y quiere que anulen su condena, no acogiéndose a su inmunidad diplomática, que revelaría su identidad no pública, sino que se revoque porque se obtuvo de manera ilícita, mediante influencia indebida, corrupción y una amplia conspiración de alto nivel, ¿verdad?

«Así es».

—Tosh, ¿cuánto tiempo se tarda en descargar la información de esos veinte objetivos?

«*Ya tenemos los números ID de todos, de modo que diría que de tres a cuatro horas*».

—Increíble. ¿Podremos consultarla como queramos?

«*Sí. Mi intención, señor, es que el fiscal general de EE. UU. revise el caso y ordene a la Fiscalía del Estado de Florida que retire los cargos. Entonces el juez se verá obligado a revocar el veredicto*».

—De acuerdo, Tosh, me pondré con ello. Conseguiré yo mismo la aprobación del G-7 y del Congreso de EE. UU., para que tenga vía libre para aplicar los algoritmos a esos sujetos antes de que termine la mañana de mañana. Ahora debo contactar a algunos de los líderes de las naciones más poderosas del mundo y conseguir que todos se unan en una sola llamada.

Boston, Massachusetts, EE. UU., 2016
Harvard Business School

Día 1, 8 a. m. (ET)

—Hace unos años, el presidente le preguntó a Steve Jobs si el empleo que Apple generaba en China volvería a Estados Unidos, y él respondió: "Señor presidente, esos puestos de trabajo no van a volver". ¿Fue correcta su respuesta, sí o no?

Un murmullo recorrió el aula.

—Todos los que estén de acuerdo con que sí, levanten la mano.

Todos levantaron la mano menos una persona.

—¿Por qué no, señora Chambers?

—Primero, porque no contestó la pregunta. Segundo, porque debería haber abierto la posibilidad diciendo que, de existir los incentivos locales y federales adecuados, Apple podría planteárselo.

—¿Qué tipo de incentivos?

—Principalmente fiscales, como una exención temporal de impuestos para repatriar dividendos. También quizás impuestos sobre nómina más bajos y reducción en el impuesto de sociedades.

—Bien, tiene razón y, al mismo tiempo, se equivoca. Acertó al señalar que Jobs no respondió realmente, pero se equivoca al afirmar que esos empleos no volverán a causa de los impuestos. No vuelven, en esencia, porque no contamos con suficientes trabajadores o ingenieros capacitados en nuestro país para levantar una fábrica del tamaño de la subcontratista de Apple en Shenzhen, China. Un reciente estudio de recursos humanos, que Apple encargó, reveló que tardaríamos varios meses en reclutar la cantidad de trabajadores necesaria; la mayoría tendría que trasladarse cerca de la fábrica, y eso encarecería los salarios en el mercado laboral de Estados Unidos. En cuanto a los ingenieros requeridos, el estudio también arrojó que probablemente no tuviéramos suficientes, y que en todos los supuestos se tardaría hasta diez meses en contratarlos. Eso es lo que debería haber dicho Steve Jobs. Entonces, ¿cuál es el problema?

El profesor aguardó en silencio alguna respuesta.

—La educación: no estamos formando ni preparando suficientes trabajadores calificados. Mientras tanto, países como China sí lo hacen. ¿Saben cuántas universidades hay en Pekín?

Nadie respondió.

—Más de setenta. Tomen cualquier gran área urbana de China, y la cantidad de universidades per cápita no difiere mucho de la de Pekín. Están educando a su gente a gran escala, y a tal ritmo, que nos van a "comer el almuerzo" en un futuro no muy lejano. Simplemente, no contamos con suficientes trabajadores cualificados. Bien, cambiemos de tema.

El profesor Musial estaba ansioso por terminar. A medida que se desarrollaban los acontecimientos en Miami, lo necesitaban de inmediato.

—Con respecto a los votantes, ¿qué fue lo que le dio la victoria a nuestro presidente saliente?

Varias manos se alzaron.

—Por favor, respuestas rápidas. Adelante, señorita Nichols.

—El voto afroamericano y latino.

—Señor Carollo, su turno.

—Solo porque esas comunidades salieron a votar.

—Señor Pérez.

—También porque obtuvo un porcentaje abrumador de sus votos: más del 70 % de los latinos y más del 90 % de los afroamericanos.

—Usted, señora Okamoto.

—Además ganó con el voto femenino, con el de la comunidad gay, los jóvenes y, no lo olvidemos, los independientes, cuyos votos también consiguió.

—Bueno, clase, lo que hizo que el presidente ganara no fue nada de lo mencionado. Eso que dicen son solo factores decisivos que lo ayudaron a cruzar la línea de meta. Ganó porque obtuvo más del 40 % del voto blanco. El voto blanco representa el 72 % del electorado y, sin un porcentaje sólido de él, no habría sido posible la victoria. En el análisis final, el 39 % de los votantes blancos de Estados Unidos respaldaron la reelección de nuestro presidente.

Luego miró su reloj.

—Eso es todo por hoy.

Christopher Musial, que medía alrededor de 1,90 m y pesaba cerca de 88 kg, con su barba descuidada, solía ser confundido con el Gregory House de la televisión. Su clase, llamada "Temas de Actualidad", era una de las más solicitadas en la Harvard Business School: un análisis interactivo y sin tapujos de cualquier tema relevante del momento. Aunque él tenía la última palabra, la materia podía surgir de cualquiera en el aula y, en todo caso, él la modulaba o la reorientaba. Con frecuencia, sus citas aparecían en medios nacionales, provocando réplicas o adhesiones de todo el país, especialmente de Washington D. C.

Mientras salía del campus en su automóvil, el zumbido familiar de su "identificador" comenzó a sonar. Christopher era uno de los primeros "carriers" de Tosh. Además, se encargaba de reclutar, y la HBS era un terreno fértil para captar posibles candidatos a "carrier". El "identificador" seguía insistiendo.

—Chris, necesitamos que vengas a Washington de inmediato —dijo Rainer.

—De acuerdo, tomaré el próximo tren Acela Express.

—Espera cerca de la Casa Blanca hasta que Tosh te avise.

—Perfecto. Llegaré en unas tres horas y media.

—Christopher, esperamos conseguir la aprobación del G-7, del Congreso de EE. UU. y una resolución presidencial para desplegar, por primera vez, los CDA-323 y 324 en civiles. Tosh quiere que recojas la resolución directamente del presidente.

Christopher se quedó pasmado.

—¿Es para defender a Tosh?

—¡Por supuesto! Si todo sale bien, hoy mismo revocarán su condena y lo pondrán en libertad poco después —dijo Rainer.

—¡Sí, sí, sí! —exclamó Musial, haciendo un gran esfuerzo por contenerse.

—Y, Christopher, lo primero que harás después de tener la resolución en la mano será registrar y descargar el CDA-319 en el senador a quien has estado siguiendo estos últimos días.

—Lo haré, Rainer.

—¿Es uno de los conspiradores?

—No estamos seguros aún. —La comunicación terminó.

Musial ignoraba el rol del senador en todo aquello; solo sabía que, a petición de Tosh, había recibido la pista para seguir a Molina de parte del general retirado Robert Pinkus, dueño de una empresa de seguridad con sede en Miami llamada Zaptec.

Telluride, Colorado, EE. UU., 2016
Rancho Black Eagle

Día 2, 7 a. m. Hora de la Montaña (MT)

Las montañas de San Juan están compuestas de arcilla roja y salpicadas de pinos. Uno de sus corredores, el Valle de Telluride, termina en un callejón sin salida. Este pequeño pueblo de montaña se encuentra bastante alto, a 8 000 pies de altitud, rodeado por picos de 14 000 pies. Solo hay una carretera para entrar al pueblo y la misma para salir. Las escarpadas montañas circundan este antiguo pueblo minero, que tiene como telón de fondo la gran cascada Bridal Veil. Es una combinación de arquitectura victoriana y del viejo oeste, y su norma de no permitir franquicias nacionales le da a Telluride un carácter auténtico y discreto, convirtiéndolo en un destino favorito de personas con gran patrimonio que desean mantenerse con bajo perfil.

Mientras el Lear-60 hacía un giro brusco por el corredor montañoso, parecía que la punta de su ala tocaría la montaña; luego apareció el Corredor de Telluride, un callejón sin salida. A 9 000 pies de altitud, el aeropuerto del pueblo es el más alto del país. Se asemeja a un portaaviones, con acantilados a cada lado de la pista, salvo la ladera de la montaña a la izquierda. Los pilotos deben contar con entrenamiento especializado para aterrizar allí. Se requiere una visibilidad de al menos 30 millas, y abortar el aterrizaje resulta extremadamente difícil porque el aire es tan poco denso que remontar el vuelo cuesta mucho trabajo. Debido a la pronunciada bajada en la aproximación al aeropuerto y a las montañas circundantes, es muy aconsejable no errar el aterrizaje.

Al aproximarse a la pista, el piloto mantuvo el avión a una altitud inusualmente alta, de modo que las ráfagas de viento atmosférico, comunes justo antes de la pista, no los afectaran. La aeronave aterrizó con fuerza y frenó con aún más brusquedad.

Al bajar del avión, Gilbert Molina contempló el magnífico paisaje que lo rodeaba. Las elevadas montañas de San Juan encerraban el pequeño pueblo, y la cascada Bridal Veil discurría por el centro de la escena.

«Así debe de ser Shangri-La», pensó Molina.

Había recibido la llamada aquella misma mañana a las 6:00, mientras desayunaba en una panadería francesa, a solo quince minutos a pie de su despacho en el Edificio de Oficinas del Senado del Congreso de EE. UU. Le comunicaron que habría un avión esperándolo en la terminal de aviación privada de Manassas. El año anterior, Molina había sido reelegido como senador por el estado de Florida con un amplio margen, impulsado sobre todo por la numerosa comunidad hispana. Antes de dirigirse al aeropuerto, llamó para reportarse enfermo y pidió a su asistente que reprogramara todas sus citas.

No era la primera vez que Molina visitaba Telluride, pero por muy hermoso que fuese, de haber podido elegir, habría cambiado ese aterrizaje "tipo portaaviones" y el mal de altura a 9 000 pies por cualquier otra cosa, con tal de estar a menor altitud y en una pista normal. Por desgracia, su visita no era de carácter social; le habían ordenado presentarse. Se trataba de un viaje clandestino en un jet corporativo.

«¿Qué querrán esta vez?»

La camioneta SUV que lo recogió llevaba al conductor habitual al volante, el mismo guardaespaldas silencioso de siempre, oculto tras unas grandes gafas de sol. A Molina le vino de perlas; lo último que deseaba era entablar una conversación innecesaria. Descendieron hacia el pueblo por una carretera angosta y, menos de dos millas después, tras una curva pronunciada en bajada y a algo más de dos millas de llegar a la localidad, giraron a la izquierda y tomaron un camino de tierra, cruzando un arco de madera con el letrero: **Black Eagle Ranch**.

Luego ascendieron de nuevo durante un par de millas hasta llegar a una gran casa de troncos de dos pisos. Molina bajó y entró por una puerta lateral, directo a la biblioteca. Allí lo esperaban cuatro rostros conocidos; todos parecían sombríos y tensos.

—Gilbert, tenemos un problema grave. El presidente ha convocado a todos nuestros operativos de Miami a la sala de la jueza Beltrán hoy a las tres en punto, para presenciar la sentencia de Nicolás Tosh. Aparte de los nuestros, no dejarán entrar a nadie más del público.

—Entonces lo saben, ¿no? Si no, ¿cómo iba a saber el presidente los nombres de todos tus subordinados? Deben saberlo. El gobierno tiene que saberlo.

Zúrich, Suiza, 1977
Oficina de la Union National des Banques (UNB)

8 a. m. (CET)

—Caballeros, fue el profesor Schneiderman quien me persuadió de reunirme con ustedes.

—Su recomendación es suficiente para nosotros, ¿no es así, Patrick?

—Por supuesto.

—Entonces, ¿en qué podemos ayudarlo?

—Señores, tengo diecinueve años, me he hecho a mí mismo y mi fortuna supera los 100 millones de dólares. Estoy en el negocio de las matemáticas, un concepto que, en esta época, ni se comprende ni se practica en ninguna parte. Trabajo principalmente con algoritmos discretos que me permiten detectar ineficiencias de mercado donde nadie más las ve, además de crear modelos probabilísticos con los cuales puedo medir el riesgo y predecir las apuestas más seguras, tanto en los mercados financieros como en los de metales preciosos y materias primas.

—Nunca había oído de nadie que hiciera algo así. Se supone que los matemáticos trabajan en ciencia o en el mundo académico —comentó Markus.

—He decidido que el negocio y el dinero que he ganado o que gane en el futuro gracias a mis herramientas matemáticas tengan un buen uso, pero completamente separado de mi vida cotidiana. Quiero que ustedes, señores, administren todos los fondos y los flujos de efectivo, establezcan toda la tesorería, contabilidad y procesos o sistemas de auditoría. Una vez organizada la entidad, quiero que usted, señor Wildi, asuma el papel de tesorero, y usted, señor Donaldson, el de director de contabilidad y auditor interno. Quiero total transparencia. Por eso, debe aplicarse el conjunto de normas y sistemas más estrictos y de probada eficacia histórica para fiduciarios, custodios y fideicomisarios que operen en las instituciones. Habrá tres entidades legales. La primera, una empresa con fines de lucro llamada "Walkyria", operará el negocio de matemáticas; en este momento, obtiene alrededor de 50 millones de dólares al año. No tiene deudas y cuenta con apenas unos pocos empleados.

—En la actualidad, operamos en los mercados a través de cuentas bancarias dispersas en todo el mundo, pero como pronto empezaremos a licenciar algunos de nuestros algoritmos a actores del mercado financiero y a gobiernos, los ingresos se dispararán en los próximos años. Será su trabajo constituir esta entidad aquí en Suiza y administrar todos sus activos. Yo seguiré tomando las decisiones relacionadas con contratos, compra y venta, así como a quién licenciamos nuestras herramientas y en qué términos. Además, será su responsabilidad garantizar que los fondos estén disponibles, en las jurisdicciones que se requiera, con su banco, Markus, como titular de las cuentas, en cualquier lugar del mundo para acciones, materias primas —incluidos metales preciosos— y mercados de futuros. También formará parte de sus funciones proveer un modelo de organización y los puestos a cubrir mediante firmas cazatalentos. Yo entrevistaré a cada candidato y decidiré si contratarlo o no.

Con solemnidad, Tosh continuó:

—Caballeros, esta organización operará de manera privada, de forma anónima. Así que será su tarea permanente proteger este aspecto. Walkyria, la empresa, donará todas sus ganancias a la segunda organización, a la que llamaremos "Experta", y que será una fundación sin fines de lucro, dirigida por mí.

—¿Todo? —preguntó Wildi.

—Sí, señor, excepto el presupuesto de la tercera organización.

—¿Y usted? —preguntó Donaldson.

—Yo viviré de lo que pueda ganar con cualquier actividad que no involucre mis herramientas matemáticas.

—¿Una empresa lucrativa que devuelve todo a la sociedad a través de una fundación? ¿Cómo se llama eso? —insistió Donaldson.

—Emprendimiento social. Esta fundación, Experta, también operará de forma privada y se organizará exactamente igual que la primera empresa: con las mismas normas y procedimientos. Todavía estamos definiendo las áreas en las que invertiremos y el modo de donación de los recursos, así como los países destino. Hay tres aspectos clave que deben incorporar en sus estatutos: no participará jamás en actividades con fines de lucro; nunca tendrá gastos operativos superiores al 1 % de las donaciones recibidas durante el año anterior, y deberá gastar, antes de que finalice cada año, todos los recursos recibidos el año previo. Sus donaciones se harán siempre de forma anónima.

Donaldson y Wildi se miraron, asombrados.

—La tercera organización se llamará "Zermatt" y también será una entidad sin fines de lucro, consistente en un laboratorio secreto de matemáticas y un centro de datos, gestionados por una supercomputadora cuántica. Su ubicación, nombre, personal y todo lo relacionado funcionarán en modo "sigiloso", con la aprobación de su gobierno, porque algunos de los algoritmos que se desarrollen en el futuro podrían tener uso militar.

—¿Ya cuenta con esa aprobación? —preguntó Wildi.

—Sí, la tenemos, y también hemos recibido como "donación" un pedazo de montaña, que ya hemos excavado y donde hemos instalado un centro de datos de última generación, dentro de una cueva construida por el hombre. Esta organización se estructurará igual que las otras, pero del equipamiento y el personal ya me he ocupado. Una vez que completen su misión, les transferiré 50 millones de dólares, para que empecemos a operar de inmediato. Firmaré todos los documentos y enviaré, por correo certificado, la información sobre otros dos signatarios adicionales. Avísenme si necesitan alguna cantidad por adelantado para honorarios.

—No será necesario —dijo Wildi.

—¿Cuánto tardarán en tener todo listo?

—Sesenta días, debido a las jurisdicciones extranjeras —respondió Wildi.

—¿Y en treinta días?

—No lo veo probable, señor Tosh —señaló Patrick.

Markus Wildi interrumpió:

—Trato hecho. Lo tendré listo. Aunque tengamos que enviar gente a Estados Unidos, Asia y Europa desde mañana mismo.

—Perfecto, caballeros. Señor Wildi, señor Donaldson, ha sido un placer conocerlos.

—Herr Tosh, igualmente —dijo Wildi en alemán.

—Encantado de conocerlo también —añadió Donaldson.

Cuando Tosh salió, Wildi y Donaldson se hundieron en sus asientos.

—Esas herramientas solo pueden servir con fines sin ánimo de lucro —comentó Donaldson.

—Tengo la impresión de que acabamos de conocer a un Robin Hood moderno —dijo Markus.

—Quieres decir "más o menos", ¿verdad? Porque, en lo que hace, no hay nada ilegal.

—No me refiero a robar, sino a eso de tomar de los ricos y dar a los pobres.

—Exacto —afirmó Markus.

—Bueno, creo que acabamos de ser testigos del inicio de una fuerza imparable que cambiará muchas cosas en el mundo, para bien.

—Que Dios nos bendiga.

—Que así sea.

Markus Wildi pensó que los clientes más complicados eran aquellos que no pedían ni negociaban honorarios y costes de antemano. Patrick y él tendrían que trabajar en una tarifa mensual mínima, aunque aún así representaría un gran impulso a sus ingresos netos. Patrick no era banquero, así que lo veía de otra manera. Quería trabajar para Tosh, pero primero tendría que demostrar su valía durante los próximos treinta días.

Zermatt, Suiza, 2016
Centro de Datos de Zermatt

Día 2, 8 a. m. (CET) / 2 a. m. (ET)

La falsa pared rocosa se desplazó cuando Rainer Sábato apoyó su mano sobre ella. La red neuronal reconoció su identificación y autorizó su entrada al centro de datos. Construida con la misma roca, la puerta (por su forma, textura y color) era una prolongación de la montaña. Era maciza y más gruesa que la puerta de una bóveda bancaria; se replegó permitiendo la apertura tanto a la derecha como a la izquierda. Estaba situada en la tercera parada del ascensor-helipuerto, excavado en la roca en la parte trasera del edificio cuarenta años atrás. El ascensor no tenía pared trasera, de modo que, al descender, la pared de roca se desplazaba hacia arriba. Rainer se adentró por una de las aberturas laterales y, de inmediato, la puerta volvió a cerrarse tras él.

Al entrar, se podía observar toda la instalación: cinco pisos de vidrio en la parte posterior de un atrio de unos 9 m² (100 ft²) en el interior de la enorme cueva artificial. Tras las paredes acristaladas, era fácil distinguir la supercomputadora cuántica que ocupaba el 70 % de la planta baja. El servidor de la red neuronal, los routers y los conmutadores copaban otro 10 % y, finalmente, dos enormes generadores de respaldo completaban el espacio restante. Un equipo de cuatro especialistas trabajaba allí, ocupándose de tareas de mantenimiento, reparación y soporte.

El laboratorio de matemáticas se encontraba en el quinto piso; allí trabajaban ocho personas, seis de ellas dedicadas a la visualización de datos de los algoritmos CDA y dos centradas en algoritmos para empresas y gobiernos.

En el cuarto piso se ubicaba el equipo de monitoreo, que seguía continuamente cada "identificador", "carrier" o sujeto registrado con IDs, verificando su interacción con la red neuronal y el almacenamiento en la base de datos. Un total de cuarenta personas trabajaba en esa área.

En la tercera planta, el grupo de analistas (diez en total) supervisaba constantemente la seguridad e integridad de los datos y resolvía posibles problemas de corrupción en la información.

En el segundo piso se hallaba el equipo de gestión de la base de datos, responsable del desarrollo, la actualización, la mejora y la reparación del software de la base de datos y la red, con treinta personas dedicadas a esa tarea.

Finalmente, en la primera planta, un equipo de cinco personas vigilaba el rendimiento de la supercomputadora cuántica y de la red neuronal.

Cuando Rainer entró, el gran reloj digital marcaba las 8:00 de la mañana hora central europea (CET) y las 2:00 de la madrugada en la costa este de Estados Unidos (ET). Todavía quedaban cinco horas para que amaneciera en EE. UU. y se decidiera el destino de Nicolás Tosh en la corte. Rainer se detuvo, inhaló lo más profundo que pudo y rezó con todo su corazón.

Zermatt, Suiza, 2016
Centro de Datos de Zermatt

Día 2, 8:30 a. m. (CET)/2:30 a. m. (ET)

El tamaño del centro de datos era relativamente pequeño si se lo comparaba con los estándares actuales de computación en la nube y almacenamiento de datos. Sin embargo, su supercomputadora, que utilizaba un código ternario, era un dispositivo de vanguardia en computación cuántica, pues se requería una inmensa capacidad de procesamiento para lograr la comunicación cerebro a cerebro. Operaba una red neuronal global, compuesta por un centenar de "carriers" (portadores) y diez mil dispositivos "identificadores". Todos los datos cerebrales se almacenaban de acuerdo con los algoritmos en uso.

El acceso a todos los datos estaba bloqueado para los algoritmos CDA-322, 323 y 324 —designados como armas de destrucción masiva (WMD)—, salvo para los empleados del centro de datos. Solo el Pentágono podía desbloquearlo. El proceso de desbloqueo debía estar precedido por una autorización escrita del presidente y del Congreso de los Estados Unidos, con la aprobación de los miembros del G-7 mediante una resolución unánime. Esta restricción había sido impuesta por los propios Nicolás Tosh y Rainer Sábato, quienes habían solicitado al G-7 que clasificara los CDA-322, 323 y 324 como armas de destrucción masiva (WMD), sometiendo su uso a una estricta regulación. Tras probar con éxito dichos algoritmos, ambos habían comprendido lo peligrosos que podrían resultar de caer en manos equivocadas.

El centro de datos y todas las personas que lo integraban también habían sido catalogados como activos militares estratégicos del G-7 y sus miembros. Además, cada miembro del G-7 tenía acceso de solo lectura a los datos de sus nacionales designados, siempre que el G-7 lo aprobara.

Desde sus inicios en 1977, los CDA-322, 323 y 324 solo se habían empleado en "carriers" y miembros de la organización de Nicolás Tosh, y, por motivos de transparencia, en ciertos altos funcionarios de los países miembros del G-7.

Había sido así hasta hacía dos días, cuando Tosh pidió al presidente de los Estados Unidos y a los demás integrantes del G-7 autorización para desplegar los CDA-322, 323 y 324 en civiles por primera vez, declarando que él mismo se hallaba en una situación de peligro claro y presente. Desafortunadamente, cuando los gobiernos obtienen acceso a nuevas formas de vigilancia de sus ciudadanos, lo que en principio se concibe como algo temporal casi siempre termina volviéndose permanente, y, una vez rota la presa…

Telluride, Colorado, EE. UU., 2016
Rancho Black Eagle

Día 2, 7:15 a. m. (MT)

—¿Por qué el presidente ha convocado a todo nuestro grupo de poder local? —preguntó Leroy Sinclair, dueño de la casa.

—¿Has hablado con alguno de ellos? —inquirió el senador Molina.

—Sí, pero nadie tiene la menor idea. Molina, llama por favor a la Casa Blanca y habla con alguien cercano a O'Sullivan —ordenó Sinclair.

Gilbert marcó el número, y una de las ayudantes personales del presidente contestó:

—Despacho del presidente.

—Buenos días, habla Gilbert Molina.

—Buenos días, senador Molina, ¿en qué puedo ayudarlo hoy? —respondió una voz femenina que él no reconoció.

—Necesito hablar con el jefe de gabinete.

Pasó un minuto antes de que la mujer regresara a la línea:

—En este momento no se encuentra disponible, senador, pero el presidente desea hablar con usted; permítame transferirle la llamada.

El ritmo cardíaco de Gilbert se disparó. Otro minuto transcurrió antes de que por fin se oyera la voz del presidente:

—Senador Molina, manténgase al margen de esto —dijo el presidente, y la llamada se cortó.

Gilbert relató lo sucedido, y todos en la casa quedaron en silencio. Las palabras del presidente lo estremecieron hasta los huesos. Su instinto le gritaba que saliera de allí cuanto antes. Se disculpó diciendo que tenía que regresar a Washington de inmediato.

Y, efectivamente, minutos después, mientras su vuelo despegaba, el FBI irrumpió en el rancho Black Eagle, sin dar tiempo a los cuatro ocupantes de discutir sus planes de contingencia. Al ver el vehículo del FBI acercándose a toda velocidad a su rancho en Telluride, Leroy Sinclair sintió que el mundo se le venía encima. Los cuatro fueron esposados sin ninguna explicación y, en cuestión de quince minutos, se hallaban a bordo de un jet Falcon del gobierno.

Poco después, de manera repentina, les retiraron las esposas y les comunicaron que la misión era asegurarse de que cumplieran con la orden presidencial de presentarse a una audiencia ese mismo día a las 3:00 p. m., en el tribunal federal de Washington D. C. El jefe del equipo del FBI les explicó que temían que sus abogados pudieran interferir, obstaculizando el cumplimiento y la logística necesarias para que llegaran puntualmente.

—¿Por qué nos arrestaron? —preguntó Sinclair.

—No había tiempo de explicaciones, de que consultaran o se opusieran.

Así pues, Leroy y sus tres amigos seguían siendo hombres libres, al menos por el momento.

Zúrich, Suiza, 2016
Sede Central de la Organización de Tosh

Un edificio de veinte pisos, discreto y situado en una antigua calle adoquinada constituía el núcleo central de las operaciones con fines de lucro y sin fines de lucro de Nicolás Tosh.

Patrick Donaldson, finalmente, consiguió trabajar para Tosh, y convenció también a Markus de hacer lo mismo; llevaban ya cuarenta años formando parte de su organización. Era el director financiero (CFO) de Tosh, mientras que Wildi se desempeñaba como tesorero. Ambos administraban la contabilidad y tesorería de todos los procesos comerciales, así como las actividades sin fines de lucro. También negociaban, revisaban y formalizaban todos los contratos de las tres áreas de operaciones.

La operación de back-office ocupaba los primeros ocho pisos del edificio. En la novena planta se encontraba el equipo de la empresa Walkyria, de Tosh, que gestionaba las relaciones con todos los clientes alrededor del mundo. Diez ejecutivos llevaban al menos veinticinco años trabajando para Tosh, divididos por grupos: gobierno, sector militar y cuentas privadas. Solo Rainer y Nicolás aprobaban y cerraban todos los acuerdos comerciales.

Los departamentos de recursos humanos del Centro de Datos de Zermatt y de la Fundación Experta se ubicaban en los pisos noveno y décimo, dirigidos por Miko Pakkinen. Él se encargaba de perfilar y evaluar a cada candidato a empleado de Experta, de Zermatt o "carrier".

Sábato y Tosh realizaban las entrevistas y decidían su aprobación. Si eran aceptados, el equipo de Pakkinen los formaba.

La Fundación Experta, que empleaba a más de quinientas personas, ocupaba los pisos del once al veinte. Se organizaba por países y por área de interés de la fundación. Sin embargo, todo el desarrollo de software se hacía únicamente en el laboratorio del Centro de Datos de Zermatt, que constituía el verdadero corazón de la organización.

Zermatt, Suiza, 2016
Centro de Datos de Zermatt

Día 2, 6:30 p. m. (CET) / 12:30 p. m. (ET)

Rainer se dirigió directamente al equipo de la red neuronal en el primer piso.

—¿Estado? —preguntó.

—Todos los datos se descargaron directamente, sin incidentes —respondió Dieter Jürgen.

—¿Se verificó toda la información?

—El Pentágono ha permanecido conectado a la red. Supongo que están verificando que las pasarelas hacia los veinte individuos continúen abiertas y que no haya flujo de datos de entrada o salida. Estamos esperando su orden para cerrar las comunicaciones con los sujetos a través de los CDA-322, 323 y 324.

«Nicolás, ¿estás?»

«Sí, Rainer, espero al presidente. Están preparando algunos videos. Todos aguardamos en la sala del tribunal a que él regrese a la pantalla.»

«Ok, mantendré la línea abierta.»

«Ok.»

La situación actual de Tosh le recordó a Rainer un par de incidentes que habían sucedido décadas atrás en Argentina, y su mente retrocedió treinta años en el tiempo.

Buenos Aires, Argentina, 1984
Agencia de Viajes Sarmiento

11 p. m. (hora de Argentina, ART)

Rainer corría todo lo rápido que podía. La noche estaba brumosa, húmeda y fría. Las suelas de cuero de sus zapatos resbalaban sobre el empedrado mojado. En una noche sin luna, prefería correr por las calles iluminadas, en lugar de las aceras oscuras. Las calles estaban desiertas; solo se escuchaba el ruido de sus pasos y de su respiración agitada, mientras el vapor y la niebla salían de sus pulmones hacia la noche.

Todo había empezado de manera imprevista cuando él y Tosh fueron a recoger sus pasajes de avión a Bariloche y a cambiar dólares estadounidenses por pesos en el mercado negro. Argentina estaba en bancarrota tras la Guerra de las Malvinas. Todas las monedas fuertes y los metales preciosos habían sido confiscados, y su compraventa declarada ilegal. Aun así, los turistas continuaban vendiendo sus dólares en el mercado negro, pues la tasa había alcanzado un millón de pesos por dólar, lo que convertía a Buenos Aires en una ganga para los visitantes. Se podía comprar una preciosa chaqueta de cuero por diez dólares, y un buen bife costaba alrededor de un dólar. Para Rainer y Tosh, siete días en Bariloche les saldrían por unos cien dólares.

Habían aterrizado en el Aeropuerto Internacional de Ezeiza ese mismo día, y su viejo amigo de Zúrich, Markus Wildi, había coordinado la cita y les había dado la dirección de la agencia de viajes. Se suponía que sería rápido y sencillo: entrar, comprar dos boletos, cambiar quinientos dólares, y dirigirse al Aeroparque Jorge Newbery para tomar el vuelo doméstico de dos horas y veinte minutos. Así que, aproximadamente a las 4:30 p. m., con el cielo ya oscureciendo, Rainer y Tosh tocaron el timbre de un pequeño edificio de cuatro pisos en la calle peatonal Lavalle.

—¿Sí?

—¿Esta es la Agencia de Viajes Sarmiento?

—¿Nombres?

—Nicolás Tosh y Rainer Sábato.

—Suban —dijo la voz, y el zumbador liberó de inmediato la vieja puerta de madera, desajustada.

Rainer apoyó el hombro derecho y empujó hasta que la pesada puerta cedió. Luego subieron a un ascensor antiguo de esos con puerta metálica plegable tipo fuelle, que había que abrir y cerrar manualmente. Al llegar al tercer piso, la única puerta que había estaba abierta, así que entraron. Allí comenzó su pesadilla.

En esa época, en Argentina era aterrador toparse con los policías de civil llamados "camperas de cuero negras". Miles y miles de personas desaparecieron o fueron brutalmente torturadas por ellos, en un período en el que el país trataba de acabar con el movimiento marxista-leninista Tupamaro, una guerrilla urbana inspirada en el Che Guevara y la Revolución Cubana de Castro.

La agencia de viajes estaba plagada de esos policías, así que a Rainer y Tosh los llevaron enseguida a una de las oficinas.

—Buenas noches, caballeros. Soy el capitán Rubén Borjes, de la Policía Nacional de Inteligencia. ¿Sus nombres?

—Nicolás Tosh y Rainer Sábato.

—¿Ustedes pidieron dos pasajes aéreos y solicitaron a esta agencia que les cambiara 500 dólares?

—Sí.

—¿Dónde está el dinero?

—Aquí, señor —dijo Tosh, entregándole el efectivo.

—Quiero decir todo el dinero.

Tosh y Rainer vaciaron sus bolsillos y le dieron otros 1 500 dólares.

—¿Saben que solo se permite cambiar dólares en Argentina a la tasa oficial, en bancos comerciales oficiales y casas de cambio autorizadas?

—No, señor —contestó Tosh.

—¿Saben que la tasa oficial es de 5 pesos por un dólar?

—No.

—¿Por qué no?

—Acabamos de llegar, señor —dijo Tosh.

—Señor Tosh, ¿de dónde es usted?

—Soy suizo, nacido en Bariloche.

—¿Y usted, señor Sábato?

—Soy alemán, nacido en Buenos Aires.

—¿A qué se dedican?

—Soy físico nuclear —respondió Rainer.

—Yo soy matemático.

—Bueno, chicos listos, vayan y siéntense afuera. Se enfrentan a uno o dos años de cárcel por violar las leyes de divisas extranjeras de su país.

Porque es su país, ¿verdad? A fin de cuentas, aquí nacieron —y el capitán Borjes gritó esas últimas palabras a todo pulmón.

En la sala principal había un puñado de personas en la misma situación. Un par de mujeres lloraban; otros maldecían y proferían insultos, pero todos parecían estar sumidos en un pánico absoluto.

"¿Y qué hizo Tosh?" —recordaba Rainer—. *"¡Se quedó dormido!"*

Mientras tanto, Rainer no podía pegar ojo. Aquella agencia de viajes anodina era ahora como una gran red de pesca en la que seguían cayendo turistas, víctimas de la trampa policial. El dueño de la agencia, el señor Sarmiento, era un hombre corpulento, calvo y de gafas gruesas. Tenía la cabeza grande, sudaba abundantemente y, sin embargo, parecía sentirse a gusto con todos los policías, sirviéndoles café, agua y dándoles todo lo que pedían: recibos, facturas, estados bancarios. También se colocaba cerca del teléfono para asegurarse de que los empleados contestaran de manera natural y que los que llamaban no sospecharan nada. Cada vez que se pactaba una operación de divisas, el nombre del comprador pasaba al capitán de la policía; ellos solo esperaban a que la ratonera funcionara.

En ese momento Rainer se preguntó si nada de esto era necesario. Sí, se recordó a sí mismo, sí lo era. Le tomó años entender, aceptar y finalmente coincidir en que sus "identidades públicas" eran las de gente común, que viajaba en clase turista, tomaba taxis y se ahorraba dinero comprando moneda local ilegalmente en el mercado negro. Al evocar esos recuerdos, comprendió algo que ya sabía desde el principio: Nicolás siempre había sido el mismo. Todos los ingresos de Walkyria iban al Centro de Datos de Zermatt y a la Fundación Experta. Era un multimillonario que no se quedaba con nada para sí.

Lo que sucedió a continuación fue memorable. Rainer vio cómo Tosh se despertaba en medio de una sala abarrotada de gente ansiosa. En cuanto estuvo alerta, Rainer le pidió a Tosh que activara su "identificador" —con forma de busca—, cargado con los CDA-319, 320 y, especialmente, el 321, para habilitar la comunicación de pensamientos entre "carriers" y así poder comunicar ambos cerebros en silencio.

«Tosh, aquí estamos, esperando a que caiga el hacha sobre nuestras cabezas… ¿y no vamos a hacer nada? Estamos en peligro».

«Contactemos a Patrick y Markus» —pensó Tosh.

Mientras hacían eso, Rainer reflexionó sobre el aspecto ingenuo de la personalidad de Tosh y su total desprecio por la autoridad.

«Patrick y Markus, aquí estoy con Rainer» —transmitió Tosh en silencio.

«De acuerdo. Adelante» —respondió Markus.

«Tenemos un problema» —dijo Tosh. Luego explicó la situación.

En aquel entonces, los CDA-322, 323 y 324 aún no se usaban, pues seguían en fase de desarrollo. Años después, en Zermatt habrían estado monitoreando todos sus movimientos las 24 horas, y ya habrían conocido la situación.

«Nicolás, aquí tenemos un ejemplo de lo que ya te advertimos. Es necesario cruzar la línea entre tus identidades cuando tu seguridad está en riesgo. También es imperativo que los CDA-322, 323 y 324 se apliquen a todo el personal clave, especialmente a ti, lo antes posible. La organización necesita saber siempre lo que sucede con su gente en el campo» —señaló Patrick.

«Bueno, Patrick —dijo Tosh—, eso tendrá que esperar, porque pensamos pedir al G-7 que declare esos algoritmos como WMD, de modo que solo ellos puedan usarlos».

«Creo que coincidirán rápidamente en que les conviene que nos autocontrolemos y grabemos cada uno de nuestros movimientos en el centro de datos y con los "carriers" sobre el terreno».

«Tienes razón, Patrick; en eso estoy de acuerdo» —dijo Tosh.

«Entonces, Nicolás, ¿qué piensas hacer?»

«Patrick, revisa los archivos de la Fundación Experta sobre Argentina. Quiero datos y cifras, incluidas las contribuciones de este año. Nosotros nunca tomamos partido político, así que debería ser un historial de donaciones bastante neutral. Necesitarás nombres de beneficiarios —sean empresas o individuos— y datos de contacto, incluidos números de teléfono».

«De acuerdo, lo haré».

«Rainer, contactemos al centro de datos».

«Ya están en la línea, escuchando».

Peter Friedli, jefe del centro de datos, había oído toda la comunicación.

«Peter, quiero que ejecutes solo los módulos de localización y video de CDA-322. Avísame si funcionan».

«Nicolás, ese algoritmo no está listo. Además, ¿no habíamos acordado que íbamos a autoimponernos no usarlo?»

«Peter, lo usaremos solo con nosotros mismos, no el algoritmo completo; además, está listo y probado. Lo terminé ayer antes de salir».

Nacido en Berna, Suiza, Peter Friedli era brillante y fastidiosamente inflexible al mismo tiempo. Era un magnífico gestor de la supercomputadora cuántica y de la red neuronal, mientras el sistema funcionara con una estructura muy rígida y previsible. Pero Peter no era desarrollador, sino operador, así que, si alguna parte del software fallaba o no estaba completada, empezaba a enojarse. Era consciente de sus fortalezas y sabía que no valía la pena disputar a Nicolás en sus áreas de experiencia, porque sin duda perdería la discusión.

La sala de la agencia de viajes quedó en silencio de pronto.

—¡Lo encontramos, capitán, lo encontramos! —repetía un oficial, desde una habitación del extremo izquierdo.

Al mirar en esa dirección, Tosh vio que habían removido varias baldosas para dejar al descubierto un hueco en el suelo. El oficial sostenía un par de lingotes de oro en sus manos, y Tosh también alcanzó a ver la parte superior de fajos de billetes de dólar y cheques de viajero en el compartimento secreto. El propietario profirió un fuerte alarido. Se acabaron las formalidades: lo esposaron de inmediato.

—Te dije que colaboraras conmigo, Sarmiento. Te di varias oportunidades y te traté bien. Ahora, acabas de complicarte todavía más. Muy bien, equipo, es hora de irnos. Cuando terminen de hacer el inventario de lo que hemos incautado, empáquenlo todo. También tenemos que trasladar a todos estos detenidos; busquen un transporte lo bastante grande para llevarnos a todos.

El pánico estalló cuando una mujer embarazada, un hombre mayor, niños pequeños y el resto de la gente reaccionaron ante el giro trágico de su situación. Iban a la cárcel y, además, en manos de la policía de las "camperas de cuero negras".

«Vimos todo eso, Tosh» —dijo Peter.

«¿Tienen video en vivo?» —preguntó Tosh.

«Sí, a través de tu visión, pero solo en blanco y negro, de momento».

«Entonces supongo que han podido determinar nuestra ubicación».

«Así es».

«*Ahora bien, Peter, ¿hay algún otro "carrier" en la zona con un "identificador" activo?*»

«*Ninguno. El más cercano sería Christopher Musial, en un vuelo nocturno desde Estados Unidos*».

«*Nos quitarán los busca cuando nos fichen. La duda es si las oficinas de fichaje y las celdas de detención estarán en el mismo lugar. Si los busca siguen encendidos en las proximidades, seguiremos conectados gracias a sus baterías; si no, Christopher tendrá que averiguar dónde estamos y, cuando esté dentro de nuestro radio, reconectarnos*» —dijo Tosh.

«*Nicolás, la situación es grave. Hay gente que entra y simplemente desaparece. Nadie sabe en qué lugar los retienen. Ni siquiera reconocen que están detenidos. Acabo de hablar por teléfono con el abogado de Experta en Buenos Aires, el doctor Luis Puerta, y nos está consiguiendo la información que pediste sobre nuestras donaciones en Argentina*» —comentó Patrick.

«*¿Sabe él lo que pasa?*»

«*No, Nicolás, no forma parte del Centro de Datos de Zermatt, así que no tiene autorización. Solo le hice una pregunta genérica sobre las "camperas de cuero negras" y los desaparecidos*».

«*De acuerdo, Patrick, ¿qué tienes?*»

«*Nuestras donaciones en Argentina superaron los 100 millones de dólares el año pasado. Este año llegarán a 125 millones. Todas han sido en el sector privado, sobre todo en proyectos de emprendimiento agrícola*».

«*Peter, no podemos esperar la información de Puerta; debemos actuar antes de que nos saquen de aquí. Voy a asignar un "número identificador" al capitán Borjes ahora mismo*» —dijo Tosh mientras apuntaba su dispositivo al capitán.

El "identificador" captó rápidamente la señal cerebral del capitán y, segundos después, el número de identificación apareció en la pantalla, ya registrado en la red neuronal.

«Peter, quiero que ejecutes el CDA-323 sobre el capitán Borjes, limitado a cualquier relación "directa o indirecta" con Experta».

«¿Está listo el módulo de memoria del CDA-323, Nicolás?»

«Solo para consultas específicas puntuales, aún no está listo para hacer un escaneo completo del cerebro de una sola pasada».

«Pero no podemos hacerlo. Borjes no es un empleado del centro de datos».

«Voy a reclutarlo ahora mismo. Preparen todo. Una vez reclutado, lo aplicaremos».

Tosh se acercó al capitán.

—Capitán Borjes, ¿podría hablar con usted un momento?

Borjes estaba solo, sentado en el escritorio del dueño. Fumaba y sonreía, satisfecho del gran éxito de su misión.

—¿Qué quiere? —dijo el capitán, consintiendo tácitamente la conversación.

—Lo que dijo me impresionó.

—¿Qué cosa? Mire, no tengo tiempo para confesar pecados.

—Usted ama a nuestro país —dijo Tosh, justo cuando el capitán estaba a punto de echarlo. Borjes se detuvo y lo escuchó.

—Usted ama con pasión a nuestro país, y lo que hacemos aquí todos está mal. Quiero invitarlo a trabajar conmigo en mi organización.

El capitán estaba en trance; no eran las palabras en sí lo que oía, sino la fuerza con que se transmitían. Algo que siempre le había llegado al corazón, pues repetía que Argentina necesitaba más gente con convicciones y pasión. Siguió escuchando.

—Señor Borjes, mi organización donó más de 100 millones de dólares a proyectos sociales importantes en Argentina el año pasado y donará 125 millones más este año. Al principio, no sería un trabajo de tiempo completo, pero eventualmente lo será. Tenemos un grupo dentro de la organización en esta parte del mundo que requiere de la experiencia que usted tiene.

El capitán Borjes miró fijamente a Tosh. Una parte de él quería sacarlo a patadas, pero no podía, solo lograba seguir oyéndolo.

—Si puedo demostrarle rápidamente que lo que digo es verdad, ¿lo consideraría?

La gente estaba siendo alineada y llevada abajo en grupos. Rainer calculó que estaban hacinando a más de cincuenta personas en el pequeño vestíbulo. Tosh se dio cuenta de que debía apresurarse.

—¿Y usted cambiando 500 dólares en el mercado negro? ¿Está bromeando? —preguntó Borjes.

—¿De qué otra forma podría mantener en secreto mis donaciones, si también mantengo en secreto mi identidad?

—Cuando habla de donaciones, ¿se refiere a dinero regalado, sin condiciones?

—No, capitán. Es dinero que se entrega sin devolución, pero nos aseguramos de que se use adecuadamente —explicó Tosh.

Ahora sí, Borjes estaba realmente intrigado. ¿Sería una broma? Esperaba que no. O tal vez se tratara de lo que siempre había buscado: un modo de replantearse su vida y dejar atrás la monotonía, aunque su instinto lo empujaba a la seguridad de su trabajo.

—No dejaría la policía ahora mismo. ¿Qué clase de trabajo propone?

—Investigativo, parecido a lo que hace. Como dije, inicialmente sería medio tiempo. ¿Lo consideraría?

—Sí —admitió Borjes sin creer lo que acababa de decir.

—De acuerdo, haré que un par de personas lo llamen al número de la agencia para verificar lo que le digo. Deme un segundo.

«Peter, ejecútalo ya» —pensó-instruyó Tosh a Friedli.

Tosh miró el teléfono que había sobre el escritorio.

«Patrick, llama ya a la agencia. Aquí tienen un teléfono de disco; el número está anotado en él. Lo estoy mirando para que lo veas» —transmitió Tosh mentalmente a Donaldson.

«Entendido».

Borjes clavó la mirada en Tosh, quien seguía inmóvil frente a él, aunque el movimiento de sus ojos delataba una actividad frenética.

«¿Qué estaba pasando?» pensaba el capitán.

El teléfono sonó, y el capitán contestó:

—¿Sí? —respondió en español.

—Habla Patrick Donaldson, CFO de la organización del señor Tosh —dijo en un

español con fuerte acento—.

—¿Me podría comunicar con el señor Tosh, por favor?

El capitán le pasó la bocina a Tosh.

—Patrick, ¿puedes darle al capitán Borjes la lista de las entidades y datos de contacto a las que hemos donado en el último año?

Tosh le devolvió el auricular a Borjes.

—Escuche con atención y dígame si reconoce a alguien, para poder llamarlo de inmediato —le indicó Donaldson.

Borjes se sentó y prestó atención mientras Donaldson recitaba la lista. Entonces Donaldson se detuvo de golpe; inicialmente, se quedó pasmado al leer un nombre. Luego reaccionó.

«Tosh, ya lo tenemos. Hay una conexión».

Los ojos de Borjes se abrieron como platos.

—Ese nombre… es mi tío.

«Tosh, tu primer mentor y maestro resulta ser su tío» —pensó Patrick.

Miami, Florida, EE. UU. y Washington D. C., 2016
Tribunales Federales

Día 2, 4 p. m. (ET)

—Señoras y señores —dijo el presidente, hablando a través de la videoconferencia—. A primera hora de esta mañana, los miembros del G-7 suscribieron por unanimidad una resolución que aprueba el uso de los algoritmos CDA-322, 323 y 324. El Congreso de los Estados Unidos y yo dimos nuestra aprobación un par de horas después.

El presidente continuó hablando en la gran pantalla:

—Se requiere dicha aprobación porque estos algoritmos CDA están designados como armas matemáticas militares, concretamente como Armas de Destrucción Masiva (WMD), y el señor Tosh es un activo militar estratégico del G-7 —explicó el presidente—. Posteriormente, se desplegaron los CDA y todos los datos se descargaron, procesaron y almacenaron correctamente en cuestión de minutos. Después de eso, durante las tres horas anteriores a esta audiencia, el servicio de inteligencia militar, la fiscalía general de los Estados Unidos y yo mismo revisamos la información y encontramos pruebas suficientes para revocar el veredicto de culpabilidad contra el señor Nicolás Tosh.

Ahora, antes de seguir hablando, queremos mostrarles algunas imágenes de video y fotos relevantes para todos los presentes en esta sala. Les ruego que tengan paciencia unos minutos mientras lo configuramos.

Leroy Sinclair repetía las palabras sin cesar en su mente: "arma matemática militar" que "procesa datos". Obviamente, datos sobre ellos. ¿Pero qué datos? Poco se imaginaba él que, con CDA-322 ya en funcionamiento, el Pentágono estaba grabando en ese instante cada pensamiento de todos los cerebros de los veinte asistentes, incluido el suyo.

Siguiendo las instrucciones del presidente, el director del enlace de video de la Casa Blanca cambió la imagen, y la pantalla del tribunal de Miami mostró brevemente a los ocho asistentes en la sala del tribunal de Washington D. C. Luego cambió nuevamente la imagen, y ahora se veían en la pantalla del tribunal de D. C. los doce invitados que estaban sentados en la sala de Miami, junto con Nicolás Tosh. Ambas escenas les helaron la sangre a los veinte convocados.

Ahora todos sabían el motivo de su presencia allí: el nexo común entre cada uno de ellos era Nicolás Tosh.

Sinclair comprendió del todo que las palabras "activo militar estratégico" y "WMD" desterraban cualquier posibilidad de ejercer influencia indebida en relación con este asunto. Sabía que estaba perdido. Todos caerían.

Washington D. C., EE. UU., 2016
Edificio de oficinas del Senado

Día 2, 2:30 p. m. (ET)

El "carrier" activó el "identificador", un dispositivo diminuto con pantalla y dos botones. En segundos, la pantalla comenzó a buscar una señal cerebral. El individuo objetivo bajó de una limusina y se apresuró a subir los escalones, acelerando el paso. El "carrier" lo vio a lo lejos, pero aguardó, pues conocía el recorrido exacto que haría el sujeto. El "identificador" estaba sobre la mesa mientras el "carrier" bebía un macchiato grande de Starbucks. Sin levantarlo, apuntó el dispositivo en dirección al sujeto que se acercaba.

En la pantalla apareció el mensaje:

BRAIN SIGNAL DETECTED.

Luego la instrucción:

CONFIRM SUBJECT.

El "carrier" pulsó el botón izquierdo para indicar YES.

SUBJECT ENGAGED.

APPLYING CDA-319.

BRAIN SCAN IN PROCESS.

El sujeto ya pasaba casi a su lado, sin tener idea de lo que ocurría. El "carrier" apuntaba el "identificador" hacia él.

La secuencia continuó:

SCAN COMPLETED.

DATA BEING STORED.

GENERATING IDENTIFIER NUMBER.

COMPLETED.

SUBJECT ID # 374x14p00312.

SENDING INFO TO DATA CENTER.

INFORMATION ACCEPTED AND BEING STORED IN DATA CENTER.

El "carrier" se levantó, siguió al sujeto y lo alcanzó mientras ambos entraban en el mismo ascensor.

—¿A qué piso va, señor? —preguntó el senador Gilbert Molina.

—Al tercero, gracias —respondió el "carrier".

—Así es más sencillo, vamos al mismo piso.

—Gracias.

Sostenía el dispositivo con ambas manos, como si estuviera leyendo un busca.

—¿Todavía se usan esos aparatos? —comentó Molina, confundiendo el "identificador" de primera generación con un busca.

—Bastante, sí.

El "carrier" bajó la mirada a las opciones del menú y seleccionó APPLY CDA; luego APPLY CDA-320.

Entre IDENTIFIER #.

IF THE SUBJECT IS NOT PRESENT entre LOCATION COORDINATOR.

IS THE SUBJECT PRESENT? Seleccionó YES.

ENGAGING.

ENGAGED USING CDA-320 AND CARRIER USING CDA-321.

El senador saludó con la mano y se fue en dirección opuesta. El "carrier" se alejó en sentido contrario.

'Senador Molina'.

El senador se detuvo en seco. Acababa de oír una voz nítida en su cabeza. Se giró para ver si alguien lo llamaba.

'Senador, solo hable y yo lo oiré'.

—¿Qué es esto? ¿Quién es usted? ¿Es una broma? —dijo en voz alta el senador.

No, señor, le hablo con mi mente y escucho la suya. Le sugiero que busque un lugar privado y tome asiento. No querrá que lo vean hablando solo, ¿verdad?'

—¿Es esto legal? ¿Qué quiere? —preguntó el senador en medio del pasillo, cuando pasaban un par de asistentes que lo oyeron, aunque él ni los miró.

—¿Perdone? —dijo uno de los asistentes.

El senador se volvió y los vio; antes de contestarles, recordó el consejo que acababa de recibir y se dirigió a su despacho sin saludar a su equipo.

—¿Qué quiere?

'Senador, necesitamos su ayuda'.

—¿Quiénes son "ustedes"? —inquirió.

'Somos una organización sin ánimo de lucro con permiso gubernamental'.

—Esto viola mi derecho a la privacidad.

'No, solo estamos hablando'.

—¿Quién es usted?

'Un "carrier". Nos comunicamos o escuchamos a quienes están registrados en la red, en nombre del gobierno'.

—¿Por qué se comunica conmigo?

'Usted estuvo hoy en Telluride, Colorado, y habló brevemente con el presidente, ¿verdad?'

—Sí.

'Bien, minutos después de su partida, detuvieron a las cuatro personas con las que se reunió'.

Los peores temores de Molina se hicieron palpables.

—¿Van a arrestarme a mí también?

'No lo sé; eso lo decide el gobierno. Por el momento, necesitan su cooperación, pero la comunicación será únicamente por este canal y conmigo'.

—¿Quién es usted?

'Usted ya me conoció: el "busca"'.

De pronto, en su mente oyó:

'Communication has ended'.

Mientras hablaban, Christopher no le reveló al senador que estaban esperando la aprobación para aplicar el CDA-323 en él y, que poco después, toda su vida sería descargada, almacenada y revelada.

El senador Molina era objetivo de la investigación, pero hasta ese momento no existía evidencia que lo vinculase con los otros veinte conspiradores. Por ello, lo trataban como posible candidato a "carrier", evitando así la aplicación de la Resolución del G-7.

No obstante, a solicitud del general Pinkus, por medio de Tosh, preveían que el presidente lo designara como uno de los sujetos cuyos datos cerebrales se descargarían directamente en la supercomputadora del Pentágono usando los CDA-322, 323 y 324. Pero primero necesitaban recabar pruebas por su cuenta en el laboratorio de Zermatt. Al aplicar los CDA a un civil sin la aprobación del G-7, cruzaban una línea muy peligrosa.

San Carlos de Bariloche, Argentina, 1984
Casa del profesor Benjamín Borjes

10 p. m. (ART)/(ET)

El profesor Benjamín Borjes llevaba una vida humilde y espartana. Su pequeño chalet de estilo bávaro, de apenas unos $90\,m^2$ (1.000 ft²), compensaba su falta de espacio con una ubicación y unas vistas magníficas: se alzaba justo a orillas del lago Nahuel Huapi, con el famoso Hotel Llao Llao al otro lado de la carretera, a los pies de una imponente cadena montañosa y con la Isla Bosque de Arrayanes al fondo del lago. Sus "árboles de fuego" de tonalidad anaranjada habían inspirado a Walt Disney para la película *Bambi*.

Su modesto kayak, amarrado a un pequeño muelle, era el inseparable compañero del profesor Borjes, que se pasaba horas remando por las orillas del lago. Benjamín, soltero y entregado a las matemáticas como su única gran pasión, ahora semirretirado, había recibido un inesperado regalo cuando el abogado porteño, Luis Puerta, lo llamó para comunicarle que se había aprobado una subvención de cinco millones de dólares destinada a su proyecto de preservación de las orillas del lago Nahuel Huapi.

Semanas antes, había publicado varios anuncios en el diario local *El Clarín* solicitando una subvención. Ofrecía toda la documentación del proyecto, respaldos y flujos de caja, así como metas y plazos previstos, a quien pudiera estar interesado. El doctor Puerta se puso en contacto con él y, al manifestarle su interés, el profesor Borjes le envió el conjunto completo de información. Cuarenta y cinco días después, se aprobaba la subvención y el dinero se depositaba en una cuenta de garantía, administrada por el doctor Puerta. Todos los desembolsos se efectuarían según el plan del proyecto, cumpliendo las fechas objetivo y las metas establecidas. Por más que el profesor Borjes insistiera, el doctor Puerta nunca reveló la identidad del donante. Lo que sí le proporcionó fue una lista con otros beneficiarios argentinos, con algunos de los cuales habló Borjes. Para su gran alivio, comprobó no solo que no era el único destinatario de la subvención, sino también que quien estaba detrás actuaba con un plan sistemático y deliberado, conformando quizá una de las iniciativas más importantes de su tipo en Argentina.

Aquel día, el profesor Borjes, aprovechando el deshielo en la orilla del lago y la noche de luna llena, pasó dos horas remando para supervisar las labores de reforestación y limpieza contempladas en su proyecto. Mientras amarraba el kayak al muelle, oyó el estridente timbre de su teléfono de los años sesenta.

«¿Quién llamará tan tarde?»

Entró corriendo, aún con el chaleco salvavidas puesto.

—¿Hola?

—Tío, soy Rubén.

"¿El policía? Buen chico, un recto incorruptible", pensó.

—Rubencito, ¿cómo andás, querido?

—Bueno… ocupado, tío, desarticulando cambistas ilegales, ¿y vos?

—También muy ocupado con un proyecto para reparar los daños y luego preservar las orillas del Nahuel Huapi.

—Justo por eso te llamo. Has tratado con un abogado de Buenos Aires, llamado Luis Puerta.

—Sí, así es.

—¿Y no te has enterado nunca de quién es el donante de tu proyecto?

—No.

—Pues lo tengo aquí conmigo.

Tosh había estado oyendo la conversación desde el auricular de la secretaria.

—Profesor, ¿cómo está?

El profesor Borjes se quedó perplejo.

—¿Usted? —dijo, con una alegría incontenible en la voz resquebrajada.

—Sí.

—Así que… lo hiciste; realmente lo hiciste.

El corazón de Tosh latía con fuerza; sentía un nudo en la garganta. Si necesitaba la aprobación de alguien en el mundo, era la del profesor Benjamín Borjes.

—Estoy muy emocionado, profesor, y me quedo sin palabras.

—Gracias por tu generosidad, ha sido para una buena causa.

—Usted se lo merece, y mucho más, profesor.

—Rubencito, Nicolás no solo fue el alumno más talentoso que tuve jamás; lo que lo distinguía era su determinación de usar sus conocimientos para ayudar a los demás. Te has topado con alguien a quien querrás tener cerca y apreciar su amistad. Espero verte pronto, Tosh.

—Bueno, profesor, íbamos camino a San Carlos, y pensaba visitarlo mientras estuviera por allá.

—Entonces te recibiré encantado cuando llegues, ¿cuándo van a llegar?

—Estará allí mañana a primera hora, tío —interrumpió el capitán con una sonrisa.

Al colgar, Rubén Borjes no pudo evitar preguntarse:

—Una vez más, señor Tosh, ¿por qué venir hasta aquí para cambiar 500 dólares en el mercado negro?

—Porque mi identidad pública es la de un tipo normal, con una vida corriente. Casi todo lo que gano con mis herramientas matemáticas lo dono a la fundación.

La oleada de emociones del capitán Borjes alcanzó su punto máximo y, con orgullo, soltó:

—Nicolás Tosh, será un placer y un honor trabajar para usted.

—Capitán, voy a pedirle que entreviste a los detenidos y ponga en libertad a los que sean gente normal o turistas como nosotros.

El capitán Borjes no estaba acostumbrado a que un civil le dijera lo que debía hacer, pero respondió con rapidez y respeto:

—A fin de cuentas, quienes sacan provecho de la situación son los contrabandistas, los comerciantes y los grandes empresarios. Los turistas vienen a visitar, gastan su dinero y, claro, compran artículos para uso personal, pagan pasajes de avión, hoteles y comidas usando la menor cantidad de dinero posible. Tiene razón. Nos pondremos con ello de inmediato. Sargento Sánchez, traiga a cada uno de los detenidos y hablemos con ellos.

El capitán habló con cada uno de los detenidos, uno por uno, devolviéndoles pasaportes y dinero a cada turista y ciudadano común, incluidos Rainer Sábato y Nicolás Tosh.

Al final, arrestaron solo a siete personas que no eran turistas.

Ya en la calle, en una noche que se había vuelto gélida, Tosh prefirió seguir caminando, mientras Rainer se echó a correr.

Al recordar lo ocurrido, Rainer comprendió que aquella noche no solo habían reclutado a Rubén Borjes, convertido en "carrier" durante casi treinta años, sino que además Tosh tomó conciencia de la importancia de su propia seguridad, volviéndola prioritaria desde entonces.

Aun así, faltaba un segundo incidente.

San Carlos de Bariloche, Argentina, 1984
Casa del profesor Benjamín Borjes

Día siguiente. 9:15 a. m. (ART)/(ET)

El DC-9 de Austral Airlines aterrizó suavemente en medio de un paisaje pintoresco. Solo unas horas antes, Tosh había avisado al profesor Benjamín Borjes que iría a visitarlo, pero eso era todo lo que Rainer sabía de la razón de su viaje. Hacía años que ninguno de los dos visitaba San Carlos y, por motivos de seguridad, viajaban juntos muy de vez en cuando, de modo que tenía que tratarse de algo importante. Había nieve por todas partes mientras cruzaban la pista rumbo a la terminal, y la suave brisa del aire puro de montaña les resultaba tan familiar que, de inmediato, ambos se sintieron a gusto, en casa. Al enfilar el largo camino recto hacia el pueblo, Rainer se dio cuenta de lo poco que conocía de la infancia de Tosh en Bariloche. Nunca había conocido a sus padres ni visitado la casa donde creció. Aparte de un pequeño estudio que Tosh había alquilado en el centro —y en el que Rainer había estado una vez—, no sabía nada más sobre la vida de Tosh en su lugar de origen.

Quince minutos después, avanzaban lentamente por las calles del pueblo y se dirigieron al oeste.

—No han cambiado muchas cosas por aquí —comentó Tosh.

—Yo me alegro de estar aquí y no en una sala de interrogatorios, con los de la "campera de cuero negra".

—¿Aún te dejó afectado eso?

—Nicolás, tú saliste de allí tranquilo y sereno. Yo corrí hasta quedarme sin aliento.

—Amigo mío, ayer por la noche aprendí una valiosa lección. Dicho esto, no voy a darle más vueltas. Tenemos una misión que cumplir. Un plan noble que conlleva enormes responsabilidades. Es nuestro deber llevarlo a cabo y, en el camino, nos toparemos con crisis. Las afrontaremos y, luego, seguiremos adelante, ¿capisce?

—No, no lo entenderé hasta que me expliques qué tiene de noble cambiar dólares en el mercado negro.

—Rainer, eso no tuvo nada de noble, pero ni tú ni yo sabíamos nada de ello de antemano.

—¿Tú tampoco lo sabías? —preguntó Rainer.

—No. Markus, siendo el típico banquero suizo, lo organizó a través de un abogado amigo suyo, Luis Puerta, quien resulta ser el asesor legal de nuestra fundación en este país, para que sacáramos los pasajes y cambiáramos algo de dinero.

—El tipo creyó que nos hacía un favor. ¿Y?

—No lo sé, ese es un problema que Patrick tendrá que resolver, pero ya le dije que no hay que hacer un drama, solo una reprimenda.

—¿Cómo?

—Pasa página, Rainer.

—Todavía no. ¿Puedo preguntar entonces cuál es nuestra misión noble?

—¿Tan hondo te caló lo de anoche?

—Si pretendes convencerme de que un hombre como tú, y con toda humildad, uno como yo, metidos en aquel lío no es imprudencia, no lo vas a lograr.

—Rainer, no hicimos nada imprudente. Nos atraparon, sin querer, en una situación de alto riesgo; no fue por imprudencia. Creo que nos desenvolvimos bastante bien.

—Vale, Nic, entendido. Entendido. Tú ganas, pero aún no respondes a mi pregunta: ¿cuál es nuestra misión noble?

—Hemos venido a pedir la ayuda del profesor Borjes. Él todavía no lo sabe.

—Tampoco yo, así que deduzco que esto no es una visita social.

—Tenemos un problema con el CDA-324 y necesitamos la perspectiva de un par de ojos nuevos, porque, hasta ahora, no hemos sabido resolverlo nosotros solos.

Mientras avanzaban por la carretera sinuosa que bordeaba el lago, no podían evitar acordarse de la ruta muy similar que rodea el Lago Tahoe. La mente de Tosh iba a toda velocidad; en realidad, no estaba tranquilo, aunque lo fingiera. Dos noches atrás había recibido una llamada desesperada de un amigo de la infancia de su padre, Américo Ceccoto:

—Tu padre ha desaparecido, y rezo para que solo se haya ocultado y no le haya pasado nada. Hay docenas de fabricantes en Buenos Aires que quieren su cabeza servida en una bandeja de porcelana.

Bruno nunca había sido un padre para él; ni siquiera lo conocía. Solo lo había visto una vez a través de una ventana. Aun así, Tosh no le perdía la pista y, de una forma extraña, era como si su padre supiera que él lo buscaría y protegería, tal como siempre había hecho en secreto y de manera anónima. Si Bruno seguía con vida, Tosh sabía exactamente dónde buscarlo, y esa era la segunda razón de su presencia allí, aunque ese era un asunto privado… ¿o no?

El lago Nahuel Huapi quedaba a su derecha y, a la izquierda, se alzaba majestuoso el Hotel Llao Llao en las colinas; lo rodeaban las suaves pendientes donde, en su infancia, se había revolcado y golpeado en verano, y por las que se había deslizado en trineo o esquiado en invierno.

La cabaña del profesor se encontraba ya cerca, a la orilla del lago.

«La postal perfecta…», pensó Tosh.

La belleza del entorno nunca dejaba de asombrarlo: los pinos, el azul intenso del lago, las montañas y los bosques de coníferas por doquier.

Quizá, pensó, él y Rainer podrían escaparse un par de horas a su lugar favorito en el pueblo. Pero, en esta ocasión, no habría tiempo para esquiar. La casa del profesor Borjes estaba a un par de cientos de metros de la carretera que bordea el lago y, al acercarse, vieron que él acarreaba leña hacia el interior. El profesor también divisó el pequeño Ford Cortina, alquilado a última hora —dada la alteración de sus planes por "causas inesperadas"—. Condujeron alrededor del chalet, en un idílico callejón sin salida, y allí estaba el fiel kayak, junto al pequeño embarcadero, en el mismo sitio de siempre. Era una escena atemporal. Tosh habría apostado lo que fuera a que el viejo seguía conduciendo su viejo Impala.

El profesor odiaba manejar, pero llevaba treinta y cinco años haciéndolo todos los días para ir a la universidad. Aunque ahora tenía menos horas de trabajo, su horario seguía siendo invariable: a las 10:15 de la mañana salía de casa. Tosh quería llegar antes de que se marchara, y estaban justo a tiempo. Al reconocerlo, el profesor dejó caer los troncos y se aproximó. En cuanto bajaron del coche, se fundieron en un abrazo largo y fuerte.

—Nicolás, ¡qué alegría tenerte aquí! —dijo el profesor, luchando contra las lágrimas.

—Profesor, debí haber venido…

—Sí, mucho antes y con más frecuencia, ¡pero estás aquí, estás aquí!

—Profesor, él es Rainer Sábato, mi amigo y colega. ¿Recuerda la historia de cuando subimos caminando al Cerro Catedral por un corte de luz?

—Sí, y te encontraste con un físico nuclear.

—Exacto, él es.

Rainer le tendió la mano cuando por fin se separaron.

—Encantado de conocerlo, profesor. Rainer Sábato, a su servicio.

—El placer es mío, Rainer. No sé si estás al tanto de que mi joven protegido encontró su "vocación" ese día que pasasteis juntos. Como dijo Viktor Frankl, "descubrió el sentido y propósito de su vida", y lo demás es historia. Pero ¿por qué no entramos y tomamos un mate calentito?

Mientras entraban, Tosh pensó que el profesor no había cambiado mucho, quizá porque había llevado una vida tan equilibrada, combinando una intensa intelectualidad con actividad física constante al aire libre. De complexión recia, rondaba el 1,83 m y recordaba más a un Charles Bronson con canas que a un matemático. Era una de las cosas que Tosh más admiraba de él: la combinación de fuerza física y mental.

«La gente acaba pareciéndose a la mezcla de lo que es por dentro y la vida que ha llevado», reflexionó Tosh para sí.

Al sentarse, el profesor encendió la chimenea en la gran sala con techo alto, que en realidad constituía casi toda la casa, salvo un pequeño dormitorio en la esquina que daba al lago.

"El todo en uno" era el lema del erudito de las matemáticas: estudio, salón, biblioteca, cocina y pizarra quedaban a la vista a su alrededor.

—Así que conocieron a mi sobrino Rubén, espero que en circunstancias agradables

—comentó el profesor.

—No del todo, pero el desenlace fue feliz.

—Me alegro, no querrías estar en el bando equivocado de ese caballo.

—Profesor, sé que sigue en contacto con el profesor Schneiderman.

—Así es, y al menos una vez al año nos vemos. A veces en congresos o simposios, o nos visitamos mutuamente. Nuestro principal tema de discusión o análisis siempre ha sido tu trabajo, pero estamos "congelados en el tiempo", justo desde que dejaste de consultarnos por motivos de seguridad. Supongo que todos nuestros modelos y fórmulas matemáticas ya están obsoletos.

—Sí, profesor, igual que las herramientas de codificación y programación. Ahora usamos algo llamado desarrollo de software orientado a objetos, procedente de un laboratorio de investigación en Palo Alto, California.

—¿Y van a contar con Schneiderman también?

—En realidad, quiero que trabajen juntos, usted y él.

—Me parece bien.

Mientras el reloj de mesa marcaba las 10:15 a. m., Tosh supo que la reunión iba a concluir.

—¿Tienes mucha prisa, Nicolás? —preguntó el profesor, poniéndose en pie.

—Solo estaremos aquí hoy.

—De acuerdo, te propongo algo: tengo una clase de una hora dentro de treinta minutos. ¿Les parece si nos vemos al mediodía?

—Perfecto —asintió Tosh.

Al salir, Tosh preguntó:

—Profesor, ¿sabe dónde puedo encontrar a la tía Camila?

El profesor se detuvo un instante.

—Sigue al frente del servicio de limpieza del Casino y Hotel Bariloche. ¿Hace cuánto que no la ves?

—Igual que usted, cinco años.

—Nicolás, ¿él vuelve a estar en problemas? —preguntó el profesor.

—Sí.

—Tengo que irme; nos vemos al mediodía —dijo el profesor mientras se marchaba. Después abrió las puertas del diminuto cobertizo junto al chalet, se subió a su viejo Impala y se fue.

—Nicolás, ¿qué ha sido todo eso? —inquirió Rainer, mientras se quedaban fuera y el sonido del viejo motor se desvanecía.

—Mi tía Camila me crió.

—¿Y vosotros no tenéis relación?

—Es una larga historia.

—¿Quién vuelve a estar en problemas? —preguntó Rainer.

—Prefiero guardarlo para mí, por ahora.

—Está bien.

Rainer no dejaba de pensar en la ingenuidad de Tosh y en la "compartimentación" de sus primeros años, como si hubiera sido una vida inexistente. Tosh tenía planes e ideales nobles que había vuelto realidad; mucha gente en el mundo dependía de él, y muchos otros podrían verse en peligro si se abusaba de sus herramientas matemáticas. La vida de Tosh ya no le pertenecía del todo; tenía que ser un libro abierto. La organización que él había creado no podía permitirse la más mínima falta de transparencia por parte de su fundador.

Condujeron en silencio por la carretera que bordeaba el lago, sumidos ambos en sus pensamientos.

Quince minutos después, llegaron a la ciudad y se encaminaron al Casino y Hotel Bariloche.

—Espérame aquí, por favor. Es un asunto personal, Rainer. Me llevará unos cuarenta y cinco minutos. Si tienes hambre, come algo ahora. Sabes que, cuando nos pongamos con el profesor Borjes, no pararemos.

Rainer bajó del coche y empezó a caminar en busca de alguna cafetería, aunque tenía otras ideas. Encendió su "identificador" y se conectó a Zermatt.

«¿Peter, estás ahí?»

«Sí».

«¿Tosh está en línea?»

«No».

«Quiero que ejecutes CDA-323 sobre Tosh, año por año desde su nacimiento hasta su decimosexto cumpleaños».

«Esa es la única forma en que podemos ejecutarlo ahora, por tandas. ¿Él lo sabe?» —preguntó Peter Friedli.

«No, pero es obligatorio para todo el equipo del centro de datos. Él no es ninguna excepción, y necesitamos transparencia absoluta de su parte. Ya no depende de él, así lo establece el estatuto que aprobamos el mes pasado».

«De acuerdo, ¿tu 'identificador' está cerca de él?»

«Sí».

«Vale, lo ejecutaré ahora».

«Gracias, Peter».

Mientras tanto, Tosh ya había entrado al hotel. Conocía bien el lugar, pues había corrido y jugado allí desde que tenía uso de razón y hasta su adolescencia. El escondite perfecto para el juego de las escondidas y la búsqueda del tesoro, con sus sótanos, pasillos y habitaciones: un terreno fértil para un niño dotado de una imaginación prodigiosa.

Tomó uno de los ascensores y bajó directamente al sótano. Allí estaban las "mazmorras"; donde las escobas eran espadas, los trapeadores máscaras y la ropa de las camareras se convertía en capas.

Atravesó la zona de lavadoras y secadoras industriales, cuyo estruendo le recordaba las veces que esos "monstruos anaranjados de ojos de cristal" habían entrado en sus aventuras imaginarias.

Al acercarse a la oficina de su tía, revivió las incontables ocasiones en que ella aparecía por esa puerta llamándolo o gritándole: "Nicolás, ¡a comer!" o "¡a ducharte!" o "ahora, la tarea, Nico". Sin darse cuenta, se detuvo, casi esperando que la voz materna de su tía volviera a sonar y lo congelara como siempre hacía. De repente, los recuerdos de su infancia se hicieron vívidos, y se quedó inmóvil al oírla impartir órdenes precisas a las camareras para que subieran a limpiar varias habitaciones que acababan de desalojarse. Exigía rapidez y perfección. Él permanecía allí, escuchando su voz. ¿Debía marcharse? Dudó un instante y no la vio venir, cuando su tía casi se lo lleva por delante al salir de golpe de la oficina, como solía hacerlo. De pronto, quedaron frente a frente, a punto de tocarse.

—¡Nico…! —su voz se quebró mientras perdía el aliento.

—¡Tía! —y se fundieron en un largo abrazo. Ella sollozaba sin parar, besándole la cara.

—Mi niño, querido, ¿dónde has estado? Aparte de tus breves cartas, no te he visto en cinco años. ¿Me perdonaste? ¿Sí?

—No hay nada que perdonar, tía.

—Oh, sí lo hay, Nicolás. De lo contrario, no estarías tan dolido. ¿Cómo pudiste desaparecer así de mi vida?

—No fue por ti, tía; fue por él.

—¿Tu padre?

—Sí, Bruno, tía, Bruno. Él no es mi padre. Eres tú la única madre que he conocido, pero yo no podía lidiar con su reaparición en tu vida y, una vez que apareció por aquí, ¿cómo podía negarme a vuestro cariño o a que estuvierais juntos? Supe que era hora de marcharme.

—Te equivocaste; él solo es mi cuñado, Nico. ¿Cómo no iba a verle o hablar con él si regresaba después de tantos años?

—Algún día te lo explicaré todo, pero él no hizo nada malo, y Nico, Bruno es un buen hombre.

—No es lo que siempre me has hecho creer, tía. ¿Mantenéis el contacto?

—No mucho, no es que nos llamemos todos los días, pero al menos hemos construido una relación; nos vemos un par de veces al año.

—Tía, ha vuelto a desaparecer.

—Tal vez está en uno de sus viajes de buceo y pesca submarina. Se va dos o tres días y luego regresa.

—Hace un par de días recibí la llamada de un amigo de su infancia, en Brasil, Américo Ceccoto. Dice que algunos fabricantes en Buenos Aires lo amenazan y lo persiguen después de que él les vaciara sus inventarios y les pagara en efectivo con pesos que consiguió en un gran trato con la Fuerza Aérea. Parece que tenían un excedente que no se vendía, y se lo vendieron encantados. Él lo compró a precio justo. Tras el fin de la guerra de las Malvinas, la gente se lanzó a comprar de forma frenética y el peso se desplomó frente al dólar, así que ese grupo se encontró con grandes pedidos, sin inventario y con pesos que no valían nada. Bruno ya había enviado todo a su otro amigo de la infancia, Claudio Di Buccio, en Venezuela.

—Sí, conozco a Américo y a Claudio desde hace tiempo; también son como hermanos para mí. Tu madre y yo los conocimos durante unas vacaciones en Italia. Vinieron a América porque en Europa nos moríamos de hambre. Al principio, yo quería ir a Norteamérica, pero tu mamá prefirió Argentina, así que la seguí. No nos gustó Buenos Aires y terminamos aquí, donde te crie. Nico, déjame hacer una llamada rápida para ver si Bruno anda por ahí.

Sacó un folleto de un parque marino en Puerto Madryn, en la zona de la Pampa, al sureste de Argentina.

—Bruno creó este lugar, Nico —dijo, tendiéndole el folleto.

—Buenos días, Analisa. Quería saber si mi cuñado está por allí.

—No, Camila, no está.

—¿Has sabido algo de él?

—No, y es muy raro en él, porque hablamos todas las mañanas y lleva tres días sin llamar.

Su tía colgó y la preocupación se reflejó en su rostro.

—Nico, ¿dónde está?

—Creo saberlo, pero primero quise hablar contigo para ver si sabías más que yo.

—¿Y yo, tu tía? ¿No merecía que vinieras a verme primero, en lugar de buscar a tu padre perdido?

—Tienes razón, y quizá él haya sido solo la excusa para venir a verte.

Se abrazaron durante lo que pareció una eternidad.

—Tía, tengo que ir a la universidad; quedé con el profesor Borjes. Volveré luego, te lo prometo.

—El viejo cuervo. Salúdamelo, ¿sí?

—Lo haré.

—Entonces, ¿dónde está Bruno? —preguntó la tía Camila.

—En la casa de mamá.

—No, ese sitio lleva años sin usarse; solo lo limpiamos de vez en cuando. ¿Por qué crees que está ahí?

—Porque fue allí donde lo vi por primera y última vez en mi vida.

—¿Qué hacíais él y tú allí?

—Se lamentaba desconsolado, sujetando un pañuelo y llorando.

—¿Y tú?

—Tía, empecé a ir a esa casa casi a diario desde que tengo memoria. Me sentaba por toda la casa buscando el olor de ella entre las habitaciones polvorientas.

—¿Lo llegaste a conocer?

—No, él no me vio. Yo lo vi por la ventana, cuando estaba a punto de entrar en la casa de mamá. Ese día me fui del pueblo. Tía, debo irme, nos vemos luego.

Tosh subió corriendo las escaleras y salió con paso rápido hacia el coche.

Viendo a Nicolás salir del vestíbulo del hotel, Rainer pensó que cuanto antes hablara con él, mejor. Tosh llegó al vehículo y abrió la puerta del conductor.

—Nic, ejecutamos un CDA-323 sobre ti.

Tosh no respondió. Les quedaban quince minutos para llegar al laboratorio de la universidad, así que optó por conducir rápido. Fue buena idea, pues su reacción inicial habría sido excesiva.

—Según nuestras propias normas, el integrante del equipo de datos debe dar su consentimiento por escrito para que se ejecute el CDA-323 en él, a menos que existan pruebas de que oculta algo —dijo Rainer, citando sus propias reglas para adelantarse a cualquier queja.

Tosh sabía que su amigo había hecho lo correcto. Ahora también sabía que todo su equipo, tanto en Zúrich como en Zermatt, estaba escuchando cada uno de sus pensamientos.

«De acuerdo, equipo, tienen al jefe totalmente desnudo. Esto de mantener la transparencia es una buena lección para mí. Debe anteponerse a cualquier interés personal y, si cabe, me aplica con más rigor. No es que deba ser más sincero que los demás, sino que, como líder, tengo una responsabilidad aún mayor de esforzarme, respetarlo y hacerlo cumplir».

Rainer recordó que aquel segundo suceso estableció un precedente sobre la transparencia y la rendición de cuentas para todos los miembros del centro de datos, Tosh incluido. Pero también comprendió que, hasta someterse al CDA-323, Tosh había sido ambiguo e ingenuo.

Tosh se dio cuenta de que no había encendido el motor. Ahora llegaban tarde. Aceleró al salir, y añadió algo más:

«Equipo, revisen mi historial de vida. No ha sido una existencia convencional, pero verán que también contiene todos los ingredientes normales. En otro tema, prepárense, nos conectaremos en vivo en breve».

Cuando dejaron atrás el lago, en la distancia se veía el campus de la Universidad de San Carlos de Bariloche en la parte llana del valle. A Rainer se le tensaron los nervios; Tosh no quería llegar tarde y conducía demasiado rápido para su gusto.

La carretera hacia la Universidad de San Carlos de Bariloche estaba mojada y vacía. El sol ya estaba alto y la nieve de los márgenes se derretía. En menos de diez minutos, Tosh abandonó la vía principal y entró en la avenida del campus. Eran las 11:55 a. m., y podían ver el edificio del laboratorio, hecho de vidrio y acero, destacando sobre el resto. Era nuevo, moderno y arquitectónicamente imponente. La fundación de

Tosh había donado su construcción de forma anónima dos años antes, junto con un compromiso de un millón de dólares anuales durante diez años. Era lo mínimo que podía hacer por su alma mater.

Al estacionar, vio al profesor en su despacho, con paredes acristaladas de lado a lado. Tosh había aprobado el proyecto y supervisado su conclusión, pero nunca había estado allí. El reloj digital en rojo marcaba las 11:59 a. m. cuando Tosh llamó a la puerta.

—¿Puedo pasar?

—Adelante. Tu tía acaba de llamar. Estaba conmocionada de verte y preocupada por "Bruno" —dijo, pronunciando mal el nombre.

—¿Se refiere a Bruno? Sí, luego me ocuparé de eso.

—Bienvenido a nuestro humilde edificio, donado por una fundación misteriosa que, supongo, no tiene nada que ver contigo, ¿verdad?

Tosh no respondió y fue directo al grano.

—Profesor Borjes, me gustaría que se uniera a nuestra organización. El sueldo es bajo, pero el trabajo es el sueño de cualquier matemático. Quiero que forme parte de nuestro equipo de laboratorio.

—Tosh, dices que sería un sueño para mí, pero ¿tendría que dejar la universidad?

—No, profesor, usted se queda aquí. Jamás interferiremos con su horario. Puede trabajar desde aquí. Salvo un viaje ocasional a nuestro centro de datos en Suiza, cuando su disponibilidad lo permita, no le pedimos que se traslade. Aunque hay un pequeño precio a pagar.

—¿Cuál es?

—Los miembros de nuestra organización no pueden ser beneficiarios de una beca o subvención, pero propongo que designe a un equipo de expertos que continúe con su proyecto de conservación del lago y le rinda cuentas a usted. Usted mantendrá un rol de asesor.

—¿Y si no me gusta el trabajo o no soy capaz de manejar los avances tan punteros en que están ustedes metidos?

—¿De veras cree eso?

—Sí.

—Entonces su proyecto se le devolverá y podrá retomar el control.

—En ese caso acepto. Es un honor para mí, Nicolás —dijo el profesor.

—De acuerdo. Rainer, ¿tu "identificador" está encendido?

—Sí.

—Ejecuta el CDA-319 en el profesor Borjes, por favor.

—OK, iniciando escaneo cerebral.

Benjamín Borjes permaneció en silencio; más que nunca, pensó que el "mundo matemático" de Tosh podía escaparse de su entendimiento.

«¿Qué hacen?» —se preguntaba.

La respuesta no tardaría en llegarle al profesor Borjes, pero antes se devanó los sesos intentando deducirlo por sí mismo. Cada idea que se le ocurría desembocaba en un callejón sin salida, mientras Tosh, Rainer y el equipo se comunicaban mentalmente. Solo veía cómo sus ojos se movían con frenesí.

«De acuerdo, el número de ID está asignado».

«Ejecuta el algoritmo de comunicación unidireccional CDA-320 en él, por favor» —indicó Tosh.

El profesor Borjes seguía en silencio.

—Profesor, en unos segundos su cerebro se conectará a nuestra red neuronal. Nuestro equipo, Rainer y yo podremos hablar directamente con su cerebro, es decir, oirá nuestros pensamientos, como si fuera una conversación normal, pero no nos verá hablar. Será comunicación de cerebro a cerebro. Usted, a su vez, puede responder hablando en voz alta, y la red lo captará. —explicó Tosh—. ¿Listo?

—Sí.

—Rainer.

—Preparado.

Profesor, le habla Edgahar Preller, jefe del equipo de laboratorio de la organización de Tosh en el centro de datos. Trabajamos con una estructura muy horizontal, así que operamos por funciones, no por jerarquía. Hoy, mi función consiste en explicarle la serie de algoritmos de comunicación CDA 319 al 324. Le describiré su funcionalidad, estructura, parámetros básicos y codificación.'

La voz, con un fuerte acento alemán, se oía con nitidez en su cabeza, y el profesor solo podía asimilarla.

—Entendido —fue lo único que logró decir.

'Profesor, Tosh y Rainer han salido un momento para hacerle una oferta similar al profesor Schneiderman, en Zúrich. Se reintegrarán cuando terminen.'

El profesor Borjes estaba tan absorto que no se dio cuenta de que nadie estaba ya en la oficina. Rainer y Tosh habían salido y se sentaron en la sala de conferencias contigua.

'Patrick, ¿dónde estás?' —preguntó Tosh.

'Cerca de la casa del profesor Schneiderman. Aquí en Zúrich ya atardece, Tosh.'

'Perfecto. Ejecuta el CDA-319 en el profesor Schneiderman, por favor.'

Repitieron la misma rutina, hicieron la misma oferta y se toparon con el mismo escollo, pues el profesor también era beneficiario de una subvención de dos millones de dólares para mejorar la enseñanza de matemáticas en ciertos cantones suizo-italianos, muy por debajo de la media nacional. Aun así, aceptó como había hecho el profesor Borjes, con la condición de mantener su proyecto, entusiasmado ante la perspectiva de trabajar con Tosh. Rainer le ejecutó entonces el CDA-319 y CDA-320.

'Profesor Schneiderman, saludos, habla Tosh. Bienvenido al mundo de la comunicación cerebral.'

—Herr Tosh, oigo sus pensamientos con toda claridad. Nunca has dejado de sorprenderme. Así que esto es en lo que has estado trabajando. Puedo asegurarle que, por mucho que lo intentamos, el profesor Borjes y yo éramos incapaces de imaginar algo así. Entiendo que, usando matemáticas, han logrado descifrar la comunicación con el cerebro humano.

'Así es, Herr profesor. Herr Edgahard Preller, jefe de nuestro laboratorio en el centro de datos, le explicará nuestros algoritmos discretos de comunicación.'

Preller hizo la misma exposición que con Borjes y, al terminar, el profesor Schneiderman no pudo contener una sonrisa de orgullo.

'Profesor, Tosh al habla.'

—Adelante.

'Profesor Schneiderman, tengo al profesor Borjes en línea conmigo, desde Bariloche.'

—Este joven ha superado nuestras más descabelladas expectativas —dijo Schneiderman.

—No ha visto nada todavía. Es un universo matemático lleno de maravillas —comentó el profesor Borjes.

'Profesor, en este momento solo puede oírnos. Activaré la opción para que vea lo que yo veo, mediante una variante del CDA-320 que usamos solo entre "carriers". Podrá ver que estamos en el laboratorio del profesor Borjes. Ahora que ambos tienen

una idea general de las propiedades clave de nuestros algoritmos, voy a ir hasta la pizarra y exponerles la fórmula del CDA a nivel matemático. ¿Están listos?'

—Sí —respondieron ambos profesores.

Tosh se puso en marcha. Primero mostró un diagrama de flujo y una lista de pasos precisos. Dio una descripción a grandes rasgos, luego un análisis y, por último, explicó en detalle cómo se implementaban los algoritmos discretos CDA en la red neuronal biológica y en el cerebro humano, permitiendo la conexión con la red neuronal artificial del centro de datos. Las fórmulas llenaron dos pizarras completas, con expresiones preliminares, diagramas de flujo y lenguaje de programación orientado a objetos para expresar los CDA en un lenguaje informático ejecutable en el cerebro humano.

'Nuestros algoritmos posibilitan cosas como enviar y recibir comunicaciones, así como descargar y leer datos de cualquier cerebro. Hemos invitado a ambos porque necesitamos sus conocimientos y experiencia para enfrentar dos problemas. Primero, necesitamos acceder a la "memoria" del cerebro en una sola instancia. Actualmente, solo podemos hacerlo por tandas, lo que hace la tarea inviable o, mejor dicho, interminable y engorrosa. Quiero volver a los fundamentos y analizarlo de nuevo con miradas frescas.'

Tosh continuó con la explicación.

'Segundo, y tal vez más delicado de los dos asuntos: queremos que nuestros algoritmos sean solo comunicacionales. No queremos interferir con la voluntad de nadie; ni rozar la posibilidad de controlar el cerebro de alguien. Por ahora, nuestros CDA permiten la retransmisión de video y voz en directo desde el cerebro de la persona objetivo, es decir, no se guarda nada. Desaparece cuando acaba la comunicación. Uno de nuestros proyectos futuros es desarrollar los algoritmos que nos permitan almacenar los datos de la memoria de cualquier cerebro registrado, es decir, *la vida completa de una persona. Además, queremos crear algoritmos discretos que se incrusten en todos los CDA para detectar y bloquear cualquier dato no autorizado que se descargue en el cerebro del sujeto a través de la red neuronal artificial.'*

Rainer y Tosh dejaron a los dos profesores en su elemento, y aquel día marcó el inicio de una colaboración que se prolongó más de veinte años, hasta el fallecimiento de ambos. Aportaron rigor metodológico y disciplina estricta, perfeccionando los CDA hasta convertirlos en máquinas bien engrasadas. Finalmente, se logró recopilar datos de una sola vez —en lugar de hacerlo por tandas— para los CDA-323 y 324. Pero su legado más destacado fueron los algoritmos para bloquear descargas no autorizadas de datos en el cerebro —que podrían afectar la libre voluntad—. Esos algoritmos, llamados "bloqueadores", se integraron en cada CDA y funcionaban como alarmas internas. Desde su implementación, nunca se había disparado ninguna… al menos, todavía no.

Zermatt, Suiza, 2016
Centro de Datos de Zermatt

Día 2, 6:30 p. m. (CET) / 12:30 p. m. (ET)

Mientras Rainer estaba ensimismado con aquellos dos incidentes de antaño y cómo habían cambiado a Nicolás y a toda la organización, los pensamientos de Tosh irrumpieron en su mente, haciéndolo volver de inmediato a la realidad.

'¿No crees que el presidente está tardando demasiado?'

'¿Cuánto tiempo ha pasado?'

'El suficiente.'

'Rainer, apunta su número ID, por favor.'

Rainer obedeció, y al poco tiempo, el presidente O'Sullivan estaba en línea:

—Tosh, tenemos un problema.

'Señor, también está Rainer Sábato en la línea. ¿De qué se trata?'

—El Pentágono afirma que los datos están corruptos.

'¿Cómo?'

—Ya no se pueden leer.

'¿Puede ponerlos al teléfono?'

—¿Quiere hablar directamente con el Departamento de Defensa?

'No, señor presidente, pero con su permiso, me gustaría hacerles unas preguntas, únicamente al equipo de análisis de datos, eso sí.'

El presidente hizo una pausa y, acto seguido, se lo dijo claramente a Tosh.

—Creen que fue cosa suya.

'Jamás, señor presidente.'

—Algunos generales exigen una intervención.

'Absurdo. Nosotros solo fuimos el puente; no tocamos los datos.'

—Ellos alegan que ustedes hicieron algo en el momento en que la información de los sujetos pasó por su red neuronal; tal vez un virus que acabó destruyendo los datos.

'Señor presidente, usted mismo revisó esos datos, ¿no?'

—No todos, pero estuvimos tres horas buscando información sobre individuos clave y otros asuntos. El contenido daba evidencias de delitos suficientes para encarcelarlos de por vida.

'¿Por qué iba a destruir yo datos que me exoneran?' —replicó Tosh.

—Eso me hizo dudar y no tomar medidas de inmediato. Pero, aun sin ser usted, podría ser alguien más de su organización.

'Señor presidente, nuestro proceso no filtra nada; la información corre directamente desde el cerebro del sujeto hacia las unidades de almacenamiento de datos en la supercomputadora del Pentágono' —agregó Sábato.

¿Le importaría conectarnos con los responsables de este proceso en el Pentágono?' —pidió Tosh.

—Deje que averigüe quiénes son. Un minuto. —Tras una breve pausa—. Los tengo en la línea.

'Señor presidente, pídales que confirmen si la transferencia de datos y las conexiones estaban limpias y no se alteraron en ningún punto' —solicitó Rainer.

Tras un breve silencio:

—Sí, verificaron minuciosamente la trayectoria de los datos, y no se accedió ni se alteró nada durante la transmisión hacia dentro o fuera de la red neuronal de ustedes —informó el presidente.

'Entonces el problema no reside en la información' —afirmó Rainer.

—¿Por qué lo dice?

'Porque los datos fluyen directamente desde el cerebro, pasando por la red neuronal, hasta la supercomputadora. Si nadie los tocó ni se corrompieron por el camino, el problema no está en los datos.'

—¿Dónde, entonces?

'En el algoritmo.'

—¿El de ustedes?

'Sí' —asintió Rainer.

—¿Un error? ¿Un fallo? —preguntó el presidente.

'Siga en línea, por favor, señor presidente. Equipo, tengo al presidente de EE. UU. aquí. ¿El Pentágono se ha puesto en contacto con ustedes?' —consultó Tosh.

'Sí, hicieron varias pruebas en nuestra red sobre la integridad de los datos' — confirmó Rainer.

'Perfecto, revisen el rendimiento del CDA-323 y del 324 aplicado a los veinte sujetos.'

'No podemos.'

'¿Por qué?' —preguntó Tosh.

'Solo el Pentágono tiene control y visibilidad sobre ese proceso, así que ellos mismos comprueban el rendimiento. De acuerdo con la Resolución del G-7, nuestros algoritmos caducan automáticamente a las 12 horas de uso o en cuanto termina la tarea y ellos lo notifican. Todos conocemos el proceso y funciona bien. Como sabe, a un número limitado de ciudadanos estadounidenses, como el actual secretario de Estado y algunos de sus predecesores, se les aplican de manera permanente los CDA-323 y 324, según la directriz del G-7 sobre los CDA 323 y 324, al considerarlos WMD. Señor presidente, necesitamos revisar el rendimiento de los algoritmos. ¿Autoriza usted que su equipo y el nuestro hablen con acceso total de inmediato?' —indicó Rainer.

—De acuerdo, solicitaré que ocurra de inmediato.

El presidente reapareció casi al instante.

—¿Podemos escuchar todos a través de usted?

'Sí. ¿Veo que ya maneja bien estos recursos, señor?' —bromeó Tosh.

—Al menos intento seguirles el ritmo a ustedes.

Rainer, Tosh y el presidente O'Sullivan quedaron conectados a la conferencia que iba a empezar en modo de solo escucha.

'Señor Friedli, general Collins, necesitamos chequear el rendimiento de nuestro algoritmo' —dijo Rainer.

—Muy bien, estoy liberando nuestros registros ahora. Cubren el proceso de recolección de datos de los veinte sujetos, luego el procesamiento y almacenamiento en nuestra supercomputadora. La activación de los algoritmos ocurrió a las once de la mañana. El presidente y la fiscal general pasaron tres horas revisándolos. Después de eso, los datos se corrompieron y dejaron de ser recuperables a las 3:30 p. m. —indicó el general Collins.

'General, estamos examinando los registros ahora' —respondió Friedli.

Ni Friedli ni el general Collins podían oír a Tosh, Rainer y al presidente.

'Señor presidente, no nos transfieren datos, solo los registros del rendimiento del algoritmo, pero eso nos basta' —explicó Tosh.

—Entendido, pero ¿eso es todo lo que necesitan?

'Suficiente, señor presidente, suficiente' —afirmó Tosh.

El jefe de la red neuronal en el centro de datos, Dieter Jürgen, intervino:

—General, el rendimiento del algoritmo al recopilar los datos es correcto. El procesamiento y almacenamiento también están bien.

De repente, Rainer recordó los dos incidentes en Bariloche sobre los que había estado reflexionando hacía unos minutos.

'Peter, pide los registros de los algoritmos "bloqueadores"' —ordenó Rainer, abriendo la línea para que lo escucharan.

'Pero…'

'Hazlo.'

El presidente oyó aquello.

—Tosh, ¿me lo aclara?

'Señor presidente, estos "bloqueadores" están incrustados en cada CDA para impedir que se transfiera información desde la red artificial al cerebro de los sujetos.'

—¿Cómo dice?

'Señor, nuestros algoritmos permiten comunicaciones en vivo y obtener datos, por ejemplo, de usted, pero no dejamos nada en el cerebro del otro. Los "bloqueadores"

evitan que nadie envíe datos al cerebro de alguien y se queden allí, afectando su libre albedrío. Piensen en que yo hablo, usted escucha y la información desaparece cuando acaba la conversación. Lo que recuerde es su memoria. Imagínese si pudiera enviar datos a su memoria sin su consentimiento… o si esos datos incluyeran instrucciones o comandos que anularan su voluntad. Los "bloqueadores" evitan que un cerebro reciba datos que provengan de una red neuronal artificial.'

'General Collins, por favor, comparta también los registros de rendimiento de los algoritmos llamados "bloqueadores"' —pidió Friedli.

—De acuerdo, datos transferidos. ¿Algo más? —respondió el general Collins.

'General, tenga la línea abierta. Los "bloqueadores" están encriptados en el centro de datos y nunca se han usado; si se activaron, precisamos saber por qué' explicó Friedli.

Pasaron unos segundos.

'General, tenemos un gran problema. Los "bloqueadores" desactivaron los CDA y destruyeron los datos. Revisamos su sistema: ¿usan alguna red neuronal en su instalación?' —preguntó Friedli.

—No.

'Pues alguien del Pentágono intentó mandar datos a los investigados. Hagan una revisión de quién tenía acceso a su computadora en el instante de la autodestrucción de los archivos.'

—¿En la nuestra? —preguntó el general.

'General, le mandamos los registros desencriptados. Compruébelos' —dijo Friedli.

Siguió un largo silencio.

—Un momento, caballeros, me llama el Pentágono —comentó el presidente.

Cinco minutos más tarde volvió.

—Ya estoy de nuevo. Hay una brecha. Alguien en el Pentágono trató de enviar datos a los sujetos.

'*¿Qué clase de datos?'* —preguntó Tosh.

—No lo saben; fueron destruidos —respondió el general Collins.

'*No, no lo fueron'* —intervino Rainer.

Hubo un silencio.

'*Los "bloqueadores" destruyeron la información recopilada de los cerebros de los objetivos, pero capturaron la información invasiva, aunque está encriptada'* —explicó Rainer.

—¿No pueden verla o leerla? —preguntó el general Collins.

'*Les enviamos las claves para descifrarla. Procede, Peter'* —dijo Rainer—. '*Señor presidente, pido permiso para que verifiquen ese contenido.'*

El presidente se ausentó de la llamada, y la pantalla permaneció sin su imagen casi para siempre. Ya eran las 5:00 p. m., y llevaba hora y media fuera de las pantallas de ambos tribunales. Ninguno de los veinte convocados imaginaba que el hombre exonerado de su condena se hallaba en plena conferencia con el presidente de Estados Unidos, su centro de datos en Suiza y, de manera indirecta, con el Pentágono. Finalmente, el presidente reapareció en línea.

—Tosh, autoricé a todo el personal del Pentágono a hablar con su equipo sin reservas. Todo está tan interconectado que debemos trabajar sin intermediarios.

—¿Señor presidente? —intervino el general.

—Sí, general.

—Los datos invasivos están en texto plano, no traen instrucciones. No habrían tenido oportunidad de circular por su red, mucho menos destruir información en la nuestra. Es un intento de comunicarse con los sujetos.

—¿Cuál era el mensaje?

— "Government scanning your brain. End inevitable, take the pill."

—¿Se lo enviaron a todos los sujetos?

—No, solo a cuatro: un sospechoso en Washington D. C. y tres líderes identificados en Miami.

—Habla Peter, del centro de datos. ¿El mensaje ocurrió durante la descarga de datos o después?

—Después de completarse la descarga.

—¿Saben de qué terminal salió?

—Sí.

—¿Y el usuario?

—Igualmente, aunque no estaba en su puesto. Buscamos las grabaciones de seguridad. Listo, encontramos a la persona: es el cabo Dan Gilbert, Jr.

Un prolongado silencio siguió.

—¿Dónde está ahora? —indagó el presidente.

—Lo acabamos de detener cuando salía del Pentágono —contestó el general Collins.

—Necesitamos saber quién dio la orden.

El presidente, al hablar, comprendió que tenía una idea muy clara, y el general Collins lo confirmó como leyéndole la mente:

—Señor presidente, ¿avisará usted al secretario de Defensa o lo hacemos nosotros?

—Lo haré yo. Gracias, general. Sigo en contacto.

¿Quién es él? —preguntó Tosh.

—Sobrino de nuestro secretario de Defensa —respondió el presidente.

El presidente llamó al jefe del Servicio Secreto de turno:

—Vaya a buscar al secretario de Defensa y escoltémelo hasta aquí. También tenemos un asunto en las salas de los tribunales, donde sus hombres manejan la seguridad ahora mismo. Aquí está el nombre y la foto de uno de los individuos en D. C. y los otros tres en Miami. Tenemos información de que podrían intentar suicidarse. Por lo visto, cada uno tenía una píldora escondida en su ropa o consigo. No hable de esto con nadie ajeno a su equipo y vuelva enseguida con un plan de acción.

Luego añadió:

—Tosh, seguimos culpándolos a ustedes de todo.

'Podemos aceptar cualquier culpa, señor, mientras tengamos la oportunidad de rebatirla.'

—Tosh, vuelva a aplicar los CDA-322 y 323 a los mismos veinte individuos. General Collins, ayude siguiendo el protocolo; nada de atajos. General, obtenga los datos y, esta vez, asegúrese de almacenarlos bien.

El presidente sabía que tenía el privilegio de pensar en privado sin ser rastreado, sobre todo delante de estos genios de la matemática y la informática, pues los CDA-323 y 324 no estaban autorizados sobre él ni sobre los ciudadanos estadounidenses de la lista aprobada por el G-7, que incluía al secretario de Defensa. Ahora se daba cuenta de que había más implicados en la conspiración y con cargos más altos de lo que creía.

—¿General Collins, sigue ahí?

—Sí, señor, aquí sigo. Usted dijo que estaría atento a su llamada, así que no me he movido.

—Perfecto. General, ¿quién custodia la lista de ciudadanos de EE. UU. sujetos a CDAs 322, 323 y 324?

—Usted, señor.

—¿Dónde?

—Por lo que recuerdo, debería estar entre la documentación del G-7 sobre los CDA.

El presidente rebuscó en la caja donde guardaba el "identificador", su manual y la Resolución del G-7, hasta encontrar un sobre manila sellado con la etiqueta del Departamento de Defensa: **"Confidencial. Solo para el presidente de los Estados Unidos en caso de amenazas contra la seguridad nacional o sus activos militares o económicos estratégicos."**

Lo abrió y encontró la primera hoja con un formulario para registrar la apertura. El presidente lo llenó rápidamente con la fecha y la información sobre la votación del G-7 esa misma mañana. La última vez que se había abierto fue el día de su última investidura, cuando se modificaron o renovaron algunos nombres. Detrás había veinte páginas, cada una con una única entrada: **Subject ID #** seguida de un número.

—Señor Tosh, ¿dónde se guardan estos ID?

'En la supercomputadora del Pentágono, señor.'

—¿Y los datos de estas personas?

'Igual, señor, directamente en su sistema.'

—¿Saben esos individuos que están bajo vigilancia?

'No, según lo dispuesto en la directiva estadounidense de la Resolución original del G-7.'

—¿Tienen ustedes acceso a sus datos?

'No, señor. Pero para acceder necesitan nuestra colaboración con un juego de claves de descifrado, y ustedes tienen el otro juego.'

—Un sistema de contrapesos.

'Sí, señor, solo se lo damos a usted. Nunca sabemos quiénes son esos individuos.'

—Tosh, le enviaré veinte números ID de ciudadanos de EE. UU. cuyas funciones requieren la aplicación de los CDA-322, 323 y 324 por motivos de seguridad nacional. Por favor, facilíteme las claves.

'Lo haremos, señor. ¿Puede apuntar su "identificador" a cada página para que veamos su contenido?'

El presidente así lo hizo mientras telefoneaba al secretario de Estado, Louis Kientz.

—Louis, busca la transcripción de trabajo de la Resolución del G-7 sobre los CDA y llámame.

'Señor, estoy listo para enviar las claves' —comunicó Tosh.

—Envíalas directamente al general Collins. Tiene mi autorización.

Sonó el teléfono, era Kientz.

—Señor presidente, ya tengo la transcripción de la Resolución del G-7.

—Comprueba los nombres de los ciudadanos de EE. UU. sujetos a CDA-322, 323 y 324.

—¿Qué son…?

El presidente lo interrumpió:

—No hay tiempo para explicaciones, Louis.

—Aquí dice que es competencia del Pentágono, señor.

—El monstruo de las mil cabezas.

Colgó, furioso.

—General Collins, por segunda vez: ¿quién custodia la lista de estadounidenses sujetos a CDA-322, 323 y 324?

—Usted, señor.

—General, no me refiero a la lista actual, sino a la original.

—La tenemos nosotros, pero no es una lista de individuos sino un conjunto de puestos del gobierno de EE. UU. a quienes se les aplica. La computadora lo gestiona automáticamente al ocupar dichos cargos. Así es como vamos actualizando su lista, pues los CDA se aplican a cualquier estadounidense que ocupe esos puestos.

—¿De por vida?

—Sí, inicia cuando juran el cargo. Una vez que comienzan, no termina, aunque dejen el puesto. Además, aplicamos el CDA-324, de modo que se reconstruye toda su vida.

—¿Quién más conoce esa lista de puestos?

—Nadie salvo yo en los últimos quince años y mi predecesor, el general Montgomery, que estuvo veinte años. El diseño original establecía que el encargado del Pentágono responsable de los CDA-322 a 324 y la información que generan fuera el único en conservar la lista.

—Entendido, general, dígame sin rodeos: ¿el secretario de Defensa está sujeto a CDAs 322 a 324?

—Sí.

—¿Ha hablado con algún otro secretario de Defensa sobre esta lista?

—No.

—¿Ha hablado con el actual secretario de Defensa sobre los veinte conspiradores a los que se aplicaron los CDA 319 a 324?

—Sí, él tenía todos los detalles y le interesaba conocer todo sobre los algoritmos. Lo pidió varias veces, diciendo que era reconfortante saber lo complicado y excepcional que era su uso, "por el bien de la humanidad".

—Realmente se refería a sí mismo —murmuró el presidente.

El presidente, con la mente a toda marcha, llamó a su jefe de prensa.

—Vuelva a conectarse a las salas de los tribunales e informe a los asistentes de que afrontamos problemas técnicos y calculamos reanudarlo todo en un par de horas.

Volvió con el general Collins:

—General, ¿tiene las claves para descifrar los datos de esos veinte ciudadanos de EE. UU. que han ostentado cargos públicos?

—Sí, señor.

—¿Lo ha hecho?

—Estamos en ello, señor.

—¿Y con los conspiradores?

—También, señor.

—General, haga un cruce para ver si alguno de los veinte conspiradores desempeñó alguno de los cargos listados por el G-7.

—Enseguida, señor.

—Siéntese, general.

El presidente guardó silencio ante su jefe de gabinete.

—Señor presidente, ninguno de los veinte conspiradores figura en la lista confidencial del G-7 relativa a los cinco cargos de EE. UU. sujetos a los CDA 322, 323 y 324 —informó el general.

—¿Por qué es la primera vez que revisamos los datos de esos veinte individuos que han ocupado altos cargos en EE. UU.?

—Porque hasta que usted lo abrió, nadie lo conocía, salvo un archivo oculto en nuestra supercomputadora, incomprensible para quien no supiera de qué iba.

—Quien lo cargó, sabe algo.

—No exactamente, porque no conocían su significado. De todas formas, estamos hablando de gente que se jubiló hace años. Esto empezó más de treinta años atrás.

—General Collins, cuando EE. UU. designó esos puestos para aplicarles los CDA, fue por un motivo: vigilarlos constantemente, no a posteriori. En el caso del secretario de Defensa Gilbert, hubiera sido muy efectivo interceptarlo antes. Con la monitorización en vivo del CDA-322, habríamos descubierto la conspiración el primer día.

—Tiene razón, señor presidente. Con su autorización, empezaré a supervisar al actual director del FBI, de la CIA, al secretario de Estado, al jefe de Gabinete y al secretario de Defensa. También revisaré a las dieciséis personas que ocuparon esos cargos desde la Resolución del G-7. Y otra cosa, señor…

—¿Por qué imagino que no serán buenas noticias? —suspiró el presidente.

—Señor, tanto las pesquisas del general Pinkus como las descargas de los doce sospechosos de Miami y los otros ocho de D. C. no revelaron a dos sospechosos esenciales —dijo el general Collins.

—¿Quiénes?

—El secretario Gilbert y su sobrino, Dan Gilbert Jr.

En la sala de espera de la Oficina Oval, el secretario de Defensa, general Prescott Gilbert, esperaba sin pestañear.

«Es mi hora de irme», pensó.

Sin embargo, aquel pensamiento suicida quedó registrado en directo, pues lo monitorizaban, y eso provocó la reacción esperada. Solo necesitaba acceder a la píldora de cianuro, que podía morder con un clip especial en su llavero, en un par de segundos. Bebió un sorbo de agua, ajeno a la llamada del presidente con el Pentágono y Zermatt. De pronto, un sopor lo envolvió y se desmayó. El equipo del Servicio Secreto del presidente se acercó enseguida y, en cuestión de segundos, le extrajo la pastilla venenosa de la boca. Estaban supervisando de manera continua a todos los actuales y antiguos altos cargos sujetos a la Resolución del G-7. El CDA-322 ofreció al Pentágono un relato "en vivo" del proceso mental del secretario Gilbert y, en cuanto pensó suicidarse, los agentes del Servicio Secreto lo redujeron mientras el fármaco le hacía efecto.

La misma operación se ejecutaba en D. C. y Miami con los individuos que recibieron la orden de suicidio fallida. Los agentes del Servicio Secreto invitaron a esos asistentes a salir de la sala, ofreciéndoles comida y bebida, para quitarles la píldora de sus pertenencias.

—Arresten al secretario y manténganlo incomunicado. Tenemos todo lo necesario ya grabado —ordenó el presidente—. Y nada de prensa, aún.

Luego ordenó:

—Notifiquen al subsecretario de Defensa que el secretario estará sedado el resto de la tarde, y que me llame para más instrucciones.

—Señor presidente, hemos recuperado los datos de los veinte conspiradores y continuamos vigilando sus pensamientos en vivo —informó el general Collins.

Entró discretamente el jefe del Servicio Secreto.

—¿Sí? —preguntó el presidente.

—Señor, hemos retirado todas las pastillas de cianuro y los cuatro individuos están detenidos, a la espera de sus órdenes.

—Reténganlos esta noche en la instalación militar más cercana bajo mis órdenes directas. Sin comentarios externos y colóquenlos en vigilancia antisuicidio. Sáquenlos con discreción. Cuando acaben, dejen en libertad a los demás. Nos reuniremos de nuevo mañana a las tres de la tarde. Asegúrense de que todos sepan que es una orden mía.

—Sí, señor.

Tras la salida del agente, el presidente prosiguió:

—General Collins, queremos saber con quién llaman y qué piensan de aquí a mañana. Tenemos que garantizar que no haya más implicados. Si detectan ideas suicidas, arresten de inmediato. Tosh, su equipo debe seguir disponible para ayudar a los nuestros en el Pentágono. Queremos que todo fluya sin contratiempos.

'Entendido, señor' —respondió Tosh.

—Gracias, Tosh.

'Señor, ¿adónde voy ahora?' —preguntó Tosh.

—El Air Force 2 lo espera en el MIA (Aeropuerto Internacional de Miami).

'¿A dónde me lleva?'

—A Washington. Mañana será mi invitado de honor. Llegó la hora de que el país le dé las gracias.

El presidente O'Sullivan se quedó solo, en su escritorio. Ya vacío el Despacho Oval, con todas las conferencias concluidas.

"¿Quién más andaba metido?"

Desgraciadamente, él tenía muy claro que no le gustaba nada la respuesta.

Miami, Florida, EE. UU., 2016

Día 2, 6 p. m. (ET)

El agente del FBI Louis Tomassi conocía bien la ciudad; había sido su base de operaciones hasta apenas unos días atrás. Con la puesta de sol a sus espaldas, en un cielo teñido de rojos y naranjas, conducía hacia el este por la MacArthur Causeway. El Puerto de Miami quedaba a su derecha, al otro lado del canal, completamente vacío porque todos los cruceros zarpaban hacia el Caribe los días laborables. Al aproximarse a South Beach, hizo un giro brusco a la derecha en la entrada del ferry hacia Fisher Island, seguido de un giro inmediato a la izquierda hasta el aparcamiento de la Estación de la Guardia Costera. Aparcó su vehículo oficial en un puesto reservado a coches gubernamentales, dejó su teléfono en la guantera y caminó hasta una lona impermeable. Al quitarla, salió a la luz una motocicleta Kawasaki negra. Cogió una bolsa de lona que descansaba sobre el asiento y la abrió rápidamente, sacando un traje de cuero negro. Lo desabrochó, se lo colocó con tres pequeños saltos, desenganchó un casco negro del asiento trasero y se lo ajustó. Le bastaron sesenta segundos para vestirse y encender su moto rumbo al oeste por la misma calzada, acelerando hasta alcanzar la I-95 y perderse, o al menos eso pensó, en el mar de vehículos de la hora punta.

Había recibido instrucciones muy claras hacía más de un año. No volvería a reunirse con su contacto hasta que la misión estuviera concluida. Cada semana, recibía un nuevo teléfono desechable por el que su controlador le daba la lista de tareas. Aquello cesó cuando se dictó la acusación contra Tosh, pero ahora enfrentaban una crisis de enormes proporciones. El sujeto había sido exonerado, y todos los asistentes en ambas salas judiciales estaban ahí por un único motivo: el hombre exonerado, Nicolás Tosh, su objetivo. Mientras pasaba junto a West Palm Beach, salió de la autopista y se dirigió al este, hacia la costa.

—Señor presidente, quizá quiera ver esta transmisión de video en directo proveniente de uno de los conspiradores, el agente del FBI Louis Tomassi —dijo el general Collins.

—Adelante, por favor.

—Señor presidente, por favor lea la transcripción de sus pensamientos de los últimos dos o tres minutos. Está en la pantalla de su escritorio.

—Listo, ¿hacia dónde se dirige?

—No lo sabemos aún.

—Conectamos ahora su imagen y audio, que provienen de lo que ve y oye su cerebro.

Tomassi sabía que los habían descubierto. Lo que no sabía era cómo. Se acercó lentamente a un campo de golf privado, emplazado junto al mar. La casa club era imponente. Era un club privado muy exclusivo. Tanto, que pertenecía a una sola persona: Curtis L. Smith, uno de los hombres más ricos de Estados Unidos. Sus doscientos miembros lo eran solo durante un año, y únicamente por invitación. Al finalizar el año, se enviaba la nueva lista de doscientos invitados; algunos repetían, otros eran nuevos. Tomassi saludó al guardia, que hizo una llamada al interior. Hubo una pausa prolongada, y finalmente le dijeron:

—Pase, por favor.

Tomassi aparcó y, al entrar en el edificio, el gerente general salió a recibirlo.

—¿Lo espera?

—No.

—¿Cómo sabía que estaría aquí?

—Juega en el mismo cuarteto a la 1:00 p. m., el mismo día de la misma semana cada mes.

Las aspas del helicóptero Agusta comenzaron a girar y de pronto desaparecieron, mientras el motor se calentaba. Se elevó apuntando hacia el norte; el tren de aterrizaje se recogió en el fuselaje y, con un potente empuje del motor, se desvaneció en cuestión de segundos.

En la Casa Blanca, el presidente preguntó:

—¿Curtis iba a bordo?

—No lo sabemos, señor. Lo averiguaremos pronto —respondió el general Collins.

Tomassi tomó asiento en el vestíbulo y aguardó. Había oído el helicóptero alejarse.

«¿Iba él ahí dentro?», se preguntó.

Si era así, lo había perdido por unos minutos. A veces sucedía, dadas sus horarios impredecibles. Pero el gerente no había dicho nada. Tal vez ya no estaba y lo habían ido a buscar. O, quizás, aquel cuarteto sería mañana, o podría tratarse del dueño del club y no de Curtis.

—Acompáñeme, señor.

Tomassi siguió al gerente hasta los vestuarios.

—Espere aquí hasta que terminen la mano actual.

El gerente contestó así a la mirada confusa de Tomassi:

—Póquer. Apuestas altas.

Tomassi se sentó en una oficina vacía, junto a una hilera de taquillas de madera.

—Cierre la puerta, por favor.

Tomassi obedeció. Pasaron treinta minutos y seguía allí. Se levantó para ir al baño. Reinaba un silencio inquietante.

—¿Por qué ha venido? —La voz lo tomó totalmente por sorpresa.

—No tenía elección, señor.

En la Casa Blanca, el presidente perdió la calma:

—¿Qué está pasando?

La imagen y el audio de Tomassi, así como todo rastro de sus pensamientos, se habían interrumpido en seco.

—Aún tenemos el enlace, señor, pero aparece bloqueado —explicó el general Collins.

—¿Cómo? —preguntó el presidente.

—No lo sabemos todavía, señor. Estamos investigando. Aparece un mensaje: **ENLACE BLOQUEADO SEGÚN RESOLUCIÓN DEL G-7**. Es la Resolución original de **WMD CDA, Código 535US**.

—¿Y eso qué significa? —inquirió intrigado el presidente.

—Una designación de EE. UU. para la lista de cargos que no pueden ser objeto de un CDA bajo ninguna circunstancia.

—¿Cuáles? ¿Cuántos?

—Solo uno, señor: usted, el presidente de Estados Unidos.

Aquello confirmaba lo que él ya temía. Acto seguido llamó al jefe del Servicio Secreto:

—¿Ubicación exacta de Layton Thomas?

—West Palm Beach, señor.

«Ahí está la confirmación. ¿Qué más necesito?», se preguntó el presidente.

Tomassi intentaba explicarlo todo; que el problema tenía relación con cierto recurso estratégico bajo amenaza, que el presidente tenía un video que mostrar y que había pedido unos minutos para prepararlo, pero no regresó por problemas técnicos.

—¿Dónde está Tosh ahora? —consultó el presidente.

—En ruta, señor, en el aire.

El presidente había cancelado su agenda de todo el día, sembrando el caos en la vida y horarios de cientos de personas. Los asuntos del país habían quedado en segundo plano por este tema, pero él seguía al mando de la nación. El problema era que no veía aún el final de este caso. Cogió y tocó el "identificador". La línea seguía abierta.

—¿Tosh?

'No, señor presidente, soy Rainer. ¿Quiere que lo conecte con él?'

Rainer enlazó la red neuronal con el "identificador" de Nicolás, que dormía profundamente, cuando Rainer irrumpió directamente en su mente.

'¿Qué tal eso de ir de civil?'

'Genial.'

'El presidente quiere hablar contigo.'

'De acuerdo.'

'Señor presidente, Tosh está aquí —anunció Rainer.

—Tosh, uno de los conspiradores es un ex presidente de Estados Unidos.

'Señor, en ese caso no podrá aplicarle ninguno de los CDA a él ni a quienes lo rodeen —replicó Tosh—. El G-7 declaró "zona vedada" a los jefes de Estado legalmente electos, sean actuales o anteriores.'

—Lo sé, Tosh, fue nuestra propia designación. Ahora nos encontramos con una pantalla en negro, sin audio ni video. ¿Podemos deshacer ese bloqueo?

No, señor. Necesitaría el consentimiento de los miembros del G-7, y sabrían lo que intenta.'

—Gracias, Tosh —dijo el presidente, con un tono donde se mezclaban enojo y resignación.

«Respira hondo y recupera el control de ti mismo», se dijo. «¿Por qué necesitaba constatar lo que ya sabía?»

Respiró profundamente.

«Porque no puedo darme el lujo de equivocarme», se respondió. Luego llamó otra vez al jefe del Servicio Secreto:

—¿La ubicación actual del expresidente Thomas?

—West Palm Beach, señor.

«La confirmación», pensó el presidente.

Ya no necesitaba más para actuar.

Tomassi relató los sucesos del día al expresidente Thomas.

—¿Tosh fue exonerado? —preguntó el presidente Thomas.

—Sí.

—¿Motivo?

—La Fiscalía del Estado retiró los cargos antes de la sentencia. Todo ocurrió mientras el presidente observaba por videoconferencia vía satélite.

—¿Conocías a los otros asistentes?

—A algunos en Miami, y en D. C., a mi "handler".

—¿D. C.?

—Éramos doce en Miami y ocho en D. C. Luego de que el tribunal dictara su fallo, el presidente pidió a la jueza y a la fiscal del Estado que se sentaran entre el público. Después hizo retirar a los alguaciles, al abogado defensor, al secretario judicial y a todo el personal.

Desconectaron los ordenadores y teléfonos del tribunal, y entonces el presidente dijo que nos explicaría por qué estábamos ahí. Mencionó que un activo militar estratégico del G-7 estaba bajo amenaza, en una situación de peligro claro y presente, y que en base a una resolución del G-7 había autorizado el despliegue de cierto tipo de armas matemáticas. Después comentó que tenía unos videos para que los viéramos, pidió unos minutos para prepararlos, desapareció de la pantalla y no volvió. Acto seguido, unos agentes del Servicio Secreto invitaron a tres de los presentes en Miami a acompañarlos, y ya no volvieron.

El presidente Thomas había dejado el cargo hacía más de doce años, pero seguía siendo muy popular. Su teléfono sonó y se le aceleró el pulso.

—Agente Tomassi, espere fuera.

Descolgó:

—Presidente Thomas.

—Sí.

—Espere un momento, le pasaré al presidente.

—De acuerdo.

—Layton.

—Sí, señor presidente.

—Curtis enviará de nuevo su helicóptero por usted. Ya tenemos un avión en el aeropuerto de West Palm Beach para traerlo.

—¿De qué se trata?

—Una gran conspiración para destruir un activo militar y económico estratégico del G-7.

—¿Un activo militar?

—Sí.

Las rodillas del presidente Thomas flaquearon.

¿De qué hablaba con eso de activos militares y económicos? Si Nicolás Tosh era uno de esos activos, ¿cómo podía no haberlo sabido? ¿Qué valor podría tener un individuo para ser considerado así? ¿Su conocimiento? El corazón le latía aún más fuerte. ¿En qué los había metido su obsesión? Si Tosh era un activo militar, ¿qué relación había con el G-7? Solo podía haber una respuesta.

—¿Se han desplegado los CDA? —preguntó el presidente Thomas.

Silencio.

—Pero está prohibido usarlos contra ti o contra mí.

Esta vez le respondieron con una orden:

—Será mejor que esté en ese avión en menos de una hora, ¿entendido?

Antes de que contestara, la llamada se cortó. Salió al vestíbulo:

—Tomassi.

Silencio.

El gerente se acercó con paso rápido al expresidente, que se encontraba envuelto en una toalla en medio del vestíbulo principal del club de golf más exclusivo del mundo.

—Señor presidente, el caballero que estaba con usted fue acompañado a su vehículo por su equipo del Servicio Secreto y se marchó. El señor Curtis llamó para informarle que el helicóptero llegará en unos minutos. Dos agentes de seguridad del club lo escoltarán al aeropuerto.

Ambos hombres custodiaban la puerta principal.

—Señor presidente, en ausencia de su equipo de seguridad, hemos desalojado las instalaciones por su protección.

El expresidente Layton Thomas regresó despacio a su casillero y se vistió. Un político de su calibre era, ante todo, un virtuoso malabarista y equilibrista. Sabía, como viejo jugador de ajedrez, que el sistema estadounidense no sacrificaría a uno de sus reyes pasados, salvo que no hubiera más remedio, porque el gato ya estaba fuera de la bolsa y el daño era incontrolable.

Se encaminó al helicóptero Agusta de Curtis Smith con una breve sonrisa, listo para ver al presidente y negociar. Quince minutos después aterrizaba junto al jet Falcon del FBI y, cinco minutos después, se hallaba en el aire, rumbo a la Casa Blanca.

Washington D. C., EE. UU., La Casa Blanca
West Palm Beach, Florida, EE. UU., 2016

Día 2, 8:30 p. m. (ET)

El presidente O'Sullivan caminaba de un lado a otro en el Despacho Oval. Todas las comunicaciones estaban en espera. Necesitaba estar solo y pensar. La implicación del expresidente Thomas lo cambiaba todo. Ya no había control de daños posible. El titular podría ser: "Expresidente involucrado en una conspiración," y eso era inaceptable.

El presidente O'Sullivan estaba dispuesto a "depurar el sistema" y salir fortalecido, pero no a costa de manchar la figura y la majestad del Despacho Oval y de la Presidencia de Estados Unidos.

Louis Tomassi estaba en pánico total. De algún modo, lo habían descubierto y él mismo había conducido a los investigadores hasta el expresidente Thomas. Pero no llevaba ningún dispositivo electrónico, su moto estaba registrada a nombre de un amigo en Alaska y estaba seguro de no haber sido seguido. ¿Cómo lo lograron? La respuesta llegó con la puerta que se abrió en la pequeña habitación adonde lo habían llevado, en la oficina del FBI de West Palm Beach.

—Agente Tomassi, quedará retenido por orden ejecutiva del presidente, bajo cargos de seguridad nacional. El presidente podría necesitarlo en las próximas horas. De ser así, recibirá una llamada mientras permanezca aquí, y le proporcionaremos un teléfono. Así que, relájese, puede pasar un buen rato —anunció un agente del Servicio Secreto.

—¿Estoy acusado de un delito?

—Nosotros no tenemos autoridad para eso; ya le dijimos que no podemos hacer comentarios.

La sala en la que retuvieron a Tomassi tenía dos sillas, una mesa redonda y una pared de cristal. No lo esposaron, pero difícilmente obtendría nada mejor que eso. Que el presidente y el Servicio Secreto lo tuvieran en la mira y que Tosh hubiese sido exonerado ya era bastante malo, preludio de una segura condena con múltiples cargos y todos los agravantes. Pero en realidad era peor: "seguridad nacional" implicaba un nivel muy distinto de eficacia y sofisticación, como ya habían demostrado los recursos desplegados para rastrearlo, además del tipo de delitos y la posible sentencia que enfrentaría.

Washington D. C., La Casa Blanca, 2016
Día 2, 8:30 p. m. (ET)

El secretario de Defensa, Prescott Gilbert, estaba solo en un cuarto sin ventanas, usado como almacén en el sótano de la Casa Blanca. Dos agentes del Servicio Secreto custodiaban la puerta. Despertó al notar que la cavidad dental en la que guardaba la píldora venenosa estaba vacía. Se había quedado sin su estrategia de salida rápida, al menos por ahora. Sabía que, mientras tanto, sus subordinados en el Pentágono revisaban cada segundo de su vida gracias a la "misión" que se suponía él dirigía. La cruda realidad era que no le quedaba mucho tiempo para "terminar" con su vida.

Físicamente, Tosh nunca había estado antes en la Casa Blanca. Lo llevaron a la Habitación Lincoln, reservada para invitados especiales, y él se preguntaba cuál sería el próximo paso del presidente al descubrirse la implicación del expresidente Thomas en la conspiración. Rainer lo había puesto al tanto de lo ocurrido en West Palm Beach, y ambos concluyeron que eso lo cambiaba todo; el presidente sopesaría cómo evitar un daño mayor al país y a la Oficina de la Presidencia. Con ese pensamiento dándole vueltas, Tosh se quedó dormido, pero sin conciliar un sueño profundo.

Noventa minutos más tarde, el expresidente Thomas aterrizó en la Base Aérea Andrews. El helicóptero presidencial, Marine One, lo llevó directamente a la Casa Blanca. Cuando entró al Despacho Oval, se llevó una gran sorpresa.

—Adelante, Layton, tome asiento, por favor —invitó el presidente O'Sullivan.

A su alrededor estaban el secretario de Estado, el jefe de Gabinete y la fiscal general.

—Layton, tenemos al secretario Gilbert y a todo el grupo de conspiradores en video y audio de alta definición, descargado mediante el CDA-323. Lo tenemos todo, menos a usted. En esas franjas horarias sus registros aparecen en negro. Quiero darle la oportunidad de contar la verdad.

—¿A cambio de qué? —preguntó Thomas.

—De nada.

—¿Entonces por qué habría de ayudarlo?

—Porque de lo contrario, ya tenemos redactada una resolución para presentarla a los miembros del G-7, autorizando a revocar la prohibición absoluta de usar los CDA sobre el presidente y los expresidentes de este país, añadiendo la cláusula "excepto en los casos en que esté en juego la seguridad nacional". Estaría lista y aprobada en una hora, y entonces toda su vida estaría registrada.

—¿Está dispuesto a exponerlo todo públicamente? —inquirió Thomas.

—Sí, y solo la verdad podría cambiarlo.

Thomas sopesó la situación, mirando al presidente a los ojos. En un toma y daca, tal vez podría librarse. Además, no quería que su vida se hiciera pública, pues albergaba demasiados "pecadillos". Decidió presionar un poco para ganar fuerza en la negociación.

—Señor presidente, usted solo blufee. No abriría los CDA contra mí, pues eso implicaría que podrían abrirlos contra usted si surge la misma causa.

La reacción del presidente fue inmediata.

—Secretario Kientz, proceda con la reunión del G-7 para enmendar la restricción a los expresidentes sobre los CDA.

—Un momento. Yo no he dicho que no vaya a colaborar —se apresuró a añadir Thomas.

—Bien, pero lo haremos en presencia de Nicolás Tosh.

El presidente pidió al jefe de Gabinete, Bugliosi, que acompañara al invitado desde la Habitación Lincoln hasta el Despacho Oval. Diez minutos después, Tosh entró.

—Señor presidente, es un placer conocerlo al fin, cara a cara —dijo Tosh.

—El honor es mío, Nicolás. Creo que nos hemos encontrado en varias ocasiones en la vida pública.

—Quiere decir que nos dimos la mano y cruzamos algunas palabras de cortesía.

—Cierto. Bien, aquí estamos, con cuestiones muy serias que resolver —dijo el presidente.

Tosh clavó los ojos en el expresidente Thomas. Se conocían de sobra y se habían reunido docenas de veces. Lo había admirado y respetado, al igual que a su legado. Ahora solo sentía desprecio.

—Necesito hablar a solas con Layton y con el señor Tosh, si me disculpan. Esperen afuera; no tardaremos —pidió el presidente.

En cuanto salieron los dos secretarios, el jefe de Gabinete y los agentes del Servicio Secreto, el presidente abordó el tema sin rodeos.

—Layton, Nicolás Tosh es el creador de los CDA. Él los desarrolló y dirige el centro de datos que hay detrás de ellos. Es la voz tras el "identificador".

El expresidente Thomas contuvo un jadeo, abriendo la boca. Nicolás Tosh, el empresario a quien él había atacado con saña, a punto de destruirlo, y el hombre con quien había interactuado en la Casa Blanca a través de comunicación cerebral, eran la misma persona: un hombre poderoso, muy próximo a EE. UU. y un activo militar.

—No lo sabía —dijo Thomas, visiblemente nervioso al sentir el miedo envolviéndolo.

—Nadie lo sabía, Layton, hasta que tu presa me contactó desde el FDC de Miami, justo antes de ser sentenciado. Tus acciones lo obligaron a salir. Y eso no es todo, Layton. Nicolás es el fundador y único aportante de la Fundación Experta. De hecho, dona a Experta todos sus ingresos a nivel mundial provenientes de sus herramientas matemáticas.

La mirada de Thomas quedó en blanco. ¿El misterioso benefactor mundial era un solo hombre?

—Layton, haré pasar otra vez al equipo, y ni una palabra sobre esto, ¿entendido?

—Sí, señor.

Finalmente, Thomas miró a Tosh. Aquel empresario había sido su amigo y su partidario. Le caía bien, igual que su esposa. ¿Cómo había empezado todo esto?

—Layton, ya estamos todos, adelante —ordenó el presidente.

—Todo comenzó con una llamada telefónica de madrugada de uno de mis amigos y colaboradores más cercanos. Me dijo que el mayor contribuyente del partido estaba en aprietos financieros y podía meterse en serios problemas si no se arreglaba enseguida —relató Thomas.

Harlem, Nueva York, EE. UU., 2015
Doce meses antes del Día 1

Jonathan Stanza era uno de los lobbistas más poderosos del país. Era, además, la llave que abría las puertas de algunos de los mayores donantes del partido. Cuando Stanza necesitaba algo —y rara vez lo hacía—, el expresidente Layton Thomas lo escuchaba y, por lo general, cumplía.

—Señor presidente, nuestro cliente Newton, Fisher & Lorie ha estado perdiendo varios contratos importantes frente a un solo competidor. Ellos proveen sistemas de software a todas las grandes firmas financieras del mundo. Controlaban más del 90 % del mercado, pero en los últimos dos años han perdido la mitad de su cuota y ahora corren peligro de perder otro 50 %, con lo que bajarían al 22,5 % del mercado.

—¿Qué venden exactamente?

—Herramientas para modelos financieros complejos que permiten a las firmas crear productos derivados con los que sus clientes pueden protegerse ante todo tipo de riesgos financieros. Con estas herramientas, los bancos también pueden predecir distintos escenarios de riesgo.

—¿Quién es el competidor? —preguntó el expresidente Thomas.

—Ese es el problema: no lo sabemos.

—¿No lo saben?

—Los contratos tienen cláusulas de confidencialidad muy estrictas, y ni siquiera sobornando gente internamente hemos descubierto quiénes son.

—¿Por qué ganan?

—Creemos que están comprando voluntades.

—¿Alguna prueba?

—No.

—¿Son extranjeros?

—Lo más probable es que sí.

—Bien, si fuera así, podríamos explotarlo en una campaña de relaciones públicas negativa. Conozco a todos los CEOs de esas instituciones financieras; déjeme pensar a quién puedo llamar para ver qué averiguo.

—El tiempo es crítico.

—Lo sé.

Layton Thomas sabía perfectamente a quién llamar. Marcó el número de Lawrence S. Green. Lawrence era presidente y director ejecutivo de

New York Bank Corporation (NYBC), el tercer banco más grande del país, y llevaba más de treinta años siendo miembro leal del partido.

—Layton, qué grata sorpresa.

—Lawrence, amigo mío, ha pasado mucho tiempo.

—Pebble Beach, hace dos años y medio; un recuerdo imborrable.

—¿Te refieres a mi birdie en el hoyo 8 o al tuyo en el 18 para ganar la partida? —bromeó el expresidente Thomas.

—Ese es el problema de ganarle al expresidente en un partido de golf: nunca lo olvidan —replicó Green.

—Tienes razón, y la revancha llegará.

—Cuando quieras, "Presi".

—Lawrence, necesito tu ayuda.

Green ya lo intuía, pues nunca antes había recibido una llamada directa del expresidente.

—¿Recuerdas a Dean Fisher?

—Claro, ¿no es socio fundador en Newton, Fisher & Lorie? Son nuestro principal proveedor de sistemas complejos de software, sobre todo para modelado matemático.

—¿Siguen siendo tu proveedor?

—Sí, que yo sepa. ¿Quieres que lo confirme?

—Por favor.

—De acuerdo. ¿Algún motivo para querer saberlo, "Presi"?

—Prefiero que revises primero.

—¿Prefieres esperar un par de minutos o te llamo luego?

—Llámame luego, por favor.

—Cinco minutos.

—Vale.

Esos cinco minutos se convirtieron en diez, y luego en treinta. Finalmente, Lawrence devolvió la llamada una hora después.

—Layton, hemos cambiado de proveedor hace unos días.

—¿Razón?

Silencio.

—¿Lawrence?

—Mejor servicio, "Presi", y mejor precio.

Daba la impresión de que un abogado interno le dictaba las respuestas.

—¿Y quién es el competidor?

—Confidencial. No puedo revelar nada.

—Lawrence, Newton, Fisher & Lorie es el mayor donante del partido.

—Lo sé, pero los negocios son los negocios, señor presidente.

Tras agradecerle, Thomas llamó a media docena de CEOs y terminó en la misma situación. Luego contactó a dos de sus agentes más confiables y les pidió que se reunieran con él en un café del SoHo, en Manhattan. Uno tomó el tren Acela desde DC —la única pero lentísima versión "bala" de EE. UU.— y el otro lo tomó desde Boston. Era perfecto para que el expresidente pudiera ver primero a uno y luego al otro, ya que el viaje desde Boston era mucho más largo.

El agente especial del FBI Louis Tomassi, con sede en Miami, era un viejo operativo del presidente y había servido bien en múltiples ocasiones. Justo estaba en DC ese día, así que, media hora después de la llamada de Thomas, se subió al tren.

Ciudad de Nueva York, EE. UU., 2015
Café Starbucks, Midtown

Doce meses antes del Día 1

—Agente Tomassi, gracias por venir con tan poca antelación —saludó Layton Thomas.

Estaban sentados en un Starbucks dentro de una librería Barnes & Noble, en pleno Midtown de Manhattan. Había mucho ruido, y eso le venía bien al expresidente Thomas.

—Siempre disponible para usted, señor presidente.

Tomassi siempre había soñado con ser agente del Servicio Secreto, pero había fracasado varias veces en las pruebas y nunca había calificado. Ese era su punto débil, y el expresidente Thomas lo sabía y lo explotaba. Tomassi era consciente, pero lo ignoraba porque servir a un expresidente era, tal vez, lo más cerca que estaría de tener una placa del Servicio Secreto.

—Necesito que investigues el nombre de una empresa, su registro, directores y propietario.

—Señor presidente, ¿qué pasa?

—No sabemos nada de ellos, salvo que han conseguido uno tras otro los contratos del sector de servicios financieros y ahora dominan el mercado.

—Eso se llama libre mercado, o capitalismo, señor presidente.

—Señor Tomassi, no te cité para que me dieras lecciones. Esto no es algo banal; están dejando sin negocio al mayor donante del partido.

Tomassi se puso serio y, con voz contrita, replicó:

—¿De qué estamos hablando?

—Sistemas de software para modelado financiero. Con esas herramientas miden y cuantifican riesgos y probabilidades de futuros escenarios. Quiero que preguntes a tus contactos en las grandes instituciones financieras para ver qué cambios recientes ha habido en los contratos relacionados con este ámbito.

—¿Ese donante es la empresa de los tres apellidos?

—Sí.

—¿Han perdido o están perdiendo contratos?

—Dos tercios de su cuota de mercado.

—De acuerdo, veré qué averiguo y seré rápido.

—Perfecto —dijo Thomas.

Tras darse la mano, Tomassi se marchó deprisa y llamó primero a la agente especial del FBI Helen Bloom, jefa de Sistemas de Información Especializada.

—Agente Bloom.

—Agente Tomassi.

Su formalidad sonaba a punto de convertirse en risas, como solía ocurrir, pero él cortó por lo sano:

—¿Tienes tiempo esta noche?

—Sí, después de las ocho. —Su voz reflejaba desconcierto.

—¿Giovanni's?

—Vale. Allí estaré a las ocho.

Después, Tomassi tomó un taxi directo a la estación Penn Station para coger el siguiente tren Acela de vuelta a DC. Alcanzó uno a punto de cerrar puertas. Miró la tabla de horarios; llegaría a DC a las 7:45 p. m., justo con algo de margen.

Hizo otra llamada.

—¿Stan? Soy Louis.

—¿Sí?

—Oye, ¿podemos vernos esta noche?

—Claro, ¿a qué hora?

—Después de las 9:00 p. m.

—¿Dónde?

—Giovanni's.

Helen Bloom llevaba quince años en la agencia; graduada del MIT con especialidad en matemáticas e informática. Con su 1,83 m de altura, había sido All-American y era una belleza discreta con aire de Anne Hathaway, pero más alta. Ascendió rápido gracias a sus grandes conocimientos y habilidad gerencial. Era trabajadora, confiable, soltera y tenía un punto débil por Tomassi. Sus personalidades opuestas se atraían: él más joven, astuto callejero, impulsivo y con temperamento; ella, cerebral, mandona y serena.

Tomassi llegó con cinco minutos de sobra. Al entrar, el aroma de la cocina italiana lo envolvió. Pizzas, pastas, antipastos y pan de ajo caliente iban y venían. El lugar a rebosar y ruidoso.

—Signore Tomassi, buonanotte.

—Buonanotte, Giovanni, tutto bene?

—Benissimo, signore, benissimo.

—Esta noche lo espera la señora alta americana.

—Grazie mille, Giovanni.

Ella lo vio en la entrada; su pelo oscuro, ojos azules y piel naturalmente bronceada.

—Hola, Helen.

—Louis.

Se dieron un apretón de manos que pintaba el cuadro de dos colegas cenando. Eran amantes que, más tarde, se encontrarían a solas en casa de uno de los dos.

—Helen, ¿desarrollamos nuestro propio software o lo subcontratamos?

—Hacemos las dos cosas, pero la parte nuclear siempre se subcontrata.

—¿Y herramientas matemáticas para modelar riesgos y proyectar escenarios probables?

—Eh, eh, eh, espera, "mister". ¿Hablando de matemáticas, Louis Tomassi?

Estalló en una risa espontánea.

—¿Qué pasa… las matemáticas son sagradas para mentes hermosas como la tuya?

—Las matemáticas y tú, la combinación es… no sé, ¿sexy?

—Vale, Bloom, concéntrate. Necesito tu hermosa mente en acción.

—¿Qué quieres saber?

—Ya te lo pregunté.

—Entonces la respuesta es no, no hacemos ni usamos esas herramientas. Pero ahora mismo mi departamento está probando… un momento, ¿por qué te interesa?

—Investigo el sector relacionado con eso, por temas de seguridad que debemos vigilar.

—Pero no eres experto en el asunto, Louis. —Lo miraba con escepticismo. —Venga, Louis, dime la verdad.

Tomassi dudó, pero decidió ser franco. Le contó todo con detalle.

—Louis, los conozco. Trabajo con ellos. Han desarrollado algunos de los algoritmos aplicados más avanzados del mundo, pero no vas a descubrir quiénes son.

—Pero tú trabajas con ellos.

—Sí, bajo el más estricto secreto. Es su condición contractual, y están tan adelantados a su tiempo que debemos aceptar sus exigencias de confidencialidad.

—¿El nombre de la empresa?

—No lo sé. Ni siquiera sé si los nombres de nuestros interlocutores son reales. Sospecho que sí, pero no lo aseguro. Ni idea del nombre de la empresa.

—¿Cómo se comunican?

—Por correo electrónico y hablando con ellos a través de su propia red neuronal, imposible de rastrear y con un acuerdo de que, si lo intentamos, cancelan el contrato.

—Increíble: alguien dictándole al FBI lo que puede o no puede hacer.

—No somos el ala de aplicación de la ley en este caso. Solo somos un cliente gubernamental más.

—¿Quiénes son?

—No lo sé, Louis, pero son los mejores en lo suyo y están muy por delante de cualquiera en el mundo, en matemáticas.

—¿Nacionalidad?

—Nacionalidades. No predomina ninguna, y hay bastantes estadounidenses también.

Comieron en silencio. Con un par de copas de vino italiano afrutado, Helen se levantó, como era habitual. Ambos sabían que se despedían apenas hasta dentro de una hora o así, tal vez menos.

El agente especial del FBI Stan Levitz dirigía la sección de cumplimiento sobre delitos monetarios, amparada en la Ley PATRIOT. Realizaban más búsquedas y revisiones de cuentas bancarias que otras divisiones del FBI bajo la Ley de Prácticas Corruptas en el Extranjero.

El terrorismo era la excusa perfecta que convertía la Ley PATRIOT en la herramienta de invasión de la privacidad más usada en la historia del ordenamiento estadounidense. Stan y Tomassi eran amigos de la infancia; el FBI había sido su sueño común, con trayectorias paralelas y ritmos similares. Ambos eran destacados en sus campos. Stan aguardaba en la barra hacía quince minutos y vio a Helen Bloom marcharse. ¿A quién pretendían engañar con su relación? Era el secreto a voces del FBI. Se aproximó a su viejo amigo y se abrazaron, sonriendo y mirándose.

—Han pasado unos meses, amigo —dijo Stan.

—¿No hablamos la semana pasada? De hecho, ¿no hablamos casi cada semana? —bromeó Louis.

—Vernos, amigo, vernos. No nos veíamos desde hace dos o tres meses.

—Vale, ahí sí tienes razón. Pero tú eres el flamante padre de mellizos. Eso no deja tiempo.

—Y tu circo de conquistas femeninas te drenará si no te asientas pronto. Imagino que esto es importante, Louis.

—Sí. Uno de los principales donantes del partido atraviesa graves apuros financieros porque un competidor se ha llevado dos tercios de su mercado.

—¿Hay algo ilegal en sus actividades?

—El problema es que no sabemos su nombre, país de registro, ubicación de operaciones, etcétera, porque operan bajo un velo de secreto. Parece que su producto es de vanguardia, y los clientes aceptan guardar absoluto silencio. Además, todo lo hacen con una red neuronal al parecer muy superior a lo que usamos actualmente.

—No veo nada ilícito en lo que describes.

—Stan, necesito tu ayuda para descubrir quiénes son.

—Louis, no te metas en líos.

—No lo haré.

—¿Qué necesitas?

—Que investigues en las cuentas del NYBC los pagos que se hacían a Newton, Fisher & Lorie este año; cuándo dejaron de hacerse y el nombre del nuevo beneficiario que cobra cantidades similares.

—Eso es todo lo que te daré, Louis: un nombre.

—Vale.

—Espera. Mandaré un mensaje cifrado.

—¿Cuánto tardarás?

—Poco, estará listo antes de terminar aquí.

—¡Eso es rapidez! Tienes a todos en tus manos.

—Agradéceselo a la "Guerra contra el Terror", a nuestro expresidente y a su secretario de Defensa. Me facilita mucho el trabajo.

Stan salió y Louis sonrió, sorprendido de lo poco que había costado. Diez minutos después, Stan volvió con semblante preocupado.

—No hay nada, Louis.

—¿Cómo?

—Identificamos el pago que sustituyó al de Newton, Fisher & Lorie; fue fácil. Era un 10 % menor que el que venían pagando, así que obtuvieron el contrato con ese descuento. El nombre de la nueva empresa estaba en blanco y solo había una nota: "El beneficiario es un proveedor clave de nuestro banco. Contractualmente estamos obligados a guardar su nombre en privado."

—¿Eso es todo?

—Hasta aquí llego, Louis, y me alegro de que haya sido así. Aléjate de problemas, amigo.

Tomassi se sintió incómodo, se levantó, dio una suave palmada a su colega y se fue. Tendría que abordarlo de otro modo, pero por ahora solo pensaba en la "mente brillante con gran cuerpo" que lo esperaba. Louis llamó brevemente al expresidente Thomas: "Nada todavía."

Mientras tanto, el expresidente se había reunido con Leonard Toms, la segunda persona que convocó; un viejo amigo y alto cargo de la CIA, que viajó en el Acela desde Boston. Le solicitó lo mismo, pero con un enfoque distinto: que usara la inteligencia disponible para identificar la empresa que estaba ganándolo todo, su nombre y propietarios.

Washington D. C., EE. UU., La Casa Blanca, 2016
Día 2, 9 p. m. (ET)

Tosh se dio cuenta de cuál era el mayor defecto de su velo de secreto en el momento en que oyó al expresidente Thomas relatar los acontecimientos. En el Centro de Datos de Zermatt, el secretismo era impuesto por el gobierno, por lo que resultaba inexpugnable. Pero en el caso de la Fundación Experta y de la Organización de Software Walkyria, su actividad con fines de lucro se mantenía en secreto gracias a contratos con los clientes y a acuerdos con los beneficiarios de las subvenciones. Todas estas entidades eran privadas, y, por tanto, susceptibles de ser sobornadas, de que piratearan sus redes, de que se produjeran robos, etcétera; en fin, cualquier método que alguien pudiera usar para desvelar la identidad de la organización. De modo que, por más que su equipo hubiese exigido y aplicado un velo de secreto a los clientes de Walkyria y a los beneficiarios de Experta, invirtiendo miles de horas en mecanismos, cláusulas contractuales y sanciones, al final, todo estaba destinado a fracasar.

—Presidente Thomas, en realidad estaban detrás de Walkyria, mi organización empresarial.

Thomas asintió con resignación, hizo una pausa y continuó.

Washington D. C., EE. UU., Sede del FBI, 2015
Doce meses antes del Día 1

A Louis Tomassi lo dejaba atónito no tanto lo bien guardado que estaba el velo de secreto de la organización que investigaba, sino la magnitud del asunto. Además, prestaban su servicio a través de su propia red neuronal. No hacían nada de manera personal, y aun así debía existir un modo de acceder… tenía que existir.

«Un momento», pensó. «¿Y si, en lugar de perseguirlos, hacemos que ellos vengan a nosotros? Tenemos a mano el canal perfecto».

Llamó al expresidente Thomas.

—Señor presidente, tal vez tengamos una forma de obtener la información.

—¿Cómo?

—Su fundación puede convertirse en cliente.

Thomas se detuvo un momento y reaccionó:

—Me gusta. Te pondré en contacto con el equipo de la fundación.

La Fundación Thomas era la más grande y exitosa que hubiera creado jamás un expresidente de los Estados Unidos. Se había lanzado gracias a promesas de apoyo y donaciones de todo el mundo. El presidente Thomas colaboraba estrechamente con multimillonarios y países ricos en petróleo, y recaudaba grandes sumas. Su fundación había recibido, a lo largo de su existencia, mil millones de dólares en donaciones y compromisos, y participaba en proyectos por todo el mundo, en áreas como el hambre, la salud, la educación y la autosuficiencia. Su sistema de información era de vanguardia, y se habían integrado con éxito en las redes sociales, factor clave para atraer pequeños donantes. Sus servidores trabajaban día y noche generando expectación, mensajes, blogs y difundiéndolo todo en Facebook, Twitter, LinkedIn, Snapchat, Instagram... y funcionaba de maravilla: miles de donantes contribuían cada día con la fundación.

Tomassi actuó con rapidez y, en menos de una semana, la Fundación del presidente Layton Thomas publicó una petición de ofertas (RFQ, por sus siglas en inglés) en su sitio web. Decía: *«La institución quiere desarrollar herramientas de software que le permitan modelar los riesgos y los posibles escenarios de fluctuaciones en las donaciones»*. En cuanto se publicó, el Centro de Datos de Zermatt, con el potente motor de búsqueda de su red neuronal, la detectó. Como de costumbre, la empresa con sede en Zúrich, Walkyria, emitió una cotización a través de una organización distribuidora que servía de fachada para esas transacciones.

Tomassi y el equipo de tecnología e información de la Fundación Thomas evaluaron las respuestas a la RFQ. Todas provenían de conocidos desarrolladores o distribuidores de software empresarial. Decidieron centrarse en estos últimos, con la esperanza de que uno de ellos representara a la misteriosa organización. Finalmente, identificaron un distribuidor destacado de Encino, California.

Tomassi pidió entonces al equipo de IS que llamara a la alta gerencia del distribuidor. Lo hicieron de inmediato.

—Anders Sorensen.

—Señor Sorensen, encantada de saludarlo. Habla Helena Rodríguez. Dirijo el equipo de IS en la Fundación Thomas; aquí también están los demás integrantes.

—Encantado, señorita Rodríguez. Soy el director ejecutivo de AMTFB, que significa *Advanced Mathematical Tools for Business.*

Tomassi estaba sentado junto a Helena, al igual que otros tres miembros de su equipo.

—Señor Sorensen, ¿ustedes desarrollan su software?

—No, solo somos un distribuidor.

—Entonces implementan software de terceros, ¿verdad? ¿Con cuáles de los grandes desarrolladores trabajan?

—Solo con uno.

—¿Y cuál es, si se puede saber?

—Tendrán que firmar un acuerdo de confidencialidad antes de poder decírselo.

—¿Por qué debemos firmar un acuerdo de confidencialidad sin saber quiénes son?

—Porque así nos lo exigen, y pueden permitírselo. Son quienes desarrollan las herramientas matemáticas más avanzadas y completas del mercado.

—¿Cómo sabemos que son los más grandes si no sabemos quiénes son?

—Si lo desean, podemos llamar a los jefes del ejército y las agencias de seguridad de algunas naciones del G-7, o a cualquiera de las mayores instituciones financieras del mundo. Ellos avalarán a la compañía como su proveedor principal de herramientas matemáticas basadas en algoritmos discretos, que ya emplean activamente.

—Disculpe un momento, señor Sorensen.

Tomassi deseaba avanzar, y creía que Helena ya había hecho las preguntas adecuadas; no necesitaban más por el momento.

—Señorita Rodríguez, pida que nos manden ese acuerdo de confidencialidad, por favor.

Helena lo hizo. Minutos después llegó un documento de cincuenta y cuatro páginas. Habían acordado llamar a Sorensen dentro de la hora. Mientras tanto, Tomassi pidió al equipo del FBI que lo rastreara de inmediato. No contenía nombres; era solo una plantilla. Se lo enviaron también al asesor legal interno de la fundación, Larry Beiley, para un vistazo rápido. Volvió hecho una furia.

—Señorita Rodríguez, esto es una broma, ¿verdad?

—¿A qué se refiere, señor?

—No podemos firmar este documento sin revisarlo a fondo. Es el acuerdo de confidencialidad (NDA) más estricto y unilateral que he visto en mi carrera.

—¿Qué riesgos financieros presenta?

—Lo sorprendente es que, a primera vista, ninguno. Simplemente retiran la licencia y desactivan el software si se sospecha de una violación de confidencialidad. Esta gente va muy en serio con el secreto.

Tomassi pidió a Helena que mantuviera en espera al abogado; llamó al presidente Thomas y le explicó la situación. Thomas dio la orden de firmar el documento, con la única condición de que el abogado confirmara la inexistencia de riesgos económicos para la fundación. Llamaron de nuevo a Sorensen.

—Señor Sorensen, ¿ha recibido nuestra copia firmada?

—Sí. ¿Enviaron el poder notarial o la resolución que confirme la facultad de la signataria para representar a la Fundación Thomas? —preguntó Sorensen.

—Acabamos de enviárselo. ¿Cuándo recibiremos su copia firmada? —consultó Rodríguez.

—Ahora mismo les mando nuestra copia firmada —respondió Sorensen.

Sorensen colgó y, minutos después, el documento apareció en la computadora del abogado interno. Segundos después, el propio presidente Thomas, que acababa de llegar a la oficina de la fundación, entró en el despacho de Beiley, donde también estaba Tomassi.

—Larry, enséñame qué tenemos.

Beiley se puso en guardia. "¿Por qué tanto interés en un NDA?"

—Lo tengo aquí, señor presidente, está completamente formalizado, pero en un formato protegido. Solo el firmante puede abrirlo y ver la identidad del otro firmante. A efectos legales, soy el único que puede abrirlo y leer la identidad del signatario.

—Bien. Quiero que lo hagas. Tomassi, por favor, sal de la sala. Yo, como jefe de esta fundación, soy el único firmante autorizado, y tú actúas bajo mi poder notarial.

—Así es, señor —asintió Beiley.

—De acuerdo. ¿Cuál es el nombre de la corporación y dónde está registrada?

—Tillman, Ltd., en las Islas Cook. Es una sociedad pantalla, señor, con acciones al portador. Si su interés es saber quiénes son los dueños o quién está detrás, no lo encontrará por aquí.

Thomas salió del despacho de Beiley sin decir palabra; pasó junto a Tomassi con gesto impenetrable y, antes de entrar en su oficina, se giró para soltar:

—Llama a Leonard Toms y trabaja con él. Ya he invertido demasiado tiempo. Dile que me llame para darle mi visto bueno, y no te quedes aquí mucho rato; ya te han visto lo suficiente.

Parecía que el partido tendría un gran donante menos, pensó Thomas, y, con esa idea, pidió que no lo molestaran, se encerró en su despacho y cerró la puerta.

El operativo de la CIA Leonard Toms no veía con buenos ojos la última maniobra de Thomas, respaldando a Tomassi, y se lo dijo. El expresidente le explicó que Tomassi tenía datos valiosos, y había hecho el trabajo de campo doméstico sobre el mismo objetivo. A instancias de Thomas, acordaron verse personalmente al día siguiente en un sitio público del centro de Boston.

La cafetería Panera Bakery & Cafe en el centro de Boston daba frente a una Apple Store de dos pisos. Leonard Toms revisó la zona media hora antes y se sintió tranquilo. Con un doble latte en la mano, vio a Tomassi cruzando la multitud. El gentío iba a trabajar. Eran las 8:30 a. m. y parecía que todos llegaban tarde. Tomassi destacaba, yendo aún más rápido.

«Vaya tipo», pensó Leonard, recordando el perfil de Tomassi que había leído.

—Hola —dijo Tomassi.

—Buenas.

Se dieron la mano sin mencionar sus nombres, tal como habían acordado. Tomassi describió todos los callejones sin salida en la investigación, incluyendo el fiasco del día anterior.

—En resumen, ¿vuelven a la casilla cero?

—No exactamente. Hemos averiguado cómo aplican su velo de secreto. Usan su propia red neuronal. Por ejemplo, intentamos rastrear sus correos y fue imposible. Tienen una web privada. Sabemos que trabajan con gobiernos, militares y el sector financiero. También sabemos lo que venden y cobran. Conocemos a su principal distribuidor.

—¿Pero siguen sin saber quiénes son ni dónde operan?

—Sí. ¿Y ustedes?

—Un poco de todo. Todas sus entidades —hemos identificado docenas— son sociedades offshore. Rastrear el dinero fue inútil, porque los bancos guardan confidencialidad. Revisamos sus declaraciones de impuestos y están en orden, al día y pagan completas. Sus bufetes crearon las sociedades y presentaron los informes fiscales firmados con poderes notariales, así que no llegamos a nada. El equipo de perfiles fue más prometedor.

—Antes de eso, ¿verificaron si trabajan también con tu agencia?

—Sí, y llevan años haciéndolo, pero ahí tampoco pude sacar nada. Nuestro equipo de perfiles cree que el secretismo no se debe a la protección de fórmulas o modelos de negocio.

—¿Por qué?

—Porque no hay nada que proteger. Sus fórmulas están en abierto en todo el software que hoy se utiliza.

—¿Podría cualquiera copiarlas?

—Sí, y seguramente ya lo han hecho.

—Pero no pueden usarlas porque están cifradas, y, por lo que me dijeron, ningún matemático del mundo las entiende del todo. Están muy adelantados.

—Entonces, ¿por qué el secreto?

—Si no es por razones empresariales o económicas, tal vez haya un motivo altruista. Nuestro equipo cree que lo dirige una sola persona o un grupo pequeño con mucha experiencia, seguramente más de cincuenta años. La mayor parte —o todos— los beneficios se destinan a actividades sin fines de lucro. Todos en esa organización llevan vidas familiares normales. También hallamos una entidad benéfica que existe casi desde la misma fecha que la empresa con fines de lucro. Han destinado miles de millones de dólares en todo el mundo, incluida EE. UU., en áreas de educación y emprendimiento. Nuestros analistas creen que ambas entidades están conectadas. Probablemente no sea una organización estadounidense ni sus responsables lo sean.

—¿Dónde tienen la base?

—No sabemos, pero no parece aquí. Tal vez algunos vivan en EE. UU. de forma parcial o total.

—Y ahora, ¿qué hacemos?

—Retrocederemos en el tiempo e identificaremos a matemáticos destacados desde sus años académicos; luego rastrearemos su carrera para ver dónde están hoy. El equipo cree que daremos con algunos cuyo empleador sea imposible de verificar. Así los localizaremos. Prefieren el anonimato, lo que les da más libertad y discreción en sus obras benéficas, pero a la vez es su punto débil, porque no tienen fuerza mediática, ni el apoyo ni el acceso al establishment.

—O sea que son vulnerables.

—Sí.

—¿Cuánto tardará?

—Es una búsqueda mundial, así que llevará su tiempo.

Al despedirse, Tomassi se preguntó cuál sería su siguiente paso, y no tenía idea. De momento, debía meterse de lleno en un caso del FBI que le llevaría varios días, tal vez una semana. Voló a Miami desde el aeropuerto Logan de Boston en un American Airlines. Mientras tanto, Leonard Toms acababa de recibir una llamada con noticias inquietantes. Marcó de inmediato el número del presidente Thomas.

—Señor, nos han parado. Se acabó. No puedo seguir y el otro tipo no podrá contactarme más.

—¿Motivo?

—Seguridad nacional.

Al colgar, para Thomas fue un capítulo cerrado y definitivo. Había hecho todo lo posible. Llamó a Jonathan Stanza.

—No podemos meternos. Es asunto de seguridad nacional. Se acabó, ¿me oyes?

El lobbista hizo una pausa.

—Entendido, señor.

Cuando Tomassi aterrizó en el Aeropuerto Internacional de Miami, recibió una llamada del presidente Thomas con el mismo mensaje, y eso le pareció perfecto: siempre estaba dispuesto a anular una búsqueda estéril. Tras ese desenlace, Tomassi no esperaba volver a saber de Thomas en mucho tiempo, tal vez nunca más, pero se equivocaba.

Washington D. C., EE. UU., La Casa Blanca, 2016

Día 2, 10 p. m. (ET)

El expresidente Thomas se encogió de hombros al recordar el capítulo final de su fallido intento de identificar la organización Walkyria de Tosh.

—Nos topamos con un muro y no descubrimos nada sobre quiénes eran, pero nunca pensé que, en breve, me encontraría de lleno con el propietario y jefe de esa organización —explicó el expresidente, y prosiguió—. Ni se me pasó por la cabeza que estaba persiguiendo a la empresa de negocios de Nicolás Tosh —dijo Layton Thomas.

—Continúa, Layton; no es momento de justificar tu comportamiento. Me temo que para eso ya es tarde —sentenció el presidente O'Sullivan.

Miami, Florida, EE. UU., FBI North Miami Station, 2015
Doce meses antes del Día 1

El primer divorcio del expresidente Thomas había sido sumamente amargo. Años de infidelidades y aventuras, incluida una con una administrativa en la Casa Blanca, dejaron a la fallecida primera dama públicamente humillada. Aunque Nancy Thomas era una abogada brillante y había triunfado en la política tras abandonar la Casa Blanca —logrando un escaño en la Cámara de Representantes por el estado de Maryland—, nada de eso parecía importarle a su esposo. Finalmente, poco después de que el presidente O'Sullivan la nombrara Secretaria de Trabajo, su marido le comunicó que estaba enamorado de una exbailarina de cabaré argentina, veinticinco años menor que él. Aquello fue el fin definitivo del matrimonio; Nancy Thomas no soportó a otra amante más.

La nueva señora Thomas era cualquier cosa menos la esposa típica de un expresidente de los Estados Unidos. Las encuestas mostraban que el 85 % de los estadounidenses la detestaban. La popularidad del expresidente Thomas cayó quince puntos a raíz de su nuevo matrimonio.

En su nueva asignación, Tomassi pasó directamente del aeropuerto a una investigación en curso. Dudaba que Thomas fuera a hacer algo más por la "gran donante" dedicada al software. Así que, cuando Tomassi fue informado de la vigilancia efectuada a dos adultos que tenían una aventura, no podía dar crédito a sus ojos. Las imágenes de video mostraban, en vivo, la habitación de un hotel y un fogoso encuentro sexual entre un hombre y una mujer. Entonces vio su rostro.

—¿Es…?

—Sí, en vivo, en carne y hueso.

—¿Emanuella Thomas en persona, acostándose con un hombre casado…?

—¿Quién es él?

—Un catedrático reconocido de Economía en la Escuela de Negocios de la Universidad de Miami.

—¿Cómo se llama?

—Nicolás Tosh, casado desde hace veintiséis años con Alejandra Tosh. Él le lleva siete años. Tienen dos hijos, todos con nacionalidad suiza y estadounidense, y se mudaron a Estados Unidos hace unos diez años. Antes vivieron en Alemania y Argentina. Los chicos nacieron en Estados Unidos, pero tanto él como su esposa son argentinos. De ahí viene la conexión con la señora Thomas: ella y Tosh son amigos de la infancia.

—¿Un amor de antaño? —preguntó Tomassi.

—Eso parece.

Mientras Tomassi revisaba el expediente, vio la foto de la esposa de Tosh y comentó:

—Su esposa es preciosa, además de pilar de la comunidad. ¿Qué hace este tipo tan hogareño con una exbailarina de cabaré demacrada? Aquí falla algo y no encaja.

—¿El FBI persigue ahora a la gente por infidelidad? —preguntó Tomassi.

—No, teníamos vigilado al profesor desde hace tiempo, por otros motivos.

—¿Como cuáles?

—Blanqueo de capitales, evasión fiscal, posibles vínculos con organizaciones terroristas.

—Eso es muy serio. ¿Tenemos pruebas?

—No. Trabajamos junto a la CIA, por un indicio generado en la NSA: el sistema etiquetó a Tosh como alguien que vive de forma muy sospechosa. La NSA indicó que sus herramientas de visualización de datos mostraban un perfil propio de un terrorista o de alguien que trabaja encubierto para un gobierno extranjero. Llevamos meses siguiéndolo y, salvo sus constantes viajes por todo el mundo —incluidos África, Oriente Medio y su país, Suiza— y el hecho de que su salario ni siquiera cubriría uno de esos viajes, no hallamos nada en cuanto a terrorismo. Sus billetes y gastos de viaje se pagan desde el extranjero, así que lo tenemos por blanqueo de dinero y evasión fiscal, al no poder determinar de dónde sale el dinero que le cuestan los viajes. Cuando va al extranjero, vuela siempre en jets privados. El problema es que despega y aterriza en cualquier parte, y lo averiguamos a posteriori. Calculamos que sus viajes cuestan unos 2 millones de dólares al año y su salario es de 100 000 dólares. Ya me dirás.

—¿Adónde viaja?

—Sobre todo a países del Tercer Mundo.

—¿De ahí viene la sospecha?

—Sí, creemos que contacta con grupos radicales.

—¿Alguna evidencia o solo conjeturas?

—Puras conjeturas por ahora.

—¿Con quién se reúne en esos países?

—En todos los casos, con proyectos sin fines de lucro o iniciativas enfocadas a mejorar la situación en ese país. Visita, entrevista y lleva auditores. No se va hasta concluir un análisis exhaustivo. Sospechamos que una de esas entidades podría ser el eslabón perdido.

—¿Qué hay de la entidad que costea esos proyectos y paga los gastos de viaje del señor Tosh?

—Punto muerto.

—¿Y la aventura?

—Nos topamos con ella esta noche, dentro de la vigilancia que le hacíamos.

—¿Cuánto lleva?

—Creemos que esta es su primera noche juntos, pero se conocen desde niños.

—¿El expresidente Thomas lo sabe?

—No.

—Debo avisarle ahora mismo.

—Adelante.

Tomassi llamó al expresidente Thomas.

—Señor, hay algo que debería saber.

—Ese asunto del donante se acabó, Tomassi.

—Lo sé, señor, esto es distinto.

—Bien, adelante.

—Concierne a su esposa.

—¿Qué pasa con ella?

—¿Conoce a un profesor universitario de Miami llamado Nicolás Tosh?

—Me suena. Sí, su esposa recauda fondos para el partido y trabaja de cerca con el lobbista Jonathan Stanza en Miami. Conozco al tipo. Es interesante, está muy bien informado. Siempre es un gusto charlar con él. Es un miembro leal del partido.

—Temo que el señor Tosh no sea su amigo, señor.

—¿Por qué dice eso?

—¿Dónde está su esposa ahora mismo, señor?

—De compras en Manhattan con unas amigas.

—No, señor, no lo está. Se encuentra en Miami, en un hotel con el señor Tosh.

Thomas marcó el número de su esposa, que saltó al buzón de voz. Luego abrió la app. Buscar mi iPhone y la localización del teléfono indicaba la calle 42 con la Quinta Avenida. Aliviado, retomó la llamada:

—Tomassi, será mejor que tenga pruebas. Acabo de ver su móvil en Manhattan.

—Señor, acabo de salir de la vigilancia a Tosh y ella está con él allí, señor.

—Páseme el teléfono del hotel, Tomassi.

—No puedo, señor, hasta cerrar el operativo.

—¿Cuándo será eso?

—Déjeme comprobar… —volvió a los pocos segundos—. Estaremos aquí toda la noche, señor.

La línea guardó silencio unos instantes.

—Tomassi, ¡quiero a ese tipo en la cárcel!

Colgó. Después, el presidente Thomas llamó a su viejo amigo, el lobbista Jonathan Stanza.

—Jonathan, ¿cómo estás?

—Bien, señor presidente. ¿Y usted?

—No muy bien. Como es de tu ciudad, necesito que vayas tras un tipo de Miami que se está acostando con mi esposa. Quiero a ese tipo fulminado, desprestigiado y en la cárcel.

—¿Puedo preguntar quién es?

—Nicolás Tosh.

Stanza hizo una pausa, respondiendo con cautela:

—Pero, señor, la familia Tosh ha sido muy generosa durante años. No son enemigos, y su esposa forma parte de mi equipo. Ambos son miembros leales al partido —replicó Stanza, con prudencia.

—Stanza, me importa un comino. Acabo de hablar con Tomassi, que dirige la vigilancia, y ahora mismo Tosh está metido en un hotel con mi esposa, así que no me hables de partido ni de patriotismo. Sabes lo que quiero. ¿Entendido?

—Sí, señor. Si hace falta hacerlo, se hará.

—No toques a su esposa ni a su familia.

—Entendido.

—¡Lo quiero en bandeja de plata, Stanza, en bandeja de plata!

—Comprendido, señor.

—Autorizaré todos los fondos que necesites.

—No será necesario, señor.

—Coordínate con Tomassi en el FBI. Tosh ya está bajo investigación. Arma el caso a través de él.

La llamada se cortó. Para Stanza era la oportunidad de devolverle todo lo que Thomas había hecho por él a lo largo de los años. Sabía exactamente qué hacer, como tantas veces antes. Sabía a quién llamar y lo hizo. Se pusieron en marcha los engranajes de un proceso que aprovecharía un sistema corrupto y plagado de influencias indebidas. En menos de una hora, Stanza se encontraba cara a cara con el hombre que lo ayudaría a orquestar la destrucción sistemática, paso a paso, de Nicolás Tosh. Se había metido con un expresidente de los Estados Unidos y, al final, terminaría muerto o en la cárcel por mucho tiempo.

Miami, Florida, EE. UU., Oficina de Abogados Livingstone, White & Stawskoski, 2015

Doce meses antes del Día 1

Mark Bain, director ejecutivo de la empresa de seguridad privada Bain & Co., tuvo la misma reacción de siempre al verlo:

«Este tipo es turbio», pensó mientras entraba a la oficina de Livingstone, White & Stawskoski.

En la recepción lo aguardaba en persona el mismísimo Kenneth Livingstone, fundador del bufete. El exfiscal estatal lucía más como un empleado de funeraria que como un abogado litigante carente de escrúpulos, debido a su tez pálida y semblante ceniciento, que le daban un aspecto siniestro. El despacho tenía lazos estrechos con el Partido Liberal Demócrata (PLD) al más alto nivel y poseía la reputación de ser el más implacable en la ciudad: con frecuencia usaban el sistema penal como amenaza para lograr lo que querían para sus clientes. Su lema era "o pagas, o lo pierdes todo y terminas en la cárcel". Así pues, no se jactaban de cuántos casos ganaban sino de cuántas personas habían acabado en prisión por sus clientes. En conclusión, uno contrataba a Livingstone, White & Stawskoski para vengarse y, de paso, arruinarle la vida a la víctima.

—Mark, gracias por venir.

—Cuando quieras, Kenneth, a tu servicio.

—Sígueme, por favor.

Mientras Livingstone lo conducía a la sala de conferencias, Bain pensaba en lo mucho que los detestaba, pese a que eran sus mayores clientes. Allí se toparon con un hombre de baja estatura, cabeza calva enorme y brazos aún más cortos, que se puso en pie para saludarlo.

—No sabía que estarías aquí —dijo Bain.

—¿Cómo estás? Llevo un rato reunido con Kenneth —contestó Jonathan Stanza.

Tras la llamada del presidente Thomas, Stanza había contactado sin demora a Livingstone para planear cómo ir contra Tosh. Todos notaban que Stanza tenía algo raro: era autoritario, vociferante, malhablado y pasaba de la calma al enojo en un segundo. Además, sufría un incesante tic nervioso en los ojos y en el cuello, enderezando la cabeza de manera compulsiva. Desde hacía tiempo, en privado, Mark Bain lo había bautizado "el Ogro Sucio", al verlo parecido a Shrek.

—Mark, necesitamos que entregues de forma anónima, cada semana, teléfonos desechables a un cierto número de personas en Miami y Washington D. C. Y, por supuesto, nos informarás de las fechas y horas de las entregas. También requerimos saber de antemano los números de teléfono que recibirá cada uno. Dejarán tirados los teléfonos de la semana anterior cuando se les entregue el nuevo —indicó Livingstone.

—¿Para cuántas personas?

—Veinte: doce en Miami y ocho en D. C. Se sobrentiende que las entregas deben hacerse en lugares públicos, parte de la rutina diaria de cada uno.

—Veamos el costo —Bain hizo cálculos en la calculadora de su móvil—. El trabajo rondará entre 20000 y 25000 dólares a la semana, incluyendo mano de obra y equipo.

—El presupuesto no es problema; hoy mismo haremos la transferencia para noventa días de entregas por adelantado.

—¿Por cuánto tiempo necesitan esto?

—Entre seis meses y un año.

—Bien, transfieran 350000 dólares trimestrales. Cobraré 300 la hora, más gastos de equipo y de viaje.

—Por otro lado, requerimos que uno de tus operativos recoja documentos aquí y los entregue de forma discreta a ciertas personas en organizaciones de prensa de la ciudad.

—Perfecto. Para eso necesitaré un anticipo de diez mil dólares y luego facturaré aparte cada mes.

Mark Bain salió de la oficina de Livingstone, White & Stawskoski con la cabeza llena de números: ambos encargos le reportarían entre setecientos cincuenta mil y un millón de dólares a su firma en el próximo año. Livingstone y Stanza se aprestaban para la guerra. Juntos constituían una combinación letal. Mark estaba seguro de que, fuera quien fuese su blanco, no quedaría mucho de él cuando acabaran.

En cuanto Bain se fue, Stanza se puso en "modo frenesí":

—Kenneth, primero demonizaremos al objetivo en la prensa. Me encargaré de que la opinión pública lo declare culpable. Empezaré con los medios más pequeños y luego escalaré a los grandes periódicos y canales de TV locales. Los editores y periodistas clave en la ciudad esperan información para cubrirla, pero antes debo mover hilos entre los miembros del partido que son grandes anunciantes o inversores en los medios principales. Sus solicitudes a los periodistas serán escuchadas de inmediato.

—La segunda fase, Jonathan, me corresponde a mí —añadió Livingstone—. He seleccionado a veinte individuos que colaborarán para armar el caso contra Tosh mediante litigios civiles, cooperando y alimentando con datos al Departamento de Justicia. Además tengo amigos en la Fiscalía Federal y en varios juzgados para asegurar no solo la acusación y condena, sino la sentencia más severa.

Washington D. C., EE. UU., La Casa Blanca, 2016
Día 2, 10:30 p. m. (ET)

—Señor presidente, todo empezó con la noticia de portada en el mayor diario de la ciudad: "Profesor de la UM implicado en complot terrorista". Desde entonces, el frenesí mediático lo demonizó y lo declaró culpable ante la opinión pública. Livingstone hizo lo suyo y presentó cargos totalmente falsos y sin fundamento, basándose en soplones e informantes. A la vez, aceleraron las demandas civiles, y el litigio fue brutal. Tosh debió declarar una docena de veces y aportar miles de páginas de documentos. Sin resultado. Antes de un año, perdió muchas de esas demandas y, al final, lo acusaron de terrorismo, lavado de dinero y evasión fiscal. Como sabrá, había veinte personas detrás de ese complot contra el señor Tosh: jueces, agentes del orden, la fiscalía estatal, varios abogados y empresarios —explicó el expresidente Thomas.

—Señor Tosh, ¿por qué no detuvo todo al principio invocando "peligro claro y presente"? —preguntó el presidente O'Sullivan.

—No pensé que llegaría tan lejos. Quería mantener en secreto mis actividades filantrópicas y empresariales para mi familia, y separarlas de mi vida académica. Evidentemente, subestimé los poderes que se alzaban contra mí. En cuanto al supuesto "affaire", tengo algo que aclarar, pero primero quiero mostrarle un video.

Tosh encendió su mini iPad.

—Señor presidente, ¿tiene una pantalla más grande?

El presidente pulsó un botón en su escritorio, y una gran pantalla emergió del piso de la Oficina Oval. Tosh introdujo un pequeño conector de iPad en la parte trasera de la TV y, en segundos, se estaba reproduciendo el video. Mostraba a Tosh y a Emanuella Thomas conversando en un café de un aeropuerto —probablemente el de Miami—, la misma fecha en que Thomas se enteró de la aventura, pero más temprano ese día. En pantalla se veían códigos y números que marcaban milisegundos, junto al sello de autenticidad del mayor laboratorio de video del mundo. Para ambos presidentes no había duda de que reconocían la huella digital de los CDA-323 y 324 aplicados a Tosh y a sus acompañantes.

—Nic, ¿qué probabilidades había de que nos encontráramos tras treinta años?

—Casi nulas, Natalia, y menos en un aeropuerto tan abarrotado. Te ves genial, la misma sonrisa traviesa.

—¿Y tú? El mismo aire juvenil, tan apuesto como siempre.

—¿Vives en Estados Unidos? ¿Casada? ¿Hijos? —preguntó Tosh.

—¿No lo sabes? ¿En qué mundo vives, Nicolás?

—Soy profesor universitario, así que vivo en mi burbuja.

—La vida da muchas sorpresas. Pensé que harías grandes cosas, pero por lo visto no ha sido así —dijo ella en tono sarcástico.

Era evidente que la mujer, mientras mordisqueaba suavemente su labio inferior, dudaba de lo que diría a continuación.

—¿Quién dice que enseñar no es algo grande y noble? —replicó Tosh.

—Mi concepto de "grande" es distinto —respondió Natalia.

—Bien, Nat, contesta la pregunta.

—Soltera, vivo en Europa, sin hijos.

Tosh apagó el dispositivo y miró a los dos presidentes.

—A ella la conocí como Natalia Barrios hasta esa noche. Yo no tenía idea de que se había casado ni de que tenía otro apellido. Creí que era soltera y, después de esa única noche, jamás volví a saber de ella. Nadie me confrontó ni salió nada publicado. Nunca supuse que aquellos problemas legales derivaran de ese encuentro.

—Independientemente de si sabía o no quién era ella, usted engañó a su esposa, señor Tosh —señaló el expresidente Thomas, visiblemente alterado.

—Ese es un asunto que no le concierne —replicó Tosh con frialdad— Y prosigo: Presidente Thomas, nada de lo que haya hecho justifica la atrocidad que cometieron contra mí, vulnerando totalmente el sistema legal e institucional de este país, como hemos visto. Tal vez lo más triste para usted es que el amante de su esposa, su objetivo, ni siquiera sabía en lo que ella se había convertido. No se trataba de usted ni de mí, señor, sino de ella.

—Es cierto, Tosh, nunca supo lo que le cayó encima, porque preferí no revelarlo —admitió Thomas.

La Oficina Oval quedó en silencio al instante, pues solo ambos presidentes entendían a qué se refería.

—Ya basta —intervino O'Sullivan—. A partir de aquí, le voy a pedir a todos que salgan de la sala: necesito hablar en privado con el presidente Thomas.

Todos salieron y se sentaron en la zona de recepción.

—Layton, me has metido en un lío.

—¿Quieres negociar, Kevin? ¿Qué pides? Después de todo, tú lo aprobaste. Apostaría a que Tosh no lo sabe, ¿verdad?

Los genes irlandeses de O'Sullivan se encendieron de golpe. Se puso en pie, se acercó a Thomas con el rostro encendido por la ira y se inclinó hasta casi rozarlo.

—Creí ayudar a un amigo a encarcelar a un hombre malvado y lo hice sin dudar. Es cierto que esa persona y su familia eran ejemplares para el país y aliados del partido, pero lo ignoré porque confié en ti. No sabía que influirías en jueces, fiscales, en el FBI y en todos los medios de Miami. No sabía de la aventura ni que los cargos eran falsos ni que todo era una venganza personal. Pero lo peor, ¡Dios mío!, el objeto de tu venganza ha resultado ser un recurso estratégico y militar, tal vez el mayor benefactor que este país haya tenido.

Sin apartar su intensa mirada de Thomas, O'Sullivan regresó a su silla.

—Layton, la situación difícil en la que me dejas no se trata de ti. Se trata de cómo juzgar a estas personas corruptas y a un expresidente con el menor daño posible para la nación, sus instituciones, esta oficina y la credibilidad de sus líderes.

—No puedes hacerlo, Kelly. Es blanco o negro, no hay grises.

—Por una vez tienes razón, Layton. Déjame trabajar en la solución final de esto.

—¿Cuál es el trato, Kelly?

—Por ahora nada, Layton. Y no salgas de la Casa Blanca. Espérame hasta que te llame de nuevo. Si quieres, te preparo una habitación de invitados para que descanses.

—Sí, por favor.

El presidente marcó entonces el número del general Collins en el Pentágono.

—General, convocaremos un tribunal federal de emergencia esta noche, para acabar con este asunto antes del amanecer. En treinta minutos estén listos para ayudar y transferir pruebas al Fiscal General. Ni una palabra a nadie, ni siquiera a sus asistentes ejecutivos. Avise al juez federal de guardia y dígale que empezaremos alrededor de las 4 o 4:30 a. m.

Colgó y llamó al jefe de guardia del Servicio Secreto:

—Trasladen a todos los detenidos, incluido el secretario de Defensa y su sobrino, a un tribunal federal que empezará a las 4:00 a. m. y durará unas cinco horas. Detengan a los otros dieciséis en este instante, por orden mía, que firmaré después de que el Fiscal General la revise. Cuando traigan a los de Miami a Washington, junten a esos veintidós en el juzgado a la hora prevista.

—Sí, señor.

El presidente O'Sullivan llevaba conectado más de veinticuatro horas, casi sin dormir, y aún le quedaba otra noche por delante. Pero tenía una última llamada antes de un breve receso. Contactó al Fiscal General, Gene Cartwright, luego al Juez Abogado General, coronel James Williams, y al general Collins, todos reunidos en conferencia.

—Coronel Williams, creo que un grupo de ciudadanos y funcionarios públicos ha cometido alta traición contra la nación —dijo el presidente—. Gene, revisa la evidencia con el coronel. El equipo del general Collins facilitará la transmisión de video y las consultas. Coronel, Gene y yo pasamos ya más de tres horas revisando todo. Es contundente. De inicio, Gene cree que debemos usar la justicia penal normal, pero pienso que, dado que la víctima de la conspiración es un activo militar y estratégico del G-7, la jurisdicción federal es la apropiada. Como Juez Abogado General de la justicia militar de nuestro país, quiero tu opinión.

Cartwright estaba atónito. El presidente acababa de sacrificar a un gran número de amigos y partidarios del partido.

—Los dejo, caballeros. Tomaré un receso de tres horas y vuelvo a las 2:00 a. m. por segunda vez en veinticuatro horas.

El general Collins y el coronel Williams revisaron todas las imágenes; el general sabía qué palabras clave buscar para demostrar, sin dudas, que los veinte sospechosos eran culpables. Mientras tanto, en Miami y Washington, los sospechosos fueron detenidos uno a uno por los alguaciles federales en sus domicilios. Todos quedaron bajo custodia en noventa minutos. Llevaron a los de Miami al aeropuerto de Opa-Locka, donde abordaron un MD-80 del FBI. Quince minutos después despegaban rumbo a Washington, con llegada estimada para las 3:15 a. m.

La jueza Amanda Beltrán sintió pavor cuando la sacaron de su casa esposada a las 12:30 a. m. Arrestaron a Mark Bain y a su lugarteniente en sus viviendas. Jonathan Stanza fue detenido al volver a casa de unas reuniones nocturnas. Kenneth Livingstone fue sacado de una fiesta de recaudación de fondos. Louis Tomassi supo que todo había escalado de forma peligrosa al sentir las esposas. El secretario de Defensa Gilbert comprendió que había llegado su hora al verlo esposado también.

La Casa Blanca, Washington D. C., EE. UU., 2016
Día 3, 2:00 a. m. (ET)

Para las 2:00 a. m., el presidente O'Sullivan ya tenía claro qué hacer con el expresidente Thomas. Había pasado una hora con su esposa —pues sus hijas ya dormían—, tomó un refrigerio nocturno, se afeitó rápido y durmió una siesta de una hora. Luego regresó a la Oficina Oval y, de inmediato, habló por teléfono con el Fiscal General de EE. UU. y con el Juez Abogado General.

—Señor presidente, esto no es un asunto de jurisdicción militar; le corresponde a la Fiscalía General —indicó el coronel Williams, Juez Abogado General de las Fuerzas Armadas.

—Señor, estoy listo para acusar a los veinte involucrados de alta traición. También preparé una acusación separada contra el Secretario de Defensa y su sobrino, pero no tengo pruebas para inculpar al senador Molina —explicó el fiscal general, Gene Cartwright.

—¿Está preparado para convocar una audiencia de emergencia en un tribunal federal?

—Sí.

—Un juez está de guardia, esperando mi aviso. Sabe que queremos reunirnos a las 4:00 a. m.

—¿Cuánto tardará en redactar la acusación formal?

—Noventa minutos si la hacemos muy básica. Pero solo será un documento informativo ante el tribunal y, si la evidencia es sólida, esperamos que los acusados se declaren culpables.

—¿Puede enviar una moción de emergencia antes de terminar ese documento informativo?

—No; la presentaré justo después de acabar el escrito. Le mandaré la dirección del tribunal en unos minutos.

—Facilite esta directamente al jefe de mi equipo del Servicio Secreto.

—Entendido, señor.

—Todos los sujetos fueron detenidos esta noche y llegarán al tribunal designado a tiempo para la audiencia.

Acto seguido, el presidente llamó a Tosh, a su jefe de Gabinete y a la Secretaria de Estado para que volvieran a su despacho.

—¿Los trataron bien? —les preguntó.

—Perfecto, cenamos, echamos una siesta y nos aseamos —respondió Tosh.

El presidente explicó lo que estaba por ocurrir. Mencionó que, además de los veinte conspiradores y del expresidente Layton Thomas, solo ellos tres estarían presentes como público durante la audiencia federal de emergencia. De pronto, sintió el zumbido familiar de su "identificador".

Era Tosh, presente allí, que deseaba comentarle algo en privado, hablándole directamente al cerebro:

Señor presidente, debería pedirle al general Collins que aplique los CDA-322, 223 y 324 al fiscal general de EE. UU., al juez de guardia y a los miembros de su gabinete que participen esta noche. Si está de acuerdo, asienta con la cabeza'.

El presidente asintió.

«*Gracias, señor*».

El presidente miró a Tosh con media sonrisa. Marcó al general Collins y le pidió que ejecutara al instante lo que le enviaba por texto cifrado.

El general Collins lo recibió:

—A la orden, señor.

El presidente añadió en el mensaje: *"Quiero saber si alguno está comprometido'.*

—Entendido, señor.

—Gracias. Necesitamos también un taquígrafo de la corte.

—Yo me encargo —agregó Williams.

—Muy bien, gracias. Y, por cierto, pida un juez suplente allí por si acaso.

—Lo haré, señor.

El presidente salió de la Oficina Oval y se dirigió a la habitación donde estaba Layton Thomas. Llamó y entró.

—Layton.

La habitación estaba a oscuras.

—¿Sí?

—Prepárate; nos vamos en quince minutos.

—¿Qué hora es?

—Las tres de la mañana.

—¿Adónde vamos?

—A una audiencia de emergencia en un tribunal federal.

—¿Para qué?

Layton Thomas se despabiló al instante.

—Los veinte conspiradores, más el secretario de Defensa Prescott Gilbert y su sobrino Dan Gilbert Jr., serán acusados de alta traición. A ti no te acusarán, pero esto tendrá consecuencias para ti también. Hablaremos de ello cuando todo concluya.

Washington D. C., EE. UU., 2016
Audiencia de Emergencia en un Tribunal Federal
Día 3, 8:52 a. m. (ET)

Hacia las 3:30 a. m., todos los acusados estaban sentados en la sala con grilletes en muñecas y tobillos. Miedo, rabia y desconcierto dominaban sus rostros. El presidente llegó a las 3:45 a. m., acompañado por Tosh, la Secretaria de Estado, el jefe de Gabinete y el expresidente Thomas. Luego apareció el fiscal general, seguido de un grupo de abogados defensores. El juez arribó a las 4:00 a. m. y ocupó el estrado.

El juez Ryan Stevenson habló primero:

—Bien, esto es inédito para todos, y por lo visto, por el público aquí presente, se trata de algo importante. He leído el escrito informativo. ¿Está el fiscal general de EE. UU. listo para leerlo?

—Sí, señoría.

Cartwright procedió a nombrar a los veinte acusados, así como al secretario de Defensa y su sobrino. Luego soltó la bomba:

—Hemos hallado evidencia suficiente para acusarlos de alta traición por atentar contra un recurso militar estratégico de los Estados Unidos y del G-7. Existen agravantes, pues causaron un gran perjuicio al activo y hasta lograron que se le hallara culpable. El activo habría sido sentenciado si no hubiera intervenido el presidente en persona. La pena, de ser declarados culpables, es cadena perpetua en una prisión de máxima seguridad. Si aceptan ciertas condiciones, podríamos conceder libertad condicional tras cumplir veinticinco años.

Los alguaciles y el Servicio Secreto debieron contener a los acusados, exigiéndoles calma y forzando a algunos a sentarse. El grupo de conspiradores no lo podía creer; su reacción oscilaba entre la catatonia y la histeria total.

Durante dos horas, la fiscalía presentó pruebas en pantalla de alta definición. Se vio cómo cada uno había participado en el linchamiento público de un individuo, sabiendo que las acusaciones eran falsas. Diferentes videos mostraban sobornos, abuso de influencias y total desprecio por la ley. Todos se vieron en las imágenes. Nadie, salvo unos pocos, entendía cómo cada minuto de sus vidas había sido grabado desde sus propios ojos.

Kenneth Livingstone y Jonathan Stanza fijaron la vista en el presidente Thomas.

—¿Por qué no está con nosotros, si fue el instigador? —susurró Livingstone a Stanza.

Ambos pensaban lo mismo: no permitirían que él se librara. Tal vez aún tuvieran una salida.

Entonces llegó un mensaje mental a la cabeza de O'Sullivan:

«Señor presidente, el general Collins quiere hablar con usted».

Tosh creó un puente de comunicación con el Pentágono. El general hablaba con él y, al conectar al presidente a la red neuronal, podía oírlo mediante el "identificador" de Tosh.

«*Señor presidente, recuerde no hablar; limite su respuesta a asentir o negar con la cabeza. General Collins, perciba solo esas dos reacciones, pues estamos en medio de la audiencia*» —indicó Tosh.

El general Collins continuó:

—Entendido. Señor presidente, tal como pidió, aplicamos los CDA-322, 323 y 324 al juez, al fiscal general, y revisamos los archivos CDA del fiscal, la secretaria de Estado y el jefe de Gabinete. Todos limpios. ¿Me entiende?

El presidente asintió frente a la cámara en la sala.

—Además, dos de los acusados, Livingstone y Stanza, planean levantarse y denunciar al expresidente Thomas como el cerebro de todo. Sugiero que Cartwright pida un receso de quince minutos. ¿Está de acuerdo?

De nuevo, el presidente asintió.

Unos minutos después, un agente del Servicio Secreto entró discretamente y entregó un papel al fiscal general Cartwright, que lo leyó varias veces y se puso en pie:

—Señoría, en este momento solicitamos detener la presentación de pruebas.

El juez ordenó pausar el video.

—Señoría, también pedimos un receso de quince minutos.

—El tribunal se suspende por treinta minutos. Todos los acusados permanecerán en sus asientos.

Entonces, para poder hablar con libertad, el presidente O'Sullivan se levantó y se dirigió al pasillo, pero conservándose en el radio de alcance del "identificador" de Tosh.

—Señores Stanza y Livingstone, habla el presidente de los Estados Unidos.

Kenneth Livingstone y Jonathan Stanza se miraron sin articular palabra, como si les hubieran dado un puñetazo en el estómago.

Estaban oyendo la voz del presidente directamente en sus cerebros. «¿Qué pasa aquí?», pensó Livingstone.

—Seré breve. Estamos escuchando todo lo que piensan o conversan. Se metieron con el creador de una de las armas militares más potentes jamás producidas y, paradójicamente, ahora se usa contra ustedes. Ahorita tienen dos opciones: levantarse y hablar o quedarse callados. Si hablan, pediremos para ustedes la pena máxima que permita la ley.

El silencio reveló que no tenían escapatoria.

—¿Qué demonios fue eso? —murmuró Jonathan.

La sesión se reanudó a las 7:00 a. m.; el video continuó donde se había interrumpido, quince minutos más, y finalizó. El juez tenía muchas preguntas, pero la principal fue sobre la autoridad con que se habían grabado todos esos videos.

—Bajo una Resolución del G-7, señoría —contestó el fiscal.

—¿Puede el fiscal presentarla ante el tribunal? —pidió el juez.

—Sí, señoría.

Tras recibirla, el juez la examinó y formuló algunas preguntas, pareciendo más tranquilo. Luego fue muy minucioso, exigiendo más fragmentos de video antes y después de los ya mostrados. Cartwright explicó que podían buscar videos por nombre o tema y así lo hicieron. Todos notaron un pitido que bloqueaba cierto apellido.

—¿A quién omitimos? —preguntó el juez.

—Señoría, por razones de seguridad nacional no podemos mencionar ese nombre. Eso es todo lo que puedo decirle.

—Tomado nota —replicó Stevenson.

El expresidente Thomas sintió que todos lo miraban.

—En este punto, pedimos a los defensores que se reúnan con los acusados y con la fiscalía para que los veintidós mencionados en el escrito presenten su declaración de culpabilidad o inocencia.

El Fiscal General fue directo con la defensa:

—Si se declaran culpables, podrían obtener libertad condicional tras veinticinco años. Si se declaran inocentes, sin condicional. Les sugiero que informen a sus clientes de que no hay defensa posible frente a esta evidencia.

Todos acordaron declararse culpables.

El juez dictó sentencia: cadena perpetua con posibilidad de libertad condicional tras al menos veinticinco años, y bajo obligación de guardar absoluto silencio. Dado el crimen, cumplirían la pena en la prisión de máxima seguridad de Englewood, Colorado.

Al salir el presidente del juzgado, apartó a Layton Thomas:

—Estos son los términos para librarte de la cárcel: abandonar la vida pública y cerrar tu fundación; marcharte un tiempo a Argentina, sin llamar la atención; y aceptar voluntariamente que se te apliquen de por vida los CDA-322, 323 y 324. Si no aceptas, lo haré igualmente con una moción del G-7 y revisaremos toda tu vida para procesarte por cualquier delito que hayas cometido.

—No tengo opción, ¿verdad?

—No, no la tienes.

—Bien, acepto.

—El fiscal Cartwright tendrá listo un acuerdo para firmar. Acompáñame a la Casa Blanca para formalizarlo.

El presidente se acercó a Tosh y le pidió que habilitara al general Collins para aplicar CDA-322, 323 y 324 al expresidente Thomas, pues había dado su consentimiento verbal. Ordenó explícitamente a Collins que se vigilara solo su presente, archivando el resto con acceso único para el presidente.

Terminado eso, el presidente cerró el último asunto:

—Nicolás, tu velo de secreto permanece intacto, igual que tu faceta pública. ¿Qué harás ahora?

—Regresar a dar clases en la Escuela de Negocios de la UM.

—¿Y tu escolta?

—Desde ahora tendré seguridad para mi familia y para mí.

—O sea, seguirás igual.

—Sí, señor.

—¿Y tus actividades no públicas? ¿Habrá cambios?

—Nada cambia, señor presidente, y sí, seguiremos comprando sus bonos cuando nos necesite.

—¿Crees que tu centro de datos está bastante protegido y en un lugar seguro?

—Totalmente, señor.

—¿Se lo has contado a tu esposa?

—No.

—Ya no hace falta; no podrás exigir un secreto mayor que el que vimos hoy. Todos aceptaron el trato.

—Pero debo decírselo y se lo diré.

—Podrías perjudicar a un expresidente y a esta oficina.

—Prometo no hablar aún. Y, cuando lo haga, lo avisaré antes.

—¿Y en cuanto a ti y esta oficina, Tosh?

—Señor, dudo que quiera verme mucho por aquí, se notaría enseguida. Mejor mantenemos el "statu quo" a ver cómo va.

—No puedes limitarte a ser solo la "voz" de un "identificador".

—No lo haré, señor.

—Dime algo: ¿viene algún algoritmo nuevo?

—Sí, señor, el CDA-325. Pero eso se lo explicaré en detalle en nuestra próxima cita.

—Estaré pendiente, Tosh.

El presidente hizo una pausa y se incorporó con media sonrisa, tendiéndole la mano en señal de amistad y gratitud; sin más, se sentó y continuó con su trabajo.

Tosh se quedó de pie, esperando. Deliberadamente, el presidente alzó la mirada y preguntó:

—¿A qué esperas, Tosh? Vete a casa con tu familia.

Washington D. C., EE. UU., La Casa Blanca, 2016
Día 3, 8:25 a. m. (ET)

Un poco antes de las 8:30 de la mañana, el presidente O'Sullivan regresó a la Oficina Oval. Hacia las 9:00 a. m. ya estaba firmado el acuerdo con Layton Thomas y, para las 11:00 a. m., el expresidente y su esposa volaban rumbo a la Argentina en un avión del gobierno. Tras una breve pausa, casi al mediodía, el presidente continuó con sus asuntos como en cualquier otro día en la Oficina Oval.

Esa jornada, la gran noticia fue en Miami. Nótese que no se hacía alusión alguna al presidente Thomas. El titular principal no hablaba de Tosh, sino del arresto y de la condena expedita, en una audiencia de emergencia convocada especialmente en un tribunal federal, del secretario de Defensa, de su sobrino un cabo del Pentágono, y de doce destacadas personalidades de Miami, junto con ocho ciudadanos igualmente prominentes de Washington D. C., acusados del delito de alta traición por conspirar para destruir un activo militar estratégico.

El gran público jamás sabría del nexo entre este grupo y Nicolás Tosh o el presidente Thomas. La revocatoria de la condena de Tosh aparecía como un artículo secundario, descrito como la "última decisión de la jueza Beltrán antes de su arresto". El tsunami judicial se había llevado por delante a veinte personas: incluía al editor jefe y a dos periodistas del diario más influyente de la ciudad, al socio fundador del bufete de abogados más poderoso (Kenneth Livingstone), al director ejecutivo de la mayor firma de seguridad (Mark Bain) y a su mano derecha, John Hill, a seis importantes empresarios (entre ellos Leroy Sinclair), al cabildero con conexiones políticas Jonathan Stanza y a cuatro ejecutivas en Washington. En total, cuatro funcionarios fueron condenados entre Miami y D. C.: la jueza Beltrán, el agente del FBI Tomassi, el secretario de Defensa Prescott Gilbert y su sobrino, el cabo Dan Gilbert, Jr.

En Washington, la gran noticia era que el secretario de Defensa y su sobrino —un cabo del ejército en el Pentágono— fueron hallados culpables de alta traición; sin embargo, no se conectaba este hecho con el caso de Miami.

Tal vez el más afortunado de todos fuera Jimmy "El Handler" Ocando. La aplicación del CDA-323 sobre él, como nuevo integrante del equipo de Tosh, demostró que no tenía conocimiento alguno de la conspiración, y menos que se dirigía en concreto contra alguien.

Tosh no había podido llamar a su casa. Había vivido una montaña rusa dolorosa: primero, los medios lo demonizaron como terrorista; luego llegó su arresto, que sacudió a su familia. Pero él no podía contarles gran cosa sin develar sus actividades secretas; solo repetía su inocencia. Lo habían apoyado hasta que lo declararon culpable; en ese instante, casi desaparecieron las llamadas, los correos y las visitas. Como la audiencia de la sentencia se había celebrado a puerta cerrada y luego lo trasladaron enseguida a Washington, su familia se enteró de la revocatoria de su condena solo al día siguiente, por la prensa. Ignoraban dónde estaba, si ya estaba libre o por qué no volvía a casa. ¿Acaso estaba molesto con ellos? ¿No iba a regresar? ¿Desaparecería de sus vidas para siempre?

Sus abogados, a su vez, habían quedado al margen. Primero, se les denegó la entrada a la audiencia de sentencia por "motivos de seguridad nacional". Luego, les cerraron todas las puertas cuando pidieron información sobre Tosh y la fecha de su liberación. Al terminar la audiencia, ya era muy tarde para contactar con el Centro de Detención Federal de Miami.

A las 9:30 a. m., Tosh despegó de la Base Aérea Andrews en el mismo avión Falcon que lo había llevado ahí la noche anterior. Tendría que esperar hasta volver a Miami para llamar a su familia y evitar explicaciones innecesarias sobre su presencia en Washington. En realidad, para su familia, ese viaje no existió.

Alejandra y los chicos ocupaban todos sus pensamientos tras seis meses sin verlos. Mientras se dejaba llevar por los recuerdos, sonrió, evocando cómo había comenzado todo.

San Carlos de Bariloche, Argentina, 1983
Cerro Catedral, Cabaña de Isabela Tosh

Mientras Rainer se quedaba ultimando los arreglos laborales con ambos profesores para el centro de datos, Nicolás salió del despacho del profesor Borjes, entusiasmado por el próximo trabajo conjunto con sus mentores.

Se dirigió a la ciudad desde el campus universitario y siguió por la carretera que bordea el lago Nahuel Huapi. Tras unos kilómetros, giró a la izquierda, alejándose del lago, y empezó a ascender hacia la estación de esquí del Cerro Catedral. Encontró aparcamiento en la base de la montaña y caminó entre la nieve, adentrándose en los pinares a la izquierda, hasta ver la cabaña de su madre, el mismo lugar al que había acudido casi a diario para honrarla desde niño.

La diminuta cabaña de Isabela Tosh se hallaba en la base del Cerro Catedral, donde ella había sido instructora de esquí, y una de las mejores. Oculta tras un muro de pinos, servía como refugio privado para Nicolás cada vez que podía escaparse y pasar un momento a solas.

Crecer en Suiza había permitido que Isabela aprendiera a esquiar casi al tiempo que empezaba a andar. Mientras su hermana Camila era más meticulosa, Isabela era puro aire libre. Ambas habían nacido en Zermatt, de ahí que Nicolás tuviera pasaporte suizo y que terminara construyendo el centro de datos en la montaña, detrás del hotel de la familia Tosh en esa ciudad. Lo había comprado a los parientes de su madre antes de iniciar las obras. Era el homenaje definitivo de Nicolás a Isabela, su madre biológica.

Se dirigió a la entrada de la pequeña cabaña e intentó abrir la puerta, pero estaba cerrada con llave. Buscó debajo del felpudo, sin éxito. Rodeó la casa y probó abrir la ventana trasera, algo que ya había hecho cuando no encontraba la llave. Estaba más oxidada que años atrás, pero con un buen empujón la abrió y entró.

Todo seguía intacto y limpio: libros, fotografías, la ropa de su madre, su equipo de esquí. Incluso un leve rastro de su aroma permanecía enredado con el olor propio de la cabaña. La tía Camila la limpiaba con devoción cada mes. Pese a que su valor se había disparado y recibieron numerosas ofertas a lo largo de los años, hasta antes de que él abandonara la ciudad, la tía Camila se negó a venderla. Al parecer, nada había cambiado en su ausencia.

Al pasar al dormitorio principal, notó la puerta del armario apenas entreabierta. Al abrirla por completo, vio dos bolsos que no pertenecían allí. Algo andaba mal, así que decidió revisarlos. Mientras abría uno, oyó tras él una voz recia:

—¿Quién eres?

Nicolás se giró en seco y se topó con la boca de una escopeta apuntándole al pecho. Al enfocar la vista, reconoció enseguida:

—¿Bruno?

—Sí, ¿quién eres tú?

—Soy Nicolás Tosh.

Bruno bajó el arma y dio un respingo. Con los ojos abiertos como platos, avanzó conmovido y abrazó a Nicolás.

—¡Hijo, mi hijo! Es un milagro. Llevo seis años buscándote.

Tosh se separó con suavidad y contempló a su padre. Con 1,85 m de estatura y 100 kg, Bruno Buonarroti lucía una espesa cabellera blanca, manos fuertes y antebrazos enormes, en excelente forma para sus cincuenta y seis años.

Nicolás permaneció inmóvil y callado. No era él quien debía explicarse demasiado. Ambos se sentaron en la pequeña sala de estar: Bruno en el amplio sofá, de espaldas a la ventana, y Tosh en la mecedora que tanto adoraba su madre, donde ella lo había acunado, cantándole para dormirlo incontables veces.

—Supongo que te preguntas qué hago aquí. Bruno, tu desaparición ha inquietado a tus amigos y seres queridos, pero dejemos eso aparte un momento. ¿Por qué solo me buscaste estos seis últimos años? ¿Qué pasó con mis primeros veinte? ¿Por qué no entonces?

—¿No lo sabes? —inquirió Bruno, sonando sorprendido—. Hijo, yo no supe de tu existencia hasta que cumpliste veinte.

—¿Por qué?

—Tu tía y tu madre me lo ocultaron. Es una larga historia. ¿Quieres oírla?

—Bruno, tengo todo el tiempo del mundo. He esperado este momento toda mi vida, e incluye explicarme tu última aventura en Buenos Aires. Hay un grupo furioso tras tus pasos.

—Hijo, todo empezó hace treinta años, en una hermosa isla italiana…

Costa Esmeralda, Italia, Isla de Cerdeña, 1954

Bruno llevaba media hora persiguiendo al mero, sosteniendo en una mano su fusil de pesca submarina con doble goma y, en la otra, su cuchillo de buceo. Asomaba la cabeza entre interminables hileras de arrecifes de coral de todas las formas y colores. Observaba el fondo a la derecha, luego a la izquierda, avanzaba hasta el siguiente coral, sin encontrar nada, y cuando ya no podía contener más la respiración, subía por aire para volver a sumergirse.

Buceaba a unos diez metros de profundidad y, en promedio, lograba permanecer tres minutos bajo el agua. Hacía apenas un mes se había proclamado campeón mundial de pesca submarina en Cat Cay, en las Bahamas, en pleno mar Caribe. Inhaló profundo y descendió de nuevo. Entonces divisó la cola del mero, así que se movió en otra dirección, rodeó el extremo opuesto del arrecife y lo tomó por sorpresa: disparó el fusil y atravesó la cabeza del pez. El mero quedó atrapado contra el fondo, en un espacio estrecho de coral, herido de muerte. Empezó a agitar la cola con sacudidas violentas. Era enorme, de al menos metro y medio y más de 70 kg. Bruno tiró con fuerza del arpón y de la cuerda, pero el pez se encajó en el coral. Tuvo que subir una vez más a por aire.

Las dos hermanas estaban maravilladas. Llevaban casi una hora haciendo esnórquel cuando vieron a Bruno sumergiéndose y ascendiendo sin cesar. Venían de Zermatt, un pueblo en Suiza, y pasaban un par de semanas de vacaciones en Italia.

Observaban con asombro lo mucho que aguantaba debajo del agua. Desde la superficie seguían cada uno de sus movimientos, cada músculo, su piel bronceada, su cabello negro. Cuando logró el disparo, asistieron a la lucha y al forcejeo. Finalmente, Bruno remató al mero con el cuchillo y lo liberó del arrecife. Las hermanas contemplaron a aquella imponente figura que tiraba de una cuerda con un pez gigantesco atravesado por un arpón.

Bruno emergió despacio, arrastrando al gran mero, y las hermanas no perdieron detalle. Al salir del agua, notó que lo miraban y les sonrió. Seguidamente, se dispuso a preparar la captura. Primero enjuagó el mero, luego le extrajo las vísceras y, por último, lo fileteó.

—Parece que tendrás una gran cena —comentó Isabela Tosh.

—En realidad, me alcanza para muchas cenas, quizá toda una semana.

Sus ojos eran celestes, el cabello, aunque mojado, se le veía rizado y rubio. Tenía la cara pequeña y la piel muy blanca, pero irradiaba cierto halo angelical que atrapó la atención de Bruno.

—¿De dónde son?

—De Zermatt, en Suiza.

—Oh, estuve allí el verano pasado y escalé el Cervino dos veces —comentó Bruno.

—Es un ascenso peligroso; hay que llevar guía de montaña sí o sí —dijo Isabela.

—¿Están de visita? —preguntó Bruno.

—Sí, dos semanitas de vacaciones.

—¿Y tú?

—Yo estoy en un descanso de tres o cuatro días. Vengo de Lignano, un pueblito pesquero en la costa noreste de Italia.

—Bueno, nos presentamos: somos Isabela y Camila Tosh.

—Un gusto conocerlas. Yo soy Bruno Buonarroti.

—Debemos marcharnos a ducharnos y cambiarnos, Bruno, pero si te apetece vernos después, nos encantaría —comentó Isabela.

—Sería fantástico. ¿Qué tal en el pub irlandés del centro a las siete de la tarde?

Las dos hermanas rieron, cuchichearon entre sí y respondieron:

—Vale, nos encantará. Allí estaremos.

San Carlos de Bariloche, Argentina, 1983
Cerro Catedral, Cabaña de Isabela Tosh

—Hijo, esa fue la primera vez que vi a tu madre.

—¿Con la tía Camila también?

—Sí, las conocí juntas. Los tres salíamos, charlábamos, y cuando tu madre y yo nos enamoramos, tu tía se convirtió en nuestra chaperona.

—¿Cuándo sucedió?

—Al tercer día en Cerdeña. Hijo, tu madre y yo nos enamoramos perdidamente. Nos volvimos inseparables, y al final me mudé a Zermatt para estar con ella. Durante unos cuatro años, viajamos, comimos, dormimos, despertamos, nos acostamos, leímos y estuvimos juntos a todas horas.

—¿Qué pasó?

—¿A qué te refieres?

—Entre ustedes.

—Nada.

—Se separaron, ¿por qué? —insistió Nicolás.

—Nunca rompimos, ni discutimos.

—Bruno, sé lo de tu aventura con mi tía.

—Nicolás, lamentablemente eso fue una mentira que te metieron y nunca se los he perdonado.

A Tosh se le crispó el rostro con rabia. ¿Quién mentía?

—Entonces, ¿qué fue?

—Tu madre y yo habíamos fijado fecha y lugar para casarnos tras cuatro años de vivir juntos. Pero días antes de la boda, ella y Camila desaparecieron. Los dos trabajábamos en Zermatt —tu madre daba clases de esquí, yo era parte de la patrulla de montaña—, pero teníamos turnos distintos. Un día volví de mi guardia y ella no estaba; solo había una nota: "Bruno, lo siento, pero no sería justo para ti. Perdóname. Te amaré siempre con todo mi corazón. Isabela Tosh." Y ya. Se fue. Hijo, esas palabras me han perseguido toda la vida. Jamás volví a amar a otra mujer, y dudo que lo haga.

—Entonces, cuando se marchó, estaba embarazada.

—Así es.

—Entonces, queriéndote, decidió criarme sola.

—Sí.

—No cuadra. Bruno, hay algo que no me cuentas.

—¿Qué te han dicho sobre la muerte de tu madre?

—Que murió en un accidente en la montaña; un vehículo de nieve chocó con ella mientras esquiaba.

—No, murió de ELA, Nicolás.

—¿Esclerosis lateral amiotrófica?

—Sí, lo supo poco antes de la boda y creyó que no era justo casarse si iba a morir pronto.

—¿Por qué no dejarte criarme a ti?

—Cuando se enteró de que estaba embarazada, ya estaba en Argentina con Camila. Aun así, pensó que la enfermedad no le permitiría llevar el embarazo. Pero se equivocó, porque la ELA avanzó lento. Aunque perdió la voz, pudo seguir trabajando de instructora unos años más. Al final, la enfermedad empeoró y falleció cuando tenías seis años. Por desgracia, me enteré cuando ya habías cumplido veinte y habías dejado Bariloche, después de que tu tía me confesara tu existencia. Entonces empecé a buscarte. Quería explicarte que nuestra separación no se debió a que yo me liara con tu tía, como te dijeron. Fue una farsa. Pero no logré encontrarte, y Camila no sabía —o no quiso decirme— dónde estabas.

—En realidad, no lo sabía.

—Eso consuela algo.

—¿Cómo diste con ellas?

—No las encontré.

—Nunca volví a ver a tu madre. Camila avisó a mi familia en Italia de su muerte. Por coincidencia, yo también me había mudado a Argentina, así que vine enseguida a ver a tu tía. Tú eras un niño, pero ella me dijo que eras su hijo. Desde entonces mantuve el contacto con ella y visito Bariloche una vez al año, básicamente para estar aquí, en este lugar, y lo hago hace más de veinte años. Hasta que te fuiste, no supe la verdad de cómo falleció tu madre ni de que eras mi hijo. También me advirtió de la falsa historia de la aventura conmigo, para que te lo aclarara si llegabas a aparecer.

—Te vi una vez siendo yo adolescente y te reconocí —confesó Nicolás.

—¿Dónde?

—Aquí mismo. Como tú, venía a veces. Te encontré con la foto de mamá entre las manos, llorando desconsolado.

—¿Y por qué no te presentaste?

—Estaba furioso contigo, confundido, y no supe reaccionar, así que me fui.

—Entiendo tus motivos.

—Cuéntame, Bruno, ¿cómo era mi madre?

—Un ángel bajado del cielo. Amaba la naturaleza, los deportes y era una atleta increíble. Tenía un gran corazón y mucha compasión. Era fácil quererla porque era dulce y serena. La adoraba por completo.

—Bruno, aquí, en la cabaña de mi mamá, al fin podemos cerrar el círculo de tanto suceso traumático que marcó nuestras vidas. Podemos empezar a sanar las viejas heridas, ahora que padre e hijo se reencuentran.

Tosh se puso en pie y abrazó a su padre, rompiendo a llorar, liberando así las emociones sepultadas, la añoranza interminable y el rechazo que siempre sintió hacia él.

Bruno lo estrechó con fuerza y también se desmoronó. La búsqueda de su hijo había acabado. Se sentaron a contarse sus vidas durante horas, anécdota tras anécdota, entre risas y sorpresa. Cuando terminaron, padre e hijo se miraron atónitos.

Bruno había llevado una existencia al aire libre, con pasión por la naturaleza en todas sus formas. Había escalado, caminado, buceado, surfeado, nadado, corrido y pedaleado por casi todo el mundo. Nicolás había creado herramientas matemáticas y tres organizaciones con gran impacto en millones de personas en el planeta.

—Bruno, explícame ahora lo de Buenos Aires. ¿Por qué huyes?

—Hijo, todo empezó al acabar la guerra de las Malvinas… —contestó Bruno.

Buenos Aires, Argentina, 1983
Dos meses antes

Bruno entró en su oficina del quinto piso cargando un maletín de piloto aéreo lleno de pesos. Los armarios, los cajones y los archivadores estaban repletos de billetes de la denominación más alta de la Argentina. Su despacho, situado en la Avenida 9 de Julio —considerada la avenida más ancha del mundo—, ya no tenía ni un hueco para guardar más dinero.

Su situación no era insólita: los argentinos no confiaban en los bancos durante la Guerra de las Malvinas. Muchos escondían el dinero bajo el colchón. Para los particulares era fácil decirlo, pero ¿qué pasaba con las empresas?

Bruno Buonarroti era uno de los llamados "tres magníficos italianos", amigos de infancia que se habían criado en la ciudad costera de Lignano, al noreste de Italia, y que, aficionados al mar, se convirtieron en buceadores de élite, logrando varios campeonatos mundiales de pesca submarina en apnea. Con la posguerra complicada en Europa, los tres, igual que muchos europeos, emigraron a Sudamérica. Bruno escogió Argentina. Américo se radicó en Brasil y montó una fábrica de equipamiento de buceo, incluidas armas submarinas de renombre mundial y una línea de lanchas italianas. Claudio Di Buccio, por su parte, eligió Venezuela, donde abrió tiendas de deportes y equipos de buceo.

En Argentina, Bruno fabricaba equipamiento de buceo y trajes de neopreno. Normalmente se vendían en cantidades modestas, pero a raíz de la guerra, la Fuerza Aérea Argentina necesitó gran cantidad de esos trajes, y en apenas tres meses Bruno produjo lo equivalente a cinco años de trabajo para cubrir la demanda. A la postre, la Fuerza Aérea sería aplastada por Gran Bretaña, pero los trajes de neopreno salvaron muchas vidas cuando los pilotos se eyectaban y caían en las gélidas aguas del Atlántico Sur. Bruno consideraba aquel gran encargo como el mejor negocio de su vida: su fábrica trabajó día y noche.

Había invertido todos sus recursos y materia prima para cumplir y cobró puntual. Sin embargo, con la derrota en la Guerra de las Malvinas, Argentina quebró y el peso sufrió una devaluación descomunal. A la vez, no quedaba inventario para reponer las materias primas porque los precios se habían disparado un 500 % y seguían subiendo cada día.

No podía gastar los pesos en nada. El dinero que recibió se volvía inútil. Llamó a Américo Ceccoto, en Brasil, quien no supo aconsejarlo. Fue Claudio Di Buccio, en Venezuela, quien le sugirió: "Usa rápido el dinero, como si no hubiera mañana, y compra todos los productos terminados que encuentres".

Bruno confirmó que las tiendas no vendían casi nada, pues la gente solo compraba comida y medicinas. Por su parte, fabricantes y comercios sin contratos con el gobierno llevaban meses con enormes stocks. Siguiendo el plan de Claudio, Bruno, maletín de piloto en mano —que recargaba incontables veces en su despacho—, fue adquiriendo toda mercancía disponible. En unos días juntó suficiente para llenar ochenta contenedores, que embarcó rumbo a Venezuela con su amigo Di Buccio, en uno de los primeros buques que zarparon tras la guerra.

Todo fue sobre ruedas, salvo por un detalle: al acabar la guerra llegó a Argentina una enorme demanda de productos y una hiperinflación brutal. La gente sacó el dinero de debajo del colchón para comprar lo que fuera antes de que subiera de precio de la mañana a la tarde. El peso se devaluó todavía más, y los fabricantes y comercios a los que Bruno había vaciado de existencias recibieron pedidos gigantes sin poder surtirlos. Enfurecidos, empezaron a amenazarlo exigiendo que les devolviera la mercancía. Vandalizaron su oficina y entonces Bruno se ocultó.

—Elegí venir aquí hasta que las aguas se calmaran. Supuse que nadie me encontraría en la cabaña de tu madre; excepto, irónicamente, tú, a quien llevo años buscando. ¿Alguna idea para ayudarme?

—Bruno, ¿quién te ha sacado de líos durante estos años?

—Diría que mi buena fortuna.

Bruno notó la mirada amable de su hijo, con media sonrisa.

—La suerte no dura para siempre; la tuya no se acabó, Bruno —replicó Tosh, divertido.

San Carlos de Bariloche, Argentina, 1983
Cerro Catedral, Cabaña de Isabela Tosh

—Bien, Bruno, resolvamos tu problema en Buenos Aires.

Tosh sacó su "identificador" con forma de busca y registró a su padre en la red neuronal. Luego lo inscribió como miembro del centro de datos para aplicarle los CDA-323 a 325.

—Bruno, algunas de mis herramientas matemáticas son peligrosas y pronto pediremos que naciones poderosas las declaren ADM (armas de destrucción masiva).

Bruno, más deportista que matemático, escuchó a su hijo explicarle pacientemente qué era el centro de datos y cómo funcionaban los CDA. Luego se lo mostró:

—Bruno, ahora mismo empleo el CDA-319, que me permite comunicar mis pensamientos directamente a tu cerebro. Te transmito mis ideas y las recibes como palabras en tu mente. Puedes responderme hablando, tal como haces.

—Nicolás, esto es extraordinario.

—Bruno, desde hoy formas parte de mi organización. Hay mucho bien que puedes hacer; para empezar, trabajar conmigo en vez de estar huyendo de acreedores. Pero primero solucionemos lo actual. Ahora que hemos descargado tu vida completa al centro de datos, puedo darte acceso como "carrier", para que te comuniques mentalmente con cualquier otro "carrier", como yo.

Nicolás le descargó el CDA-323 a Bruno, y en un instante empezaron a comunicarse con el pensamiento.

—Llamemos a un policía de la "campera de cuero negra" recién incorporado a la organización en Buenos Aires: se llama Rubén Borjes.

Tosh le entregó a su padre un "identificador" de repuesto y trataron de contactar con Borjes. A los pocos segundos lo consiguieron:

—Rubén, ¿qué tal?

—Bien, Nicolás, ¿cómo va tu visita al pueblo?

—Perfecto, Rubén. Antes que nada, gracias por incorporarte tan rápido.

—De momento es a medias, sigo en la fuerza. Más adelante pasaré a trabajar con ustedes a tiempo completo.

—Veo que captaste la comunicación mental enseguida.

—No es difícil, solo debo sentarme a solas sin hacer nada y fluye de maravilla.

—Rubén, tengo aquí a mi padre, Bruno Buonarroti.

Se hizo un silencio.

—Conozco a Buonarroti. ¿No es el que anda en problemas con unos socios en Buenos Aires?

—El mismo —intervino Bruno—, pero déjeme explicarle los hechos.

Bruno relató paso a paso su historia a Borjes, describiendo las amenazas y los intentos de dañarlo.

—Nicolás, ¿qué necesitas?

—¿Qué crees que quiero, Rubén?

—Señor Buonarroti, menuda suerte la suya. Al menos veinte denuncias nos han llegado contra usted y, si bien no hay nada ilegal en lo que hizo, hay gente poderosa y enojada que lo persigue.

—Rubén, las transacciones parecen legítimas, y los productos se exportaron del país. ¿Qué hacemos? —preguntó Tosh.

—Permítanme cruzar los nombres de quienes van tras su padre con nuestra base de clientes y beneficiarios de la fundación. Dame un par de minutos mientras cargo todo.

Bruno miró a su hijo y a la foto favorita de Isabela, tomada en el lago de Como, con ella sonriente, el pelo mojado y los ojos radiantes mirando a lo lejos. Veía en Nicolás los rasgos de su madre. Se sentía orgulloso.

—Nicolás, esto se resuelve. Casi todos tienen lazos con nuestra empresa o la fundación. Según el caso, les ofreceremos descuentos en contratos o un pequeño añadido a los donativos ya aprobados. ¿Te parece bien?

—Sí, Rubén, adelante.

—Les pediré que se aparten de su padre.

—Gracias, Rubén —dijo Nicolás, indicando a Bruno que guardara silencio.

Tosh cortó la comunicación.

—¿Por qué no me dejaste agradecerle?

—Rubén no simpatiza contigo ni con lo que hiciste, en especial porque afectaste a gente amiga suya. Está ayudando por mí y por la organización.

—¿Cuánto hace que lo conoces?

—Acabamos de conocernos, pero su tío, el profesor Borjes, fue mi maestro por años.

—Gracias, hijo. Creo que debemos ver a tu tía Camila y zanjarlo también, para iniciar una relación honesta.

—De acuerdo. Intuía que algo pasaba. Desde que me fui, no volví a saber nada de ella. Probablemente se sentía muy culpable y no podía lidiar con el peso de la mentira, y a medida que crecí, esa tensión llegó hasta mí. Pero sí, vayamos a verla. Aún es temprano; seguro estará en el trabajo. Tengo mejor idea: déjame contactar a un colega para ver dónde anda.

Se comunicó con Rainer:

—Rainer, estoy con mi padre, Bruno.

—Encantado, señor. Vaya, Nicolás, lo encontraste rápido.

—¿Dónde estás, Rainer?

—En la base de la montaña con el equipo de esquí alquilado para los dos. Llevo rato esperándote y empieza a oscurecer. Si no vienes ya, subiré solo.

—Espera, estamos a unos 500 metros. Bruno, coge tu equipación. Vamos a esquiar los tres.

Bruno y Tosh cerraron la cabaña y, a través del pinar, regresaron a la base del Cerro Catedral, donde aguardaba Rainer. Al rato, subieron hasta la tercera telesilla, quedándoles apenas cuarenta minutos de luz. Ambos amigos sabían que no volverían a juntarse en Bariloche en mucho tiempo, tal vez nunca, así que caminaron con Bruno rezagado, y luego los tres se lanzaron hacia el lago congelado.

Sin detenerse, esquiaron campo a través y volvieron a caminar hasta la cumbre del lado opuesto del lago. Una vez allí, Tosh dijo:

—Bruno, aquí conocí a Rainer, con esta vista de la Cordillera de los Andes. Fue el inicio de una gran amistad y una asociación increíble.

—Señor Buonarroti, aquí nació la idea de los algoritmos CDA —añadió Rainer.

Bruno estaba asombrado. Era su hábitat natural y, con su experiencia aventurera, reconocía la grandeza del lugar.

—Ok, muchachos, debemos bajar rápido —ordenó.

Bruno vio que su hijo no solo era brillante en lo suyo, sino también un atleta innato. Él e Isabela habían pasado sus cuatro años juntos practicando deportes al aire libre, sobre todo esquí. En buceo ella lo acompañaba, pero mientras Bruno pescaba meros gigantes sin parar, ella prefería esnórquel en la superficie, contemplándolo. Sin embargo, en esquí eran compañeros al mismo nivel. Habían recorrido Zillertal, Alberg y Tirol en Austria, la Saboya en Francia y, por supuesto, Italia entera.

Los tres volvieron a la cima del Cerro Catedral y descendieron justo con la luz justa para ver la pista y las sombras de los árboles. Luego, Bruno y Nicolás visitaron a la tía Camila y, con ella, también se cerraron viejas heridas.

Durante los siguientes veinticinco años, Bruno, el padre de Tosh, trabajó en la nueva división de seguridad de la organización de su hijo, contribuyendo a reforzar los programas de protección. A diferencia de Nicolás, a quien el tema de la seguridad nunca le interesó demasiado, Bruno aportó un manto de tranquilidad. Aunque vendió su negocio de buceo tras el lío de Buenos Aires, mantuvo cierta independencia y terminó abriendo una distribuidora de computación. Padre e hijo siguieron visitando Bariloche cada año, pasando tiempo en la cabaña de

Isabela, esquiando en el Cerro Catedral y deteniéndose en la casa de Camila antes de partir.

Bruno se jubiló años atrás y se mudó a Miami para estar cerca de sus nietos. La verdad era que también lo atraía el mar, su gran pasión. Quería seguir con su vida marinera. Adoraba a Alejandra, la esposa de Tosh, a quien consideraba casi una hija. A fin de cuentas, había sido él quien los presentó hacía veintiséis años.

Buenos Aires, Argentina, primavera de 1989
Tienda de Informática de Bruno Buonarroti

La joven era la prisa personificada. Con veintitrés años, ya poseía una pequeña empresa de desarrollo de software y enseñaba inteligencia artificial en la universidad más prestigiosa de la ciudad. Además, bailaba flamenco y salsa con maestría, cocinaba bien, montaba a caballo, tocaba el piano y era instructora de aeróbicos. Metódica, obsesionada con la limpieza, adoraba organizar eventos, cenas, decorar la casa por Navidad… y solo le faltaba conocer el amor, porque ninguno de sus tantos "pretendientes" pasaba de ser un simple affaire. Brillaba tanto que la habían admitido en el MIT y en Stanford, pero aún dudaba si marcharse. Amaba demasiado a su familia, sus amistades, Buenos Aires y su estilo de vida.

Aquella mañana, Alejandra manejaba entre el tráfico. Llegaba tarde a la primera de muchas citas para ampliar oficinas. Había firmado contratos con el Ejército Argentino y la mayor cervecera del país, lo que duplicaría sus veintiocho programadores.

El primer local en lista estaba en la planta principal de un centro comercial, en alquiler parcial. Un vendedor de computadoras quería ceder parte del espacio, que le sobraba. Le gustaba la renta baja, la ubicación y ese edificio nuevo de vidrio negro, cerca de sus clientes. Aparcar no era su fuerte; casi choca el auto y una columna. Nerviosa, se bajó y corrió al interior, ya con quince minutos de retraso. Un señor alto, de mediana edad y con el cabello blanco le dio la bienvenida, sonriente y afable.

—Buenos días, disculpe mi tardanza.

—No pasa nada. ¿Es usted la señorita Martínez-López?

—Sí, ¿y usted es el dueño?

—Así es. Pase, le enseñaré el lugar.

Él la guio por la sala de ventas y luego a una oficina independiente. Recorrieron cada cubículo y a ella le gustó tanto que llamó por teléfono a su socio, le describió el espacio y el precio, y obtuvo su visto bueno.

Pasaron a la sala de conferencias para ultimar los términos de alquiler. Pocos minutos después tenían todo acordado. El dueño hizo una pequeña pausa antes de plantear su única duda:

—A ver, señor, déjeme adivinar. Cree que soy muy joven para esto, ¿no?

—Perdón. Sí.

—Bueno, mi padre me respalda, vendrá mañana a conocerlo. Es un abogado civil muy reconocido, él se encargará del contrato y, si hace falta, él me avalará.

San Carlos de Bariloche, Argentina, primavera de 1989
Universidad de San Carlos de Bariloche

Veinticuatro horas antes

Tosh no había pisado el país en seis años, desde que conoció a su padre. El mensaje de Bruno había sido contundente: "Ven de inmediato, tenemos un grave problema de seguridad en el laboratorio de Bariloche." Aterrizó temprano en la mañana en el Aeropuerto Internacional de Ezeiza, tras un vuelo directo desde Zúrich, y se dirigió al Aeroparque Jorge Newbery antes de la hora pico. Tres horas más tarde, conversaba con el profesor Borjes en el laboratorio de la universidad de Bariloche.

—¿Qué ocurrió, profesor?

—Tenemos una brecha, Nicolás.

—Explíqueme, por favor.

—Creemos que uno de los estudiantes ha estado saboteando los constructos de programación y, literalmente, robando algunos.

—¿Con qué fin?

—No lo sabemos aún.

—De acuerdo. Los estudiantes no están registrados en la red neuronal, ¿verdad?

—Así es. Solo les damos parte del código a grupos pequeños, de modo que ninguno sabe realmente qué está programando.

—¿Cuántos estudiantes hay?

—En total, veinte.

—¿Grupos de cuántos?

—Cinco grupos de cuatro.

—¿Cuándo es su próxima clase?

—Dentro de media hora. Pensaba cancelarla porque venías.

—No lo hagas. Impártela como siempre y preséntame como tu colega y exalumno.

—¿En qué estás pensando? —preguntó el profesor Borjes.

—Si doy una pequeña lección y demuestro algunos algoritmos, quizá logre aislar a posibles sospechosos según el nivel de conocimiento. Necesito ver qué partes están dañadas y cuáles faltan.

Tosh se sentó a revisar las líneas de código. Su mente volaba con permutaciones, leyendo las fórmulas como un músico interpreta una partitura. No tardó en hallar el fallo. El profesor se sentó a su lado mientras Tosh señalaba los errores, pero Borjes no los veía.

—Profesor, el problema es que usted espera hallar un error de sintaxis, pero no lo hay. Las instrucciones aparecen, como ve.

Tosh le indicó un punto del listado.

—El problema radica en que las instrucciones en sí están equivocadas. Como si un programador amateur hubiera trasteado con nuestra metodología sin un objetivo claro. Aun así, me gusta cómo construyó esta fórmula. Veo talento. Revisemos el otro problema para ver qué falta.

El profesor colocó sobre la mesa pilas de listados que contenían toda la formulación del CDA-323.

—Nicolás, estábamos incorporando unos retoques pedidos por el centro de datos, repartiendo la tarea por módulos entre distintos grupos de alumnos, tal como pediste. De pronto el algoritmo dejó de funcionar, revisamos cada constructo y, en uno de los módulos nuevos, faltaban varios conjuntos de fórmulas.

Tosh revisó todos los esquemas de principio a fin. Se centró en el módulo nuevo y pronto detectó la secuencia de cadenas faltante.

—Ya veo qué falta, profesor. Permítame escribirlo. Nadie más en el mundo puede redactar ni entender por completo este constructo.

En quince minutos, Tosh anotó la secuencia entera.

—Espera, Nicolás. Este constructo es una de esas secuencias de fórmulas propias tuyas.

—Así es, profesor. Nadie robó nada. Tus alumnos se toparon con algo que no sabían formular y dejaron ese hueco en blanco. Y seguramente olvidaron decírtelo.

Ambos pasaron a la clase, donde el profesor invitó a Tosh a exponer. Nicolás introdujo el tema de los algoritmos discretos en el lenguaje de programación y explicó que en el futuro la mayoría del software se escribiría así. Escribió un constructo sencillo en términos matemáticos y lo plasmó en lenguaje informático. Deliberadamente usó la misma fórmula que habían analizado antes, y no tardó en ver a un alumno especialmente atento. Al terminar la clase, el profesor y Tosh le pidieron que se reuniera con ellos en el despacho de Borjes.

—La secuencia que añadiste al módulo de tu grupo está muy bien construida —dijo el profesor.

—No sé de qué habla, profesor.

—Tranquilo, no tomaremos medidas disciplinarias —lo calmó Borjes.

El alumno se relajó y lo admitió:

—Fue solo un experimento, pero no avancé, es demasiado complejo para mí.

—Permíteme presentarme. Soy Nicolás Tosh, desarrollé este y otros algoritmos discretos que usan actualmente.

—Gusto en conocerlo —respondió el alumno, con sorpresa y admiración reflejadas en sus ojos.

—Me agrada tu aportación y quiero invitarte a unirte a mi organización. ¿Cómo te llamas?

—Dieter Jürgen.

Con el tiempo, Dieter se incorporó al centro de datos y trabajó varios años con el profesor Borjes en Bariloche, hasta acabar en Zermatt como jefe del superordenador y de la red neuronal. Fue un cambio fácil porque, siendo suizo de nacimiento y criado en Argentina, Jürgen tenía doble nacionalidad. Sus padres, ambos guías de montaña en el Cerro Catedral, habían emigrado hacía veinte años.

Tosh pasó por casa de su tía antes de marcharse y, a última hora de la tarde, ya estaba en Buenos Aires para cenar con su padre. Aunque Bruno trabajaba parte del tiempo para el hijo, siempre había insistido en mantener su propio negocio para gozar de cierta independencia. Nicolás nunca puso objeción; de hecho, agradecía que su padre hubiese dejado definitivamente la industria deportiva y de buceo.

Cenaron chivito en la peatonal Lavalle y, de postre con el café, degustaron un delicioso Martin Fierro —queso y dulce de leche—. Se acostaron temprano, pese a que el vuelo de Tosh a Zúrich salía a mediodía. Quería levantarse con margen para hacer una visita rápida al negocio de su padre, tal como prometió que haría cuando estuviera en Argentina.

Buenos Aires, Argentina, primavera de 1989
Tienda de Computación de Bruno Buonarroti

—Perfecto, señorita Martínez-López, espero conocer a su padre mañana, pero por mí ya hay trato.

—Un trato es, entonces —dijo ella. Se dieron la mano y ella le obsequió una sonrisa.

Bruno la acompañó a la salida. Al cruzar la sala principal de la tienda, comentó:

—Permítame presentarle a mi hijo.

Él estaba con dos vendedores, en plena demostración de la última PC IBM con dos disqueteras, disco duro de 250 MB, cinta de respaldo y 2 MB de RAM, más una pantalla a color: el modelo más popular del mercado.

Nicolás la vio primero por el rabillo del ojo y, al enfocarla, sintió una oleada de sensaciones. Vestía un traje empresarial verde pastel muy claro, con zapatos y medias blancas a juego, más un bolso del mismo color. Al fijarse en su rostro, quedó deslumbrado. Cuando sus miradas se cruzaron, lo invadió una segunda oleada aún más fuerte.

Ella lo había visto antes de que él la viera. Observó primero sus manos, después sus ojos. Sintió que él despedía ingenuidad y carisma. Sus manos eran firmes, expresivas, pero en cuanto él la miró, quedó fascinada. La intensidad de aquella mirada la envolvió y la sumergió en una cercanía abrumadora con un hombre que aún no conocía.

Bruno captó las reacciones de ambos y, por instinto, se apartó discretamente, dejándolos a solas. Y con eso bastó para que todo comenzase.

—Soy Alejandra Martínez-López.

—Y yo, Nicolás Tosh —respondió él, invitándola a tomar un café.

Se sentaron en la primera cafetería del centro comercial contiguo. Ella tenía los hombros llenos de pequeñas pecas, una piel blanquísima y fresca. Él irradiaba vitalidad y su energía la estremecía. Conversaron como si se conocieran de siempre.

Cuando él viajaba, hablaban por teléfono a menudo. Nicolás volaba a Buenos Aires en semanas alternas, quedándose cada vez más días. Ella, por su parte, viajó un par de veces a Suiza también. La intensidad fue tal que ambos dejaron a un lado familia, amigos y trabajos.

Como era de esperar en dos personalidades tan decididas, pronto se volvieron inseparables. Rompiendo con convenciones sociales, apenas tres meses después, sin poder aguardar más, huyeron para casarse en secreto bajo el cielo estrellado de una noche sin luna, en una pequeña capilla de la ciudad de los juegos de azar, Las Vegas (Nevada), lejos de su entorno y de tradiciones rígidas, impulsados por el amor.

Las Vegas, Nevada, EE. UU., otoño de 1989

Tosh dormía profundamente en una suite nupcial del Caesars Palace, en Las Vegas, cuando su dispositivo empezó a zumbar. De inmediato, los pensamientos de Rainer entraron en su cerebro:

«De acuerdo, palomo enamorado, ¿cómo vas a compaginar tu recién estrenada vida matrimonial y las tres organizaciones?»

A Rainer le inquietaba que, por primera vez en su vida, Nicolás lo hubiera pospuesto todo por amor, con la esperanza de que, ya casado, recuperara el sentido común.

«Rainer, sé de dónde vienes. Nunca he faltado a una reunión, ni he dejado de atender o entregar lo que se me ha requerido».

«Sí, vale, pero todo anda bien en el centro de datos. Gracias a Dios no hubo crisis graves. Ahora, ¿puedes responder mi pregunta?»

«Rainer, necesito algo más de tiempo para acomodar mi vida personal».

«¿Ella sabe?»

«No. No quiero que Alejandra tenga otra cosa que una vida normal».

«¿Cómo piensas lograrlo?»

«He estado pensando y tomé una decisión. Probaré ser un hombre de negocios y, si no funciona, intentaré como profesor universitario, sin usar mis herramientas matemáticas, ni mi infraestructura o mis capitales. Walkyria hará una donación a la universidad de la ciudad donde elijamos vivir, a condición de que creen un centro de I+D para mi trabajo, con lo que aseguraré una plaza docente. Quiero que ella y nuestros futuros hijos me vean como un hombre normal que va a trabajar, y que sepan que ellos son mi prioridad, como lo es ella hoy y lo serán ellos en el futuro».

«¿Dónde vivirán?»

«En Europa, probablemente en Düsseldorf, Alemania, al principio, porque me agrada su plan de estudios de Administración, y estaré a un par de horas de Suiza».

«De acuerdo, me tranquilizas. Te deseo lo mejor, amigo, te lo mereces. ¿Cuándo la conoceré?»

«En un par de meses. Aún tenemos que casarnos a la antigua».

«¿Qué?»

«Luego te lo explico».

La comunicación cesó y Rainer, en Las Vegas, se quedó preguntándose si su viejo amigo había perdido la cabeza por amor.

Poco después de volver a Buenos Aires tras la luna de miel, Alejandra y Nicolás planearon la boda formal con la madre de ella, y la familia pidió cambiar el viaje navideño de Lake Placid a Zermatt, en Suiza, donde Nicolás solía esquiar cada año y de donde procedía su difunta madre. Semanas después, cruzaron el Atlántico hasta aquella mágica aldea al pie del monte Cervino.

Buenos Aires, Argentina, otoño de 1989
Casa de la familia Martínez-López

El padre de Alejandra, Nelson Martínez-López, era un hombre hecho a sí mismo, nacido en Cuba, pero criado en Argentina desde que sus padres emigraron tras la revolución de Castro cuando él tenía ocho años. De adulto, cursó Derecho por la noche, tras casarse con la madre de Alejandra. Con el tiempo, forjó una sólida reputación de hombre resolutivo, en especial dentro de la influyente comunidad alemana local. A través de un destacado cliente alemán, conoció a Lane Woodward, jefe de la estación del FBI en Buenos Aires.

—Nelson, tu futuro yerno es un genio matemático. Se graduó con honores en la Universidad de Los Andes, en Bariloche. Su madre era suiza, de ahí su doble nacionalidad. Falleció de ELA cuando él tenía seis años, así que lo crio la hermana de ella. Su padre es italiano, radicado en Argentina hace más de treinta años. Te estoy hablando de un buen historial, sin problemas legales. Lo raro es que, desde que se graduó, no hay rastro público suyo. Nada. Tenemos una referencia de que, antes de terminar la carrera, entabló amistad con un joven físico nuclear argentino-alemán graduado en EE. UU., llamado Rainer Sábato, y hasta ahí.

—Entonces no sé de qué vive mi yerno ni a qué se dedica —respondió Nelson.

—No, pero te diré algo: tratándose de su profesión, es buena señal.

—¿Por qué?

—Significa que lo que hace es secreto oficial, probablemente algo gubernamental.

—¿Para quién?

—Podemos suponer que para Suiza, pues es allí donde vive con su amigo Sábato.

—¿Siguen trabajando juntos?

—No lo sabemos; sí que viven en la misma ciudad.

—¿Cuál sería tu conjetura?

—Que tu hija está en buenas manos, en uno de los países más seguros y que él probablemente trabaje en algo clasificado, quizá relacionado con energía o armas nucleares, dada la trayectoria de su amigo Sábato. No es seguro, es suposición.

A Nelson le dejó un sabor agridulce aquella información y decidió averiguar más. Notaba que Nicolás llevaba siempre un pequeño dispositivo, en comunicación continua, zumbando cada pocos minutos. Era curioso que respondiera con dos o tres teclas, sin decir palabra ni mostrar reacciones externas, salvo en los ojos, donde se percibían respuestas y gestos. Necesitaba saber más.

La madre de Alejandra, María, era el pilar de la familia. Se casó muy joven con Nelson y lo acompañó a la escuela nocturna hasta que se graduó de abogado. Católica, leal y amorosa, pero de mano firme, adoraba a su futuro yerno. Así que, cuando Nelson le contó su investigación, ella lo desestimó:

—Nelson, basta. Nuestra hija se casa y él es un buen partido. Es hora de que forme su familia.

—De acuerdo, cariño —admitió él.

Pero no cesó. En las semanas previas al viaje, hizo cosas tan infantiles como mandar a sus dos hijos a "poner a prueba" a Nicolás. Ambos, robustos como su padre, jugaron al fútbol con él y lanzaban balonazos "asesinos".

—Papá, es tremendo jugador —reportaron.

Luego un partido de ráquetbol con el mayor, una estrella local:

—Papá, salí arrastrándome de la cancha.

Nelson apodó a Nicolás "el Flaco" o "el Huesitos" por su complexión ligera. Y cuando partieron a Suiza, el padre de Alejandra, más determinado que nunca a investigar, sabía en el fondo que todo nacía del temor a perder a su "princesita", mientras su respeto por Tosh crecía cada día más.

Zermatt, Suiza, Navidad de 1989

La conexión en Zúrich fue sin contratiempos. En menos de una hora, estaban rumbo a Ginebra en un vuelo agitado de cincuenta minutos. Al mediodía aterrizaron en esa hermosa ciudad a orillas del lago Lemán. Nicolás había preparado una camioneta de alquiler con mapas para la familia y guardaba una sorpresa para Alejandra: un paseo en helicóptero desde Ginebra hasta Zermatt con él. Nelson aceptó a regañadientes, mientras el resto conducía hasta el tren mágico que los llevaría al destino. Los recién casados volaron alrededor de una hora hasta posarse en la azotea del hotel de Nicolás en Zermatt. Allí, Alejandra conoció por primera vez a Rainer y se hicieron amigos al instante. Luego, Tosh la llevó a su refugio secreto al otro lado del pueblo, un Gasthof suizo tipo bed & breakfast. Esa vez fue ella quien le quitó el suéter y la camisa. Hicieron el amor durante horas, hasta que el "identificador" de Tosh volvió a zumbar:

«Tus suegros están llegando. ¿Dónde están?»

Se vistieron a toda prisa. Sus mejillas sonrosadas lo decían todo, en especial para los padres de ella, que comprendieron de inmediato qué había estado haciendo su hija.

Bajaron a la nieve y cruzaron al estacionamiento justo cuando Nelson sacaba la última maleta. Éste echó un vistazo:

—Nicolás, dame una mano —y Tosh subió el pesado equipaje al vestíbulo.

—Vengan arriba, Alejandra y tú. Quiero mostrarles algo.

Subieron en el ascensor.

—Nicolás, el lugar es espectacular. El hotel nos encanta —comentó, guiándolos.

—De acuerdo, fijemos unas normas para ustedes dos, Alejandra y Nicolás. Aún no están casados a la manera tradicional, así que deben respetar a Dios y a esta familia. Esta es la habitación de mis hijos, y pedí al hotel que agregara una tercera cama. Como ven, ya la montaron.

Entre las dos camas figuraba una tercera.

—Nicolás, dormirás en medio, entre mis dos hijos. ¿Entendido?

—Sí, señor.

—Queda claro.

Nicolás le guiñó un ojo a Alejandra, y ella se lo devolvió.

Al día siguiente, Alejandra, sus dos hermanos y Tosh esquiarían. Los chicos tenían órdenes de no perder a la pareja de vista, de modo que Nicolás los llevó por pistas solo para expertos, baches, senderos llanos donde debían remar con los bastones. Cada tarde, ellos acababan rendidos y la pareja huía a su nido de amor. Al tercer día, los hermanos ni se podían levantar, permitiendo a los recién casados esquiar solos y refugiarse en su Gasthof.

En la quinta noche, Tosh relajaba en el baño turco del hotel cuando un brazo grueso lo abrazó por el cuello. Al girarse, oyó la voz:

—¡Nicolás!

Era su futuro suegro.

Se sobresaltó, temiendo ser descubierto.

—Has estado dándole duro a mis muchachos, ¿eh?

El señor Martínez-López sonrió y apretó un poco más el abrazo.

—Aunque sabes qué, al final creo que saldrás bastante bien parado.

Tosh respiró y dibujó una sonrisa forzada.

—Y si algún día yo no estuviera, confío en que cuidarás de mi familia. Sé que lo harás.

El "león de la manada" acababa de designarlo su sucesor, y Nicolás se sintió inmensamente honrado. Fue allí donde tomó una decisión de la que siempre se enorgullecería.

—Señor Martínez-López, por favor, vístase. Quiero mostrarle algo.

Media hora más tarde se reunían en el vestíbulo. El hombre salió del ascensor sonriendo:

—Mi hija lleva tres horas dormida, agotada. Traté de decirle que me encontraría contigo y ni se inmutó.

—Señor, me honra lo que me dijo en el spa. Usted es un hombre de familia, con valores morales. Creo que podría contribuir muchísimo en mi labor en su país, y quiero disipar cualquier duda que tenga sobre mí.

—Te escucho.

Nelson se puso serio. Tosh había captado toda su atención.

—La única condición para cruzar el "muro chino" de mi secreto es la confidencialidad. Tendrá que firmarla por contrato.

—¿Sabe algo Alejandra de esto?

—No, señor. Pero enseguida entenderá por qué.

—Lo siento, no oculto nada a mi mujer ni a tu futura esposa.

—Si le demuestro que es necesario, ¿accederá?

—Sí, pero no antes.

—De acuerdo, señor. Sígame.

Tomaron el ascensor trasero que conducía al helipuerto en la azotea. Las paredes de piedra subían mientras el elevador se movía.

—Vaya, un ascensor con muros de roca. Primera vez, Nicolás.

Se detuvieron en el tercer piso y Tosh posó la mano en el muro. El nuevo lector láser reconoció su palma y el muro se abrió hacia dentro, revelando sendos huecos en los lados.

—Pase conmigo, por favor.

El padre de Alejandra estaba atónito mientras Tosh lo llevaba al centro de datos.

—¿Qué es esto, Nicolás? ¿Una instalación gubernamental secreta detrás del hotel donde se hospeda mi familia? ¿Acaso es un laboratorio nuclear donde trabajas con tu amigo Sábato?

Tosh se rio interiormente, dándose cuenta de que su suegro había investigado sobre Rainer.

—Señor Martínez-López, no es una planta nuclear. Ni tenemos vínculo con nada nuclear. Tampoco pertenece a ningún gobierno. Este centro y el hotel aledaño son míos. Mis dos jefes del centro de datos, Rainer Sábato y Peter Friedli, están aquí, y ahora se sumarán el responsable de nuestros negocios, de la fundación, nuestro director general y nuestro tesorero, vía videoconferencia. Le mostrarán qué hacemos y luego responderé sus preguntas. Luego hablaremos de confidencialidad y, si desea, de cómo podría ayudarnos.

Sábato y Friedli realizaron sus exposiciones: primero la organización empresarial Walkyria, luego la fundación Experta y, por último, el Data Center Zermatt. Rainer culminó iniciando comunicación mental con don Nelson, como prueba de su registro y demostración del algoritmo de comunicación discreta.

—Señor Martínez, volvamos al tema de la confidencialidad —insistió Tosh.

—No hace falta. Comprendo que quieres mantener una vida normal con mi hija.

—Es más que eso. Permítame explicarle.

Tosh detalló sus operaciones y su deseo de llevar una vida lo más normal posible.

—Señor Martínez-López, usted es de las pocas personas que conoce la existencia de estas tres entidades, y hay un motivo. Su hija no lo necesita porque estará conmigo, pero quiero que usted y su familia estén siempre protegidos. Así que me gustaría otorgarle un "identificador" y convertirlo en "carrier". Ha de saber, sin embargo, que su vida quedará registrada por completo aquí. No la miraremos salvo que el sistema detecte un problema.

—Acepto, Nicolás —contestó, todavía aturdido.

—Lo único que pido es que nuestra relación familiar siga con normalidad. Yo lo trataré con el mismo respeto y deferencia de siempre. No volveremos a hablar de esta faceta mía ni de su conocimiento al respecto.

Mientras Tosh se apartaba a conversar con Sábato y Friedli, el señor Martínez-Lopez lo contempló con benevolencia y una leve sonrisa. Pensó: «*Ella trabaja para el Ejército argentino y no puede decírselo, él no quiere contarle lo suyo por buenos motivos. ¡Vaya pareja y vaya matrimonio! Y en medio estoy yo… Pero ¿quién más podría emparejarse con ella?*»

—¿Vamos? Nos esperan para cenar —dijo él.

—Claro, vayamos, señor.

El muro principal del vestíbulo del Data Center se desplazó hacia ellos y, cuando se abrieron las salidas, tomaron el ascensor. Cerraron la puerta y descendieron al vestíbulo, conectando después con los elevadores normales del hotel.

Subieron, hallando a la señora Martínez-López lista para salir, mientras los otros tres dormían profundamente.

—Cariño, los tres están fundidos, como si les hubieran succionado la energía.

—O, mejor dicho, *alguien* lo hizo —replicó él, mirando a Tosh con compasión.

—Nicolás, me llevo a mi esposa a pasear y cenar. ¿Te encargas de estos tres?

—Sí, señor.

Rato después, Tosh se acercó a la habitación y susurró en el oído de Alejandra:

—Amor...

Ella, feliz y relajada, abrió los ojos y al verlo sonrió, rodeándolo con sus brazos para tumbarlo junto a ella.

—Esposa, estamos en la habitación de tus padres.

Así que se incorporó en segundos, se puso las botas de invierno, el abrigo abotonado y un pañuelo al cuello. Dejó una nota a su madre diciendo que saldría a cenar e iría quizá al cine; volvería tarde. En menos de cinco minutos, salieron del hotel.

El pueblo estaba abarrotado con el turismo navideño, las callejuelas heladas y un cielo despejado con luna llena iluminando el Cervino. Alejandra avanzaba hambrienta, así que Nicolás solo se aferró a su brazo, siguiéndola. En un par de minutos llegaron a un local. Al abrir la puerta, él comentó:

—Creí que...

Ella puso su dedo índice sobre sus labios para callarlo y entró. Al cerrar él la segunda puerta, ella se quitó el abrigo y se lo dejó caer a los pies. Estaba desnuda, solo con las botas. Tosh contempló un instante a su espléndida mujer antes de alzarla en brazos y tenderla en la cama, cubriéndola con la manta. Se desnudó en cuestión de segundos y se metió con ella:

—No dejé de pensar en aquella cabaña solitaria en la montaña, con el frío y nosotros haciendo el amor. Fue glorioso.

Menos de dos meses después, se casaron a la manera tradicional argentina: ceremonia religiosa, gran fiesta con amigos y, acto seguido, otra luna de miel para iniciar su nueva vida en común.

Miami, Florida, EE. UU., 2016
Día 3, 12 mediodía

El jet Falcon del FBI aterrizó en el Aeropuerto Opa Locka a las 12:00 p. m. y Tosh pidió al Servicio Secreto, que lo esperaba, que lo llevara directamente a la entrada principal del Centro de Detención Federal (FDC). Ya allí, llamó a su esposa.

—¿Dónde estás, cariño? —dijo ella, con la voz cargada de tensión y emoción.

—Justo frente al FDC, literalmente en la calle.

—Nosotros estamos cerca, en la oficina de tu abogado. Llevamos aquí desde temprano en la mañana.

Tosh vestía ropa prestada de un agente del Servicio Secreto, pero no le importaba: era un hombre libre de nuevo. Al ver a su familia en la distancia, echó a correr hacia ellos. Apenas lo reconocieron, Alejandra y sus dos hijos, Emilia y Sebastián, hicieron lo propio. El reencuentro fue un choque frenético de abrazos, besos y llanto, dejando ir todo el dolor y el miedo acumulados. Se apiñaron en un solo grupo, sosteniéndose con fuerza, acariciándose los rostros. A unos pasos, un par de agentes del Servicio Secreto los observaba, informando en directo a su jefe.

Finalmente, la familia Tosh regresó a su casa en Bayside, una urbanización privada edificada en los años sesenta a orillas de la Bahía de Biscayne, cerca tanto del aeropuerto como del centro y de Miami Beach. Su hogar era una casa de una sola planta y unos 500 m² construidos en los años ochenta, renovada un par de veces desde que se mudaron de Alemania años atrás.

Ya a salvo en casa, con toda la familia reunida, tocaba el turno de Tosh para explicarse, especialmente ante su esposa:

—Estoy orgulloso de ustedes y de cómo se han manejado. No estábamos preparados para lo que nos pasó, pero sobrevivimos y aquí seguimos. Estoy seguro de que esto nos hace más fuertes y de que valoramos mucho más lo que tenemos y cuánto nos amamos. También sé que, a partir de ahora, no nos perderemos nada de la vida de los demás. Ya aprendimos que nada dura para siempre, y lo que hoy tenemos puede esfumarse en un segundo.

Luego les pidió a todos que le dejaran un momento a solas con su madre. Alejandra no quería soltarlo, se aferraba a su brazo como si no hubiera un mañana.

—Cariño, debo confesarte algo. Llevo años queriendo decírtelo. Estuve a punto muchas veces y nunca lo hice. Hoy me arrepiento más que nunca, porque estos últimos seis meses me enseñaron que no debí tratarte como a una extraña, siendo tú mi compañera, confidente, amiga, hermana, madre y amante. De haber sabido lo que te contaré ahora, tal vez nada de esto habría ocurrido o, al menos, habrías juzgado mejor cómo manejar la situación.

Ella lo miró con un matiz de complicidad.

—Entonces, Nic, ¿algunas acusaciones eran ciertas y alguien te involucró en esas actividades?

Nicolás cayó en la cuenta de que ella seguía reponiéndose de cosas que creyó ciertas al verlo condenado.

—Amor, lo que pretendo contarte no tiene que ver con el juicio ni con los cargos falsos contra mí.

—Si no es eso, estás soltando un montón de tonterías. Nunca hemos tenido secretos… o eso creía —dijo ella, sin sonar del todo sincera.

Estaba dispuesta a sonsacarle ese secreto.

—Mira esto —dijo él.

La llevó a ver las noticias en internet sobre la conspiración.

—¿Leíste esto? ¿Cómo interpretas el momento en que salió?

—Que eclipsaron tu exoneración.

—¿Sabes por qué fueron condenados?

—Sí, por conspirar y tratar de destruir un activo militar de EE. UU.

—¿Y si te dijera que todos, incluyendo la jueza de mi caso, conspiraron para destruirme a mí, montando noticias falsas, cargos inventados y llevándome a juicio para condenarme, pero al final los descubrieron? Luego el presidente, velando por los intereses del país, separó los dos sucesos, porque casi nadie pensaría que un activo militar pudiera ser una persona.

—¿Me estás diciendo que tú eres una especie de activo militar del país? ¿Un espía?

Alejandra se sentó con gesto sombrío.

—Alejandra, nada de lo que vas a oír roza la ilegalidad ni persigue riqueza, poder o influencias. Todo se hizo por el bien del mundo, de nuestra sociedad y de la gente de este planeta. Es una misión noble. Un gran plan ideado hace treinta y cinco años en una montaña de esquí en San Carlos de Bariloche.

Washington D. C., EE. UU., La Casa Blanca, 2016
Día 3, p. m. (ET)

Mientras el presidente se alistaba para reunirse con el primer ministro de Japón, recibió una llamada del general Collins.

—Señor presidente, completamos la descarga de datos del presidente Thomas. Necesitamos la aprobación por escrito de todos los miembros del G-7.

—¿Por qué? —preguntó el presidente.

—Como expresidente, no figuraba en la lista de cargos gubernamentales autorizados para el despliegue del CDA-323. El sistema de Tosh está bloqueado y solo genera los códigos de desbloqueo si ellos y nosotros confirmamos la aprobación. Debemos firmar ambos.

—¿Entonces podrían tomarnos como rehenes?

—Señor, ellos no interfieren; lo hace su sistema. Su software de IA verifica los permisos y emite el código automáticamente.

—De acuerdo, ¿algo más?

—Sí, señor, todos los códigos expiraron.

—¿Quieres decir…?

—Los códigos para desbloquear los CDA.

—Volvemos a la casilla cero. Sólo se pueden aplicar a quienes ocupan determinados puestos oficiales, según nuestra lista.

—Exacto, con la salvedad de que ahora añadimos al presidente Thomas.

—¿O sea que la oficina presidencial está sujeta a los CDA, por razones de seguridad nacional, abarcando a presidentes pasados y presentes?

—Así es, señor.

—General…

—Dígame.

—¿Y si el centro de datos fallara?

—Los demás miembros del G-7 tienen copias del sistema, actualizadas al segundo.

—¿Dónde está nuestra copia?

—Una en el Pentágono; otra en Fort Knox.

—¿Cómo se activan?

—De forma automática si el centro de datos principal falla. Ya hicimos una docena de simulaciones y funciona.

—¿Y qué necesitaríamos de la organización de Tosh?

—Todo, señor. Hace poco, nuestro cuerpo élite de matemáticos se puso a estudiar algunos algoritmos discretos de Tosh empleados en el sector financiero y volvieron frustrados. Dicen que estamos a décadas de comprender a fondo cómo funcionan y se calculan. Son revolucionarios.

—¿Sobre la ubicación del centro de datos, dónde está?

—No lo sabemos con seguridad, pero creemos que, por la forma de pensar de Tosh, posiblemente esté en un país neutral fuera del G-7.

—¿Tipo…?

—Suiza, señor.

Otro callejón sin salida para el líder de la nación más poderosa del mundo. El presidente O'Sullivan deseaba más control sobre las operaciones de Tosh, pero hasta ahora no lo había logrado.

—Señor, hay más. Algunos miembros del G-7 piden mayor regulación y custodia del centro; unos sugieren ponerlo bajo supervisión de un consejo de administración nombrado por el G-7.

—¿Y?

Los archivos del G-7 y las discusiones sobre CDA muestran dos cosas: primero, fue muy sensato declarar los CDA como ADM de uso restringido. La mayoría de las peticiones de los miembros del G-7 piden usar más los CDA, y si hubiese estado en nuestras manos, los habríamos desplegado con cualquier excusa de seguridad o protección. Segundo, si amenazamos con alterar el protocolo unilateralmente, Tosh cerraría el centro de datos para siempre.

El presidente escuchó atentamente, y Collins prosiguió:

—No olvidemos que ellos no buscan control. Entregaron sus herramientas voluntariamente, avisando de su peligro potencial y confiando en que los conflictos de intereses de las siete naciones más poderosas sirvan como freno, exigiendo votación unánime para cualquier decisión. Y si nos saliéramos de lo acordado, retirarían los CDA.

—Gracias, general. No necesito más.

O'Sullivan, que detestaba los cabos sueltos, entendía que, de momento, debía conformarse. Ese mismo día, William T. Brown había sido confirmado y jurado como nuevo secretario de Defensa, y al aplicársele los CDA-323 y 324 tras su nombramiento, todo salió limpio. "Al menos algo menos de qué preocuparse", pensó.

Tras la debacle de Miami, la gran lección era clara: si no se podía ni controlar ni usar más ampliamente los CDA, con permiso del G-7 se podía ampliar la lista actual de cargos federales sujetos a su despliegue (jueces, fiscales, defensores, fuerzas del orden e inteligencia federales, órganos reguladores, militares y quienes tuvieran relación con programas nucleares). Decidió crear una comisión presidencial con tres expertos para estudiar a fondo qué otros puestos exigirían transparencia absoluta. Así atacaría la corrupción y protegería la seguridad nacional si hiciera falta.

En unas horas, reunió a su equipo en la Oficina Oval y, sin mencionar los CDA, pidió más requisitos de divulgación. ¿Debían ampliarse los cargos que rindieran cuentas? Les entregó un impreso con lo que meditó esa mañana.

—Señor presidente, ¿no es suficiente la transparencia que ya exigimos?

—En lo financiero tal vez, pero no alcanza. Por ejemplo, ¿no ven conveniente que algunos funcionarios públicos presenten periódicamente declaraciones juradas para confirmar que no han sido víctimas de coacción, corrupción o extorsión, entre otras cosas?

—¿Cuánto tiempo tenemos para este estudio, señor?

—Sin atajos. Háganlo a fondo. Tómense el tiempo que necesiten y propónganme una lista de puestos adicionales.

Necesitaba aclararlo todo antes de dar cualquier paso.

—Alejandra, todo lo que somos y todo lo que tenemos es real. No existe nada más importante en el mundo para mí que mi familia.

—Pero llevas otra vida que nos ocultaste —replicó ella, insistente.

—Sí, pero con buenos motivos. Alejandra, muchos años antes de conocerte comprendí que debía mantener parte de mi vida en un compartimento separado, distinto y secreto; de lo contrario, jamás habría podido vivir una vida casi normal y feliz como la nuestra. Además, pensé que para que funcionara no había sitio para mi faceta de hombre de familia, y aunque lo hacía desde casa, tenía libertad para ocuparme de mi "otro trabajo". Ahora me doy cuenta de que ¡estaba totalmente equivocado! Me ha costado, pero mi vida secreta acabó mezclándose con la nuestra y, como dije, si hubieras estado al tanto, lo más probable es que no hubiera sucedido todo esto.

"Esas ausencias suyas que parecían distracciones no eran tal cosa", pensó ella, atando cabos.

Nicolás sacó el dispositivo "identificador" del bolsillo, lo encendió y se lo tendió:

—Toma, cariño.

Luego, usando su mente para comunicarse, le preguntó al centro de datos:

«¿Quién está de guardia ahora?»

«Rainer sigue aquí, déjame avisarle». Respondió Peter Friedli.

Alejandra observó a su marido, inmóvil, con la mirada distante. Creía conocerlo tan bien... o eso pensaba.

«*Rainer, por favor, crea un 'número de identificador' para Alejandra.*»
«*¿Estás seguro de esto?*»

«*Sí*». —dijo Tosh sin titubear.

El "tío Rainer" era parte de la familia, los hijos habían crecido teniéndolo cerca y Alejandra lo consideraba casi un hermano. Confiaba mucho en él.

«*De acuerdo, Nic, ya está registrada en la red. Para que conste, me llevó años entender tu doble vida hasta que por fin encajó todo y, desde entonces, solo he admirado la forma en que lo has hecho*».

«*Gracias, amigo, pero ahora siento que esto es lo que debo hacer*».

Alejandra llevaba un rato hablándole:

—¡Te estoy hablando, Nic!

«*Alejandra, tengo a Rainer en línea*».

El pensamiento de Tosh entró en su cerebro y la dejó muda, con los ojos muy abiertos.

«*Hola, cuñada*» —dijo Rainer, sentado en su escritorio en el Centro de Datos de Zermatt—. «*No temas, estamos usando el pequeño dispositivo que Nic te dio. Es como un enrutador entre tus ondas cerebrales y la red neuronal de nuestra organización. Alejandra, manejamos tres actividades bajo un mismo paraguas. Nic y yo fundamos todo. Él es el dueño, yo trabajo para él. Operamos una empresa con fines de lucro llamada Walkyria, que genera enormes sumas al licenciar tecnología matemática creada por tu marido, y dos organizaciones sin fines de lucro: la Fundación Experta —beneficiaria del 100 % de las ganancias de Walkyria— y un centro de datos llamado Zermatt, nuestro laboratorio que produce toda la tecnología que licenciamos, y que además actúa de cerebro y almacenaje para todas nuestras operaciones tecnológicas. Guardamos en secreto partes de esa tecnología,* destinadas al uso militar. Este pequeño aparato capta ondas cerebrales, igual que el Wi-Fi en un dispositivo inalámbrico».

Ella estaba paralizada, con los ojos al borde de salirse de sus órbitas.

—Pero ¿qué es esto?

Tosh y Rainer se comunicaban directamente con su cerebro y ella estaba en shock.

«*Alejandra, tu esposo es matemático y desarrolló un conjunto de algoritmos que permiten trazar un "ADN matemático" del cerebro. Lo hizo hace casi cuarenta años. Dicho ADN, que es un mapeo neuronal, facilita una radiografía numérica de los procesos y la información almacenada, lo que a su vez hace posible captar y traducir* en expresiones numéricas las señales y ondas cerebrales, tal como una red Wi-Fi». —explicó Rainer.

—¿Entonces este dispositivo está leyendo mi mente?

«*No, solo capta tu señal cerebral y la señal de nuestra red neuronal. Actúa como puente para enviar y recibir datos a tu cerebro. Funciona como un enrutador de red*».

—¿Eso es lo que licencian?

«*No exactamente. En Walkyria nos especializamos en herramientas matemáticas para modelar riesgos y probabilidades. Ayudamos, por ejemplo, a la industria financiera a valorar productos complejos. También licenciamos herramientas a organizaciones militares o de seguridad como el FBI y la CIA. La tecnología que sostienes no se licencia porque podría crear ventajas peligrosas y violaciones de la privacidad. Demasiado riesgo para el uso público*».

—O sea, ¿su laboratorio y centro de datos generan herramientas matemáticas que aplican en tecnologías comerciales y no comerciales, y con eso obtienen ingresos?

«*Así es*».

—Pero la parte no comercial se mantiene secreta, solo para ustedes.

«*Algunas, sí, como esta que usamos, reservada a miembros de la organización, como Nic y yo*».

Entonces Rainer le explicó cada uno de los CDA, la red neuronal y el centro de datos en detalle.

—Rainer, dices que los CDAs 319-321 son puramente comunicacionales, ¿qué pasa con los otros tres, 322-324? —preguntó Alejandra.

«*Esos, a petición nuestra, fueron declarados armas de destrucción masiva (ADM). Nadie puede usarlos salvo contadas excepciones; por ejemplo, todos los miembros de la organización firman un acuerdo para tener los CDA aplicados permanentemente. La Resolución original del G-7 designa ciertos cargos de gran sensibilidad en cada país, y a las personas que los ocupan se les aplican los CDA sin que lo sepan*».

—Rainer, gracias, pero ahora quiero hablar con mi marido a solas, de manera "terrestre".

«*De acuerdo. Adiós, cuñada*». —Y añadió—: «*Adiós, mi hermano discreto*».

Se desconectó.

—¿Así que conversas con presidentes y primeros ministros? —inquirió Alejandra.

—Sí.

—¿Cuánto?

—¿Cuánto de qué?

—¿Cuántos ingresos genera tu negocio con fines de lucro?

—Alejandra, ingresamos miles de millones de dólares al año.

—¿Y todo va a la fundación?

—Sí, salvo el presupuesto del Centro de Datos Zermatt.

—¿Lo donan a qué?

—Educación, emprendimiento, autosuficiencia, sobre todo, aunque no exclusivamente.

—¿Por qué esa separación?

—¿Te refieres a la nuestra? En mi vida real contigo, no uso mis herramientas ni mis habilidades matemáticas.

—Y dijiste que los condenados anoche en Miami conspiraron contra ti...

—Soy un activo militar de este país.

—¿O sea que atacarte era atentar contra un activo militar?

—Exacto.

—¿Por qué no usaste los CDA para evitarlo o salir de prisión?

—Al final lo hice, la noche antes de la sentencia, pero casi era tarde. Quise proteger mi identidad; como dije, me equivoqué.

—¿Qué hiciste para librarte?

—Contacté al presidente por un dispositivo cerca del FDC. Él también tiene uno. Me declaré en peligro claro y presente. Convocó al G-7, aprobaron usar los CDA 322, 323 y 324 en todos los conspiradores. Así se descubrió la verdad y se generó la evidencia para condenarlos.

—¿Cómo identificaste a los conspiradores antes de usar los CDA?

—Mientras estuve detenido, lo intentamos con varias empresas de seguridad sin éxito. Hasta que un día, el general retirado Robert Pinkus me contactó. Su firma de seguridad, Zaptec, investigaba otro caso y encontró un video donde un mensajero repartía semanalmente teléfonos desechables, en lugares públicos, a gente influyente: jueza, fiscal, agente del FBI, empresarios… Y cada semana, el mismo tipo entregaba documentos a la prensa de Miami. Cruzaron datos de llamadas, quién llamaba a quién y desde dónde, y así detectaron la conspiración contra mí. Con su evidencia, hablamos con el presidente. Él pidió al G-7 aprobar los CDA contra los sospechosos. Horas después, los CDA confirmaron la historia y el fiscal general pidió anular mi condena.

—Entonces, durante tu encierro te comunicabas y seguías con tus asuntos como siempre...

—Sí.

—¿Y qué pasa con nosotros, tu esposa incluida?

—Lo sé, fue un error. Aun no entiendo por qué no te hice partícipe, Alejandra.

—Me queda una pregunta, o dos.

—De acuerdo.

—¿Dónde está todo esto?

—La parte de negocios, jurídica, contable y tesorería en Zúrich.

—¿En ese edificio pequeño al que siempre entras frente al hotel donde solemos quedarnos? —preguntó Alejandra.

—Exacto, querida.

—¿Y...?

—Ah, el centro de datos está en…

—Déjame adivinar, Nic.

La cara de Alejandra no era amistosa.

—Adelante, mi amor.

—En algún punto de Zermatt, ¿no?

—¿Cómo lo sabes?

—¿Qué explicación darías a más de treinta vacaciones familiares en invierno y verano siempre al mismo sitio? ¿Dónde, Nic?

—Detrás del hotel donde nos hospedamos y que es de nuestra propiedad.

—¿Propiedad?

—De la Fundación Experta.

—¿A qué te refieres con "detrás del hotel", Nic?

—Hay una cueva enorme construida por el hombre, de cinco pisos, cuya entrada secreta está en el muro trasero de la tercera planta. Se accede por el ascensor del helipuerto. Con el beneplácito del gobierno suizo, claro, que sabe de nosotros, pero no interfiere, pues buscamos un enclave neutral.

—Nicolás, yo sospechaba de alguna actividad gubernamental tuya desde que implicaste a mi padre. No sabía qué hacías y le prometí a él no entrometerme. Ahora veo que fue un error de ambos, porque yo también te he ocultado partes de mi trabajo; aunque a diferencia tuya, estoy obligada por contrato. De igual modo, te he mantenido al margen.

Ahora era Nicolás quien miraba a su esposa en silencio.

—Lo intuía desde hace tiempo, y nunca me molestó. Estás en tu derecho, igual que cualquier oficial de inteligencia con su cónyuge.

Ella sonrió aliviada.

—Última pregunta: entiendo que el presidente logró separar el fallo que te exoneró y el juicio militar acelerado, y así la prensa los vio como dos sucesos distintos, pero ¿por qué un grupo de particulares y funcionarios de Miami y D. C. conspiraba para destruirte, un activo militar?

—No sabían que soy un activo militar.

—Lo entiendo, pero ¿qué gana esa gente? ¿Un competidor de negocios? No encaja si eres profesor universitario.

—Fue cosa del expresidente Thomas, mi enemigo en todo esto.

—¿Por qué?

—Su segunda esposa es Natalia Barrios.

Alejandra sintió un choque eléctrico. Resultaba que aquella llamada de "Natalia" de meses atrás, cuando él estaba detenido, tenía fundamento.

—Alejandra, ella y yo…

—Para, Nic. Lo sé. Ella me telefoneó. Le colgué, convencida de que era absurdo y de que nunca me engañarías.

—Fue solo de una noche, Ale…

Lo interrumpió. Estaba herida y enfadada, sin saber si quería más detalles.

Él guardó silencio mientras ella lloraba, incrédula.

—Nicolás, nada de lo que digas borrará la traición que siento. Lárgate. Ahora mismo. Fuera de esta casa.

El problema de Alejandra era que no sabía qué hacer. La magnitud de los logros de su marido la abrumaba y, asimilándolo, le crecía el respeto por cómo había llevado todo. Llevaban una vida normal, algo imposible sin esa separación. También veía que, sin límites, Nicolás habría trabajado sin parar y los hijos lo habrían visto poco. Comprendió que el auténtico problema era la aventura, el engaño, no su doble vida. Necesitaba saber más de la otra mujer. Aquella llamada de Natalia le rondaba, así que decidió llamarla y oír su versión. Tomó su libreta y marcó.

Por el tono, se notaba que el teléfono no estaba en EE. UU.

—Aquí Emanuella Thomas, ¿en qué puedo ayudarla?

—¿Natalia?

Silencio.

—Soy…

La interrumpió la otra:

—Sé quién eres. ¿Qué quieres?

—Cuando llamaste meses atrás, no te creí y colgué. Ahora estoy dispuesta a escuchar.

—Alejandra, no sé qué buscas; han pasado meses desde entonces.

—Natalia, solo quiero saber qué pasó.

—Fue un encuentro de una noche. Te mentí.

—¿Por qué?

—Porque en ese momento quería hacer daño a Nicolás y a ti.

—¿Por qué? —insistió Alejandra.

—Mi esposo se enteró de inmediato, así que aquello terminó antes de empezar. Y él guardó un enorme rencor contra Nicolás y contra mí, que solo se diluyó hace poco. Yo sufría y quise que tu marido también sufriera.

—¿Me cuentas qué pasó entre ustedes?

—Nos topamos en el aeropuerto de Miami. Empezamos a hablar y así surgió.

—Eso no es propio de Nicolás.

—Se notaba que era su primera vez.

—¿Qué le pasó aquella noche?

—Cayó en la tentación, nada más. Ha llevado una vida casi perfecta, pero sigue siendo humano.

—¿Quién tomó la iniciativa?

—¿Bromeas? Yo.

—Disculpa, no lo esperaba.

—Lo amo y siempre lo he amado, mucho antes de que te conociera. Hubo un tiempo en que lo habría dado todo por él. Pero, Alejandra, su corazón te pertenece. Lo vuestro es una historia preciosa de amor verdadero. Aquella noche lo manipulé para cumplir una promesa de hacía años y, aunque él participó, su corazón no estaba ahí. Se sintió fatal después; es la única vez que lo he visto llorar.

—Si tu marido no se hubiese enterado, ¿hubieran repetido?

—Ni de broma. Él se odiaba; no por mí, sino porque te ama a ti.

—¿Cuál era esa promesa?

—Eso, Alejandra, que te lo cuente él. No soy quién para hacerlo.

—No estás en EE. UU., ¿verdad?

—¿No lo sabes?

—No del todo.

—Nos exiliaron extraoficialmente a Argentina, hasta nuevo aviso.

—¿Por qué?

—Creo que Nicolás debería contarte algo más, querida.

—Supongo que debería agradecerte, Natalia.

—Cuando no lo quieras contigo, avísame. No te equivoques, no somos amigas, y pese a que aquella pasión se ha calmado, no permitiré que le pase nada malo a Nic —dijo Natalia.

"Alejandra pensó que bien no lo había ayudado mucho cuando estuvo en prisión".

—Eso es todo, Alejandra. Adiós.

Colgó.

Acto seguido, sin dudarlo, Alejandra llamó a Nicolás:

—¿Nicolás?

Él contestó al instante:

—Necesito hablar contigo ya. ¿Cuándo vienes?

—En quince minutos. Acabo de terminar una reunión.

Nicolás no esperaba que Alejandra lo llamara tan pronto. Eran momentos en que deseaba que sus genes suizos desaparecieran, para así deshacerse de su obsesión por las reglas y por controlar cada detalle de su organización. Justo había terminado una reunión en la sede central mundial de Zaptec. El general Pinkus había estado entrañable, cálido y cercano, y le aclaró cómo habían obtenido los registros de teléfonos y torres de telefonía utilizados por los conspiradores. Pinkus explicó cómo el tipo de maniobra que había sufrido Tosh se daba con frecuencia en Estados Unidos: primero se demonizaba a la persona o empresa a través de los medios, proyectando su culpabilidad ante la opinión pública, lo que reforzaba la voluntad de las autoridades y la fiscalía de ir a por ellos, seguros de que no se meterían en líos y convencidos de que la ciudadanía los respaldaría. Después venía el "linchamiento", donde la sociedad actuaba como en una corrida de toros o en un espectáculo de gladiadores romanos. La multitud quería ver sangre, esperando que el fiscal hiriera mortalmente al "malo" y que el juez, con las lanzas, lo rematara. Y el público aplaudía el desenlace unos días para luego, junto a la prensa, pasar a otro tema.

Tosh condujo directo a casa, sin imaginar de qué querría hablar Alejandra. Antes de salir de las oficinas de Zaptec, le había preguntado al general Pinkus si creía que podría haber otros conspiradores sin detectar. El general contestó que, salvo el senador Molina, lo dudaba, pero no podía asegurarlo al 100 %. Tosh planeaba contactar esa misma noche al presidente en su habitual hora tardía —alrededor de las 10:00 p. m. en la Oficina Oval—, pero mientras se acercaba a su vivienda, su pulso se aceleraba. Nada ni nadie ejercía en su vida un efecto tan profundo como Alejandra y sus hijos. Ella lo esperaba afuera de la casa en el camino de entrada.

—Hola —dijo él, con un tono algo inseguro.

—Nicolás, demos un paseo.

Caminaron juntos, en silencio durante un rato, hasta que, con el paso de los segundos, él percibió la solemnidad de la conversación que se avecinaba.

—Nicolás, hoy hablé con Natalia.

Él se tensó, pero guardó silencio mientras seguían avanzando por el vecindario.

—¿No quieres saber de qué hablamos?

—La verdad, no.

—Nicolás, ¿qué le prometiste?

Él no respondió; por dentro, se removía con dolor. Aquellos recuerdos eran demasiado intensos. ¿Por qué tendría ella que hurgar en un capítulo de su vida que él prefería dejar atrás? Pero Alejandra le recordó por qué era necesario.

—Nicolás, ¿no crees que merezco una explicación, tras lo que hiciste?

—Alejandra, tienes razón. En primer lugar, lamento haberte traicionado. Te amo con todo mi corazón, y lo que sucedió no fue por falta de amor o deseo hacia ti. No hay justificación para lo que hice; por eso no intenté explicarlo cuando lo hablamos en casa.

—No ofreciste explicación alguna, tuve que sacártelo casi con pinzas.

—Estaba siguiendo órdenes.

—¿De quién?

—Del presidente, Alejandra.

—¿Te dijo que no me hablaras de tu aventura?

—Así es. Me pidió no avergonzar públicamente al expresidente; están paranoicos con que se filtre cualquier detalle. Le prometí contactarlo antes de hablar contigo, pero no lo hice, y él no sabe que ya hemos conversado.

—Volvamos al primer tema. No has respondido mi pregunta.

Nicolás siguió callado. Alejandra se detuvo.

—¿Qué es tan secreto, Nicolás?

Él estaba dolido y una lágrima rodó por su mejilla.

—Mi madre, Alejandra.

Ella cubrió su rostro con las manos y colocó un par de dedos en su boca.

—¿Ella te manipuló usando a tu madre?

—Alejandra, ¿para qué quieres saberlo?

—Realmente no lo necesito.

—Ella me hizo hacer algo que odio y lamento profundamente. Me utilizó, pero fue la última vez. Eso es todo, mi amor. Algún día hablaremos de ello.

Alejandra miró fijamente a su esposo y, de manera espontánea, decidió no insistir más.

—Nicolás, ¿por qué enviaron discretamente al expresidente Thomas a Argentina?

—Porque él fue el cerebro de toda la conspiración.

—¿Por qué? ¿Qué tenía contra ti? ¡Dios, todo este suplicio para nosotros y para decenas de personas por culpa de una mujer!

—Sí. Y, además, después de descubrirse la verdad, se enteró de que yo ni siquiera sabía que ella era su esposa, pues usa otro nombre aquí en Estados Unidos.

—Sí, aquí todos la conocen por Emanuella Thomas. ¿En serio no sabías que era ella?

—Alejandra, no presto atención a esas cosas. Creo que cuando se casaron debí notar cierto parecido, pero como el nombre era distinto, no me llamó la atención.

—¿Entonces él se enteró y…?

—Se sintió humillado, pero aun así me odió. Incluso le dije —y es cierto— que yo creía que seguía soltera, y que ella tampoco mencionó a su marido.

—O sea, fuiste a la cárcel en un complot de acusaciones falsas, pero era en verdad una venganza de Thomas.

—Exacto.

—¿Cómo se libró de la justicia?

—No se trataba de él, sino de preservar la investidura presidencial. Por eso todos los conspiradores firmaron acuerdos de culpabilidad, se declararon culpables y fueron sentenciados el mismo día, suscribiendo pactos de confidencialidad para tener opción a libertad condicional.

—O sea, la raíz de todo tu problema fue tu bragueta, no tus matemáticas.

Nicolás sintió la vergüenza. Ella no lo olvidaría.

—Fui un imprudente, puse en riesgo mi seguridad y la de toda la organización. Aunque al final no violé los protocolos de seguridad, sí levanté sospechas en el presidente y en otros líderes del G-7, algo que siempre evitamos.

—¿Por qué?

—Porque las naciones poderosas suelen querer poseernos o controlarnos, usar los CDA a su conveniencia o, en su defecto, lograr que el G-7 nos absorba.

—¿Qué lo impide?

—Nuestra amenaza de cerrarlo todo si dan pasos unilaterales al margen de los protocolos, más nuestra ubicación en Suiza, un país neutral y bien protegido. Aunque sea el G-7, Suiza difícilmente permitiría una injerencia en su territorio. Alejandra, los CDA-322, 323 y 324 se declararon ADM por razones válidas. Nosotros mismos lo pedimos al ver su peligro. Si los usáramos en nuestros negocios, obtendríamos ventajas tan descomunales que quebraríamos la confianza en todo el sistema económico global.

—¿O sea, que si los tuviera solo un grupo, serían igual de peligrosos?

—Sí.

—¿Y si los tienes tú?

—También, pero desde el principio adoptamos autocontrol y lo volvimos técnicamente imposible de aplicar a nadie fuera de la organización. Para su uso con los ciudadanos de los miembros del G-7, se necesitan códigos que cambian cada segundo, en manos nuestras y de ellos, y aprobación previa de todo el G-7 y de la rama ejecutiva y legislativa del país en cuestión. Solo en supuestos muy concretos de seguridad, como activos militares bajo amenaza. Por último, cada país define ciertos cargos delicados de su gobierno, donde se aplican los CDA sin que lo sepan los ocupantes. Un ejemplo en EE. UU. es el Secretario de Defensa.

—¿Él estaba implicado en la conspiración?

—No, pero muchos de sus aliados políticos sí. Entonces, Gilbert intentó advertir a algunos sobre el cerco gubernamental, y los CDA lo detectaron como un posible acto ilegal. Solo lo marcó porque ocupa un cargo en la lista de puestos críticos de EE. UU., no porque él recibiera o entregara esos teléfonos en la conspiración.

—¿Y eso implica que puede haber más implicados?

—Sí, y esta noche hablaré con el presidente al respecto.

—¿No puedes simplemente entrar a tu base de datos y revisar?

—No, Alejandra, no manipulamos esa información. Solo somos el puente. Cada país guarda los datos en sus computadoras.

—¿Entonces depende del presidente que busque?

—Exacto.

—¿Confías en él?

—Igual que se confía en cualquier político.

—¿Sí o no?

—Sí y no. Por un lado, actuó de inmediato a mi alerta, consiguió la aprobación del G-7 y el Congreso en cuestión de horas, y muchos conspiradores eran sus amigos o aliados. Ni parpadeó en hundirlos. Por otro lado, cuando vio que llevábamos años hablando con CDA, que nos conocimos también por la fundación y hasta en eventos para recaudar fondos, y que todo era la misma persona, reaccionó bien y ayudó a preservar mi identidad secreta. Podemos seguir con la vida normal y debemos agradecérselo. La consecuencia no deseada es que ahora estamos más en el punto de mira de las máximas esferas mundiales, esperando a que baje la marea sin presiones contra el status quo.

Llevaban un rato en la puerta de la casa. Ella lo invitó a sentarse en los escalones y, sin palabras, le tomó la mano.

—Nicolás, comprendo por qué quisiste llevar vidas paralelas. Aun así, me cuesta asimilar ambas dimensiones. Tu familia y yo decidimos ayudarte: lo que tú quieras de nosotros o si quieres involucrar a alguien, nos lo dices. Pero hazlo despacio, sin prisas. Queremos que la transición sea lo menos disruptiva. No tocaremos el tema de tus otras actividades si no lo sacas tú.

—Gracias —murmuró él.

Entraron y él la observó quedarse dormida en cuanto se metió en la cama. Su rostro lucía agotado, con un gesto de preocupación, como quien ya no se siente seguro ni protegido.

Miami, Florida, EE. UU. y Washington D. C., EE. UU., 2016
Día 3, 10:00 p. m. (ET)

Nicolás aún tenía trabajo pendiente, así que salió en silencio de la habitación y se dirigió al estudio. Encendió su viejo "identificador" de respaldo y envió una solicitud de conexión al presidente. Unos segundos después, la pantalla del aparato mostró el mensaje en verde: **CONEXIÓN ACEPTADA**.

«Señor presidente, buenas noches».

—Buenas noches, Nicolás. Rezo para que no te encuentres ya en otra "misión imposible".

«Aún no, señor, aún no».

—¿En qué puedo ayudarte?

«Antes que nada, quiero darle las gracias por todo lo que hizo».

—Al contrario, nuestro país y el mundo son quienes deben agradecerte a ti y a tu organización. Llegará el día en que podamos honrarte, Nicolás.

«*Ojalá ese día no llegue nunca, señor, porque significaría que perderíamos la capacidad de aportar lo que hacemos hoy*».

—Tal vez tengas razón. Yo solo cumplí con mi deber, pero no merecías menos. Siempre contarás con la gratitud y el máximo respeto de este país y de mí.

«*Señor presidente, ¿quedaron cabos sueltos?*»

—Me lo pregunté hoy también. No estoy seguro; parece que tú tampoco lo estás. Hablemos primero de tus inquietudes.

«*Para empezar, creo que habría que revisar todos los resultados del CDA-324*».

—¿Por qué?

«*Creo que usted limitó la búsqueda a quienes ocupaban puestos gubernamentales sujetos al despliegue de los CDA*».

—Así es. Verificamos duplicaciones para detectar si alguien de alto cargo era también uno de los veinte conspiradores. Ya sabes, llegamos hasta el secretario de Defensa y actuamos rápido.

«*Señor presidente, los códigos de los CDA 323 y 324 no han expirado aún. Su gente en el Pentágono asumió algo equivocado; todavía quedan 72 horas hasta que caduquen de verdad. Creo que deberían aplicar de nuevo el CDA-324 a todos los conspiradores, para que el algoritmo rastree a todas las personas con quienes interactuaron en su vida adulta*».

—Entiendo. El CDA-324 nos permitirá revisar quiénes están ya registrados en la red neuronal. A los demás podríamos localizarlos y registrarlos. Luego usaríamos los CDA 322, 323 y 324 con ellos. De acuerdo, llamemos al general Collins.

«*Él ya usa un 'identificador' como usted, señor*».

—Ya lo sé. Adelante, por favor.

Nicolás, con su antiguo "identificador" en forma de busca, se las arregló para encontrar la opción de directorio. Tras varios intentos, localizó al general en la lista.

«General Collins, estoy aquí con el presidente».

—Buenas noches, señor. ¿Cómo está, señor Tosh?

El presidente abordó el tema sin rodeos. El general Collins entendió rápido y confirmó el punto aportado por Tosh.

—General, usando el CDA-324, haga el favor de rastrear a todas las personas con quienes esos veinte acusados se relacionaron a lo largo de su vida, y lo mismo con el difunto secretario de Defensa Gilbert y su sobrino.

«Señor presidente, quisiera añadir algo. ¿Puedo sumar a Christopher Musial a la conversación?» —pidió Tosh.

—Está bien.

Al presidente O'Sullivan aquello le incomodaba. No necesitaba otra Caja de Pandora, porque tendría que abrirla sin saber qué hallaría ni si podría controlar el daño.

Nicolás había pedido a Christopher que estuviera listo por si el presidente aceptaba.

—*«Señor presidente, al comienzo de la llamada dije que dudábamos si había más cabos sueltos»* —comentó Tosh.

—¿Quién? —preguntó el presidente.

«El senador Molina».

—¿No habíamos concluido que no estaba involucrado?

—Señor, lo ideal sería aplicarle los CDA 323 y 324 solo para asegurarnos —sugirió el general Collins.

—Adelante, háganlo. Tienen mi autorización.

—Mi organización no puede, señor. Usted no lo designó conspirador, y eso infringiría la resolución del G-7 —explicó Collins—. Tras detener al secretario Gilbert, quedó como cabo suelto, a resolver directamente con usted, pues tal vez maneje datos sensibles que ignoramos.

—No hay nada más —respondió el presidente—. Tiene mi autorización para considerarlo un posible conspirador.

Como Musial ya había localizado al senador Molina, ahora debían situarlo para aplicarle los CDA 323 y 324.

—General, ¿algo más sobre el senador Molina? —consultó el presidente.

—Nada en nuestro radar, señor, pero revisamos de nuevo. La búsqueda del CDA-324 sigue en marcha. Aún no tenemos resultados —agregó Collins.

«*Señor, acerca del arresto de Leroy Sinclair…*», inquirió Tosh.

—Espere, déjeme revisar.

El presidente pidió disculpas un momento y verificó la situación de la detención en Telluride.

—Aquí están los hechos: los cuatro líderes conspiradores, incluido el cerebro, Leroy Sinclair, fueron detenidos en su rancho en Telluride por orden mía, para subirlos a un avión rumbo a D. C. y no se perdieran, por instrucción, la audiencia de sentencia de Tosh a las 3:00 p. m. Ya en vuelo, les retiraron las esposas. El senador Molina había estado un rato, y se fue poco antes del arresto. En cierto momento, estando con ellos, llamó al jefe de Gabinete, que estaba a mi lado, y atendí yo. Solo le advertí a Molina que no se metiera.

—Habla el general Collins. Señor Musial, ¿por qué contactó y registró al senador Molina?

«El general Pinkus, de la firma de seguridad Zaptec, halló un nexo con el supuesto líder conspirador Leroy Sinclair, quien es padre del senador Molina. Entonces Tosh me presentó al general Pinkus como investigador particular. Pinkus me dio detalles de cómo ubicar al senador, y también Tosh me comentó el arresto de Telluride, así que localicé a Molina y lo inscribí en la red neuronal».

—Entendido. Señor, Molina no es sospechoso, pero no lo exculpamos aún —agregó Collins—. Hay preguntas: ¿por qué no figuró entre los veinte que usaban celulares desechables? Eleva la sospecha de que quizá pasáramos por alto más conspiradores. ¿Qué oculta un senador de EE. UU.? Y tampoco preguntamos al expresidente Thomas sobre el secretario Gilbert. Ahora debemos hacerlo, añadiendo a Molina al combo.

—General Collins, aplique CDA-324 a los datos del presidente Thomas sobre su relación con Molina, desde que empezó. Tosh, por favor contacte a Thomas —ordenó O'Sullivan.

«Señor presidente, ¿cuál es su dirección actual?» —preguntó Tosh.

—Buenos Aires, Argentina. Anote, se la pasaré.

El presidente llamó a uno de sus asistentes ejecutivos en casa y, disculpándose por la hora, obtuvo la información en menos de un minuto, gracias a su acostumbrada eficiencia. Luego colgó y se la dio a Nicolás, quien pidió unos minutos para localizar al "carrier" más cercano al expresidente.

Buenos Aires, Argentina, 2016
Día 3, 12:00 a. m. (ET)/(ART)

Los días de Rubén Borjes como policía de la "campera de cuero negra" quedaron atrás. Llevaba más de veinte años trabajando para Tosh y había sido clave en la implantación de las operaciones de Walkyria y la Fundación Experta en Sudamérica. Colaborar con su tío, el profesor Benjamín Borjes, fue una gran experiencia vital, consciente de que las contribuciones de su tío al centro de datos resultaron decisivas para las dos CDAs más recientes de la organización.

La operación local de Walkyria cubría gobiernos y ejércitos de Brasil, Chile y Argentina, así como grandes bancos y empresas de la región.

La Fundación Experta contaba con más de cincuenta proyectos de largo plazo en sus áreas principales. Con el fallecimiento de su tío el año anterior, y trasladadas todas las labores de laboratorio desde Bariloche a Zermatt —pues su presencia en Bariloche era más una deferencia al profesor que un afán de expandirse—, la cabeza de Rubén divagaba en esos recuerdos, mientras conducía tarde a casa tras ultimar el presupuesto de la fundación, típico de esas fechas. De pronto, su "identificador" vibró. Era Nicolás. Atendió de inmediato.

«Rubén, buenas noches. Tengo una dirección en Buenos Aires y necesito saber a qué distancia estás».

«Adelante».

«Barrio del Inglés, n.º 322».

«Vivo en ese barrio, Nicolás, ¿no lo recuerdas?»

«No, lo olvidé. ¿Estás en casa ya?»

«No, pero estoy a cinco minutos. Así que estamos en la proximidad de la dirección».

«Busca a 'Layton Thomas' en tu directorio».

«¿Como el expresidente Thomas de EE. UU.?»

«Sí, Rubén».

«OK, listo».

«*¿Tienes señal?*»

«*Sí*».

«*Bien, mantente en línea; contactaré con él ahora*».

Tosh localizó a Thomas en el directorio de su "identificador" y seleccionó CONECTAR. La red neuronal recibió la solicitud, que rebotó al "identificador" de Rubén, el cual había detectado la señal cerebral de Thomas, y la conexión se estableció al instante.

«*Presidente Thomas, habla Nicolás Tosh. Tengo al presidente O'Sullivan en la línea*».

—No llevo ningún "identificador". ¿Cómo me llamas?

«*Hay uno cerca de usted, señor*».

—Layton, tenemos preguntas importantes que hacerte.

Un escalofrío recorrió a Thomas.

«*¿Qué nuevo giro habrá ahora?*» —se dijo.

—¿Qué papel tuvo el secretario Gilbert en la conspiración?

—Ninguno.

—¿No te ayudó en nada?

—Jamás tuve relación con él. No me caía bien.

—¿Y el senador Molina…?

—¿De Florida?

—Sí.

—La misma respuesta. No lo conozco ni lo asocio a la conspiración. Con todo, los datos del CDA aclararán cualquier cosa. ¿Algo más, señor presidente?

—Nada más, Layton, seguiremos en contacto.

—Lo primero que quiero saber es —dijo el presidente— ¿Dónde está Molina en este momento?».

«Suponiendo que sigue en DC, necesitaremos un 'identificador' cercano, señor. Déjeme mirar.» —respondió Tosh.

Volvió a los pocos segundos.

«Señor, ¿podría encender su 'identificador'?»

El presidente lo encendió.

«El suyo, señor, es el más cercano.»

—¿Cómo busco?

«No puede, su dispositivo es solo de lectura. Déjelo encendido, por favor, mientras descargamos el software adecuado».

La descarga tardó menos de un minuto. Tosh pidió al presidente que reiniciara el aparato, y lo hizo.

—Nicolás, ¿soy el único "identificador" en DC ahora?

«Sí, señor, y es la primera vez que un no miembro de la organización dispone de un dispositivo bidireccional».

—Explica eso en otro momento. Ahora, ¿cómo busco a Molina?

«Elija DIRECTORIO. Ahora tendrá el listado completo, mientras antes solo me veía a mí. Busque MOLINA y seleccione CONECTAR.»

—De acuerdo, está buscando…

«Perfecto. Espere unos segundos».

—No hay señal —informó el presidente.

«Entendido, señor. Permítame hacer una búsqueda mundial usando todos los 'identificadores' disponibles. Verificaremos dónde ha estado en las últimas horas y, si es posible, dónde está ahora».

Tosh dio la instrucción y 730 "identificadores" activos (de un total de 1000 en manos de "carriers") más los 10 000 instalados en puntos de transporte enviaron señales de búsqueda por todo el globo. También remitieron al centro de datos registros de cualquier rastro del sujeto en las últimas horas, pues todo individuo registrado deja huella si está cerca de un "identificador", parecido a cómo una torre celular guarda registros. Esperaron unos minutos mientras el superordenador cuántico terminaba el análisis.

«Señor, esto va a sorprenderle. El senador Molina abandonó el país dos horas después de reunirse con Christopher. Tenemos un único registro en el Aeropuerto Dulles, en DC, y otro en el Aeropuerto de Narita, en Tokio, 12 horas más tarde. Después rastreamos su paso por el Aeropuerto de Shanghái hace unas horas, y ahí se pierde su pista».

—Nicolás, ¿significa que tienen "identificadores" en todos los aeropuertos importantes del mundo?

«En cada gran centro de transporte, señor».

—Como una red de pesca —dijo el presidente, sonriendo.

«Sí, señor. Aunque, como sabe, hoy por hoy el alcance es de un par de millas».

—Nicolás, puede que tengamos una deserción y es asunto de la CIA, así que debo reunirme con ellos de inmediato. Tendrás que disculparme. Sin menospreciar la gravedad de esto, tal vez se trate de un asunto mayor: si Gilbert y Molina no iban contra ti, ¿qué buscaban y qué vinculación tenían con el grupo de conspiradores?

«Seguramente la búsqueda de datos del CDA-324 nos dará la respuesta, señor. Presidente, Christopher y yo nos retiramos».

—Por lo visto, acabarán trabajando aquí. No bromeo. Buenas noches, muchachos.

Tosh se quedó en línea con Christopher y sumaron a Rainer, que recién despertaba en Zermatt. Tosh y Christopher le pusieron al tanto de lo sucedido.

«El secretario Gilbert debió alertar a Molina a tiempo, y él encontró la forma más segura de marcharse» —comentó Christopher.

«Si Molina no estaba implicado en la conspiración, ¿qué hacía en Telluride con el cabecilla y otros tres cabecillas clave?» —inquirió Tosh.

«¿Y cuál es su relación con el secretario Gilbert?» —añadió Rainer.

«La respuesta está en China» —aseguró Tosh.

«Un segundo, Nicolás. ¿Alguno de ustedes tuvo contacto con el secretario Gilbert a través del 'identificador'?»

«No, pero él participó en múltiples llamadas con el presidente».

«Entonces conocía tu voz y tu nombre en clave».
«Así es».

«Tal vez descubrió tu identidad real cuando te hiciste noticia pública».

«Debo avisar al presidente».

«Seguro ellos también lo deducirán al revisar los datos del CDA».

Fueron interrumpidos por el zumbido del "identificador" de Tosh.

«Es él, llamando».

Tosh conectó al presidente a su comunicación.

«Señor presidente, fue rápido. Tengo también a Christopher y Rainer conectados».

—Aquí estoy con el general Collins. Según los datos del CDA sobre el secretario Gilbert, Nicolás, tu tapadera quedó al descubierto durante la conspiración. Gilbert lo descubrió por accidente, semanas después de tu arresto, al ver un video de tu clase en la Universidad de Miami en YouTube. Reconoció tu voz y el apellido, igual que tu "nombre en clave". Ahí ató cabos. Entonces el secretario investigó por su cuenta y descubrió, no solo el complot, sino que varios amigos suyos estaban implicados. Intentó avisarles sobre ti, sin violar secretos de Estado. El cerebro, Leroy Sinclair, le respondió que no había de qué preocuparse, pues estabas fuera del juego: la prensa te había destruido, el jurado te declaró culpable, y el juez te encerraría para siempre.

«Disculpe, señor presidente, si lo interrumpo» —dijo Tosh.

—Adelante.

«El secretario de Defensa no lo haría solo porque fueran amigos. ¿Qué más lo motivó?»

—Ya voy a eso, Nicolás. Sinclair dirigía una de las mayores contratistas militares del mundo y ahora tenemos pruebas irrefutables de que el secretario de Defensa adjudicó miles de millones en contratos a su empresa durante veinte años. El general Gilbert recibió, a lo largo de los años, millones de dólares de dichas contratistas, mediante sociedades offshore.

«O sea que debía protegerlo, o se arriesgaba a que, si investigaban al cerebro por conspiración, salieran a la luz sus tejemanejes.» —concluyó Tosh.

—Exacto. Cuando anularon tu condena, trató de contactarlos por medio de su sobrino, pero fracasó.

«¿Y su vínculo con Molina?»

—Ninguno. Gilbert pensó que él también conspiraba.

«¿No lo hacía?»

—No. No conocía detalles ni participó.

«¿Qué hacía en Telluride?»

—Su padre, Leroy Sinclair, era el cerebro, y lo manipulaba como un patriarca chapado a la antigua. Gilbert, al enterarse del arresto en Telluride y de que Molina estuvo antes allí, supuso erróneamente que también conspiraba y quiso prevenirlo.

«¿Padre e hijo con apellidos distintos?»

—Sí, de su primer matrimonio; Molina usa el de su madre.

«Señor presidente, ninguno de los conspiradores ni Molina sabían a qué me dedico, ¿no es cierto?»

—Correcto.

«¿Y los CDA?»

—Tampoco salieron a la luz. Molina estaba al tanto del complot, pero no participó.

«¿Entonces por qué huyó a China?»

—Eso es otra historia ajena a tu organización. Involucra a la CIA, nada que ver contigo.

Silencio un instante.

—Nicolás, que Gilbert descubriera tu identidad confirma mis temores. Mañana quiero hablar contigo a solas. Necesito reflexionar. Quiero atar cabos sueltos acerca de cómo estás organizado. Es posible que eso que creaste hace cuatro décadas deba replantearse, dado que el mundo ha cambiado y tu organización también.

«Lo entiendo, señor» —contestó Tosh, inquieto, al cerrar la comunicación.

Miami, Florida, EE. UU., 2016
Día 4, 3:00 a. m. (ET)

Pasadas las 3:00 a. m. acabó la llamada con el presidente.

«Nicolás, siempre te he dicho que no tenemos un sistema de seguridad robusto, y ahí está la prueba. Hemos hecho mucho por proteger los negocios de Walkyria y la Fundación Experta, pero tú decías que los gobiernos del G-7 resguardarían el Centro de Datos Zermatt y a sus miembros. No es verdad, pues tras esos gobiernos hay gente con intereses personales, como Gilbert». —dijo Rainer.

«Tienes razón, Rainer, haremos algo al respecto, pero bien planificado. Mientras, oiré mañana al presidente. Sospecho que querrá más control sobre nosotros, y eso no pasará».

«Nicolás, sé flexible; tus 'genes suizos' te vuelven muy cuadriculado. El mundo está interconectado y lidiamos con las naciones más poderosas».

«Seré flexible y estaré abierto, siempre que no amenacen nuestra independencia y autonomía. Pero sí, necesitamos mayor seguridad. Este fiasco demostró que somos vulnerables incluso a la codicia de un solo funcionario».

Finalizaron la conversación con la leve sensación de que la vida en el Centro de Datos de Zermatt estaba a punto de cambiar dramáticamente; Nicolás se preparó mentalmente para un acto delicado de equilibrio entre proteger la independencia de su organización y apaciguar al gobierno más poderoso del mundo.

Ahora, finalmente, había llegado el momento de introducir a su familia en la organización. Dio luz verde a Reiner…

Alejandra flotaba suavemente entre el sueño y la consciencia; el sonido rítmico del océano fuera de su hogar en Miami la arrullaba, llevándola lentamente a un sueño apacible. Pero de repente, en medio del suave susurro de las olas y las hojas de palmera agitadas por la brisa, emergió otra voz—clara, tranquilizadora, pero innegablemente presente.

—Alejandra —susurró con delicadeza.

Sobresaltada, Alejandra abrió los ojos y escrutó la oscuridad a su alrededor. Su corazón latía aceleradamente, pero pronto se tranquilizó al sentir nuevamente la calidez familiar de aquella voz que la envolvía.

—Soy yo, Reiner.

Ella sonrió, reconociendo inmediatamente la inconfundible cadencia de la voz de su viejo amigo, una voz en la que había confiado durante décadas. Aun así, supo instintivamente que sus palabras no eran pronunciadas en voz alta, sino que resonaban con suavidad en su mente.

—¿Reiner? ¿Cómo es esto posible? ¿Dónde estás?

—Estoy en casa, en Zermatt, en mi laboratorio —respondió Reiner con ternura, su voz impregnada de calidez y tranquilidad—. Esta conversación que mantenemos es posible gracias al CDA-321.

Alejandra se incorporó lentamente, dominada por la curiosidad; una oleada de asombro se sobrepuso a su sorpresa inicial.

—¿CDA-321? No entiendo…

—Es un algoritmo avanzado de comunicación discreta —explicó Reiner suavemente—. Acaba de activarse en ti. Imagínalo como un canal seguro, una conversación privada que ocurre directamente a través de nuestros pensamientos. Permite una comunicación instantánea e indetectable, sin importar la distancia.

Alejandra respiró profundamente, asimilando aquella información extraordinaria. La realidad del trabajo de Reiner siempre había parecido lejana, casi mítica; pero ahora era real, tangible y estaba entrelazada directamente con su propia mente.

—Pero ¿cómo… por qué yo, Reiner? —preguntó con cautela.

«Tú y tu familia sois esenciales, Alejandra —aseguró Reiner con suavidad—. Habéis sido cuidadosamente elegidos. Tosh sabía que este día llegaría. El CDA-321 asegura vuestra seguridad y privacidad, un escudo frente a ojos y oídos indiscretos. Pero también es más que eso. Está interconectado con lo que llamamos "identificadores"».

—¿Identificadores? —repitió Alejandra, sintiendo al mismo tiempo asombro y cierta inquietud.

—Sí. Son dispositivos sofisticados, invisibles en vuestra vida cotidiana, pero completamente integrados en vuestro entorno. Uno está instalado justo ahí, dentro de vuestra casa. Garantiza que la comunicación mediante CDA-321 permanezca fluida, protegida e indetectable.

Alejandra recorrió con la mirada la habitación oscura, de repente consciente de una presencia invisible, benigna pero inmensamente poderosa.

—Alejandra —continuó Reiner tiernamente, percibiendo sus pensamientos—, es hora de que incluyamos a Emilia y Sebastián en nuestra conversación. Me han conocido toda su vida como el tío Reiner. Los he visto crecer, he compartido sus cumpleaños, les enseñé a esquiar aquí en Zermatt junto a Tosh, y les he dado más regalos y secretos de los que cualquiera podría contar. Están preparados para esto. Confía en mí.

Sus instintos maternales se agitaron, protectores pero confiados.

—Está bien, Reiner —susurró, rindiéndose a la profunda confianza que depositaba en él—. Por favor, con delicadeza…

—Siempre —aseguró Reiner.

Alejandra sintió cómo su calidez se expandía, alcanzando suavemente a sus hijos, despertando sus conciencias con ternura.

Segundos después, Alejandra percibió que Emilia y Sebastián despertaban, su presencia vibrante y clara; la confusión inicial fue rápidamente reemplazada por el reconocimiento y la alegría.

—¿Tío Reiner? —resonó la voz de Sebastián, llena de ilusión.

—¿Eres realmente tú? —añadió Emilia, admirada y sorprendida en sus pensamientos.

—Soy yo, mis queridos —respondió Reiner con cariño, transmitiendo claramente su emoción incluso a través de su conexión mental—. Tengo algo extraordinario que compartir con vosotros.

Los pensamientos de los niños se iluminaron, la emoción aumentando mientras aguardaban sus palabras. Alejandra, atrapada entre el asombro y la vigilancia maternal, esperaba la siguiente revelación.

—Cerrad los ojos —instruyó Reiner con suavidad, su voz llenando sus pensamientos de tranquila seguridad.

Alejandra, Emilia y Sebastián siguieron sus indicaciones, sintiendo cómo sus corazones latían aceleradamente por la anticipación.

Al instante, imágenes vívidas inundaron sus mentes. Alejandra dejó escapar un leve suspiro, percibiendo la sorprendida emoción de sus hijos al aparecer la silueta familiar del majestuoso Matterhorn recortada nítidamente contra un telón de estrellas centelleantes. Abajo, Zermatt descansaba suavemente cubierta por nieve fresca, sus luces titilantes proyectando un mágico resplandor en la diáfana noche alpina.

«Bienvenidos a casa», resonó en sus conciencias la voz reconfortante de Reiner. «Permitidme mostraros dónde se está desplegando el futuro».

La visión se desplazó suavemente, descendiendo hacia el pueblo nevado hasta detenerse sobre un hotel discreto, ubicado con modestia entre chalets tradicionales. Alejandra reconoció el edificio de inmediato y una punzada de nostalgia la invadió.

—Este lugar… Tosh me trajo aquí una vez —susurró suavemente, más para sí misma que para cualquier otro.

—Exactamente —confirmó Reiner con calidez—. Esta es nuestra puerta de entrada.

Su conciencia atravesó con facilidad la fachada del hotel, deslizándose silenciosamente por corredores y pasillos hasta llegar a una puerta de madera de aspecto corriente. Esta se abrió sin esfuerzo y ellos se encontraron descendiendo rápidamente por un pasaje oculto, iluminado por suaves luces tenues.

—Estamos ahora en las profundidades de Zermatt —explicó Reiner, guiándolos hacia delante hasta entrar en un amplio laboratorio de alta tecnología.

Elegantes paneles de cristal revestían paredes suavemente iluminadas por pulsaciones rítmicas y sutiles. Científicos y técnicos se desplazaban con decisión, sus movimientos precisos pero sin prisa.

—Este es el corazón de la iniciativa CDA —narró Reiner, orgulloso incluso en su pensamiento—. Aquí gestionamos nuestros ordenadores cuánticos, procesando cálculos que superan con creces la comprensión ordinaria. Cada sistema ha sido meticulosamente diseñado para aprovechar la inmensa potencia computacional necesaria para ejecutar algoritmos como el CDA-321.

La curiosidad de Emilia se desbordó con entusiasmo.

—¿Ordenadores cuánticos?

—Así es —respondió Reiner afectuosamente—. Aprovechan estados cuánticos —usando cúbits en lugar de bits clásicos—, lo que nos permite realizar millones de cálculos simultáneamente. Esta capacidad nos da el poder de mantener una privacidad absoluta, asegurar comunicaciones globales y vigilar discretamente amenazas contra la seguridad internacional.

La emoción de Sebastián se desbordó.

—¡Esto es increíble!

—Y esto es solo el comienzo —continuó Reiner con calidez—. El núcleo cuántico que veis aquí se integra perfectamente con nuestras avanzadas redes neuronales; inteligencias artificiales muy potentes que analizan datos, predicen patrones globales y se coordinan con operativos en todo el planeta.

Imágenes de individuos aparecieron claramente en sus mentes: hombres y mujeres llevando a cabo tareas en múltiples continentes, sus identidades ocultas tras sutiles identificadores.

—Estos operativos —explicó pacientemente Reiner— forman una red discreta pero robusta. Los identificadores garantizan su anonimato, permitiéndoles desplazarse sin ser vistos ni escuchados, preservando la paz al impedir potenciales conflictos antes de que estallen.

—¿Cómo son elegidos? —preguntó Emilia con reflexiva curiosidad.

—Con mucho cuidado —respondió Reiner suavemente, dejando entrever una seriedad inequívoca—. Nuestro proceso de reclutamiento busca personas con inteligencia excepcional, lealtad inquebrantable y capacidad para asumir responsabilidades extraordinarias. Cada operativo es minuciosamente evaluado, entrenado e integrado en este sistema, guiado tanto por algoritmos como por la intuición humana.

Alejandra absorbía cada palabra, la magnitud de la operación aclarándose poco a poco en su mente.

—Reiner, mencionaste antes que el CDA-321 está clasificado como arma de destrucción masiva. ¿Por qué es así?

Reiner hizo una breve pausa, sus siguientes palabras impregnadas de profunda solemnidad.

—Porque, Alejandra, los algoritmos del CDA poseen un poder sin precedentes en la historia humana. Controlan la información, la percepción, e incluso la propia realidad. Si fueran mal utilizados, las consecuencias serían catastróficas. Por eso están clasificados como armas de destrucción masiva: un sombrío recordatorio del delicado equilibrio que mantenemos.

Alejandra, Emilia y Sebastián permanecieron en silencio, maravillados, abrumados pero profundamente fascinados.

Sus mentes avanzaron con fluidez más profundamente en el laboratorio, desplazándose ágilmente por pasillos iluminados y llenos de actividad. Científicos los saludaban con respetuosas inclinaciones de cabeza, sus miradas reflejando inteligencia, dedicación y silenciosa intensidad.

—Estas son nuestras figuras clave —narró Reiner suavemente, con voz cargada de profundo respeto—. La doctora Hannah Müller, directora de procesamiento cuántico; su brillantez asegura que nuestros sistemas permanezcan décadas por delante de cualquier tecnología disponible públicamente. Y aquí está el doctor Rajiv Sharma, encargado de las redes neuronales. Él garantiza que nuestras inteligencias artificiales funcionen a la perfección, prediciendo y anticipando amenazas globales.

Las imágenes vívidas enfocaron claramente a la doctora Müller y al doctor Sharma, quienes los saludaron virtualmente con una leve inclinación. Emilia susurró mentalmente, asombrada:

—Es como si estuviesen aquí con nosotros.

—En esencia, lo están —respondió Reiner con calidez—. Esto es precisamente lo que permite el CDA-321.

Su perspectiva cambió suavemente hacia un centro de control masivo, brillante y repleto de maquinaria cristalina e intrincada que pulsaba rítmicamente con destellos luminosos. En el centro destacaba un cubo translúcido que emitía suaves zumbidos, vibrando con una energía apenas contenida.

—El núcleo cuántico… —murmuró Sebastián, lleno de asombro.

—Exacto —afirmó Reiner—. Este núcleo gestiona tareas computacionales complejas a velocidades inimaginables. Cada pulso que percibís representa miles de millones de operaciones cuánticas completándose simultáneamente, manteniendo segura e íntegra nuestra comunicación global.

Avanzaron con gracia, observando bancos de pantallas y consolas avanzadas operadas por analistas hábiles, cuyos dedos se desplazaban ágilmente sobre interfaces táctiles.

—Aquí, nuestros analistas interpretan flujos de datos en tiempo real —explicó Reiner—. Se conectan directamente con nuestras redes neuronales, transformando cantidades inmensas de información en conocimiento práctico.

—Pero tío Reiner —intervino Emilia con suavidad—, ¿cómo funcionan exactamente juntas las redes neuronales y los ordenadores cuánticos?

Reiner respondió con paciencia, su voz suave y clara.

—El ordenador cuántico procesa y evalúa rápidamente múltiples escenarios. La red neuronal aprende continuamente, identificando patrones y adaptando estrategias. Juntos forman un sistema simbiótico, capaz de una precisión y previsión extraordinarias.

Alejandra se maravillaba en silencio ante la perfecta integración de tecnología e intuición humana que se desplegaba frente a ellos, naciendo en ella una profunda admiración por la complejidad y elegancia de aquella operación.

Mientras su exploración virtual continuaba, Reiner guio con delicadeza a Alejandra, Emilia y Sebastián hacia una comprensión más profunda de la red global que rodeaba el laboratorio de Zermatt. Imágenes claras aparecieron en sus mentes, mostrando operativos estratégicamente situados alrededor del planeta. Cada figura, aunque distinta, llevaba un identificador sutil, invisible para cualquiera fuera de la organización.

—Cada operativo forma parte de una delicada red —comenzó Reiner con reflexiva precisión—. Estos identificadores no son simplemente distintivos o marcadores. Están integrados en dispositivos, prendas e incluso objetos cotidianos, totalmente imperceptibles para extraños. Cada identificador transmite datos cifrados directamente a nuestra red neuronal, asegurando que nuestros operativos permanezcan indetectables y siempre protegidos.

La curiosidad de Sebastián irradiaba intensamente.

—¿Y todos estos operativos son conscientes de todo el sistema, como nosotros ahora?

—Solo unos pocos elegidos —aclaró Reiner con cuidado—. La mayoría de operativos tienen un conocimiento limitado, justo lo suficiente para cumplir eficazmente sus funciones. La información está compartimentada por seguridad. Únicamente personal clave, como los que habéis conocido aquí virtualmente, comprende plenamente la profundidad y escala de nuestras operaciones.

—¿Cómo los eliges, tío Reiner? —preguntó Emilia con admiración y respeto.

—Es un proceso minucioso y con múltiples niveles —explicó Reiner con paciencia—. Observamos discretamente a posibles reclutas durante largos periodos, a veces años. Evaluamos su intelecto, resiliencia, lealtad y su brújula moral. Aquellos que superan estas rigurosas evaluaciones son abordados con cuidado y se les ofrece la oportunidad de formar parte de algo profundamente significativo y necesario.

—¿Y aceptan voluntariamente? —preguntó Alejandra en voz baja, pensativa.

—Sí —afirmó solemnemente Reiner—. Los operativos comprenden la trascendencia de su decisión. Se unen sabiendo que sus vidas cambiarán para siempre, entendiendo los riesgos y responsabilidades que acompañan a sus funciones. Es un compromiso profundo y personal con la protección de la paz global.

La gravedad de las palabras de Reiner se posó suavemente sobre ellos, resaltando la seriedad y complejidades éticas integradas en la iniciativa CDA. Tras una breve pausa contemplativa, Reiner continuó con voz suave pero profundamente seria:

—Ahora debo explicaros por qué estos algoritmos —el CDA-321 específicamente— están clasificados como armas de destrucción masiva.

Las palabras de Reiner resonaron profundamente en sus pensamientos, cada sílaba cargada de una tranquila pero imponente importancia.

—El CDA-321 y algoritmos similares —continuó— poseen un poder sin paralelo sobre la información; un poder capaz de alterar percepciones, reescribir narrativas e influir sobre el propio tejido de la sociedad global. Si esta tecnología se utilizase mal, podría desestabilizar gobiernos, economías e incluso sociedades enteras. Por ello, su clasificación como arma de destrucción masiva sirve como advertencia imprescindible y regulación estricta.

—Pero tío Reiner —preguntó Sebastián pensativo—, ¿cómo podemos asegurarnos de que nunca se use mal?

—Con extrema diligencia y constante supervisión ética —respondió Reiner—. Nuestros equipos monitorizan continuamente su uso, y contamos con robustos mecanismos de protección integrados en todas las capas del CDA. Además, mantenemos estrictos controles internos, garantizando que ningún individuo o grupo pueda explotar irresponsablemente estos algoritmos.

Alejandra se sintió tranquilizada, aunque profundamente consciente de la inmensa responsabilidad que todos compartían. Su curiosidad volvió a activarse:

—¿Y Experta, Reiner? ¿Cómo encaja en todo esto? Tosh la mencionó con frecuencia, pero nunca llegó a explicarla completamente.

La voz mental de Reiner se suavizó visiblemente, revelando un orgullo afectuoso:

—Experta es nuestro motor financiero —comenzó pensativamente—. Fue concebida como una plataforma analítica y de inversión altamente sofisticada, impulsada por inteligencia artificial avanzada y computación cuántica.

Al instante, su visión pasó de Zermatt a Experta, una instalación luminosa y tecnológicamente avanzada, rebosante de tranquila eficiencia.

—Experta opera globalmente —explicó Reiner con fluidez—. Utilizando las perspectivas derivadas del CDA, Experta predice con precisión inédita tendencias económicas, fluctuaciones de mercado y movimientos geopolíticos.

—¿Genera beneficios? —preguntó Emilia con curiosidad.

—Exactamente —afirmó Reiner—. Ingresos significativos fluyen continuamente hacia Experta. Estos fondos sostienen todas las operaciones relacionadas con el CDA, incluyendo las investigaciones de Zermatt, las actividades de nuestros operativos globales y extensos proyectos filantrópicos alrededor del mundo.

—¿Proyectos filantrópicos? —repitió Alejandra, intrigada por esta revelación.

—Sí —respondió Reiner con calidez—. Los beneficios de Experta financian becas, programas educativos, iniciativas sanitarias e investigaciones científicas a nivel global. Es nuestra manera de redistribuir la riqueza, asegurando que nuestro trabajo beneficie a la humanidad de manera tangible y significativa.

Alejandra, Emilia y Sebastián asimilaron reflexivamente la explicación de Reiner, comprendiendo cada vez con mayor claridad el papel crucial que desempeñaba Experta.

Su exploración continuó suavemente, adentrándose en la sofisticada infraestructura de Experta. La voz de Reiner los guio con esmero, revelando la impresionante profundidad de la operación. Contemplaron elegantes y amplios centros de datos que vibraban suavemente, sus intrincadas filas de servidores iluminadas con la tenue luminiscencia propia del análisis cuántico.

—Cada decisión tomada por Experta está regida por principios éticos —enfatizó cuidadosamente Reiner—. Sus predicciones orientan estrategias de inversión, dirigiendo capital hacia empresas socialmente responsables. Estas empresas incluyen energías renovables, avances en biotecnología y proyectos de infraestructura crítica alrededor del mundo.

Sebastián expresó abiertamente su admiración:

—Entonces, ¿Experta realmente moldea la economía global hacia resultados positivos?

—Exactamente —afirmó Reiner con calidez—. La misión de Experta es influir responsablemente en los mercados, proporcionando estabilidad financiera a proyectos e instituciones que verdaderamente mejoran vidas. Apoyamos innovaciones que los inversores tradicionales podrían pasar por alto debido al riesgo o a la ausencia de beneficios inmediatos.

Su perspectiva se amplió suavemente, observando ahora analistas y economistas revisando minuciosamente proyecciones en grandes pantallas, evaluando cada resultado con rigor frente a criterios éticos y de impacto social.

—Estos profesionales —explicó Reiner con afecto— trabajan mano a mano con nuestros sistemas de inteligencia artificial. La percepción humana complementa la inteligencia artificial, creando un enfoque equilibrado en la toma de decisiones. Juntos forman la columna vertebral de nuestra estrategia económica responsable.

Alejandra sintió crecer en ella una profunda admiración al contemplar cómo interactuaban la tecnología más avanzada y el criterio humano consciente. Emilia expresó en voz alta lo que todos sentían:

—Es increíble lo cuidadosamente equilibrado que está todo.

—El equilibrio es clave —repitió suavemente Reiner, con tranquila satisfacción—. Experta existe no solo para sostener nuestras iniciativas del CDA, sino también para promover la equidad global. Sus recursos apoyan a innumerables individuos y comunidades, brindándoles oportunidades que de otro modo jamás recibirían.

Mientras Alejandra, Emilia y Sebastián asimilaban las profundas implicaciones de las operaciones de Experta, sintieron crecer en ellos un renovado respeto y aprecio por la organización que Tosh y Reiner habían nutrido cuidadosamente durante décadas.

La mente inquisitiva de Emilia volvió a despertar, deseosa de explorar más profundamente el impacto tangible que Experta tenía a nivel mundial.

—Tío Reiner, ¿podrías compartir algunos ejemplos concretos? Me encantaría saber más sobre el tipo de proyectos que apoya Experta.

—Por supuesto —respondió Reiner afectuosamente, con evidente orgullo.

Al instante, vívidas imágenes llenaron sus mentes, revelando convincentes retratos de los extensos proyectos filantrópicos de Experta.

—En América Latina —comenzó suavemente—, Experta invierte significativamente en programas educativos. Apoyamos escuelas en comunidades desfavorecidas, asegurando que los estudiantes reciban no solo educación de calidad, sino también acceso a recursos esenciales, tecnología y entornos seguros. La educación es uno de nuestros pilares fundamentales, porque empodera a las futuras generaciones y les permite crear un cambio significativo en sus propias vidas y comunidades.

El corazón de Alejandra se conmovió profundamente al contemplar escenas de niños entusiastas en aulas llenas de vida, beneficiándose claramente de la generosidad silenciosa de Experta.

—En toda África —continuó Reiner con igual entusiasmo—, Experta participa intensamente en iniciativas agrícolas destinadas a mejorar la seguridad alimentaria. Proporcionamos a los agricultores locales técnicas avanzadas, recursos sostenibles y financiación, ayudando a las comunidades a fortalecerse frente al hambre y la inestabilidad económica.

Sebastián observó atentamente, emocionado por las escenas de granjas prósperas y comunidades agradecidas recolectando cosechas abundantes, sus rostros llenos de renovada esperanza y dignidad.

—Además —prosiguió Reiner—, Experta también da prioridad a iniciativas sanitarias globales. Financiamos programas que aseguran que regiones remotas y empobrecidas reciban servicios médicos esenciales, cuidados preventivos y tratamientos vitales.

Sus mentes se inundaron con conmovedoras imágenes de profesionales médicos atendiendo con diligencia a pacientes, desde bulliciosas clínicas urbanas hasta aislados hospitales rurales, llevando atención fundamental a donde más se necesitaba.

—Finalmente —añadió Reiner con profunda admiración en su voz—, Experta invierte significativamente en investigación científica; especialmente en proyectos de energías renovables, biotecnología e infraestructuras. Estas iniciativas prometen un desarrollo sostenible y un progreso global duradero.

Alejandra, Emilia y Sebastián asimilaron en silencio estas notables visiones, sintiendo una profunda admiración y orgullo por el impacto transformador del trabajo de Experta, impulsado silenciosa y desinteresadamente por la visión de Tosh y Reiner.

La mente inquisitiva de Emilia volvió a despertar, deseosa de explorar con mayor detalle el impacto tangible que Experta tenía a nivel mundial.

—Tío Reiner, ¿podrías compartir algunos ejemplos concretos? Me encantaría saber más sobre el tipo de proyectos que apoya Experta.

Aquí tienes la traducción al castellano adaptada cuidadosamente con gramática, sintaxis y puntuación propias del idioma:

—Por supuesto —respondió Reiner cálidamente, su voz impregnada de orgullo.

Al instante, imágenes vívidas llenaron sus mentes, mostrando impactantes retratos de las amplias iniciativas filantrópicas de Experta.

—En América Latina —comenzó suavemente—, Experta invierte intensamente en programas educativos. Apoyamos escuelas en comunidades desfavorecidas, asegurando que los estudiantes reciban no solo educación de calidad, sino también acceso a recursos esenciales, tecnología y entornos seguros. La educación es uno de nuestros pilares fundamentales, porque empodera a las futuras generaciones y les permite generar cambios significativos en sus propias vidas y comunidades.

El corazón de Alejandra se ensanchó, profundamente conmovida por las escenas de niños con ojos brillantes en aulas llenas de vida, beneficiándose claramente de la discreta generosidad de Experta.

—En África —continuó Reiner con el mismo entusiasmo—, Experta participa activamente en iniciativas agrícolas orientadas a mejorar la seguridad alimentaria. Facilitamos a los agricultores locales técnicas avanzadas, recursos sostenibles y financiación, ayudando a las comunidades a fortalecerse frente al hambre y la inestabilidad económica.

Sebastián observó atentamente, visiblemente emocionado por escenas de granjas prósperas y comunidades agradecidas recogiendo abundantes cosechas, con sus rostros llenos de renovada esperanza y dignidad.

—Además —continuó Reiner—, Experta también prioriza iniciativas globales en salud. Financiamos programas que garantizan servicios médicos vitales, atención preventiva y tratamientos que salvan vidas en regiones remotas e empobrecidas.

Sus mentes se llenaron de conmovedoras imágenes de profesionales médicos atendiendo con dedicación a pacientes, desde clínicas urbanas llenas de actividad hasta hospitales rurales aislados, llevando atención esencial allá donde más urgía.

—Finalmente —añadió Reiner con profundo respeto en su voz—, Experta invierte significativamente en investigación científica, particularmente en proyectos de energías renovables, biotecnología e infraestructura. Estas iniciativas prometen desarrollo sostenible y progreso global.

Alejandra, Emilia y Sebastián asimilaron en silencio estas extraordinarias visiones, sintiendo una profunda admiración y orgullo por el impacto transformador del trabajo de Experta, impulsado silenciosa y desinteresadamente por la visión de Tosh y Reiner.

Aquí tienes la traducción cuidadosamente adaptada al castellano, con la gramática, sintaxis y puntuación propias del idioma:

Poco a poco, las imágenes se suavizaron y se desvanecieron, devolviéndolos con delicadeza a su entorno inmediato. La voz de Reiner se tornó profundamente seria, revelando la nueva realidad que ahora afrontaban.

—A partir de este momento, vuestras vidas se transformarán profundamente —explicó con gravedad—. La discreción es fundamental. Cualquier comentario descuidado o error podría poner en peligro todo el sistema. Si se detecta la más mínima indiscreción, vuestro acceso a la comunicación mental se interrumpirá inmediatamente; sin excepciones ni excusas.

Alejandra sintió un escalofrío de solemne responsabilidad, consciente del peso de la advertencia de Reiner.

—Desde ahora —continuó Reiner con un tono suave pero firme—, vuestras vidas cotidianas y visibles servirán como fachada. Detrás de eso, viviréis en un servicio comprometido. Basándonos en vuestras habilidades, talentos y fortalezas innatas, integraremos a cada uno en un papel específico dentro de nuestra organización.

En silencio, Emilia, Sebastián y Alejandra aceptaron la profunda responsabilidad que ahora se les confiaba, plenamente comprometidos con esta nueva vida de servicio discreto y devoción inquebrantable.

Washington D. C., EE. UU., La Casa Blanca, 2016
Día 5, 10:30 p. m. (ET)

Tosh pasó el día en casa, coordinando con su equipo legal en Zúrich y con Rainer la estrategia para garantizar el anonimato del centro de datos y de sus integrantes. A las 10:30 p. m. volvió a oír el típico zumbido familiar. Era la hora.

«Buenas noches, señor presidente».

—Nicolás, ¿cómo te encuentras hoy?

«Contento de estar en casa después de tanto tiempo».

—Tenemos una misión para ti. Hemos designado a Gilbert Molina como co-conspirador y necesitamos rastrearlo a través de su "número de identificador". Una vez lo encontremos, quiero que apliques los CDA 323 y 324 sobre él, al amparo de la Resolución del G-7 que nos autoriza.

Tosh comprendió que la CIA no había localizado a Molina en Shanghái y que, como no figuraba entre los veinte conspiradores originales, no le habían aplicado aún CDA 323 y 324. Semanas atrás, el presidente había dicho que no estaba involucrado. ¿Qué había cambiado?

«Señor presidente, no hay inconveniente. ¿Desea reactivar la conexión con el Pentágono?»

—Queremos que tú mismo apliques los CDA. Te enviaremos la autorización oficial por escrito, según la Resolución del G-7, en unos minutos.

El presidente proseguía:

—Tal como te comenté ayer, hay asuntos internos que quisiera tratar contigo, Nicolás.

«Yo también tengo algunos puntos, señor. Adelante».

—Protegeremos a tu equipo del centro de datos, y tú brindarás a tu vez todos los detalles del personal y la ubicación al general Collins, cuando firmemos un acuerdo.

«Señor, como ya señalé, no necesitamos protección para el centro ni sus miembros».

La negativa de Tosh volvió a poner a prueba la paciencia del presidente, que prefirió evitar discutir y continuar con lo suyo:

—De acuerdo, el general Collins tiene otra pregunta.

«Adelante» —respondió Tosh con cierto fastidio.

—¿Cuánta gente de tu negocio Walkyria, de la Fundación Experta y de tu back office (legal, contabilidad, tesorería) conoce la existencia del centro de datos, del equipo de "carriers", de sus instalaciones y ubicación?

«Eso es confidencial, señor».

El presidente notó su respuesta cortante, pero prosiguió:

—Entendemos que hay un número limitado de "identificadores".

«La misma respuesta, señor».

La paciencia del presidente volvió a flaquear, pero siguió su cuestionario:

—¿En resumen, ustedes saben si algún sujeto registrado en la red neuronal sale o entra a una ciudad, pero a menos que sean informados, no saben su ubicación exacta en esa ciudad?

uemos*«Sí y no. Sí, en cuanto a lo que usted sabe, pues hasta ahora no necesitábamos rastrear a nadie si no sabíamos de antemano dónde estaría. Simplemente bastaba acercarnos para conectarnos en persona. Y no, porque nuestros "identificadores" fijos en una ciudad pueden conectarse entre sí de forma inalámbrica, si fuera preciso, extendiendo rápidamente la cobertura de nuestra red neuronal por toda la urbe. Lo hacemos a veces para garantizar señal a "identificadores" móviles. Podríamos usar el mismo método para captar las señales cerebrales de cualquiera registrado que se hallara allí. Señor, sugiero atenernos a la Resolución del G-7. Indíqueme dónde quiere que aplique los CDA».*

—Nicolás, localiza a Molina y aplícale CDA 322, 323 y 324. No lo alertes.

«*Sí, señor*».

—¿Cuánto tardarás?

«*Menos de doce horas, señor*».

Shanghái, China, Zermatt, Suiza/Centro de Datos Zermatt, 2016
Día 5, 12:00 p. m. (hora local en China) / (12:00 m. CET)

El superordenador cuántico del centro de datos de Zermatt lanzó el algoritmo por la red neuronal hace apenas un segundo. Cincuenta "identificadores" ubicados en zonas clave de Shanghái (Aeropuerto Internacional de Pudong, Aeropuerto Hongqiao, la torre de telefonía de Pudong, People's Square, la calle Nanjing, las grandes avenidas, puertos, estaciones de buses, etc.) enviaron señales múltiples: rayos láser delgados e invisibles a simple vista que se expandían por el aire. Pronto, la ciudad quedó cubierta por miles de haces imperceptibles, una maraña de vectores que en cuestión de segundos desplegó la cobertura de la red neuronal en toda Shanghái. Cada "identificador" se conectó al resto de los cuarenta y nueve, y en menos de un minuto el sistema estuvo activo.

Confirmada la activación, el centro de datos ejecutó un segundo algoritmo para enviar un "ping" a la ID cerebral de Molina por todo Shanghái. La red estaba tendida y, en cuanto él cruzara uno de los 5 000 vectores, se enlazaría al sistema neuronal. Acto seguido, se aplicarían CDA 322, 323 y 324 sin que él lo notara. En menos de dos horas, toda su información quedaría almacenada con seguridad en Zermatt.

Shanghái, China, 2016
Día 6, 12:00 m. (CST) / 12:00 a. m. (ET) / 6:00 a. m. (CET)

Molina durmió hasta tarde esa mañana en el Hyatt de Pudong, con vistas al río y al malecón de El Bund, contemplando parte del centro de Shanghái. Era hora punta para la navegación fluvial, y cientos de barcazas y cargueros se movían en todas direcciones. Se había acostado a las 6:00 a. m., exhausto tras una noche de llamadas. Su contacto, el señor Chen, revisó la red de inteligencia estadounidense y confirmó que no había orden de arresto contra él ni interés en su supuesta participación en la conspiración; su padre, en cambio, había sido condenado a cadena perpetua con posibilidad de libertad condicional tras veinticinco años. El caso se tramitó de forma acelerada en un tribunal federal y se selló. Según Chen, Molina podía volver a EE. UU. cuando concluyeran sus "entregas" pendientes.

Tras un tentempié, Molina salió a caminar un par de cuadras hasta el Apple Store de Pudong, famoso por su "Cubo de Cristal". Al salir del hotel, atravesó una de las líneas de vectores y de inmediato su cerebro se conectó a la red neuronal. Estaba enganchado y, sin saberlo, sentenciado.

Zermatt, Suiza, Centro de Datos Zermatt, 2016
Día 6, 7:00 a. m. (CET) / 1:00 p. m. (ET) / 1:00 p. m. (CST) del día siguiente

El superordenador cuántico descargó la información cerebral de Molina en menos de una hora y luego desactivó la red neuronal en Shanghái. Simultáneamente, envió avisos a Tosh y Rainer sin que nadie se percatara. En total, solo sesenta minutos fueron necesarios para que la red neuronal estuviera operativa y luego se cerrara, minimizando el riesgo de que las autoridades chinas detectaran algo. Así, todo terminó con once horas de ventaja respecto al plazo prometido al presidente O'Sullivan, lo que les concedía tiempo para analizar los datos y averiguar por qué el presidente había ordenado esta operación encubierta, algo que a Tosh le gustaba aún más.

Washington D. C., EE. UU., La Casa Blanca, 2016
Día 6, 2:00 p. m. (ET)

Tosh había pasado el vuelo desde Miami repasando datos con Rainer. Su red neuronal mundial funcionaba incluso en aviones, pues un algoritmo especial aprovechaba las frecuencias y equipos de comunicación que recorren el espectro aéreo global. A esas alturas, ya sabían todo acerca de Molina y estaban listos para entregarle la información al general Collins. El presidente había enviado un coche a recogerlo. El Aeropuerto Reagan estaba casi vacío, así que, apenas quince minutos después de aterrizar, se subió al auto. A las 2:45 p. m. pasó los controles de seguridad en la Casa Blanca y, a las 2:55 p. m., aguardaba en la oficina del equipo de secretarias del presidente.

—¿Es usted el profesor Nicolás Tosh?

—Sí, un gusto conocerlas —respondió, dirigiéndose a las dos asistentes ejecutivas del presidente O'Sullivan.

—Usted es el profesor de la Universidad de Miami que trabaja en un proyecto especial para el presidente, ¿verdad?

—Sí.

—De acuerdo, siéntese. En un minuto lo recibirá.

Observó un pequeño armario convertido en oficina sin ventanas para el asistente personal del presidente, llamado "Body" para distinguirlo del equipo de secretarias. Ese asistente viajaba con el presidente a todas partes, cubriendo cualquier necesidad, casi mimetizado con el Servicio Secreto.

—Bien, señor Tosh, puede pasar.

La puerta estaba ya abierta y entró. Dentro de la Oficina Oval solo vio al presidente y al general Collins, quienes avanzaron con sonrisas y le estrecharon la mano.

—Señor presidente, quiero dejar claro que hemos decidido seguir siendo una organización autónoma e independiente, y que usted nunca nos pedirá violar las normas del G-7 sobre los CDA declarados ADM.

—Sí, aceptado en ambos puntos.

—Nicolás, camina con nosotros; queremos enseñarte nuestras nuevas instalaciones.

Se encaminaron a las escaleras que bajaban al sótano rumbo al búnker de la Casa Blanca, un lugar subterráneo idóneo para la nueva división de Collins. Al entrar, vieron a veinte personas instalando lo que parecía ser un superordenador; la demás maquinaria y equipos de comunicaciones estaban casi listos.

—Por ahora, no asignaremos protección a tu centro de datos, ni a la corporación Walkyria ni a la Fundación Experta.

—De acuerdo.

—¿Dónde se ubica tu centro de datos?

—No puedo revelarlo, señor.

El presidente comprendió por fin que controlar la instalación, en el peor de los casos, era inviable. Para acceder más, debía fomentar la cooperación y la reciprocidad.

—General Collins, ¿qué equipo están montando aquí? —preguntó Tosh.

—Hemos trasladado el mismo superordenador que usábamos para los CDA, dejando a una sola persona en el Pentágono para gestionar archivos y trámites administrativos vinculados a los CDA y al G-7.

—¿Cuándo estará operativo?

—Esta misma noche.

—Hay algo que deseaba preguntar: ¿qué significa "carrier"?

—Es cualquier persona con la que la red neuronal te permite comunicarte mentalmente, usando CDA-321 —explicó Collins.

—Nicolás, describes la ejecución de CDA-321, que consiste en introducir datos en el cerebro de alguien, ¿cierto? —intervino el presidente.

—Señor, solo si la persona lo consiente, y su uso depende de su voluntad. Si no lo aplica, queda ahí, invisible e inofensivo.

—Pero, en teoría, ¿ustedes sí cuentan con las herramientas matemáticas para descargar información en un cerebro?

—Sí.

—¿Ya tienes listos los datos de Molina?

—Sí, señor. Vamos a transmitirlos directamente nosotros, en vez de usar el superordenador del Pentágono, dado que su servidor estará inactivo hasta la noche.

—Antes de descargar CDA-321 en nosotros, consultaré con el fiscal general si existen impedimentos legales para que el general y yo nos comuniquemos de otra forma —dijo el presidente.

Salió de la sala de comunicaciones del búnker.

—¿Cómo te aseguras de que tus empleados guarden el secreto sobre Zermatt? —preguntó el general Collins.

—No lo hago; por eso todos, incluida mi familia y yo, estamos sujetos al despliegue permanente de CDA-322, 323 y 324, configurados para detectar al instante cualquier palabra o conducta anómala.

—¿O sea que nosotros dos seríamos las primeras excepciones?

—Usted, sí. El presidente ya está autorizado por mandato del G-7.

El presidente regresó.

—Nicolás, como suponía, la ley no contempla nada sobre otros modos de comunicación, así que tenemos luz verde por defecto. Autorizo que me instales CDA-321.

—Y yo también —agregó el general.

—Perfecto. Procederé a autorizar la descarga.

Un par de minutos después, ambos quedaron conectados.

—Señor presidente, ya puede responder con el pensamiento.

«Mis primeros pensamientos son agradecerte por darnos esta tecnología extraordinaria. Y, además, juntos la llevaremos a nuevas aplicaciones para mejorar la sociedad».

—Señor, voy a enseñarle el vídeo de Molina. Siéntase libre de pausar para cualquier duda o búsqueda; el vídeo mostrará todas las escenas relacionadas.

El presidente y Collins pasaron alrededor de una hora revisando la información, a punto de terminar cuando Tosh reapareció.

—El reclutador chino-estadounidense, Andy Chen, ha financiado a Molina por ocho años, todo a base de aportes de campaña. No recibió ayuda de su padre (Leroy Sinclair), así que Chen le brindó el dinero; a cambio, obtiene su ascenso meteórico en política. Al parecer, confían en cosechar frutos ahora que es congresista. Pero no está claro para quién trabaja Chen.

—¿Qué sabe Molina sobre nuestra organización o sobre mí? —preguntó Tosh.

—Nada.

—¿Cómo reaccionó ante el contacto de Musial y su comunicación mental?

—Aún nada. Recuérdese que la comunicación en la mente de Molina aludía al Gobierno y no te involucraba.

—Nicolás, hallamos evidencia de que Chen estuvo al tanto de la conspiración, así que debemos aplicarles CDA a él también.

—Señor presidente, ¿cómo un ciudadano chino con base en Asia pudo implicarse en esa conspiración?

—Lo sabía, y él y Molina intercambiaron al menos veinte llamadas el último día que Molina estuvo en EE. UU. Además, según el vídeo, pasó toda la noche verificando si Molina había sido procesado.

—Señor, intuyo que ni Chen ni Molina tenían relación directa con la conspiración, pero en realidad ustedes quieren que actuemos al filo de la Resolución del G-7…

El presidente no contestó.

—Me preocupa no dar ventajas injustas a EE. UU. en los CDA, algo que hemos tratado de impedir —añadió Tosh.

Silencio. Finalmente, O'Sullivan habló:

—Nicolás, te doy mi palabra de que no burlaremos la Resolución del G-7, y sí creo que Chen estuvo involucrado, aunque fuera de forma indirecta.

Tosh supo que eso no era del todo cierto, pero entendió que era la vía para desmantelar la red de Chen en Estados Unidos.

—Bien, señor. Haremos lo que pide. Chen no está registrado, así que necesitamos localizarlo usando a Molina, luego un "carrier" local podrá inscribirlo.

Tosh conectó con Zermatt y pidió el feed en directo de Molina. Al poco, vieron a Molina reuniéndose con Chen en un restaurante que parecía la zona de El Bund en Shanghái. Tosh avisó al "carrier" local, Perry Zuh —amigo de Rainer desde sus días en la universidad en Texas—, cuya oficina estaba junto a People's Square. Zuh llegó en minutos, reconoció a Molina y a Chen a partir de fotografías en su "identificador". Apuntó hacia Chen, ejecutó CDA-319 y obtuvo su ID. Luego aplicó CDA-322, 323 y 324. En la siguiente hora descargó toda la vida de Chen y, de vuelta con O'Sullivan, Collins, Sábato y Tosh, reprodujeron clips. Al presidente no le gustó lo que vio. La red de Chen abarcaba miles de reclutas:

1. **Empresarios estadounidenses** que recibían capital a cambio de información o planos sobre tecnologías que Chen deseaba,

2. **Políticos** (caso Molina) financiados para alcanzar cargos de poder y luego exigirles favores,

3. **Nacionales chinos** con becas en EE. UU. que se quedaban con visas de trabajo en empresas de alta tecnología para sustraer patentes,

4. **Ciudadanos estadounidenses de origen chino**, a menudo coaccionados con represalias contra su familia en China, a cambio de espionaje industrial.

—Nicolás, conectaremos al director de la CIA. Te presentaré. No habrá referencias a CDA ni al modo de obtener esta información. ¿Entendido?

—Comprendido.

Tosh confirmaba cuán delicado era extender el uso de CDA sin inclinar la balanza en favor de unos. ¿Debían ayudar a EE. UU. a revelar una red de espionaje? Sí, pero ¿sería igual para que China obtuviera sus infiltrados en suelo norteamericano? Esa era la cuestión.

—Señores, en la línea tengo a Mark Thiel, el director de la CIA. Mark, aquí están el general Collins y el profesor Tosh. Ambos trabajan en proyectos especiales para mí. Mike, durante la investigación de la conspiración que quizá conozcas, hemos hallado pruebas contundentes de una gran red de inteligencia china en EE. UU. con su reclutador, las identidades, ubicaciones y actividades de todos.

Se hizo un silencio.

—Señor, ¿confirma que el general Collins y el señor Tosh tienen autorización para oír esto?

—Sí.

—Solo para aclarar: ¿este Tosh es el mismo que fue víctima de la conspiración de Thomas?

—El mismo.

—¿Y ahora trabaja con usted, señor?

—En cierto modo, sí.

(En realidad, O'Sullivan también trabaja para Tosh, pensó el presidente).

—¿Cuán confiables son esos datos?

—Absolutamente verificados, con vídeos de los sospechosos.

—¿Cómo es posible? Hablamos de miles de personas.

—Los tenemos a todos, Mark.

—¿Descubrieron una lista o algo así?

—Algo así.

—Entonces se refiere a Andy Chen, ¿verdad?

—¿Lo conocen?

—Mucho. Tiene doble ciudadanía, lleva más de veinte años entre nosotros, se crio en Tailandia, radica en la isla china de Hainan. Sabemos que recluta y dirige una red. Lleva una década sin pisar EE. UU. porque supo que íbamos tras él. Sus reclutas son leales, lo veneran casi como a un patriarca. Con el tiempo, hemos sacado de circulación a unos veinte o treinta discretamente. Los deportamos o les dimos penas leves, siempre se trató de espionaje industrial, nada de seguridad nacional o militar. En total deben ser miles de integrantes. Han aprendido a cubrirse mejor, usan sobre todo redes sociales.

—Mark, hemos identificado varios perfiles, empezando por estudiantes con becas chinas que se quedan a trabajar con visa… y ciudadanos estadounidenses de origen chino.

—Justo lo que sabemos.

—Mark, ¿y estadounidenses sin vínculos con China?

—Casos muy aislados.

—Ahí han fallado. Chen también capta a empresarios y políticos de EE. UU.

—¿De qué relevancia? —preguntó Thiel, atónito y precavido.

—Tres dirigen empresas Fortune 500 y uno está en el Senado. Además, cuentan con fondos ilimitados, de modo que, a largo plazo, todos van ascendiendo.

—Dios, ¿cómo se nos pasó?

—Eso lo discutiremos más tarde. Suponemos que hay más reclutadores y redes.

—Sí, señor.

—Te pediré que reúnas a tu equipo principal para acordar los próximos pasos adecuados.

—Sí, señor.

Bastaron un par de minutos y el director volvió.

—Listo, señor. Tengo a la cúpula reunida.

El presidente y Thiel dedicaron diez minutos a ponerlos al tanto.

—Antes de seguir, Mark, necesitamos los nombres, cargos y perfiles de cada persona que está contigo.

—Se los envío ahora.

El presidente llamó a su asistente y canceló toda actividad por las siguientes tres horas. Salieron del búnker y ordenó preparar la limusina para ir a la sede de la CIA en Langley. El Servicio Secreto se movilizó como si fuera un parque de bomberos.

—Nicolás, desde ahora la cúpula de la CIA tratará con ustedes, así que te pido que se añadan al sistema de tu centro de datos esos seis altos funcionarios de la CIA, asignándoles números de ID para comunicarse. No los actives aún, pero tenlos listos si hiciera falta. De momento, ellos no sabrán ni de tu centro de datos, ni de los CDA, ni de ti.

—De acuerdo, señor, así lo haremos cuando lleguemos.

Langley, Virginia, EE. UU., Sede de la CIA, 2016
Día 6, 4:00 p. m. (ET)

En veinte minutos, la caravana presidencial llegó a Langley. Cinco minutos después, el presidente, Tosh y el general Collins estaban sentados frente a los seis oficiales de la CIA, incluido su director. Tosh había encendido su "identificador" antes de entrar a la sala. La frecuencia y la red neuronal del centro de datos eran indetectables; no existía hardware capaz de captar su señal. Una vez dentro, el "identificador" recogió las señales cerebrales de los presentes que no estuvieran registrados en la red. Segundos después, los seis oficiales de la CIA quedaron inscritos. Tosh conectó al presidente y le envió un pensamiento:

«Los seis sujetos están registrados».

El presidente contestó mentalmente:

«Ya que son miembros del centro de datos, quiero que apliques los CDA 322, 323 y 324 sobre ellos. Necesitamos saber si alguno tiene lazos con Chen».

Tosh no podía negarse, puesto que ya estaban registrados como miembros del centro de datos, así que dio la orden. El presidente advirtió la molestia en la mirada de Tosh.

«Nicolás, tú y yo tenemos pendiente un debate filosófico. Recuerda que te hice una promesa».

«Está bien, señor, pero tengamos esa conversación hoy mismo».

«De acuerdo».

El presidente entabló una conversación animada, aunque superficial, con los oficiales de la CIA, prevaleciendo la camaradería, sobre todo por su pasión compartida por el deporte universitario. Les daba tiempo de sobra para que el CDA reuniera los datos. Tosh ordenó una consulta preliminar limitada a la relación de esos sujetos con Andy Chen.

El general Collins, también conectado, coincidió con esa estrategia. Quince minutos después, obtuvieron los resultados y se los comunicaron al presidente, todo sin que los agentes de la CIA se dieran cuenta de lo que ocurría. La expresión del presidente cambió en cuanto procesó el último pensamiento de Tosh. Tras lo sucedido los últimos días, lo último que deseaba era hallar grietas en su gobierno, y menos en la CIA.

—Mark y equipo, ¿alguien trae teléfono o dispositivo de comunicación? —preguntó el presidente.

El director mostró sorpresa.

—No, aquí no lo permitimos.

—¿Alguno puede conectarse a su computadora o comunicarse con alguien fuera de esta sala?

—No.

—Está bien, ¿quién es Rodney Whitmore?

Un hombre alto, joven, fornido, afro estadounidense, se puso de pie.

—Por favor, acompáñenme usted y el director afuera —dijo el presidente.

Se dirigieron a la oficina de Thiel, al lado.

—Mark, el señor Whitmore no puede seguir en esta reunión.

El rostro de Whitmore denotaba miedo y resignación.

—¿Por qué?

—Tenemos pruebas concluyentes de que colabora con Andy Chen. Lo chantajearon con varias relaciones extramatrimoniales cuando estuvo en China. Además, observe esto, señor Whitmore, quédese quieto.

El presidente pidió a Thiel que tomara el celular oculto en el bolsillo izquierdo de Whitmore. Thiel lo hizo y se lo pasó. En la pantalla aparecía una app de grabación de voz, con el indicador de grabación activo. Mark ordenó la detención inmediata de Whitmore y su aislamiento, y dispuso registrar su casa, oficina, cuentas bancarias, depósitos, etc.

—Señor presidente, ¿cómo lo supo?

El presidente ignoró la pregunta.

—Volvamos, Mark.

Ambos ingresaron a la sala, donde los demás notaron la ausencia de Whitmore, pero nadie dijo nada.

—Bien, sigamos —comentó el presidente.

—Señor, esto implica un gran operativo. Jamás hemos desmantelado a tantos agentes extranjeros de golpe. El factor tiempo es crucial: hay que capturarlos simultáneamente, y eso supone una logística compleja. Avisaremos de inmediato al director del FBI para que reclute a su equipo sin revelarle la naturaleza de la misión ni la identidad de los objetivos. Nos harán falta un par de días para planear y prepararlo todo —dijo Thiel.

—Daré luz verde al director del FBI para coordinarlo contigo al finalizar esta reunión. Además, no quiero que la información sobre los objetivos se difunda más allá de ustedes cuatro y del director Thiel, hasta que yo lo autorice personalmente. Les daremos nombres, fotos y la empresa donde trabajan.

—Sí, señor —respondió el director.

—Quiero aprobar personalmente tu plan, director Thiel.

—Claro, señor.

—No más errores, caballeros.

—Sí, señor —contestaron los cinco al unísono.

—Si alguno está fuera del país, quiero que lo detengan al mismo tiempo y, si es posible, tráiganlo. Trátenlos a todos por igual: extranjeros y ciudadanos estadounidenses. Son traidores.

—Señor, esto puede afectar nuestra red de inteligencia en China.

—Ordena que evacúen ahora. Es una orden.

—¿Y los que estén dentro del gobierno?

—Ofréceles asilo si lo desean, mientras se marchen en las siguientes 24 horas. No dejes a nadie allá, salvo que se nieguen a partir.

—Entendido, señor.

—Director Thiel, necesito hablar a solas con usted.

Salieron a la oficina de Thiel, justo enfrente de la sala de guerra donde tenía lugar la reunión.

—Mark, a menos que puedas explicar cómo ignoraron la presencia de ciudadanos estadounidenses en la red de Chen, y cómo uno de tus seis principales oficiales resultó ser un agente extranjero, estás fuera en cuanto concluyamos la operación.

—¿Cuánto tiempo tengo para evaluar ambas cosas?

—Ninguno. Quiero tu informe antes de iniciar la operación.

Thiel comprendió que estaba acabado.

—Sí, señor, lo haré.

El camino de regreso a la Casa Blanca transcurrió en silencio. Al llegar, el presidente se dirigió a Tosh:

—Nicolás, acompáñame a la oficina. General Collins, asegúrese de que estemos a pleno rendimiento esta noche.

—Así será, señor.

Tosh siguió el paso rápido del presidente. Una vez en el Despacho Oval, O'Sullivan parecía más relajado.

—Toma asiento, por favor.

Sirvió dos vasos de agua, le pasó uno a Tosh y se sentó.

—Nicolás, nunca te pediré contravenir un mandato del G-7. Por ejemplo, ahora detendremos a más de mil agentes extranjeros, y para que los operativos tengan éxito, nos falta su información de contacto actual (direcciones, correos, teléfonos). Sé que no puedo usar los CDA con ellos, y no lo haré, pero quiero que quede claro: si lidiamos con una superpotencia no democrática, quiero que seas flexible para llegar al límite si hiciera falta. Nada más.

Tosh sintió gran alivio al oír esto.

—Señor, a mi entender, esos individuos trabajan para Chen, considerado co-conspirador, así que no me opongo a usar los CDA con ellos dentro de la Resolución del G-7 que recibimos hace unos días.

El presidente se quedó mirando a Tosh, con asombro, y luego esbozó una sonrisa genuina, más distendido.

—Bien, hagámoslo, cuanto antes mejor. Es una tarea enorme.

Tosh se comunicó con Zermatt y, una vez en línea, conectó también al presidente y al general Collins.

«Rainer».

«Hola, caballeros».

«Buenas noches, señor Sábato» —dijo el presidente.

«Igualmente» —añadió el general.

«Necesitamos repetir el procedimiento de Shanghái, estableciendo una malla temporal de cobertura para 'identificadores' en distintas zonas, pero esta vez los objetivos están dispersos, fuera de las grandes ciudades» —comentó Tosh.

«¿Cómo lo harán?» —preguntó Sábato.

«Primero pasamos la información al superordenador para ubicar los centros de trabajo de cada sujeto, mapeando la densidad de población, para priorizar de mayor a menor. Asignaremos carriers para identificarlos uno a uno».

«Nicolás, nos ponemos a ello ya».

«¿Crees que podremos adelantarnos a la CIA?» —preguntó el presidente.

«No sabría decirle aún, señor, pero en cuanto lo veamos claro, le avisaré. Para las grandes ciudades será rápido; en zonas remotas llevará más tiempo».

«¿*Los carriers deben identificar visualmente a cada persona?*» —inquirió el general Collins.

«*Así es*».

«¿*No temen equivocarse en la identificación?*»

«*Sí, pero por protocolo, una vez conectado, se verifica la identidad del sujeto antes de inscribirlo. Si es equivocado, el sistema anula la conexión sin guardar nada*».

—Nicolás, me queda un punto más antes de dar el día por acabado —dijo el presidente, haciendo una pausa—. Con el CDA-321 ustedes descargan información en el cerebro de la persona, ¿cierto?

—En realidad, descargamos un algoritmo, señor.

—Pero depositan datos en la memoria.

—Sí, aunque, como expliqué, solo sirve de comunicación si la persona decide usarlo.

—Lo entiendo y no tengo reparos; yo mismo lo uso. Mi temor es que, en teoría, alguien intente introducir instrucciones en el cerebro si se acerca a vuestro nivel de desarrollo matemático, o robe sus fórmulas y herramientas.

—Todo es teóricamente posible, pero no real, porque seguimos sin comprender ni reducir numéricamente ciertas áreas del cerebro (emociones, libre albedrío). Nos basta con las funciones neuronales de comunicación que cubren los CDA. Señor, llevamos 35 años en esto. Quien intente alcanzarnos, partirá de cero; lo mismo que nosotros ante esas otras zonas cerebrales como voluntad, sentimientos, etc.

Esto tranquilizó al presidente. Sabía que nadie se había acercado a las fórmulas de Tosh y su equipo.

—Señor presidente, debo informarle que hemos construido otro algoritmo que lanzaremos pronto: el CDA-325.

—Lo mencionaste, ¿será ADM?

—Creemos que no. Seguimos analizando sus implicaciones, pero no lo parece.

—¿Cuál es su función?

—Descargar información a la memoria del cerebro. Podría ser un idioma, un diccionario, fórmulas… Sin afectar la voluntad, podría mejorar la vida de un sujeto. Por ejemplo, si dominara parcialmente un tema, con el CDA-325 lo perfeccionaría. Las aplicaciones son infinitas.

—¿Lo comercializarán?

—No, se revelaría la existencia de los CDA. Aun no creo que el mundo esté listo para nuestras herramientas.

—Estoy de acuerdo. Entonces, aunque no interfiera la voluntad, ¿si se trata de un área en que el sujeto no es apto, no serviría?

—No necesariamente, señor. Igual obtendría erudición en la materia.

—¿Ya tienen algún contenido para descargar?

—No, la verdad. Recuerde que casi todo está en la red neuronal; no hace falta almacenarlo en el cerebro porque cualquiera puede descargarlo cuando lo necesite.

—Nicolás, gracias, por hoy es suficiente. Espero esta nueva relación de trabajo, ahora cara a cara.

—Gracias, señor; yo también lo deseo.

Tosh se fue de la Casa Blanca directo al Aeropuerto Reagan para el siguiente vuelo a Miami. Al fin, solo y sin la influencia de la imponente personalidad del presidente, comprendió que él mismo había atravesado voluntariamente la línea roja que tanto defendió, y esto lo indignó y lo decepcionó de sí mismo. No imaginaba cuánto daño generaría abrir la "caja de Pandora" de los CDA, ni cómo conduciría a un paulatino desgaste en su relación con el presidente. Con el tiempo, se acumularían tensiones a medida que el presidente asumiera como un hecho lo que en realidad no estaba permitido, desembocando en una crisis global dentro del G-7.

Zermatt, Suiza. Centro de Datos Zermatt, 2016
Día 7, 7:00 a. m. (CET)

El superordenador cuántico procesó en minutos la información de Chen bajada con el CDA-323. No significaba mucho, pues no estaba validada: muchos de esos individuos ya no trabajarían en las empresas indicadas o tal vez nunca lo hicieron. Casi todos estaban en Silicon Valley, y el grupo menor de empresarios y políticos de EE. UU. trabajaba en distintos puntos del país. Cuando se pudo, el ordenador asignó direcciones probables, pero solo abarcaba el 50% del total. Rainer trabajaba hasta tarde por la urgencia del tema. El terminal del centro de datos carecía de teclado: todo se introducía por pensamiento o voz. Se sentía algo impotente, mirando la pantalla. Toda esa tecnología alrededor y, sin embargo, a veces era inútil, quizás como ahora.

Según Collins, se arrestaría a esa gente en un par de días. Sorpresivo, pues CIA y FBI tenían la misma información que ellos. A cada uno habría que ubicarlo en persona (compañías, universidades, viviendas), sin alertar al objetivo, o perderían el factor sorpresa y no los atraparían a la vez. Era un reto de logística. Mientras Rainer reflexionaba, una idea fulminó su mente:

«Cielos… ¡la información ya está en la base de datos de la red neuronal! Chen gestiona una gran red de espionaje industrial a plena vista».

Rainer consultó el archivo CDA-323 de Andy Chen e hizo una búsqueda de video archivado sobre su vida. Usó las palabras clave: "ADDRESS BOOK USA". En segundos vio la lista de coincidencias. Revisó y adelantó el video. A través de los ojos de Chen, Rainer observó cómo él buscaba contactos cada vez que llamaba a sus discípulos en EE. UU. Chen no usaba su computadora para ello, solo un iPad. Mientras tecleaba, Rainer anotaba la contraseña y vio que Chen siempre abría la app mSecure, donde guardaba cifrada la información de su red de operativos. A través de los ojos de Chen, Rainer contempló cada archivo con datos personales y correos. Cambió la búsqueda a: "MSECURE USERNAME AND PASSWORD" y apareció un solo momento de Chen sosteniendo una hoja en blanco con todas sus contraseñas, entre ellas las de mSecure. Rainer pausó la imagen. Necesitaba entrar al iPad de Chen. Leyó la hoja y halló el nombre de usuario y clave de Apple, así como la de la red casera.

Con la mente, Rainer minimizó el archivo de Chen y volvió al CDA-322 para la comunicación en directo. Tenía en pantalla los íconos de todos los sujetos en comunicación activa o grabación permanente. Fue desplazándose; al comienzo estaban bloqueados (ciudadanos del G-7 con puestos sensibles). Después aparecieron los miembros del centro de datos, y finalmente, solo dos íconos no pertenecientes a esos grupos: los dos primeros blancos de la nueva operación especial ordenada por el presidente: Gilbert Molina y Andy Chen. Escogió el de Chen y tuvo acceso en vivo, a través de sus ojos.

Shanghái, China, 2016
Día 7, 7:30 a. m. (CST)

Andy Chen vivía en un edificio de veinte pisos y cien apartamentos en Pudong, cerca del Hyatt donde Molina y sus operadores se alojaban. Llevaba horas despierto llamando a EE. UU. Sin saberlo, la conspiración de Leroy Sinclair había desaparecido, y Chen supo que familiares de los implicados no podían localizarlos. Sus contactos en justicia le confirmaron que los conspiradores estaban en una prisión de máxima seguridad y que, en treinta días, quizás podrían recibir visitas. Sin más datos. No tenía claro si Molina podría volver a salvo; debía decidirlo en pocas horas. La ausencia prolongada de un senador se volvería sospechosa. Encendió su iPad, abrió la bóveda mSecure y consultó un número que apenas llamaba. Usó su móvil satelital cifrado. Mientras tanto, el iPad inició la sincronización automática. Andy, con la mirada al filo, lo vio sincronizarse y sonrió. Le encantaba que los dispositivos hicieran el trabajo solos; de saber lo que en verdad pasaba, se habría aterrado: toda su red de contactos de espionaje quedaba expuesta, sin que él se diera cuenta.

Zermatt, Suiza, Centro de Datos Zermatt, 2016
Día 7, 7:30 a. m. (CET)

Fue muy sencillo y hasta "low tech". A través de internet, Rainer inició sesión en iTunes con las credenciales de Chen. Luego ingresó a la red hogareña de Chen. El "carrier" local en Shanghái, Perry Zuh, se hallaba en un hotel cercano con su "identificador" activo las 24 h. Este captaba sin problema la señal Wi-Fi de la casa de Chen. Podría haberse hackeado, pero Rainer eligió el modo sigiloso de su red neuronal: simplemente se conectó y seleccionó la opción de sincronizar con iCloud. El iPad de Chen, sin que él notara nada, hizo un backup, que Rainer descargó en un iPad nuevo, idéntico al de Chen. En pocos minutos, tenía la agenda completa de la mayor red de espionaje jamás detectada en EE. UU., con direcciones residenciales exactas de todos. En segundos, el superordenador cuántico calculó dónde desplegar "identificadores" para cubrir al máximo la localización de cada uno. En la región de la Bahía de San Francisco y Silicon Valley, ya había doce "identificadores" fijos que alcanzaban al 90% de los objetivos; solo faltaba instalar otros diez. El 10% restante requeriría carriers, desplazados a direcciones específicas en todo el país.

Rainer envió instrucciones a los carriers líderes de la zona de la Bahía, para cubrir diez ubicaciones y poner un "identificador" temporal en cada una. Eran las 10:30 p. m. del día anterior en San Francisco (nueve horas de diferencia), y quería todo listo antes de medianoche, hora local. Al instante, un equipo de tres carriers partió a colocar esos dispositivos. El ordenador cuántico cruzó entonces las direcciones de correo en la lista de Andy Chen con Facebook y Twitter, accediendo a sus grupos y mensajes en redes. El sistema comprendió su modo de comunicarse, además del tipo y patrón de contenido. La conclusión: la red de Chen usaba activamente las redes sociales para transmitir alertas e instrucciones camufladas a plena vista, sin que la inteligencia de EE. UU. se percatara.

La siguiente consulta de Rainer fue crucial para el éxito del operativo. Preguntó al motor de búsqueda cuántico: *"¿Detecta el tráfico alguna emergencia o alerta en este grupo de usuarios?"* La respuesta fue: NO.

Le faltaba rematar la tarea. El 10% restante de operativos no estaba en grandes ciudades sino en diecisiete ciudades distintas, once de ellas menores y sin "identificadores" fijos. Primero, Rainer cubrió las grandes urbes donde sí había carriers suficientes para visitar las direcciones. Aún mejor, según la base de datos, en Nueva York, Miami, Chicago y Boston había "identificadores" fijos cercanos a las viviendas. En Dallas y Los Ángeles, por su tamaño, la cobertura era limitada; Rainer envió instrucciones y los carriers confirmaron que con dos equipos de trabajo se instalarían cinco "identificadores" en Dallas y ocho en Los Ángeles esa misma noche. Todo se puso en marcha. A las 8:30 a. m., Rainer se dispuso a irse a dormir un rato, pues en poco más de cinco horas arrancaría la jornada en la Costa Este de EE. UU.

Palo Alto, California, EE. UU., 2016
Día 8, 3:00 a. m. (PT)

Sang-Chang Lin no podía conciliar el sueño. Creía que al terminar de pagar la beca, su obligación acabaría, pero se equivocaba. Andy Chen le había dicho que la futura beca de su hermano para UCLA dependía de su cooperación. Llevaba mucho robado; si lo descubrían, pasaría el resto de su vida en la cárcel. Pero no podía dejarlo, pues su gobierno no se lo permitiría.

Desde que llegó a EE. UU., antes de iniciar clases en Stanford, empezó como interno en la compañía de routers y switches, donde ahora, tras graduarse, trabajaba en I+D, con acceso a prototipos y nuevos productos: 3G, luego 4G, últimamente 5G y LTE. De hecho, su empresa ignoraba que su principal competidor en China accedía, sin barreras, a los secretos mejor guardados desde hacía años.

Joe Lee sufría un dilema parecido. Nacido y criado en EE. UU., sus padres habían llegado de China hacía más de treinta años, sin dinero, y trabajaron duro para que su hijo fuera a la universidad. Joe los recompensó logrando una beca en Harvard y graduándose magna cum laude. Su reclutamiento empezó sin querer, cuando sus padres encontraron a un "amigo" que enviaba remesas a su familia en China. De repente, aquel amigo (Andy Chen) cubría todos los gastos en RMB sin que sus padres pagaran nada. Y Joe recibió una llamada:

—Trabaja para nosotros o lo quitamos todo —dijo Chen. Así empezó, hacía tres años. Cada vez que Joe preguntaba "¿hasta cuándo?", Chen respondía: "Hasta que yo lo decida".

Lee era experto en programación orientada a objetos para la empresa que desarrollaba herramientas de inteligencia de mercado y visualización de datos en apps móviles. Cada línea de código pasaba a China. Joe sabía que estas herramientas podían ser peligrosas si se usaban mal. Mientras se vestía para ir a trabajar, una corazonada le decía que todo estaba por terminar.

Tras recibir la buena noticia de Rainer a las 2:30 a. m. (ET), Tosh se durmió, agotado. Solo cuatro horas y media después, se despertó con una idea lógica. Se preparó para explicársela a la persona en cuestión cuando, justo, esa persona le envió un aviso mental:

«Nicolás, buenos días».

«Buenos días, señor presidente. Sí, estamos conectados».

«Lo sé. ¿Cómo va la investigación?»

«Ahora mismo descargamos los datos del CDA de todos los operativos hacia el superordenador del búnker. Debería completarse en un par de horas».

—¿Cómo lo…? —empezó a decir sorprendido el presidente.

Tosh interrumpió:

«Rainer lo dedujo. Teníamos las direcciones de Chen en vídeo y clonamos su iPad. El resto fue calcular la mejor forma de desplegar 'identificadores' en múltiples ciudades. Hace una hora que di la orden».

—¡Fantástico! La CIA y el FBI aún tardarán dos o tres días. Con la info que transfieras, podrían actuar en horas si yo lo autorizo.

«Justo quería hablarle de eso. ¿Tiene unos minutos?»

—Te asigné media hora, así que tenemos tiempo.

«Señor, creo que debemos dejar que los agentes chinos escapen. Solo arrestaríamos a los ciudadanos de EE. UU. (empresarios y políticos)».

—¿Cómo dices?

«Con los CDA desplegados, sabremos todo lo que necesitemos de su pasado y de cada contacto. ¿Para qué encarcelarlos, si pueden volver a China convertidos en héroes y acceder a puestos ultrasensibles? No requeriríamos handlers, pagos ni chantajes; la información nos llegaría a diario. Además, alertamos primero arrestando a los estadounidenses, y ellos mismos transmitirían la alarma a través de las redes sociales que, como hemos analizado, controlamos perfectamente».

El presidente quedó mudo un instante, pensando con la astucia de un gran político.

—Y así evitamos la vergüenza de admitir que toleramos a más de mil espías en nuestro país, convirtiendo un fallo en un éxito al exhibir tan solo el arresto de sesenta traidores yanquis. Es brillante, Nicolás, brillante. Daré orden de cancelar sus capturas ahora mismo.

Marcó al fiscal general y al FBI.

—Señor.

—Señor presidente.

Con ambos en la línea, fue directo:

—Les ordeno que arresten solo a los empresarios o políticos de nacionalidad estadounidense en la lista. Absténganse de actuar contra los demás. La evidencia, revisada, no es concluyente. Quiero que los dejen tranquilos. ¿Entienden?

El director de la CIA, Mark Thiel, se sumó a la llamada.

Los tres respondieron: "Sí, señor".

—Señor, ¿puedo saber qué cambió? —preguntó Thiel, extrañado.

—No puedo decirlo. Solo te diré tres cosas. Primero, porque conviene a nuestra seguridad nacional; segundo, esto te permitirá conservar tu puesto con honores, en vez de ser despedido; tercero, deben frenar la evacuación de nuestros agentes en China. Cuarto, convertiremos todo en una victoria haciendo que se vuelvan nuestros propios espías.

—Señor, no hemos iniciado esa evacuación aún.

—Perfecto. ¿Cuánto tardas en arrestar a los restantes?

—Estamos listos para hoy, señor —respondió el director del FBI.

—Procedan.

Colgaron.

«Nicolás, estoy seguro de que esta cooperación mutua será más amplia de lo que imaginé. Ahora ambos tenemos trabajo. Confío en que pondrás al general Collins al tanto».

«Sí, señor».

Tosh se conectó con el general Collins, quien a su vez hablaba con Rainer. Luego el presidente O'Sullivan se sumó mentalmente:

«Caballeros, déjenme resumirles».

Les explicó la decisión. Al terminar, seguía el silencio cuando retomó las instrucciones:

«Rainer, sin perder tiempo, publica un par de mensajes de advertencia en su red social. ¿Cuánto falta para completar la descarga?»

«Casi listo».

«Entonces, hazlo en cuanto termine».

«Que pase lo que tenga que pasar», —comentó el general Collins—. *«Nicolás, fue la mejor decisión política posible, y al convertirlos en nuestros espías, transformamos un desastre en oro, y nadie se enterará de nada…»*

Era lo más cerca que habían visto al general Collins de emocionarse.

«De acuerdo, tenemos mucho por hacer».

Cerraron la comunicación. Rainer contempló la pantalla y sonrió con asombro.

—¡Vaya!

Zermatt, Suiza, Washington DC, EE. UU.
Miami, Florida, EE. UU., 2016
Día 8, 7:30 a. m. (CET)/1:30 p. m. (ET)

Rainer contaba los segundos para que se completara la descarga de datos.

El general Collins y Tosh seguían conectados para asegurarse de que todo concluyera.

—Listo. Lo tenemos todo, caballeros — anunció Rainer.

—Rainer, no hay tiempo que perder. Hay que activar el revuelo en las redes sociales del grupo — indicó Tosh.

—Enseguida, Nicolás, estamos listos para empezar — respondió Rainer.

Shanghái, China, 2016
Día 8, 7:45 p. m. (CST)

Andy Chen estaba molesto con la cantidad de sincronizaciones y copias de seguridad automáticas que ahora hacía su iPad. Tarde o temprano, tendría que arreglarlo. Acababa de volver del Aeropuerto Internacional de Pudong tras despedir al senador Molina, quien regresaba a DC. Chen había esperado a que el vuelo despegara y luego tomó el tren Maglev, que supera los 400 km/h, de regreso a la ciudad, sin imaginar que en Zermatt todo se había grabado y traspasado de inmediato al Búnker de la Casa Blanca. Ellos sabían que el senador volvía a casa, y lo estarían esperando.

Chen se sentó frente a su computadora para publicar mensajes en Twitter y en los muros de Facebook de su grupo de operativos. Los textos aparentaban citas espirituales y filosóficas de la cultura china antigua; Confucio era su favorito, pues abarcaba muchos aspectos de la vida. Pero, en realidad, detrás de esos mensajes existía un sistema de comunicación muy preciso para sus reclutas. Hoy debía confirmar varios "pickups" y entregas, además de pagos. Solo él publicaba esos mensajes, porque hacía el papel de líder espiritual; sus operativos respondían con frases preestablecidas. Un "gracias por su guía" significaba que habían recibido bien las órdenes, o "su sabiduría nos ilumina" confirmaba que se había cumplido una misión.

Mientras Andy preparaba el primer lote de mensajes, apareció uno que no reconocía:

«Los enemigos del enemigo están en las puertas».

De inmediato tomó su teléfono satelital y marcó:

—Tengo un mensaje en Facebook que no reconozco. Quiero averiguar quién lo publicó…

Justo entonces circuló otro en Twitter por toda su red:

«Hoy, antes del ocaso, tu ejército caerá bajo las espadas del vengador».

—Acabo de ver otro en Twitter también — dijo.

Zermatt, Suiza, Washington DC, Miami, Florida, EE. UU. 2016
Día 8, 8:00 a. m. (ET)/2:00 p. m. (CET)

—Estamos listos — anunció Rainer.

Todos veían en sus mentes el mapa global de la web. El superordenador cuántico del centro de datos ya había organizado la defensa ante un posible pico de tráfico hacia Facebook y Twitter. Cualquier exceso de tráfico, según el patrón normal, se desviaría antes de llegarles y sería redirigido a servidores en Europa del Este. Allí, en su base de datos, se hallaría supuestamente información no muy cifrada sobre las redadas planeadas ese mismo día contra empresarios y políticos de la red de Chen. Bastaría unas horas para descifrarla.

En las pantallas del centro de datos, líneas verdes mostraban los mensajes de la red de operativos, procedentes de todo EE. UU., dirigiéndose a Facebook y Twitter, aparentemente alcanzando sus servidores y luego saltando en vectores a numerosos destinos de la Federación Rusa y países del bloque oriental.

—Bien, los tenemos atrapados — dijo Rainer.

En ese instante, Tosh advirtió algo.

—¿Notaron en qué idioma hablaba Chen? —preguntó.

—Sí… — respondió el general Collins—. La pantalla mental mostraba en la esquina inferior derecha "cantonés".

—Rainer, haz una búsqueda en el historial en vídeo de Chen sobre reuniones o contactos con funcionarios del gobierno chino — solicitó Tosh, captando algo trascendente.

Ni Collins ni Rainer comprendían hacia dónde apuntaba Tosh. Se completó la búsqueda:

—Ninguno — informó Rainer.

—Caballeros, Chen no trabaja para el gobierno de China, sino para el de Taiwán — dijo Tosh.

—Pero toda la inteligencia se dirige a China — observó Collins.

—Sí, pero apuesto a que beneficia a compañías controladas por Taiwán que operan en China — dedujo Tosh.

—Un gran ecualizador para que Taiwán no se quede atrás en el ritmo vertiginoso de desarrollo chino — comentó Rainer.

—Hagamos una pausa. Estaremos a punto de provocar un éxodo de operativos cerebritos a China, donde espiarían para Taiwán y, sin quererlo, para nosotros — reflexionó Tosh.

—Rainer, formula la siguiente consulta de inteligencia artificial en la base de datos de la red de espionaje: "¿Creen los operativos de Chen que trabajan para el gobierno de Taiwán?"

Rainer lanzó la pregunta. Pasaron un par de minutos. La respuesta fue un "NO" rotundo. La siguiente consulta inversa arrojó "SÍ" respecto a si creían servir al gobierno chino.

—Así que jamás les dijeron que trabajan para Taiwán — dijo Collins.

—Pero todos creen que es para China — afirmó Rainer.

—Aunque nadie se los ha dicho explícitamente — completó Tosh.

—Me pregunto si eso será un problema para Chen más adelante, dirigiendo a más de mil espías dentro de China que piensan servir a Pekín — dijo Collins.

—Ninguno parece hacerlo por ideología, sino por motivos personales o económicos — apuntó Tosh.

—¿Cómo lo sabes, Nicolás? — preguntó Rainer.

—No lo sabía hasta ver que hablaba cantonés. Varias pistas que revisamos se conectaron de golpe. Tomemos, por ejemplo, lo de los ciudadanos chinos en EE. UU. que recibían autos, propiedades o empleos para sus parientes… el gobierno chino no suele obrar así. Evidentemente, usaron corrupción local para facilitar cargos oficiales.

Shanghái, China, 2016
Día 8, 8:30 p. m. (CST)

—Señor Chen, todos los mensajes provienen de un servidor anfitrión en países de Europa del Este vinculados a la Federación Rusa. Estamos desencriptando, pero parece que están apuntando a un gran operativo de inteligencia, redadas y arrestos, que los rusos han detectado — reportó el administrador de la red de su empresa.

Chen lamentó haber enviado ya a Molina, pero no había marcha atrás. Diez mensajes aparecieron con el mismo tono y de la misma fuente. Sus operativos vieron esos posteos y el tráfico en redes aumentaba por segundos. Chen ya tenía veinte réplicas en su muro con la frase "Guíanos, maestro". Sabía que sus opciones eran limitadas y jugárselo todo no era factible. Había tardado más de una década en formar esta red, a punto de reventar, y sus planes de contingencia no incluían a empresarios y políticos de EE. UU. No tenía cómo ocultarlos en China, así que su inversión en ellos se perdía. Eran su flanco débil, si cantaban, arruinarían todo. Pero no era problema, pues no conocían a los demás agentes, solo a él, y su sustituto podría mantener la red.

Debía actuar y proteger a su gente. Muy a su pesar, cumplió lo previsto: *«La sabiduría os espera. Debéis seguir el camino de la rectitud».*

El temido mensaje se publicó en Facebook y Twitter para todos sus reclutas (chinos y estadounidenses de origen chino), ordenándoles que abandonaran de inmediato territorio estadounidense y volaran a China. Fuera lo que fuera que hiciesen, donde estuvieran y con quién, debían largarse ya.

Apenas salió el mensaje, el superordenador cuántico lo detectó y avisó al general Collins, Rainer y Tosh.

—Bien, caballeros, la primera fase se ha cumplido. Ahora, todos creerán que deben huir. Avisaré al presidente — dijo Collins.

Tosh sintió una inquietud creciente: su organización había cruzado un umbral sin vuelta atrás.

Zermatt, Suiza, Washington DC, Miami, Florida, EE. UU., 2016
Día 8, 9:00 a. m. (ET)/3:00 p. m. (CET)

Tras informarle al presidente que Chen ordenó a sus operativos abandonar EE. UU., al general Collins le pareció políticamente prudente sugerir:

—Señor presidente, podríamos pactar con cada empresario y político, incluido Molina, ofreciéndoles clemencia a cambio de confidencialidad. Además, sellaríamos sus declaraciones para proteger la identidad del jefe de la red, Chen — planteó, siguiendo la idea original de Tosh de dejar salir a los chinos.

—De acuerdo, actuaré de inmediato — respondió el presidente.

—Buscaremos la forma de hacérselo saber a Chen, señor — agregó Collins.

—Manténganme al tanto — pidió O'Sullivan.

Boston, Massachusetts, EE. UU., 2016
Día 8, 9:00 a. m. (ET)

Joe Lee estaba al borde de un ataque. Los mensajes en Facebook y Twitter lo habían sacudido profundamente. Acababa de llegar a su oficina cuando apareció la fatídica orden. Su vida en EE. UU. había terminado: la cuestión era si saldría libre o preso. Obedeció: imprimió y firmó la renuncia, preparada tiempo atrás, alegando motivos familiares y respetando cláusulas de confidencialidad y no competencia. Renunció también a su salario. Se marchó sin despedirse; en cinco minutos, recogió sus cosas y se fue rumbo al Aeropuerto Logan. Una hora después tomaba un vuelo a Nueva York-JFK, para conectar a mediodía hacia Pekín. En tres horas abandonó el país tras la alerta de Chen.

Palo Alto, California, EE. UU., 2016
Día 8, 6:00 a. m. (PT)

En cuanto leyó el mensaje en su muro de Facebook, Sang-Chang Lin supo que su sueño americano concluía. Empacó lo esencial en una maleta con ruedas; el resto lo gestionaría una compañía de mudanzas. Dejó su carta de renuncia sobre el escritorio de su asistente, con contenido idéntico al de su amigo Joe Lee, a quien conocía por uno de los grupos de Facebook y con quien mantenía contacto. Le envió un tuit:

Voy a ver al maestro hoy.

Yo también — contestó Lee.

¿Hablaste con otros? — insistió Lin.

Todos los que conozco van a verle hoy — repuso Lee.

Lin tuiteó a varios compañeros más y obtuvo la misma respuesta. Escribió a Lee:

Parece que todos iremos a verlo hoy.

Así es.

Lin comprendió que su red completa había sido descubierta. A las 7:00 a. m. un auto de alquiler lo dejó en el Aeropuerto Internacional de San Francisco, y a las 10:00 a. m. partió rumbo a Tokio, para luego volar a Shanghái.

Zermatt, Suiza, Washington DC, Miami, Florida, EE. UU., 2016
Día 8, 11:00 a. m. (ET)/5:00 p. m. (CET)

En las últimas tres horas, el general Collins, Rainer y Tosh habían visto cómo los reclutas de Chen se movilizaban en masa. Ya todos estaban en aviones, la mayoría saliendo del país; unos pocos iban a otras ciudades para enlazar vuelos transcontinentales. Para las 3:00 p. m., casi todos habían salido de EE. UU.

—Rainer, te debemos esta — dijo Tosh.

—¿Quieres decir que soy más importante que toda esta increíble tecnología? —bromeó.

—No, pero sin ti aún estaríamos reconociéndolos a ojo — rió Tosh.

Unas horas antes, el presidente se había asomado para confirmar que la CIA y el FBI estaban listos para arrestar a los empresarios y políticos. Muy pocos sabían de la operación. Explicó también la estructura del acuerdo para proteger a Chen. Entre todos decidieron que lo mejor era avisarle oficialmente de que el gobierno de EE. UU. conocía su red, la mantendría en reserva mientras Chen "no pisara este país" y, en el futuro, podría requerir usar a sus operativos en China. Le advertirían que lo vigilarían y, si se pasaba de la raya, lo delatarían ante Pekín. Chen jamás entendería cómo descubrieron todo. Seguiría bajo estricta observación.

Tal como se había convenido, el general Collins llamó al presidente para confirmar que todos los operativos chinos salieron del país o estaban en camino de hacerlo. Entonces el presidente dio luz verde al grupo conjunto CIA-FBI para actuar.

San Antonio, Texas, EE. UU., 2016
Día 8, 12 p. m. Hora del Centro (CT)

Antonio Barrios era hijo de un mecánico inmigrante nicaragüense y de una nadadora olímpica norteamericana. Creció en San Antonio, Texas, y se hizo a sí mismo, siendo perfectamente bilingüe. Tenía la ventaja de moverse con soltura en ambos lados del espectro cultural del país. Muchos años atrás, logró resolver su mayor desventaja —la falta de financiamiento— con un movimiento ágil que no le costó nada. Desde entonces, las épocas de verse superado en fondos de campaña habían terminado. Su siguiente paso, tras completar su puesto actual en la Legislatura Estatal, era el Congreso de los Estados Unidos. Y nunca sintió que le debiera algo a Andy Chen. Cuando llegara el momento, Chen se llevaría una sorpresa, porque Barrios no cedería en nada que no se ajustara a la ley.

Con 1,88 m (6'2") de estatura, cabello oscuro cortado al rape, ojos azules y la sombra de una barba muy tupida, Barrios se asemejaba más a un ex Navy SEAL o a un jugador de fútbol americano que a un político. Conducía una pickup grande de cabina doble y, esta mañana, visitaba a votantes preocupados por detenciones y deportaciones masivas de inmigrantes con hijos en la escuela, mujeres embarazadas y personas casadas con ciudadanos estadounidenses. Su papel consistía en tranquilizar a la comunidad, aunque sabía que poco podía hacer. Además, debía mantener una postura firme contra la inmigración ilegal, pues gran parte de quienes lo apoyaban —en su mayoría hispanos— se lo exigían.

Aparcó su vehículo frente a la iglesia del vecindario y bajó. Líderes comunitarios y el sacerdote lo aguardaban en lo alto de las gradas, listos para recibirlo. Justo entonces, varios SUV negros irrumpieron en el estacionamiento, se dirigieron directamente hacia él y bloquearon su camioneta. Agentes del FBI bajaron de los vehículos y se ubicaron con la mano en sus fundas de arma, rodeándolo. El líder del grupo avanzó:

—¿Antonio Barrios?

—Sí.

—Queda usted detenido.

—¿Cómo?

De inmediato lo esposaron. Luego, dentro de la camioneta oficial, le leyeron sus derechos y le informaron que lo acusaban de espionaje y alta traición. Después salieron del lugar en menos de un minuto. Sus electores, atónitos, se quedaron con las llaves de la pickup sin saber qué hacer. El mundo de Antonio Barrios se había derrumbado en menos de sesenta segundos.

El negocio de Roland Keough iba viento en popa. Fabricaba un secador de manos revolucionario que sustituía las toallas de papel en espacios públicos. Un grupo de ex científicos del MIT había inventado el motor del secador, capaz de secar las manos en 15 segundos. Succionaba el aire, lo deshumidificaba y luego lo soplaba sobre las manos. Hacía poco desarrollaron un lavabo con dispensador de jabón sensible al movimiento en el lado izquierdo, un grifo de agua al centro y un secador de manos a la derecha.

Pero dos años atrás, la situación no lucía tan bien para Keough. No tenía dinero para invertir en la tecnología de aire seco, ni para fabricar un prototipo del motor. Sus ventas de secadores tradicionales se desplomaban, hasta que conoció a Andy Chen en una feria comercial. Desde entonces, no había tenido problemas de financiamiento; tampoco sabía bien qué pretendía realmente su socio chino. Aquella mañana, Keough tenía a todo su equipo de ventas reunido, llegados de todo el país, para lanzar al mercado estadounidense el nuevo lavabo revolucionario. Cuando entró a la gran sala de conferencias y vio a todos esperándolo, oyó voces y ruidos de empujones a su espalda. Al girar, distinguió a varios agentes del FBI que se dirigían hacia él. Segundos después, se lo llevaron detenido ante la mirada perpleja de sus empleados, dejando la compañía sumida en la incertidumbre.

—General, muchos de estos individuos en realidad no han hecho nada todavía. Ni siquiera llegaron a pedirles algo. ¿Qué va a pasar con ellos? —preguntó Rainer.

—No lo sé. Eso lo determinarán los expertos. Creo que la cuestión es si formaban parte de la organización de Chen, que resulta ser una estructura de extorsión, o no. Aun así, dudo que se les aplique la misma pena que a quienes sí robaron o recibieron dinero sabiendo para qué era, independientemente de si entregaron algo o no. Avisaré al presidente para que lo examine —respondió Collins.

—General, creo que ahorrarían mucho dinero a los contribuyentes, y mucho tiempo a investigadores y agentes, si utilizan los datos que ya tienen. Todo está ahí. Solo queda que el Fiscal General decida qué cargos formular —opinó Tosh.

—¿Por qué no llamamos al presidente y se lo comunicas? La línea con él sigue abierta —apuntó Rainer.

—Estoy aquí, señores. Denme un minuto; estoy firmando unos documentos y mi asistente ni se imagina que estoy hablando con ustedes a la vez —se oyó la voz de O'Sullivan.

Transcurrieron un par de minutos.

—General, ¿entiendo que algunos o muchos de estos sujetos nunca llegaron a entregar nada ni se lo pidieron?

—Así es.

—¿Pero los clasificaron como traidores por estar en la misma red con un mismo manejador?

—Correcto.

—Espere. Llamemos al Fiscal General —dijo el presidente.

Marcó a Gene Cartwright:

—Gene, los muchachos plantean una duda, más allá de lo que hablamos antes respecto a darles beneficios a cambio de confidencialidad…

Mientras el presidente resumía la situación a Cartwright, Rainer, con la venia de Tosh y Collins, consultó a la computadora cuántica cuántos habían entregado algo a Chen y cuántos nunca recibieron solicitud alguna.

—Señor presidente, en realidad depende de nosotros —explicó Gene Cartwright—. Si queremos ser duros, podríamos acusarlos a todos por igual. O, si lo prefiere, y busca ser más flexible, se podría reducir a multas monetarias.

—General, ¿cuántos de ellos entregaron realmente algo? —preguntó el presidente.

Rainer ya tenía la respuesta, y el General podía verla también.

—Señor, el sistema ha creado tres grupos. Siete sujetos sabían, a cambio del dinero, que eventualmente se les pediría cosas de dudosa legalidad.

—Eso es conspiración —aclaró Cartwright.

—De esos siete, solo tres llegaron a entregar algo.

—¿Qué entregaron?

—En un caso, documentos clasificados del ejército de EE. UU., y el resto, material con derechos de autor o patentes.

—Bien, solo hay un espía como tal. El resto son dos de espionaje industrial y cuatro por conspiración para cometerlo. Los demás podrían enfrentar cargos por lavado de dinero o recibir multas, o deberían devolver el dinero al origen, salvo que sea lícito —detalló Cartwright.

Rainer se apresuró a consultar el origen de los fondos, mientras Cartwright hablaba.

—Así, la situación deja de ser un escándalo nacional y queda en anécdota —concluyó O'Sullivan, con su instinto político—. Mi opinión es hacer lo que sugieres, Gene.

Rainer tenía la información:

—Señor presidente, si me permite.

—Adelante, Rainer.

—Todos los fondos provienen del Banco Central de Taiwán.

—Limpio como una patena —observó Cartwright.

—Gene, haz lo tuyo. Sugiero acusar a esos siete según tus recomendaciones; a todos los demás, los dejamos libres con la condición de firmar un acuerdo de confidencialidad y reembolsar los préstamos si se vencen —dispuso el presidente.

—Muy bien, señor.

—Gene, necesito cláusulas aún más estrictas de confidencialidad para esos siete, a cambio de cierta indulgencia.

—¿Qué tipo?

—Te lo dejo a tu criterio, pero es indispensable.

—Entendido, señor.

—General, ¿cuántos políticos hay entre esos siete?

—Ninguno.

—¿Puros empresarios estadounidenses?

—Sí.

—¿Y Molina?

—No figura, señor.

—Entonces, ¿sale indemne?

—Usted decide, señor.

—De acuerdo, iremos sobre seguro.

El presidente llamó al director de la CIA, Mark Thiel:

—Mark, tras revisar más detenidamente la evidencia, el Fiscal General y yo concluimos que, excepto por siete individuos, a todos los demás se los debe soltar de inmediato, incluido el senador Molina. Cada uno firmará un contrato de confidencialidad integral y, además, no podrá volver a contactar a Andy Chen, bajo riesgo de ser procesado por traición. También acordarán devolver el dinero prestado por Chen en las fechas pactadas. Quiero que se lo comuniques al FBI, para que las oficinas en campo procedan. Gene remitirá la documentación a cada agencia de campo.

—Comprendido, señor presidente. Nos pondremos en marcha antes de trasladar detenidos.

—**Caballeros, debo cortar** — dijo el presidente.

Al colgar, todos se movilizaron para cumplir sus órdenes.

San Antonio, Texas, EE. UU., Sala de interrogatorios del FBI, 2016
Día 8, 5:00 p. m. (CT)

Antonio Barrios presenció el derrumbe de su vida en cuestión de segundos y, desde hacía horas, lo sometían a un interrogatorio incansable. Sí, admitía haber recibido dinero de Andy Chen, pero como préstamos legales y documentados, con intereses y a largo plazo. No, jamás le pidieron —ni ofreció él— nada indebido a Chen. Jamás traicionaría a su país. Nunca.

Los agentes del FBI iban y venían, lo amenazaban, le decían que pasaría el resto de su vida en prisión, que su carrera política había terminado, que era un espía y un traidor. Así sin parar, desde que llegó. En la práctica, el equipo a cargo de su arresto no tenía información sólida para interrogarlo. ¿Dónde estaban las pruebas de traición? Al parecer, el sospechoso se mostraba inquebrantable y algunos agentes creían que decía la verdad. Además, tras el briefing inicial, no habían recibido noticias de la central en tres horas.

La orden original estipulaba enviarlo a DC antes de las 7:00 p. m. de ese mismo día, y pensaban cumplirla.

—Barrios, vamos. Debe ponerse el traje de preso. Hay que alistarlo para el traslado —indicó un agente federal.

Barrios sentía frío, sed y miedo. Mientras lo llevaban, llegó un comunicado que dejó perplejos a todos. Lo recibieron en sus iPhones al mismo tiempo. Las instrucciones eran claras y traían los documentos adjuntos.

—Bien, Barrios, parece que ha tenido suerte. Llame a su abogado y que venga cuanto antes.

—No tengo abogado penalista.

—En estos tiempos, todos deberían tener uno. Pues búsquese uno, cuanto antes.

Antonio, pese a no entender nada, activó su instinto de supervivencia. Le permitieron llamar y su gente contactó a uno de sus partidarios más influyentes, además de ser uno de los mejores abogados penales de la ciudad. Barrios avisó a los agentes y ellos pidieron el nombre y teléfono.

Luis Felipe Rodríguez llegó indignado, dispuesto a armar un gran escándalo. Habían atropellado los derechos de Barrios.

"Ya verían cuando esto saliera en los medios y se dieran cuenta de lo que le hacían a la comunidad hispana de la ciudad", pensaba mientras conducía en plena hora punta, hasta que le sonó el teléfono.

—¿Señor Rodríguez?

—Sí.

—Manténgase en línea, por favor; le paso al Fiscal General de EE. UU.

—*"Madre mía, esto no es asunto menor"*, pensó.

—Luis Felipe, cuánto tiempo.

—Así es, Gene.

—Mire, no dispongo de mucho tiempo. Sé que representa a Antonio Barrios.

—Correcto.

—Su cliente tomó una decisión lamentable al aceptar dinero de Andy Chen, un espía extranjero.

—Pero las donaciones provienen…

El Fiscal lo interrumpió:

—Cinco millones y medio en préstamos no son una donación. Y con eso impulsó la carrera política de Barrios estos últimos años.

—¿No es algo reciente?

—No, no lo es. En fin, Luis Felipe, el fondo es que, inicialmente, planeábamos imputarle conspiración, pero se decidió, con aval del presidente, no acusarlo, bajo estas condiciones:

    1. pagará una multa de 250.000 dólares,

    2. reembolsará los préstamos de Chen en sus fechas de vencimiento,

3. firmará un estricto acuerdo de confidencialidad (usted también),

4. y no volverá a contactar a Chen ni a sus asociados.

5. Si incumple algo, lo procesaremos de inmediato.

Encontrará los papeles en la oficina del FBI. Tengo que colgar.

La línea se cortó. Rodríguez siguió conduciendo en silencio y estupor hasta llegar a la oficina del FBI.

Allí lo condujeron a un cuarto de interrogatorios donde Barrios daba vueltas, inquieto.

—Luis Felipe, esto es un atropello… —soltó Barrios.

Rodríguez lo frenó en seco:

—¡Cállate, Antonio! Siéntate y no hables más o me voy. Estás hasta el cuello.

Llamaron a la puerta; el agente a cargo entregó a Rodríguez varios documentos en blanco para que los revisara y, de coincidir, firmaran. El abogado leyó todo con calma y luego explicó cláusula por cláusula a Barrios.

—¿Entiendes que si violas algo de esto, te acusarán y juzgarán?

—Sí.

—Pues firma y salgamos de aquí.

Ante un notario, Barrios firmó todos los documentos. También Rodríguez rubricó su propio acuerdo de confidencialidad. Minutos después, ambos salieron de la oficina del FBI en San Antonio.

Barrios quiso agradecerle, pero Luis Felipe lo interrumpió:

—Antonio, qué decepción. Te pasaré la factura y la pagarás. No hay favor. Nuestra amistad acaba aquí y mi voto por ti está perdido para siempre.

Chicago, Illinois, EE. UU., Oficina del FBI, 2016
Día 8, 6:00 p. m. (CT)

Ronald Keough salió aliviado, acompañado de su abogado.

—Ronald, fue una imprudencia total —le recriminó el letrado—.

—Oye, sin Chen no habríamos seguido a flote. No podía pagar ni el alquiler ni las nóminas, y él nunca me pidió nada —se defendió.

—Pues, por tu bien, mantente alejado de ese sujeto.

Escenas similares se repitieron en todo el país, excepto para siete personas que sí fueron acusadas y, tras declararse culpables y firmar acuerdos de confidencialidad, recibieron penas de entre dos y cinco años. Uno fue sentenciado a cadena perpetua con posibilidad de libertad condicional. Por instrucción del presidente, todo se resolvió antes de la medianoche de ese mismo día.

Shanghái, China, 2016
Día 8, 6 P. M. (CST)

Andy Chen pasó todo el día recibiendo y acomodando en la ciudad a los operativos que seguían llegando. La mayoría estaba molesta o insegura respecto a su futuro, pero, por encima de todo, aliviada. Andy también se sentía aliviado, pues su mensaje había llegado justo a tiempo. Aun cuando no había trascendido a la prensa, supo por familiares y amigos que toda su red de empresarios y políticos estadounidenses había quedado desmantelada, y que todos habían sido detenidos. Andy imaginaba las reacciones de los estudiantes chino estadounidenses y se enteró de que cada uno de ellos había huido. Creía haber logrado anticiparse a las autoridades de Estados Unidos.

Las primeras señales de que algo no marchaba bien surgieron de manera casi inadvertida. Quince minutos antes, lo había llamado San-Chang Lin:

—Señor Andy, llamé a mis tíos en casa y les pregunté si alguien había pasado a buscarme; me dijeron que no.

—Sin duda estarán vigilando tu casa, esperando a que aparezcas.

—De acuerdo; solo quería hacérselo saber.

Luego lo llamó Joe Lee, con la misma noticia, agregando que había hablado con su antiguo empleador para coordinar la entrega de su trabajo de desarrollo y, además, le preguntó a su asistente y a la recepcionista si alguien había llamado o aparecido allí preguntando por él. Ambas habían dicho que no. Andy le dio la misma respuesta, pero cuando cerca de una docena de sus operativos lo llamaron con idéntico relato, se inquietó y empezó a hacer indagaciones.

La primera gran sorpresa llegó cuando llamó desde su número privado habitual al móvil de Antonio Barrios, y él atendió en persona:

—¿Antonio? ¿Eres tú? Habla Andy.

Lo único que oyó fue un clic al colgar Barrios. Volvió a marcar varias veces, pero sus llamadas fueron rechazadas.

Después llamó a la oficina de Barrios y logró comunicarse con su asistente personal:

—Un momento, señor Chen, por favor aguarde.

Se produjo una pausa prolongada.

—Señor Chen, ¿sigue en línea?

—Sí.

—Le comunico.

—Señor Chen, habla Luis Felipe Rodríguez. Soy abogado penalista y represento al señor Barrios. Ha firmado un acuerdo con la Fiscalía de Estados Unidos que le prohíbe mantener más contacto con usted. Para lo que necesite, por favor comuníquese conmigo directamente.

Rodríguez le dio a Andy sus datos de contacto.

—El señor Barrios se compromete a cumplir todas sus obligaciones económicas con usted en las fechas de vencimiento de los préstamos.

Al colgar, Andy Chen se quedó preguntándose qué sucedía. Decidió revisar toda su red de empresarios y políticos y, tras tres horas de trabajo, llegó a la conclusión: solo detuvieron a quienes habían discutido con él o le entregado algo; los demás fueron liberados, pero se les prohibió tratar más con él. Así que sabían que era él el cerebro del entramado. ¿Por qué dejaron ir al resto? ¿Acaso descubrieron solo una parte de la red? ¿O lo hicieron tarde? ¿O de forma deliberada? Tenía que informar de inmediato a sus superiores, y eso debía hacerlo en persona. Por desgracia, tendría que posponerlo, porque primero necesitaba acomodar a todos sus operativos y recibir instrucciones sobre si disolver la red o reubicarla en otro lado. Salir de inmediato le resultaba complicado, y para cuando hubiera terminado de atender a todos, pasarían al menos dos o tres días antes de poder reunirse en persona con sus jefes.

Washington D. C., Aeropuerto de Dulles/Oficina del FBI, 2016
Día 8, 6 A. M. (ET)

Gilbert Molina se sentía devastado emocionalmente y al borde de un colapso cuando bajó del avión y comprobó que sus peores temores se hacían realidad.

—Senador, por aquí, por favor.

—¿De qué se trata?

—Somos del FBI; necesitamos plantearle unas preguntas; le sugiero cooperar para que se maneje todo con discreción.

—De acuerdo.

Los siguió; mientras avanzaban por la terminal, le pidieron su pasaporte para tramitarle la entrada por Migración y Aduanas. Quince minutos después, estaba sentado en la oficina que el FBI tenía en el aeropuerto de Dulles.

—Senador Molina, llame a su abogado y pídale que venga enseguida.

—¿Civil?

—No, penal.

—Está bien, haré la llamada.

Molina comprendió que, fuera lo que fuese, al menos no habían presentado cargos formales. Iba repasando la situación para intentar descifrarla. Llamó a su abogado penalista, Phil Duncan, y ahí fue cuando cometió el peor error:

—¿Phil?

—Gilbert, ¿cómo estás?

—Estoy en un aprieto. Acabo de aterrizar desde Shanghái y los agentes del FBI estaban esperándome en la puerta. Ahora mismo estoy en su oficina en Dulles. Quieren que mi abogado esté presente antes de que hable con ellos.

—¿Te han inculpado de algo?

—No.

Se hizo un silencio en la línea.

—Quizás quieran ofrecerte un arreglo conmigo allí. Pero no les hace falta mi presencia para imputarte formalmente.

—¿Por qué asunto?

—Gilbert, si tú no lo sabes, menos lo sé yo.

—¿Cuánto tardas en llegar?

—Voy para allá.

—Viene en camino —dijo Molina al colgar.

Phil Duncan habría preferido que Gilbert llamara a otro abogado. Tras el derrumbe del padre de Gilbert, Leroy Sinclair, su intuición le dictaba guardar distancia con Molina. Nunca había simpatizado con el padre; su relación siempre había sido con Gilbert, pero ya no importaba. De cualquier modo, estaba completamente implicado.

Zermatt, Suiza, Centro de Datos de Zermatt, 2016
Día 8, 12:30 P. M. (CET)

Rainer percibía al detalle cada pensamiento de Molina. No era sencillo, pues también vigilaba a Chen y mantenía alertas para todos los incidentes que involucraban a su equipo (entregas, pagos anómalos, etcétera). Pero su atención principal seguía siendo Molina, ya que resultaba el nexo entre la conspiración y la red de Chen. La gran duda para Rainer seguía siendo: ¿eran hechos separados o parte de una misma operación?

La estrategia del general Collins, de esperar discretamente a Molina en su llegada y pedirle firmar un acuerdo de confidencialidad antes de salir del aeropuerto, era sensata. Molina era el único congresista de EE. UU. al que Chen había financiado. No necesitaban otro escándalo adicional a los titulares sobre espionaje que involucraban a un empresario estadounidense, ni a la conspiración de otros seis, también acusados de espionaje.

Como parte de la rutina, Rainer preparó los "identifiers" en Dulles para registrar a Duncan en la red neuronal. A solicitud del general Collins, y con aprobación presidencial, se disponía de la autorización para ejecutar sobre Duncan los CDAs 322 a 324, considerándolo parte de la red de Chen. Dos "identifiers" apuntaban a la oficina del FBI, confirmando la ubicación de Molina (pues su señal cerebral ya estaba registrada gracias a Musial). Después, Rainer escaneó todas las señales cerebrales en esa oficina sin registrarlas; quedó así todo listo para que, en el momento en que Duncan apareciera, lo engancharan a la red de inmediato.

Washington D. C., Aeropuerto de Dulles / Oficina del FBI, 2016
Día 8, 7 A. M. (ET)

Phil Duncan entró en la oficina del FBI con la intención de largarse lo antes posible. Un agente le entregó el documento del acuerdo y le explicó la situación de Molina. Lo leyó y, al acabar, permaneció varios minutos en silencio.

¿Por qué hacían esto? ¿Qué faltaba?, se preguntaba.

—Gilbert, está todo bastante claro, sin rodeos. Asumes las consecuencias de no volver a comunicarte con Chen, ¿verdad?

—Sí.

—También comprendes que tendrás que devolverle los préstamos en sus fechas de vencimiento.

—Sí.

—Vale; entonces firma. Te aviso que, como me metiste a mí en esto, también debo firmar un acuerdo de confidencialidad.

Tras firmar ambos, salieron sin hablarse.

—¿Tienes equipaje?

—No, solo esta maleta de mano.

Se dirigieron al coche de Duncan y, ya dentro, este explotó:

—¿Te volviste loco? De todos los abogados de la ciudad, ¿tenías que llamarme a mí?

—¿No era una "situación de emergencia"?

Duncan calló. Claro que lo era, y lo sabía. Pero implicarlo en un documento oficial…

Mientras manejaba hacia la ciudad, y con Molina a su lado, todos los recuerdos de la vida de Phil Duncan se estaban descargando al centro de datos de Zermatt. Y bien que era para preocuparse, pues iba a salir a la luz su doble vida.

Zermatt, Suiza, Centro de Datos de Zermatt, 2016
Día 8, 2:30 P. M. (CET)

Rainer y el general Collins llevaban media hora revisando la información sobre Duncan. Lo único claro era que no estaba metido en la conspiración del expresidente Thomas ni conocía a Chen; tampoco había tratado con él. Más allá de eso, todo se ensombrecía.

Phil Duncan era un reclutador para el gobierno de Taiwán. Su tarea era localizar políticos incipientes y con pocos recursos, como Molina; empresarios con la misma carencia económica y vínculos con China; y a estudiantes chino-estadounidenses de carreras cuantitativas (ingeniería, matemáticas y ciencias). La información la enviaba a la embajada de Taiwán, y en un par de semanas ellos respondían si estaban interesados en cada uno de esos perfiles. Así, durante la última década, Duncan había aportado miles de nombres. Tenía un pequeño equipo que se hacía pasar por periodistas en un semanario económico de Washington D. C., que en realidad era una tapadera. Lo adquirió cinco años atrás cuando daba pérdidas y despidió a casi todo el personal, salvo a la imprenta externa. En realidad, bastaban cuatro horas semanales para editar el semanario; el resto lo dedicaban a investigar: viajaban por el país visitando universidades, consultando registros mercantiles y revisando archivos periodísticos locales. Ninguno sabía para qué se usaba la información. Duncan percibía millones de dólares por sus servicios, con un honorario mensual de 250 000 dólares.

Washington D. C., EE. UU., Búnker de la Casa Blanca, 2016
Día 8, 2:45 P. M. (ET)

La sala de guerra del general Collins estaba repleta de actividad. Su equipo analizaba cada minucia de la vida de los 1 270 operativos de Chen, lo cual duraría semanas o meses. Y aún quedaría la fase más complicada: profundizar en todas las personas con las que esos 1 270 hubiesen interactuado a lo largo de sus vidas. Rainer se había ofrecido a manejar esa etapa desde Zermatt, y Collins acabaría por aceptarlo.

—¿Qué opinas? —preguntó Rainer.

—Creo que en el país puede haber varias redes en funcionamiento.

—Así que Chen nunca se topó con Duncan porque todos los informes de reclutas potenciales venían directamente del gobierno taiwanés, que a su vez los obtenía de Duncan.

—Exacto. Duncan, además, hace el primer sondeo con las personas aprobadas por Taipéi para ver cuánto necesitan el dinero. Se reúnen varias veces a lo largo de meses. Duncan no habla de la identidad de su patrocinador. Se presenta como un abogado forrado de contactos mundiales. Después de ese proceso, informa a la embajada.

—Sí, y no es él quien recluta

—Exacto. Duncan solamente capta candidatos para Taiwán; luego, la embajada pasa esos datos a Chen, que es el reclutador real en suelo estadounidense. Pero todos los ciudadanos chinos son reclutados por Chen directamente en China, antes de venir aquí.

—Tiene sentido; no necesitan a Duncan para eso.

—Chen dispone de su propio equipo en China continental, encargado de identificar a quienes reciben becas para estudiar afuera.

—Pediré al presidente que nos reserve un espacio para analizar este tema a fondo. Te avisaré de la hora.

—Perfecto, avísame.

—Antes de que te vayas, debemos contactar con Chen cuanto antes.

—De acuerdo, lo haré.

Zermatt, Suiza, Centro de Datos de Zermatt, 2016
Día 8, 10 P. M. (CET)

Rainer tenía autorización del general Collins para examinar la información extraída de CDA-324 sobre todas las personas con las que habían interactuado los operativos de Chen a lo largo de sus vidas. Era un volumen cien veces mayor que los datos de CDA-323 de los operativos. Mientras el equipo del general los revisaba también, el laboratorio de Zermatt contaba con los algoritmos matemáticos y la infraestructura necesaria para procesarlos con más eficiencia.

Por ahora, la prioridad de Rainer era la información ya procesada de los operativos de Chen, para cruzar sus interacciones en redes sociales con usuarios no listados por Chen. Esas personas también podían ser parte de otras redes. Ese sería su arranque. ¿Cuántas había? Formuló la consulta y la dejó corriendo, ya que abarcaría numerosos sitios web. Esperó hasta recibir los resultados en tandas; quince minutos después, todo estaba listo: había un total de siete individuos.

Cruzó esos nombres con otros grupos en redes sociales que no pertenecían a Chen y aguardó treinta minutos más. Entonces se quedó pasmado: Chen poseía veinte grupos en redes, pero el sistema encontró más de 500 grupos, y esos mismos siete aparecían en todos ellos. Rainer preguntó a la IA:

—Según el contenido observado, ¿qué hacen esos siete sujetos?

El sistema respondió: *Parecen actuar como observadores. Son miembros, pero rara vez participan; sin embargo, en los últimos días han estado más activos, intentando averiguar qué le pasó al grupo de Chen.*

Rainer se detuvo un instante a reflexionar y lanzó otra pregunta:

—¿Existe algún vínculo entre esos siete observadores y Chen o Duncan? Si es así, ¿cuál es?

El sistema contestó: *Hay un nexo indirecto entre Duncan y esos siete porque algunos miembros de esos 500 grupos en redes sociales figuran entre los potenciales reclutas de Duncan.*

—¿En todos los grupos?

La respuesta: *No; lo que se repite es que cada uno de esos 500 grupos cuenta con uno o más de los siete observadores; no obstante, no todos los miembros de esos grupos están en la lista de posibles reclutas de Duncan.*

Era una invasión. Taiwán estaba absorbiendo la base de conocimientos de Estados Unidos ante sus narices sin que ellos se dieran cuenta. Rainer alertó con urgencia a Collins, y una hora después estaban todos conectados, incluido Tosh.

Zermatt, Suiza, Washington D. C., Miami, Florida, EE. UU., 2016
Día 8, 11 P. M. (CET) / 5 P. M. (ET)

Rainer detalló cada hallazgo con sus posibles implicaciones. El presidente habló primero:

—Tenemos que hablar con Chen y sumarlo a nuestra causa, como quedamos. Tosh, Rainer: repitan lo hecho con su red para registrar a esos siete observadores y, además, confirmen si alguien de las redes sociales en la lista de candidatos de Duncan ha sido reclutado. Sin ahorrar recursos ni alertar a nadie: primero debemos saber con quién se relacionan y qué han hecho. Empecemos ya, no hay tiempo que perder, e infórmenme en cuanto lo sepan. El general Collins y yo no hablaremos de esto con nuestras agencias mientras completan la operación.

—Entendido, señor. Comenzamos de inmediato. Suponiendo que esos siete son personas reales, primero hallaremos sus ubicaciones y analizaremos cuántos "identifiers" y "carriers" se necesitan; los neutralizaremos en poco tiempo. Además, revisaremos a todos los que Duncan ya ojeó, para comprobar si fueron reclutados. Tardará varios días. ¿Cuándo desea llamar a Chen?

—Ahora mismo.

Shanghái, China, Washington D. C., Búnker de la Casa Blanca, 2016
Día 9, 6:00 A. M. (CST) / Día 9, 6:00 P. M. (ET)

Andy Chen llevaba dos días apagando fuegos sin parar. Había reservado un vuelo a Hong Kong en dos horas y se preparaba para salir hacia el aeropuerto. Le esperaba una jornada intensa, pero era el único modo de encontrarse con su superior. Necesitaba detenerse en Hong Kong para ver al jefe de la organización en China, Lin Chang, su jefe "oficial". En la práctica, Chang no manejaba operaciones fuera del territorio continental. Chen respondía directamente a su auténtico jefe, pero debía ceñirse al protocolo e informar primero al señor Chang. Su chofer lo aguardaba abajo, de modo que tomó su equipaje y se dirigió a la puerta. Entonces ocurrió algo que lo dejó helado en el sitio:

—Señor Chen, buenos días. Cálmese, siéntese. Tenemos que hablar. Estoy enviando mis pensamientos directamente a su cerebro. Puede responder en voz normal, y yo lo oiré con toda claridad. Señor Chen, no hay ningún dispositivo en su casa ni en su cuerpo, y podremos mantener la misma conversación en cualquier otro lugar al que vaya. Además, ya hemos descargado su historia de vida completa, en video de alta definición, desde el día en que nació. También estamos grabando en tiempo real todo lo que usted ve y piensa, al igual que esta charla; podemos hacerlo en cualquier sitio donde usted se encuentre. Le sugiero que llame ahora mismo a su temido líder en Hong Kong y cancele su cita, porque no va a ir.

Andy obedeció al instante.

—Señor Chen, del mismo modo que lo sabemos todo sobre usted, sabemos también lo que sucede con su red y su empleador. Ahora tenemos dos opciones: podemos llamar al gobierno chino y entregarlos a todos, con su red completa, o puede empezar a trabajar para nosotros de inmediato. En ese caso, podrá proseguir con su negocio como hasta ahora, incluida la operación de su red, siempre que no vuelva a tener ningún contacto con nuestro país.

—¿O sea que trabajaré para dos amos?

—Así es, pero uno de ellos, su empleador, no sabrá nada.

—¿Cómo evitaré informarles?

—Si siquiera lo piensa, nos enteraremos. Señor Chen, lo estamos grabando ahora mismo.

—¿Y qué se supone que haré para ustedes?

—Con el tiempo se lo diremos, pero primero lo dejaremos instalar su nueva operación en China. Señor Chen, aunque pase un papel a alguien, lo registraremos.

—¿Por qué no arreglarlo solo conmigo?

—No, su red es parte del trato; nos aporta más de mil agentes dentro de China.

—¿Quiere decir que aun así podré establecer y manejar mi red, tal como planeaba?

—Sí, es libre de espiar cuanto quiera, mientras no perjudique de ningún modo a los Estados Unidos. Señor Chen, tenemos acceso a todas sus cuentas de Facebook, Twitter y a las de sus operativos. Y recuerde, usamos la misma tecnología con cada miembro de su red y, cada vez que piense algo, nosotros lo sabremos, quizás antes que usted.

—¿Cómo va a ser mi relación con mi empleador?

—Nada cambia, señor Chen. Continúe su negocio como siempre, sin modificar nada, porque lo sabremos. Comunique, planifique y ejecute tal cual venía haciéndolo. Sabemos que se propone explicar a sus jefes lo que pasó con su red en Estados Unidos, cómo detuvieron a ciertos operativos y otros no. También sabemos que planea proponer la instalación de la misma red de agentes en la China continental. Adelante, siga con esos planes. No necesitamos que cambie sus rutinas ni sus planes inmediatos. Nosotros nos involucraremos a fondo cuando deba reubicar a sus operativos, de modo que satisfagan nuestros propósitos además de los suyos. Señor Chen, vamos a mostrarle imágenes de momentos clave de su vida en un video de cinco minutos. Luego le enseñaremos, además, el proceso completo de sus pensamientos en los últimos cinco minutos.

Las imágenes desfilaron dentro de la mente de Chen, quien quedó atónito. El texto de sus pensamientos era aún más aterrador:

"ENCONTRARÉ LA FORMA DE ALERTAR A MIS SUPERIORES. SEAN PACIENTES. CERDOS IMPERIALISTAS, SOY MÁS LISTO QUE USTEDES. SERÉ SU SUMISO SIRVIENTE HASTA QUE LOGRE DERROTARLOS".

El texto se mostró hasta el final, y siguió un silencio prolongado.

—¿Señor Chen?

—Sí.

—Señor Chen, creemos que no lo ha entendido bien. Ahora mismo solo le queda trabajar con nosotros. Por cierto, si decide quedarse fuera de China en su viaje, pasarán dos cosas: primera, no podrá demostrar nada de la tecnología que le estamos aplicando; y, lo más importante, divulgaremos ante su gobierno todo el material fílmico sobre sus reiterados actos de corrupción y su traición al país.

Por fin, el dragón había sido encadenado. Chen supo que había sucumbido y que estaba obligado a servir al enemigo, el mismo al que se empeñó en destruir con tanto fervor durante décadas.

—Si se me permite, ¿con quién estoy hablando?

—Soy su contacto. De ahora en adelante, llámeme Freedom-Hawk. Señor Chen, siga con sus actividades y cuando sea oportuno nos pondremos en contacto.

Washington D. C., EE. UU., La Casa Blanca, 2016
Día 9, 7:00 P. M. (ET)

El general Collins terminó la comunicación con Chen, y en su mente veía los rostros del presidente de los Estados Unidos y de Nicolás Tosh.

—General, ese tipo es una fiera salvaje y odia a nuestro país con toda su alma. No sé si podremos domarlo. Aun así, bien hecho: contempló cada posible ángulo que se me ocurre.

—Ha sido un trabajo de equipo con Tosh y los suyos, señor.

—Caballeros, sé que tenemos un asunto urgente, pero como sabrán, esta noche tenemos la Cena de Estado, qué ironía, con el presidente chino, de visita oficial para impulsar su admisión al G-7. Debo irme. Volveremos a reunirnos, ya sea esta noche más tarde o mañana por la mañana.

Washington DC, EE. UU., La Casa Blanca, 2016
Día 9, 11:00 P. M. (ET)

—Caballeros, me alegra que hayamos podido reunirnos de nuevo esta noche. Vine tan pronto como pude —comunicó O'Sullivan mientras entraba al Despacho Oval.

El presidente lucía aún ataviado para la Cena de Estado, y mientras hablaba se quitaba la pajarita y se desabrochaba el cuello de la camisa. El general Collins se encontraba en la sala de telecomunicaciones del búnker de la Casa Blanca, en comunicación mental conjunta con Rainer y Tosh.

—Señor, intervino Tosh, más temprano hoy, Rainer llevó a cabo una comparación cruzada de los grupos en redes sociales que Chen usaba como herramienta de comunicación con sus operativos. Descubrió que hay siete individuos que aparecen en todos los grupos, pero no forman parte de la red de Chen según los contactos de su iPad. Luego, Rainer cotejó a esos siete individuos en la totalidad de sitios de redes sociales de EE. UU. y halló que los mismos siete individuos pertenecen a 500 grupos distintos. A simple vista, esos perfiles parecen cuentas ficticias utilizadas para observar la mensajería y el tráfico de los grupos.

—Señor, continuó Rainer, el nexo común de esos "siete observadores" es que, en cada uno de esos 500 grupos de redes sociales, al menos uno o más miembros figura en la lista de prospectos que Duncan reclutó para el gobierno de Taiwán.

—¿Y Phil Duncan está en el meollo de todo? —preguntó O'Sullivan.

—No en el centro, señor, pero su papel ha sido determinante porque localiza a la mayoría de los candidatos y luego se los sugiere al gobierno taiwanés —respondió Tosh.

—¿La mayoría?

—Él no interviene en reclutar a ciudadanos chinos, pues eso se hace directamente en China. En EE. UU., Duncan identifica tres grupos principales: empresarios locales con necesidad de capital, políticos estadounidenses que precisan fondos de campaña y ciudadanos de origen chino.

—O sea que potencialmente hay cientos de políticos y empresarios comprometidos, pero ignoramos quiénes son.

—Aún no sabemos si están realmente comprometidos, señor —terció Rainer.

—¿Y Duncan?

—No tiene relación personal con los prospectos que ubica. Su contacto es únicamente con la Embajada de Taiwán. Sin embargo, sí entabló amistad con dos de las personas que perfiló: el senador Molina y Antonio Barrios, legislador estatal de Texas, quien además forma parte de la red de Chen. En consecuencia, Duncan no nos sirve para dar con los "siete observadores".

—De acuerdo, señor, añadió Collins, Rainer explicará ahora qué hacemos en un principio.

—Señor, continuó Rainer, hemos descargado los nombres, fotos y correos electrónicos de los sujetos que Duncan propuso a la embajada, tal como aparecen en redes sociales, excepto los perfiles que tienen la privacidad muy cerrada.

—¿Y en términos de porcentaje, de cuántos datos estamos hablando? —preguntó el presidente.

—A excepción de los ciudadanos chinos reclutados directamente en China, creo que cubriremos más del 90 % del resto; luego aplicaremos la misma táctica usada con Andy Chen para evaluar a cada uno. Además, llevamos a cabo dos acciones más. Primero, rastreamos el tráfico en las redes sociales buscando indicios de reclutamiento desde la lista de Duncan. Hasta el momento, tenemos algunos nombres y apodos, pero no mucho, porque se comunican sin usar datos personales en sus mensajes. La segunda iniciativa pinta mejor: repetiremos lo hecho con Molina, es decir, seguir a los prospectos rumbo a China. Ahora mismo, vigilamos a un puñado de individuos que han recibido notificaciones en las redes invitándolos a viajar a China. El problema es que no sabemos quiénes son, ya que sus perfiles son privados.

—General Collins, consultó O'Sullivan, supongo que todo esto exige tiempo y paciencia, ¿cierto?

—Así es, señor.

—¿Por qué la caída de la red de Chen no afectó a esos siete observadores?

—En parte sí, señor, y el tráfico en redes lo confirma, pero con el paso de los días, al no ver acusaciones formales ni apenas arrestos, se han quedado confundidos. Creen que, por ahora, están a salvo, y que la cuestión de Chen quizá sea un caso aislado o un exceso de reacción. Hace unos días, los siete perfiles ficticios estaban frenéticos buscando respuestas; ahora han vuelto a su rutina de "sola observación".

—¿Y Duncan?

—Necesitamos que siga con lo suyo como si nada, de lo contrario echaríamos a perder todo.

—No he oído nada sobre cómo identificar a los empresarios y políticos locales, apuntó el presidente.

—Estamos en ello, pero tardaremos unos días, contestó Tosh.

—No es lo bastante rápido ni seguro —replicó O'Sullivan—. ¿No hay algo más que se pueda hacer con respecto a Duncan?

—Rainer, ¿alguna idea? —preguntó Collins.

Rainer permanecía ensimismado, hasta que una leve sonrisa se dibujó en su rostro.

—Sí, señor, hay algo que podemos extraer de los archivos de Duncan. Señor, justo dio con la clave en los datos CDA-324 sobre Duncan: él dispone de los expedientes con toda la gente que perfiló y localizó. Contiene información de sus identidades y contactos.

—Señor Sábato, mencionó que no tendríamos el 100 % de esa gente; ¿por qué? —indagó el presidente.

—Sólo al principio, señor, porque los ciudadanos chinos son reclutados directamente en China. Duncan no participa en eso.

—¿Podría hacer esa indagación mientras el análisis CDA-324 a los operativos de Chen se completa?

—Claro, señor. Y, en cualquier caso, será un trabajo conjunto con el general Collins, de principio a fin.

—Así es —asintió Collins.

—Nicolás, dijo el presidente, ¿algo que añadir?

—Señor, respondió Tosh, pienso que… si Taiwán logró infiltrarse aquí a través de Andy Chen y mil doscientos setenta operativos, ¿cuántas otras redes y personas de otras naciones pueden estar haciendo lo mismo?

—A lo mejor hemos puesto demasiado empeño en la inteligencia y las operaciones encubiertas en el extranjero, reflexionó el presidente, y no hemos prestado bastante atención a proteger la nuestra en casa.

—Señor, afirmó Tosh, es fundamental que este asunto quede en el más absoluto secreto. Si la información saliera a la luz, dañaría irreparablemente nuestra imagen y posición como superpotencia, además de minar la confianza global en el dólar como moneda de reserva. A nivel interno, se convertiría en un desastre, no sólo para su administración, sino que desacreditaría a nuestras agencias de inteligencia. Este tema hay que deshacerlo del mismo modo en que se creó: silenciosamente. Y todos nos comprometeremos a que así sea.

—De acuerdo —contestaron los tres al unísono.

—Muy bien, veo que tenemos un plan. Manos a la obra. Estaré disponible las veinticuatro horas hasta que esto se resuelva. Llámenme cuando sea necesario, a la hora que sea —concluyó el presidente.

Terminada la comunicación, O'Sullivan se quedó sentado, inmóvil. Sabía que, de salir a la luz, su carrera política quedaría destruida. Su legado, arruinado. Sería la prueba flagrante de una debilidad e incompetencia humillante para el país, para su investidura y para la CIA. Al menos se sentía satisfecho de la colaboración entre el general Collins y el equipo de Nicolás, con su tecnología matemática. Había sido un torbellino de acciones con resultados tangibles. Y, además, O'Sullivan apreciaba que el enfoque y la forma de trabajar del grupo encajaran con su propio estilo.

Zermatt, Suiza, La Casa Blanca, Washington DC, Miami, Florida, EE. UU., 2016
Día 10, 6:00 A. M. (CET)/12:00 M. (ET)

—Señor Sábato, ¿cómo piensa empezar?

—Voy a acceder a los datos de la vida de Duncan mediante CDA-323 y extraer todos los nombres que él propuso a lo largo de los años al gobierno de Taiwán y que obtuvieron el visto bueno.

Tosh seguía pensativo. Las palabras del presidente habían causado en él un hondo efecto, sobre todo en lo que respecta a los límites de la Resolución del G-7. Decidió que era momento de que su equipo legal en Zúrich se sumergiera a fondo en los reglamentos establecidos por dichas resoluciones y le presentaran un dictamen acerca de los riesgos y la legalidad, de acuerdo con la Resolución del G-7, en torno a las actividades en las que estaba incurriendo el presidente.

—Nicolás, ¿tiene algo más que añadir?

—De momento no, adelante.

Tanto Tosh como el general Collins dieron por terminada la comunicación.

Rainer accedió a los datos en video grabados de Duncan y comenzó una búsqueda de todas las ocasiones en que la Embajada de Taiwán dio luz verde a algún individuo. Así arrancó el proceso para descubrir la vasta cantidad de redes implicadas. Rainer pensaba que el porcentaje de personas "aprobadas" por la embajada y finalmente reclutadas sería bastante alto. Para abarcar todo el espectro, incluyó otra búsqueda sobre todos los candidatos que se hubieran entrevistado con Duncan después de ser aprobados por la embajada. Quería asegurarse de no pasar por alto nombres ni que hubiera otros que no figuraran en la primera búsqueda. Una sucesión rápida de clips de video empezó a desfilar en la enorme pantalla que colgaba en el vestíbulo, sobre la pared de roca del centro de datos.

Sentado en el quinto piso, Rainer podía contemplar a través de la pared de cristal del pasillo de oficinas cómo la vida de Duncan se reproducía en "avance rápido". Tenía claro que, en cuanto obtuviera la lista, la tarea de registrarlos en la red neural y descargar sus vidas superaría los dispositivos y "carriers" disponibles. En ese momento habría que decidir si efectuar el despliegue de CDA en etapas —con grupos limitados y manejables— o bien aumentar considerablemente tanto la cantidad de "carriers" como de "identifiers".

Tosh había comentado que, una vez tuvieran la información de contacto, deberían enviarla de inmediato al general Collins, pues su equipo se encargaría de comparar dichos nombres con las bases de datos del gobierno de los EE. UU., para ver si alguno de ellos era empleado público y, de ser así, si ocupaba un puesto delicado. La super computadora cuántica del centro de datos usaba un código ternario capaz de procesar 32 768 qubits de información, lo que le daba mucha más velocidad de cómputo que una computadora clásica. Como combinación de física, matemáticas e informática, la computación cuántica había sido un elemento esencial en el desarrollo del centro de datos. Por último, los algoritmos cuánticos patentados de Tosh habían sido el componente final que brindaba toda la potencia necesaria.

Rainer empezó a enviar al general Collins lotes de 1 000 individuos cada uno, apenas los generaba la búsqueda de los datos de video de Duncan. El proceso de búsqueda se aceleró a medida que el sistema aprendía. Finalmente, llevó cuatro horas. Duncan había identificado y presentado para reclutamiento a un promedio de diez personas diarias durante diez años, sumando un total de 36 500 candidatos. Luego Rainer comparó toda la información de contacto con la red de 1 270 operativos de Facebook y Twitter y obtuvo un índice de coincidencia del 87 %, quedándose con 34 770 individuos rastreados, pero no reclutados por Duncan. Se trataba de todo un gran ejército de potenciales espías. Rainer completó la transferencia de dichos datos al general Collins, para que, en el turno nocturno del búnker de la Casa Blanca, se hiciera el correspondiente control de bases gubernamentales.

A continuación, Rainer repitió el proceso aplicado a la red de Chen. El sistema informático del centro de datos inició el mapeo de la lista de operativos, de acuerdo con las direcciones residenciales y los "identifiers" fijos ya instalados, además de las ubicaciones opcionales donde sería necesario colocar "identifiers" temporales para llevar a cabo el trabajo. Los resultados mostraban un enorme vacío formado por 25 000 ciudadanos chinos que vivían en Estados Unidos, cuya identidad quedaba sin confirmar; solo saldría a la luz al localizar a los siete "observadores" y también tras identificar a los 34 770 prospectos localizados por Duncan. Rainer añadió un criterio más al proceso de mapeo de "identifiers": priorizar a empleados de gobierno. La respuesta fue instantánea: no había ninguno en la lista.

Igual que sucedió con la red de Andy Chen, este grupo más numeroso habría sido, potencialmente, una red completa de espionaje industrial. En la de Chen, lo más preocupante había sido la parte de los empresarios y políticos locales, y esas cifras ya casi estaban listas. Cuando el sistema publicó los datos, las noticias fueron mejores de lo esperado: 43 empresarios y 17 políticos localizados por Duncan. Rainer incorporó esa nueva información al proceso de mapeo y se la envió de inmediato al equipo del general Collins. ¿Quiénes eran esas personas? ¿Qué tan alto estaban en el escalafón académico, corporativo y social de los Estados Unidos? La red de Chen contenía un porcentaje mayor tanto de empresarios como de políticos, ¿por qué? Decidió no esperar para empezar a registrarlos. Quienes pudieran identificarse por medio de "identifiers" fijos que apuntaran a su domicilio entrarían en la red neural ese mismo día. Cuando obtuvo el informe de mapeo, Rainer ordenó que todos los "identifiers" fijos iniciaran un rastreo de señales cerebrales en cada una de las direcciones que figuraban en la información de contacto proveniente de los videos de Duncan. Era ya medianoche en EE. UU., un momento idóneo para proceder. Rainer revisó las cifras: equivalía al 30 % del total, es decir, 10 500 operativos. Dio la orden de "GO" y, en 17 ciudades a lo largo y ancho de Estados Unidos, más de un centenar de "identifiers" llevaron a cabo el mayor despliegue de los CDA 319-324 jamás realizado hasta la fecha.

En cada domicilio, el "identifier" instalado en las cercanías recibió la instrucción de rotar y apuntar directamente hacia la dirección del objetivo, y enseguida procedió a rastrear las señales cerebrales en la vivienda. Luego, el sistema captó todas esas señales y descartó las que no correspondieran a la identidad buscada. Al principio fue lento, pero pronto la actividad se incrementó, y comenzaron a aparecer en la red neural una multitud de números de "identifier". Rainer continuó. Configuró un proceso por defecto para que todos los ID entrantes pasaran automáticamente por los CDA 322-324. La supercomputadora cuántica del centro de datos ya estaba procesando el mapeo de todas las direcciones y asignando ID mediante la descarga de CDA-319 a los operativos detectados. Sin embargo, un proceso distinto le reveló a Rainer la primera señal de que algo no marchaba bien.

Todo empezó cuando un pequeño ícono rojo comenzó a parpadear en la pantalla visual de la computadora en el cerebro de Rainer. Este lo vio de inmediato. El ícono contenía la revisión de todas las personas con las que se habían relacionado los operativos de Andy Chen a lo largo de su vida, es decir, la totalidad de datos en video obtenidos con CDA-324. El sistema además detectaba automáticamente si cualquier persona que hubiera interactuado con los operativos de Chen estaba registrada en la red neural, aunque eso no disparaba una alerta. Solo creaba una marca para futuras consultas. Pero en este caso debía de ser algo más, seguramente resultado de la base de conocimiento con inteligencia artificial, vinculado a palabras clave o al tipo de consultas realizadas sobre "redes de espías". Rainer seleccionó el ícono con su pensamiento, y la pantalla cargó automáticamente un video extraído de la memoria cerebral de Gilbert Molina sobre un viaje en helicóptero que había tenido lugar años atrás.

Shanghái, China, 2009
Seis años antes

El reclutador esperaba con impaciencia en el Aeropuerto Internacional de Pudong. El vuelo estaba retrasado y no se anunciaban novedades. A sus setenta y tres años, Andy Chen ya había rebasado la edad de jubilación, pero no podía parar. Sus superiores y su equipo lo necesitaban.

Instantes antes, se había maravillado con las cifras en rojo brillante: **423 KM/H**, en la pantalla digital, mientras el tren de levitación magnética alemán, Maglev, volaba sobre la provincia de Pudong, recorriendo los cuarenta y dos kilómetros que separan la ciudad del aeropuerto en menos de quince minutos. Chen reflexionó que el Maglev era otro símbolo de la ciudad del futuro, con más de un centenar de rascacielos de más de cincuenta pisos, decenas de centros comerciales ultra-modernos y de estándar occidental que albergaban todas las franquicias y diseñadores importantes, y concesionarios de lujo de todas las marcas europeas y estadounidenses de autos. Su ciudad, Shanghái, se ponía a la altura no solo en el plano económico, sino también en lo cultural, con museos y centros de artes escénicas de vanguardia. Los distritos históricos de la ciudad incluían el famoso Bund, donde uno se sentía como si estuviera en una máquina del tiempo, en pleno Londres de la época victoriana. Calles peatonales para ir de compras —como Wan Jing Road— y la torre de telecomunicaciones en Pudong daban a Shanghái un aire futurista y la presencia de una gran urbe mundial.

—¿El señor Chen?

—Sí.

—Soy Gilbert Molina. Lo había tomado por sorpresa.

—Bienvenido a China, señor. Me alegra que haya llegado bien. ¿Cómo fue su vuelo?

—Tranquilo, gracias.

Mientras salían, los esperaba un sedán americano con las puertas abiertas.

—Helipuerto, ordenó Chen.

—¿Adónde vamos?

—A una isla frente a la costa. Tardaremos unos cuarenta minutos.

—¿Está confirmada la primera reunión, tal como se habló?

—Sí, nos veremos con el presidente. La reunión comienza dentro de una hora.

Diez minutos después, ya iban en el aire, dirigiéndose directamente sobre el océano.

Isla frente a la costa, China, a bordo de un helicóptero Agusta, 2009

Gilbert Molina se sentía a la vez entusiasmado e irritado. ¿Para qué querrían reunirse extraoficialmente con él altos funcionarios del gobierno chino? La oferta de Chen para financiarle todos los gastos de campaña con préstamos a largo plazo había sido la razón por la que viajó hasta China. Cualquier otro tema era una distracción que no pensaba discutir: no iba a hablar sobre financiación de campaña con nadie más. El helicóptero volaba con suavidad, pero demasiado cerca del agua para su gusto. La noche estaba clara, con mar en calma y una luna llena radiante. Chen no había pronunciado una palabra durante el trayecto y parecía ensimismado en sus pensamientos. Tras una hora de vuelo, Molina divisó en la distancia unas luces y la oscura silueta de una isla pequeña que se erigía como una gran montaña saliendo del océano.

Al aproximarse, vio una costa escarpada, sin zonas bajas ni llanas, y supuso que la isla tendría entre veinte y treinta millas de extensión. Ya cruzado el litoral, advirtió unas luces de aterrizaje que se encendían, y el helicóptero Agusta se aproximó lentamente quedando suspendido sobre el suelo. De pronto, las luces se apagaron y, debajo de la aeronave, el terreno se movió: dos enormes compuertas se abrieron con rapidez, revelando un círculo perfecto, del doble del diámetro del Agusta. El helicóptero descendió con suavidad en ese boquete, hasta quedar a unos treinta metros bajo el nivel de la superficie. Con el motor todavía encendido, las compuertas volvieron a cerrarse arriba de ellos. Molina salió a un colosal complejo de oficinas subterráneas, lleno de cientos de personas. Chen lo guio por la planta principal hasta una sala de juntas en la que solo había un hombre. Este se incorporó y avanzó hacia Molina con una sonrisa tan amplia como luminosa.

—¡Gilbert, amigo mío, cuánto tiempo sin verte!

Molina quedó sorprendido. Esperaba encontrarse con un grupo de políticos chinos de alto nivel, no con la persona que veía.

—Artemis, ¿cómo estás, colega? No creí verte aquí —dijo, esforzándose por

disimular la decepción.

—¿Qué haces tú aquí, Artemis? ¿Has venido a reunirte conmigo?

Visiblemente perplejo, Molina se acercó a su viejo camarada.

Se fundieron en un abrazo con palmadas en la espalda. Nacidos y criados en Miami, Gilbert Molina y Artemis Wang habían sido amigos íntimos desde la niñez y durante la universidad, para luego seguir rumbos muy distintos. Gilbert entró en política, mientras Artemis fundó la mayor plataforma de comercio electrónico y red social del mundo, con más de 2.500 millones de usuarios, para luego sacarla a bolsa unos años después, convirtiéndose no solo en uno de los hombres más ricos del planeta sino, con diferencia, en el más joven en lograrlo. Artemis se había abierto camino fusionando su emprendimiento, la primera y mayor red social del mundo, con el conglomerado chino Lingtao, la mayor plataforma de compraventa y subastas en China. Gracias a un modelo de negocio único y a un software de vanguardia, Wang asumió el control de la empresa resultante y aprovechó su posición dominante en el mercado chino, logrando superar a Amazon, eBay, Facebook y Twitter, ya que combinaba todas las funciones en un solo sitio. El número de usuarios de esta plataforma eclipsaba a Facebook, y el portal, que conservaba el nombre chino original —Lingtao—, dominaba el tráfico web, el comercio electrónico, las subastas y las redes sociales a escala global. Siendo Artemis un emprendedor de origen estadounidense que llevó la nueva compañía fusionada a cotizar en el mercado de valores NASDAQ, se mitigaron los temores que pudieran existir en Estados Unidos acerca del componente chino de la operación. Lo mismo ocurrió en China, pues el negocio había surgido y se regulaba allí desde el principio, y mantenía su nombre original, motivo de orgullo nacional.

De ahí que Artemis no hubiera afrontado trabas regulatorias en China. La compañía fusionada, pese a tener su domicilio legal en EE. UU., conservaba un espíritu y unas operaciones mayormente chinas. Tampoco se vio perjudicado por el hecho de que los padres de Wang fueran taiwaneses, aunque él hubiera nacido en Estados Unidos.

—Gilbert, imagino que te preguntas qué hacemos aquí —continuó Artemis.

—Totalmente, porque esto no tiene nada que ver con nuestras charlas habituales en el bar del Waldorf.

—Gilbert, me gustaría que trabajáramos juntos.

—¿A qué te refieres, Artemis? Tú tienes tu mundo y yo el mío. ¿Cómo se vinculan?

—A primera vista, no se relacionan. Pero hay un nexo entre el mundo de los negocios y la política, y quiero ayudarte a triunfar para que, en el futuro, quizás puedas ayudarme.

—Entiendo la idea, pero aún no me queda claro.

—¿Te preguntas por qué estamos aquí, frente a la costa de Shanghái, en esta isla rocosa?

—Olvidaste añadir "subterránea" en mayúsculas.

—Hay una razón de peso.

—Vale, colega, te escucho.

—Gilbert, las instalaciones que ves son el centro neurálgico de toda la organización Lingtao. Desde aquí operamos nuestros sitios web, sistemas informáticos y la base de datos global, en un lugar seguro, fuera del alcance del espectro de mi gobierno. Ven, te lo mostraré.

Artemis lo condujo de regreso al vestíbulo principal, donde abordaron un carrito eléctrico que los llevó primero a la zona del centro de datos. Era un espacio inmenso, con hileras interminables de servidores que ocupaban lo que podrían ser dos campos de fútbol.

—Artemis, ¿cuál es la extensión de estas instalaciones subterráneas?

—Cien millas cuadradas, incluyendo áreas residenciales y de esparcimiento, aunque con el tiempo será el doble: abarcará toda la isla. Arriba es puro terreno rocoso y muy inclinado, no sirve para construir.

—O sea, ¿todo es subterráneo?

—Sí, pero en las zonas residenciales el techo subterráneo es de un material sintético transparente, de modo que tienen el cielo a la vista. Sin embargo, desde el aire no se aprecia nada cuando sobrevuela la isla.

—¿Cuántas personas viven o trabajan aquí?

—Veinticinco mil.

—¡Dios!

Mientras conducían entre las áreas residenciales, efectivamente podía verse el cielo nocturno, con luna llena y un firmamento lleno de estrellas. Había todo lo necesario: pequeñas zonas comerciales, un gran centro comercial, escuelas, canchas deportivas, cines, centros sociales y piscinas. Las viviendas se dividían en distintas secciones separadas por parques, y su tamaño reflejaba el puesto laboral de cada uno. Por último, un grupo de edificios de tres plantas albergaba a los empleados principiantes y becarios.

—Impresionante, Artemis —admitió Molina.

Siguieron en dirección a otro complejo de edificios.

—Amigo, esto no es nada comparado con algunas instalaciones subterráneas que existen en China —comentó Wang.

Gilbert se preguntó cómo demonios Artemis tendría acceso a instalaciones secretas en China.

Percatándose de su desliz, Wang añadió:

—Bueno, eso me lo comentaron algunos ingenieros que participaron en la construcción de este sitio.

Detuvieron el carro y entraron en un edificio con un vestíbulo de tres pisos de altura. Allí había un gran mapa digital del mundo, lleno de vectores que cruzaban todos los continentes, países y ciudades.

—Esta es nuestra sala de control del sitio web. Lo que ves en la pared es nuestro tráfico en tiempo real. Contamos con 2.500 millones de usuarios alrededor del mundo, y todos chatean, compran, comparten datos, socializan, tienen citas, se unen y participan en grupos a través de nuestra plataforma.

—Es muchísima gente, Artemis.

—Sí, colega, y lo más relevante es que abarca China.

Subieron a la planta superior, donde vieron grandes espacios abiertos repletos de programadores o ingenieros de software que vigilaban el rendimiento del sitio web.

—Somos el "backbone" y la administración de toda la organización Lingtao. La parte transaccional y económica se diseñó en Silicon Valley.

—Y seguirá creciendo sin parar.

—Así es. Llegar al 50 % de la población mundial en pocos años no es descabellado.

Entraron a otro nivel. En una gran pantalla —que parecía el panel de una bolsa de valores—, Artemis le mostró datos sobre el número de usuarios, los accesos, las transacciones, el estado de los servidores y todo lo relativo a la plataforma a nivel global. Un nutrido grupo de ingenieros observaba estos datos en sus monitores o en la pantalla general, reaccionando de inmediato, por lo que el ambiente recordaba el ajetreo de un piso de bolsa.

—Gilbert, somos como un país en muchos sentidos. Nos autogobernamos. Hay muy pocas normas que nos afectan a escala internacional, y casi todas tienen que ver con el pago de impuestos, la gestión de las cuentas de los usuarios y el almacenamiento local o nacional de los datos de los usuarios. Mientras cumplamos esas leyes y paguemos impuestos, los gobiernos se dan por satisfechos. Pero justo bajo sus narices, estamos acumulando este poder gigantesco, gracias a los miles de millones de miembros o usuarios de nuestro sitio. Conocemos todo acerca de ellos y, ajustando y ofreciendo contenido a nuestra conveniencia, los influimos. En la era actual, el poder radica en la información que posees y en cómo la transmites a tus usuarios. Gilbert, estamos construyendo una organización global sin fronteras que se autogobierna y, para ella, necesitamos gente ubicada en los lugares idóneos para ayudarnos, y te he elegido a ti. Nos conocemos de toda la vida y confío plenamente en ti.

—¿Qué se supone que haga?

—Por el momento, nada. Para empezar, tú y yo no nos reuniremos más en bastante tiempo, y si lo hacemos, será para vernos como amigos, sin mencionar todo esto. Tu enlace será Andy Chen. Él te otorgará préstamos a largo plazo para tu campaña, y así no dependes de tu padre ni de nadie más. No se te pedirá nada, y podrían pasar años antes de que vuelvas a saber de nosotros, probablemente no antes de que logres un puesto en DC, si es que lo consigues. Y si no llegas a triunfar en política, siempre tendrás aquí las puertas abiertas, si quieres venir a trabajar conmigo. Cuando se venzan los préstamos, quedarán perdonados y nosotros cubriremos los impuestos sobre ese dinero. Te traje aquí —cosa que nunca hago— para que veas tú mismo de qué va todo esto.

—Artemis, será un honor. Tu propuesta y tus recursos serán clave para impulsar mi carrera política.

Gilbert permaneció veinticuatro horas en aquellas instalaciones, donde ingenieros le enseñaron el funcionamiento interno del sitio. Al final, partió con un conocimiento bastante profundo sobre cómo operaba la plataforma de Artemis. Durante el trayecto en helicóptero de regreso a Shanghái, selló la nueva relación con Andy Chen y establecieron las normas de colaboración, que durarían siete años. En alguna que otra ocasión, se reunió con Artemis Wang en sus lugares habituales, pero solo para encuentros sociales e intrascendentes, hasta el desastre sucedido unos días atrás.

Isla de Hong Kong, China, 2016
Día 10, 3:00 P. M. (HKT)

—Señor Chen, su error es imperdonable. Actuó dejándose llevar por las emociones, no por los hechos. Fue demasiado impulsivo y, ahora, toda su red se ha venido abajo.

—Maestro Chang, sé que reaccioné con demasiada rapidez, pero ¿y si estaba en lo correcto? Permítame recordarle que, ese mismo día, arrestaron a todos los empresarios y políticos, y aunque la mayoría fue liberada, siete de ellos no.

El anciano guardó silencio un rato, y cuando por fin habló, su voz sonó calmada.

—A fin de cuentas, es difícil juzgar la situación sin hallarse uno en sus zapatos en ese momento. Dígame, entonces, ¿qué propone hacer?

—Desplegarlos en la China continental.

A los ojos del maestro se les notó un brillo de entusiasmo, evidentemente complacido con la idea.

—¿Va a proponer esto ahora ante la organización?

—Sí.

Zermatt, Suiza, Centro de Datos de Zermatt, 2016
Día 10, 9:00 A. M. (CET)

La mente de Rainer iba a mil por hora. Al otro lado del Atlántico todos estaban durmiendo, así que decidió avanzar por su cuenta. Entonces, ¿Andy Chen no trabajaba para el Gobierno de Taiwán, después de todo? ¿O quizás trabajaba para ambos, o solo para Artemis Wang?

Decidió acceder a los archivos de video de la vida de Andy Chen y averiguar la verdad. También abrió el ícono de transmisión en vivo CDA-322 sobre Chen, que al parecer se encontraba en un restaurante cuyas coordenadas mostraban estar en Hong Kong. Como de costumbre, Rainer podía ver a través de los ojos de Chen y oír su proceso mental o su conversación. Frente a Chen había un hombre de edad avanzada que le hablaba en cantonés, con un aire de exaltación y agitación a la vez. El software automático de traducción de Zermatt le permitió a Rainer escuchar el diálogo en el idioma que escogiera. Eligió INGLÉS.

Zermatt, Suiza, Centro de Datos de Zermatt, 2016
Día 10, 9:15 A. M. (CET)

Rainer buscaba la zona donde se llevaba a cabo la reunión de Chen y la localizó. Faltaba ver si caía dentro del espectro de cobertura de la red neural. Fue directamente a la ubicación exacta, con las coordenadas de Chen que la red neural mostraba en tiempo real. El "identifier" situado en Canal Road, Hong Kong, se movió en pequeños tramos, y al apuntar hacia el lugar, Rainer supo que solo era cuestión de tiempo. No podía escanear todo el restaurante sin conocer la identidad de aquel sujeto, especialmente su nombre. Chen estaba conectado a la red neural mundial porque ya estaba registrado, pero el otro no lo estaba. Rainer esperó a que acabaran y salieran. Entonces envió la señal de rastreo a la posición exacta de Chen. El sistema captó las dos señales cerebrales y descartó la de Chen.

"Te tengo", pensó Rainer.

Enseguida aplicó el algoritmo CDA-319 y registró al sujeto. De inmediato, Rainer activó los CDA 319-324 y, al mismo tiempo, mandó una nota al general Collins explicando su actuación y solicitando su aprobación a posteriori. Lo único que le interesaba a Rainer en ese momento era averiguar quién era ese individuo. Siguió pidiéndole información al sistema y, al cabo de quince minutos, por fin tuvo la respuesta completa: Lin Chang trabajaba para la Oficina Nacional de Inteligencia de Taiwán; se contaba entre los funcionarios de más alto rango en Hong Kong, con la fachada de un profesor universitario retirado que llevaba 30 años en Estados Unidos. También era el jefe maestro de la red de espías de Taiwán en China, pero la "bomba" de verdad era que el señor Chang resultó ser el padre de Artemis Wang. A medida que la base de datos arrojaba más detalles, Rainer se preguntó qué conexión existía entre la organización de Artemis Wang y el Gobierno de Taiwán. Siguió esperando a que apareciera más información y decidió ver las imágenes en vivo de Chang mediante CDA-322.

Isla de Hong Kong, China, 2016
Día 10, 3:30 P. M. (HKT)

Chang iba sentado en el asiento trasero de lo que parecía ser un sedán tipo "town car". Acababa de dejar a Andy en The Peninsula Hotel, donde se alojaba Chen. En cuanto el auto se alejó, Chang marcó un número de Taiwán y habló en cantonés:

—He visto a Chen y no encuentro nada que vincule a nuestro gobierno.

—Estamos de acuerdo, pero suspenderemos la cooperación si ocurre otro incidente. Podríamos terminar en una gran crisis con nuestro segundo socio comercial más importante y todo por los favores que le debemos a Artemis. No vale la pena. Con efecto inmediato, nuestro Banco Central solo pagará las facturas pendientes que se le deban a Artemis directamente a su organización y no a personas individuales repartidas por Estados Unidos. Nuestra Embajada en DC tampoco aceptará ni entregará más documentos a través de nuestra valija diplomática para el abogado Duncan. Asegúrese de que su hijo reciba este aviso formal de parte de nuestro Gobierno.

En Zermatt, Rainer veía mentalmente las imágenes en alta definición a través de los ojos de Lin Chang; además, escuchaba cada palabra y pensamiento del anciano.

Por su parte, Andy se hallaba sumido en sus pensamientos mientras volaba de regreso a Shanghái, confiando en que, a la altitud del avión, no lo monitorearían. Tenía que ver a su jefe, tal vez en la isla no habría cobertura. Los odiaba. Eran el enemigo.

Pero Chen se equivocaba. La red neural captaría todo lo que sucediera en su trayecto de vuelta desde Hong Kong, y Rainer recibiría la notificación en cuestión de segundos.

Rainer dejó que toda esa información fuera calando. El director de toda la operación era Artemis Wang; el Gobierno de Taiwán no había hecho sino desempeñar un rol de intermediario y, por lo que se veía, ni siquiera estaba al tanto de lo que Wang tramaba exactamente. Detrás de todo estaba un ciudadano estadounidense. Aquello sería un gran reto para el presidente. Entretanto, seguían completándose los datos en video de los operativos de Chen con CDA-323, y empezaba a dibujarse un patrón claro: ningún otro prospecto analizado había sido reclutado, solo la red de 1 270 operativos de Andy Chen, y los siete "observadores" no eran personas, sino computadoras de Wang que se dedicaban a monitorear tanto a los reclutas como a los individuos preseleccionados por Duncan.

Rainer seguía dándole vueltas a la información. Uno de los hombres más ricos de Estados Unidos, dueño de la red social y mercado virtual más grande del mundo (2 500 millones de usuarios), había estado fichando políticos, empresarios y ciudadanos sino americanos, y, hasta ese momento, solo había activado una red: la de Andy Chen. Solo cabía una conclusión: no es que espiara por amor a su país, sino para beneficiar a su propia compañía.

Rainer ejecutó una búsqueda en la base de datos con la lista de empresas en las que trabajaban Chen y sus 1 270 operativos. No tardó más que unos segundos en surgir el listado. Luego le pidió al sistema que enumerara los factores comunes entre ellas y, después, la vinculación o relación con las compañías de Wang. La respuesta llegó rápido, y resultó casi anticlimática, pues Rainer ya lo sospechaba: el fin de Artemis Wang era absorber cualquier avance o tecnología existentes, o en proceso de desarrollo, que pudieran beneficiar o reforzar a su empresa o, en su defecto, debilitar a sus rivales. Todas las empresas de los operativos pertenecían —de forma directa o indirecta— al espacio de Lingtao: competidoras, empresas rivales, desarrolladoras de tecnología, poseedoras de patentes o involucradas en la explotación de tecnología.

A Rainer solo le quedaba un paso final. Bajó las escaleras y halló a Peter Friedli absorto en la consola de la red neural.

—Buenos días, Peter, ¿qué tal?

—Hola, Rainer. Bien, de momento. Ustedes han recargado la red con bastante

trabajo estos días.

—Sí, de momento vamos bien. Hemos aumentado la capacidad de almacenamiento, pero el nuevo algoritmo de compresión de Nicolás entra en vigor esta noche y

duplicará nuestro espacio libre.

—Peter, necesito ampliar el alcance de nuestro espectro de la red neural para zonas remotas.

—¿A dónde?

—A una isla frente a las costas de Shanghái.

—¿A cuánta distancia?

—Alrededor de cien millas.

—¿Tienes la ubicación exacta?

—Sí.

—¿Me la puedes enviar?

—Hecho.

Rainer abrió el archivo de video de Molina correspondiente al vuelo en helicóptero y seleccionó las coordenadas del fotograma exacto en que el helicóptero llegaba a la isla.

Peter Friedli recibió los datos y los cargó en la base de espectro. Luego transfirió la red neural a la pantalla principal y amplió la zona de Shanghái. El espectro se mostraba como una malla que cubría la ciudad y alrededores, además de algunos kilómetros costa afuera. Peter procedió a extender esa malla, representada en el gráfico, en forma de óvalo que se "estiró" hasta abarcar el pequeño punto en el océano. La porción ampliada de la malla se volvió amarilla, mientras el satélite correspondiente, en órbita, procesaba la instrucción de la red neural y activaba ese espectro ampliado. La organización de Tosh tenía y operaba doce satélites desde el centro de datos, lo que, en la práctica, les otorgaba un alcance mundial. El área amarilla pasó a ser roja, lo que indicaba que la isla de Artemis Wang ya quedaba cubierta por algún usuario registrado en la red neural. Como Andy Chen se dirigía a esa isla, de no haber sido por esto se quedaría fuera de cobertura, y, aunque él no lo supiera, Rainer no estaba dispuesto a perderlo de vista ni un segundo.

Tiempo atrás, Rainer había puesto en marcha la instalación de "identifiers" temporales para completar el registro de los operativos en la red neural. Después, preparó un dossier con toda la información para el presidente O'Sullivan, para el general Collins y para Nicolás, que estaría listo cuando despertaran. Les llevaría horas revisarlo, pero se llevarían la grata sorpresa de que todo el caso se había resuelto mientras dormían.

Rainer, satisfecho, se dispuso a disfrutar un rato de esquí sobre nieve polvo, así que salió y fue directo a las pistas de Zermatt en el "Klein Matterhorn".

Shanghái, China, 2016
Día 10, 8:30 P. M. (CST)

El general Collins había recibido la información de Rainer y de inmediato se enfocó en Andy Chen. Estaba listo para él.

Andy Chen aterrizó en Shanghái, de regreso desde Hong Kong, bajo una lluvia torrencial y fuertes ráfagas de viento. Mientras recorría la terminal del Aeropuerto Internacional de Pudong, iba reflexionando sobre su conversación con el señor Wang, a quien le había gustado la idea de desplegar la red de Chen en China, pues su propia red se beneficiaría enormemente con ello. El resto de las noticias no había sido tan positivo, dado que Taiwán, en los hechos, se había desmarcado de la operación de reclutamiento de operativos en EE. UU. que dirigía Artemis Wang. Chen se preguntaba cómo iba a reaccionar aquel. Afuera lo aguardaba un helicóptero, cuando llegó la comunicación que más temía.

—Señor Chen, solo para informarle de que hemos ampliado el espectro de nuestra red hasta la isla a la que se dirige ahora, así que podrá conectarse aunque esté bajo tierra.

Chen no quiso responder.

—Señor Chen, ¿prefiere que contactemos al señor Wang de inmediato y lo pongamos al tanto de su situación?

—No será necesario.

—Perfecto. Me alegra ver que nos entendemos. Lo contactaremos otra vez cuando usted se encuentre bajo tierra, para demostrarle lo que le he dicho y despejar cualquier duda.

—De acuerdo, bien.

Chen se sentía atrapado. El vuelo había sido duro, pero al fin llegaron. Al aproximarse a la isla y aterrizar, Collins se comunicó de nuevo con él.

—Señor Chen, vemos que ya ha aterrizado. Lo estaremos observando.

—Me da igual, señor, —soltó Chen con un tono de desdén absoluto.

La comunicación terminó de forma abrupta.

Washington DC, EE. UU., Búnker de la Casa Blanca, 2016
Día 10, 8:00 A. M. (ET)

El general Collins llevaba en la oficina desde las seis de la mañana y, por las últimas tres horas, había estado devorando la información digital que Rainer le había enviado. Sabía que tanto Tosh como el presidente hacían lo mismo, y habían acordado reunirse en cuanto los dos estuvieran listos y la agenda del Comandante en Jefe se lo permitiera. El general Collins había llamado a Chen, tal como Rainer se lo pidió. Chen seguía siendo un individuo indómito e impredecible, así que había que tomar medidas para mantenerlo sujeto en corto. Había otro tema aparte: Artemis Wang, pero eso quedaba en manos del presidente. Otra cuestión que rondaba la mente de Collins era: ¿por qué solo se había activado la red de espías de Chen? Quizá la respuesta llegara una vez que registraran a Wang en la red neural y aplicaran en él los algoritmos CDA. Justo entonces sonó su teléfono. Era una de las secretarias del presidente.

—General, el presidente O'Sullivan estará disponible después de las once de la mañana y me pidió decirle que ya ha revisado el material.

A Collins lo aquejaba otra duda más, así que buscó en los archivos de video de Andy Chen en la red neural. Por algún motivo, Rainer no había incluido el viaje en helicóptero de Chen con el senador Molina, aunque sí apareciera la parte en que iban juntos. Acto seguido, reprodujo el vuelo completo y la visita a la isla desde el punto de vista de Chen, y entendió por qué Rainer no lo había detectado: Andy Chen no tuvo contacto con Artemis Wang en todo el video; solo Molina se reunió con Wang. Por eso el análisis previo no mostraba relación alguna entre ambos. Eso hacía más interesante la visita que Chen había realizado ahora a la isla en altamar.

Isla frente a la costa de China, 2016
Día 10, 9:30 P. M. (CST)

Andy Chen jamás había tratado con Artemis Wang de manera personal. Su interacción era únicamente a través del centro de videoconferencias de la isla. Al ser una línea segura, Chen tenía que volar a la isla para comunicarse con Wang, pero antes, por regla, se reunía en Hong Kong con el maestro Chang, padre de Artemis.

Andy Chen aguardaba en la sala de videoconferencias a que Artemis Wang se conectara. Solo ellos dos estarían presentes en la llamada. Llevaba más de veinte minutos esperando cuando Wang por fin apareció en la pantalla, con semblante nada agradable. Chen procedió a describirle, paso a paso, todo lo sucedido, terminando su relato con lo conversado con el padre de Wang. Detalló su plan de volver a desplegar todos los operativos en China. Wang permaneció en silencio, pensando en cada posibilidad.

—¿Ningún empresario ni político mantiene contacto contigo?

—No.

—Entonces cerraron tratos con el Departamento de Justicia de EE. UU.

—Ninguno de ellos sabe de los otros ni conoce a los ingenieros.

—Tal vez eso salvó al grupo más amplio, pero no a los políticos y empresarios, y encima te tienen agarrado, Andy. Allí estás perdido.

—Bueno, justo de eso quería hablarte: si reubico al mismo equipo…

—Wang lo interrumpió.

—¿En China? —preguntó Wang.

—Así es —respondió Chen.

—Claro, ¿por qué no? Pero espera mis instrucciones durante los próximos días, antes de mover un dedo.

Chen le contó a fondo su conversación con el padre de Artemis y la notificación del gobierno de Taiwán.

—No te preocupes. Yo tengo ya otra embajada dispuesta —zanjó Wang.

Y con esto finalizó la videoconferencia.

Washington DC, EE. UU., Búnker de la Casa Blanca, 2016
Día 10, 9:30 A. M. (ET)

El general Collins no sacó grandes novedades de aquella videollamada, aparte de la obediencia de Chen y la aprobación provisional de Wang para instalar su red en China. Debía hablar con Tosh, pues la reunión con el presidente se produciría en unas tres horas y media. Escogió a Tosh en su "identifier" y estableció la conexión.

—General, buenos días.

—Buenos días. Me preguntaba si ya revisaste el material de Rainer.

—Sí, lo hice a primera hora.

—Tenemos que registrar a Artemis Wang en la red neural cuanto antes.

—Lo sé.

—¿Cuándo podemos hacerlo?

—Ahora mismo estoy en vuelo, rumbo a San Francisco, para encargarme personalmente.

—¿Por qué tú mismo?

—Conozco muy bien su empresa.

—¿Cómo es eso?

—Es uno de mis clientes más importantes en el mundo.

—¿Él lo sabe?

—Únicamente que soy su antiguo profesor y mentor en la Universidad de Miami.

—¿Rainer ignora esto?

—No, él no tiene acceso a los datos de mi negocio con fines de lucro.

—¿Vas a llegar a la reunión de las once con el presidente?

—Sí, sin duda.

—¿A qué hora te verás con él?

—Si todo fluye según lo previsto, dentro de aproximadamente una hora.

—¿Y qué sabe él de ti?

—Solo que soy empresario especializado en matemáticas aplicadas de vanguardia y uno de sus principales proveedores, nada más.

—Entonces, Nicolás, ¿lo tendremos ya registrado en la red para la conferencia con el presidente?

—En realidad, quiero aplicarle CDA-323 y 324 antes, si el tiempo me lo permite.

—De acuerdo. Confírmame al terminar.

—Así lo haré, señor.

San Francisco, California, EE. UU., 2016
Aeropuerto Internacional de San Francisco
Día 11, 6:30 A. M. (hora del Pacífico)

El Bombardier Global Express aterrizó con suavidad en el Aeropuerto Internacional de San Francisco. Tosh había despegado del Aeropuerto de Opa Locka a las 3:30 A. M. (hora del Este). En el momento en que se enteró de que Artemis Wang dirigía a un ejército de operativos dedicados al espionaje industrial, ordenó preparar el avión. Rara vez Tosh usaba el avión de la empresa dentro de EE. UU., pero aquélla era una de esas ocasiones.

Artemis Wang y Tosh se conocían de mucho tiempo atrás, desde que él fuera alumno de Tosh en la Universidad de Miami. Para mayor tranquilidad, Tosh había verificado que ninguno de los empleados de su organización apareciera en la base de datos de la red de espionaje de Wang. La sede de Lingtao no quedaba muy lejos del aeropuerto: un amplio campus de doce edificios de vidrio y acero. Todos eran cilíndricos y en promedio tenían doce pisos de altura, excepto el edificio principal, de veinticinco plantas. El chofer de Tosh lo dejó frente a la entrada del edificio principal. Junto a la puerta lo esperaban el director de operaciones, Eric Lenard, y la asistente ejecutiva de Wang, Monica Miller.

—Bienvenido, Nicolás —dijo Eric.

—Monica, Eric, gusto en verlos.

—Artemis acaba de llegar. Lo está esperando.

El ascensor los llevó al piso superior. La oficina era inmensa, con ventanas de piso a techo y una magnífica vista de 180 grados de la Bahía de San Francisco y del aeropuerto. Artemis entró directamente y se acercó a él con una sonrisa amplia.

—Nicolás Tosh, mi profesor y mentor, cuánto tiempo sin verte.

—Artemis, esto no es una visita social. Estoy aquí por un asunto muy serio que te concierne. Para empezar, permíteme revelarte que soy el dueño y director ejecutivo de tu proveedor estratégico, Walkyria. Hemos estado contigo desde que iniciaste.

Los ojos de Artemis se abrieron desmesuradamente, con la impresión de quien se topa con la figura elusiva que llevaba años tratando de identificar sin éxito. No le gustaba depender de nadie y, no obstante, dependía al 100 % de Tosh. Jamás había podido averiguar quién estaba detrás de Walkyria ni de sus fórmulas matemáticas. Ni siquiera había podido descifrar su red neural, a pesar de los múltiples intentos.

—Artemis, ¿cómo estás?

El "identifier" de Tosh ya estaba encendido y enseguida captó la señal cerebral de Artemis, quedando éste registrado en la red neural, tras desplegarse el CDA-319.

—Bien… bien. Tu llamada fue muy inesperada, Nicolás. ¿Qué es tan urgente como para venir hasta aquí y presentarte a las seis y media de la mañana?

—Artemis, ¿sabes lo que me sucedió recientemente?

—Sí, algo me enteré. Creo que pasaste medio año muy complicado, pero al final te exoneraron, ¿no?

—Así es, y a los confabulados los enviaron a prisión por mucho tiempo.

—Eso también lo supe.

—¿Sabes quién era el cerebro de la conspiración?

—No, la verdad, no.

Wang no sabía dónde iba a parar aquello, y no le gustaba nada.

—¿Te suena el apellido Sinclair?

—En realidad no. Espera… sí, es el padre de un viejo compañero y amigo mío, pero él usa el apellido de su madre porque ella lo crio.

Mientras tanto, Tosh ya había empezado a desplegar los CDAs 320 hasta 324 sobre Artemis Wang.

—¿Te refieres a Gilbert Molina, cierto?

—Sí, sí.

—Pues sucede que Molina ha sido investigado por la conspiración en mi contra, porque estuvo presente junto a su padre en varias ocasiones en que se urdía el complot. Hace poco, al llegar de Shanghái, China, el FBI lo detuvo. Tuvo que firmar un acuerdo de confidencialidad con el Departamento de Justicia, en el que se le prohíbe volver a tratar o contactar a un individuo sinoestadounidense sospechoso de espiar para un país extranjero, llamado Andy Chen. El señor Chen le había concedido préstamos a largo plazo para impulsar su carrera política.

—Vaya… es interesante, Nicolás, pero ¿qué tiene que ver mi amistad con Molina, o yo mismo, con tu caso? —dijo Wang, inquieto y sintiendo un nudo en la garganta.

—Pues Molina afirma que su prestamista, Andy Chen, trabaja para ti.

Artemis se echó hacia atrás y se frotó la cara con las manos, permaneciendo así un buen rato.

—De acuerdo, Nicolás, ¿qué pretenden?

—No puedo comentarlo, pero hoy hablarán contigo, y te recomiendo que te quedes aquí, quieto, y que por ningún motivo intentes mandar mensajes o impartir instrucciones a nadie sobre este asunto, porque se enterarían. También te sugiero que llames ya a tu abogado penalista y esperes hasta que te contacten.

—¿Por qué haces esto?

—Para echarte una mano, Artemis. Cualquier cosa que hagas—un correo, una llamada, una reunión—lo sabrán.

Artemis Wang sabía que el gobierno de EE. UU. no se tomaba a la ligera las amenazas contra su seguridad nacional.

—¿Debería contactar a mi abogado ya?

—Así es. Y asegúrate de que sea el mejor abogado penalista que puedas pagar. Artemis, mientras tanto, te sugiero que sigas con tu rutina laboral como si nada. Yo estaré cerca hasta que te llamen, quizá pueda ayudarte.

Artemis llamó a Lewton Sanders, quien había estado con él desde el principio.

—¿Lewton?

—Hola, Artemis, ¿qué pasa tan temprano?

Artemis le explicó que podía ser blanco de una investigación del gobierno y que necesitaba un abogado penalista de alto perfil en su oficina en menos de una hora. Sanders salió de inmediato para la oficina de Artemis. Wang trató de ocuparse con asuntos de la compañía, pero le fue imposible concentrarse. Entretanto, en la antesala de la oficina de Wang, Tosh se conectó con Rainer y el general Collins a través de la red neural.

—Caballeros, estoy en la oficina del señor Wang. Le informé de la situación; ha decidido no moverse y llamó a su abogado penalista.

—¿Por qué le revelaste algo?

—No le revelé nada, salvo que hay una investigación penal en su contra.

—¿Con qué objeto se lo comunicaste?

—Al verlo, comprendí que con un clic o una simple llamada podría hacer muchas cosas, incluso salir del país. Lo advertí de que el gobierno está vigilando todo lo que hace, o pronto lo sabría. No es el método habitual, pero logró el efecto buscado: en lugar de huir, se limitó a llamar a su abogado y está paralizado por el miedo. En definitiva, general, mi instinto me dijo que dos horas de margen—hasta que el presidente decida—eran un lapso excesivo para dejarlo sin supervisión, pues solo podríamos observarlo.

—Pues tu estrategia funcionó, ya que ahora monitoreamos cada uno de sus pensamientos y movimientos en tiempo real a través de CDA-322, y efectivamente está controlado por el miedo.

—General, en este momento se está descargando la información completa de su vida. Probablemente podremos echarle un vistazo antes de que el presidente se una a nosotros.

—Bien, entonces nos reconectamos cuando concluya la descarga de datos.

La comunicación finalizó.

Mientras Artemis se acercaba a Tosh en la antesala, notó que los ojos de Nicolás estaban fijos en la nada, con la expresión de alguien muy ocupado en otro nivel de conciencia. Wang se detuvo a observarlo unos instantes.

—¡Nicolás!

Tosh volvió de golpe a la realidad mundana y se encontró con la mirada atónita de Artemis.

—¿En qué te ayudo, Artemis?

—Ya llamé a un abogado penalista de primera. Viene en camino.

—Buena decisión, Artemis. —¿Dónde estabas, Nicolás?

—Pensando y organizando mi día.

—No es cierto. He estado frente a ti varios minutos y no estabas aquí. Te llamé por tu nombre varias veces y no obtuve respuesta. ¡Nicolás, lo que sea que estuvieras haciendo, no regresaste hasta terminarlo!

Por un instante, a Tosh lo tentó la idea de explicar, pero se contuvo.

—A veces entro en trance, o eso dice mi mujer. Lo siento. ¿En qué te ayudo, Artemis?

—Solo quiero hablar. Sé que no puedes comentar nada, pero… ¿crees que podré seguir dirigiendo esta compañía?

—Artemis, como simple ciudadano, desconozco qué hará o no hará el gobierno. Y ser tu amigo me coloca en una situación incómoda.

—Lo entiendo, solo deseo saber qué pasará con todo esto.

—¿Te refieres a la empresa en sí?

—Sí.

—Estoy casi seguro de que no debes preocuparte por Lingtao. Es un activo global estratégico demasiado grande para EE. UU. y la nueva economía como para dejarlo caer.

En cuanto Tosh pronunció esto, se arrepintió, pues quedó claro que, en efecto, sellaba el destino de Artemis.

El exalumno se alejó, pensativo.

La pregunta clave para Wang era: ¿cuánto sabían en realidad? Por lo que tuviera que ver con Molina, solo habrían descubierto lo de la red de Chen. Lo demás sería irrelevante si Chen quedaba desactivado.

Para las 8:00 de la mañana (hora local de San Francisco), se completó la descarga de la vida entera de Artemis.

Zermatt, Suiza, Washington DC, San Francisco, California, Sede Central Mundial de Lingtao – Área de la Bahía, 2016
Día 11, 5:00 p. m. (CET) / 11:00 a. m. (ET) / 8:00 a. m. (PT)

El general Collins, Rainer y Tosh revisaron la vida de Artemis Wang en modo de avance rápido: una alfombra mágica colmada de éxitos y reconocimientos, hasta la fusión con Lingtao, cuando la historia tomó un giro siniestro, impulsado por el ego, la codicia y la ambición. Lo cubrieron todo, de modo que ya estaban listos cuando llegó el momento de la reunión con el presidente, a las 11:00 de la mañana.

—Caballeros, ¿cómo están todos? —saludó el presidente.

Cada uno contestó por separado, y el presidente dedicó un momento a elogiar y felicitar a Rainer por haber resuelto el caso la noche anterior.

—Señor, intervino el general Collins, Artemis Wang —y no ningún gobierno— es el cerebro tras la red de espionaje. La de Chen fue la única red que llegó a activarse. Se trata de un caso de espionaje industrial para fortalecer la compañía de Wang. El señor Wang considera la red social de su empresa como una ciber-nación sin fronteras que se autogobierna. Parte de la razón de su espionaje radica en la obsesión por desarrollar u obtener tecnologías que le permitan a Lingtao influir y controlar a sus miembros. Cree que, con el tiempo, su organización ejercerá más poder que muchas naciones.

—Si consigues lealtades nacionalistas, la capacidad de influir y cierto nivel de control sobre 2.500 millones de personas, —comentó el presidente—, entonces puedes lograr todo eso y más.

—Lo que nos lleva a decidir los pasos a seguir, señor —pidió el general Collins.

—Bueno, no es tan sencillo —dijo Rainer.

—De acuerdo, te escuchamos.

—No debemos poner en peligro a Lingtao, señor. Si me lo permite, voy a mostrarle un breve video de un debate en clase que organizó hace poco nuestro "carrier", Christopher Musial, en la Harvard Business School, sobre el tema de los activos económicos estratégicos de Estados Unidos.

Bastaron cinco minutos para que el presidente reaccionara de inmediato.

—Veo tu punto. Demasiado grande y estratégico para dejarlo caer.

—Sí, señor presidente. Sería insensato que nuestro país dejara que las fuerzas del libre mercado —como ocurrió con Lehman Brothers— se encargaran de Lingtao, provocando la pérdida de su talento, su conocimiento acumulado y miles de millones de dólares en ingresos por servicios que son irremplazables.

—¿Qué sugieres, entonces?

—Cualquier decisión que tome acerca de Wang, hágalo entre bambalinas, con una transición fluida, y desmantele la red sin consecuencias públicas ni daños políticos.

—Nicolás... —pidió el presidente.

—Pues, señor, intervino Tosh, en cuanto me enteré de lo de Wang —ya que él fue alumno mío y su empresa es uno de los mayores clientes de mi organización— concerté una reunión personal con él. Hoy a primera hora volé a su sede en San Francisco. Mi prioridad fue registrarlo en la red neural, y lo conseguí esta misma mañana a las seis (hora del Pacífico). Desplegamos en él los CDAs 319 al 324 y terminamos de descargar su vida dos horas después. Mi segunda prioridad era encontrar un modo de mantenerlo dentro de las instalaciones y prevenir que causara cualquier perjuicio, sea a su empresa, al país o a usted. Si me permite, quisiera mostrarle un video de mi conversación con él.

Varios minutos después, el presidente habló:

—Con todo respeto, caballeros, esto nos lleva a la misma pregunta: ¿qué hacemos ahora? Y no puede esperar.

—De acuerdo, general Collins —dijo el presidente—, déjeme contactar por línea convencional a nuestra recientemente creada División de Ciberdefensa, con la que usted ya está familiarizado.

A esas alturas, el presidente ya sabía integrar llamadas telefónicas tradicionales con la comunicación mental vía la red neural a través de altavoces.

—General Statton, tengo en la línea al general Collins, a Nicolás Tosh y a Rainer Sábato. Caballeros, el general Randolph Statton es el jefe de nuestra División de Ciberdefensa. General, quiero que establezca una alerta general las próximas veinte horas, dado que el sitio web con mayor tráfico mundial, Lingtao, podría presentar operaciones anómalas y deseo que estén en capacidad de cerrarlo, de ser necesario.

—Señor, con todo respeto, ¿a qué se refiere con 'operaciones anómalas'?

—General, intervino Tosh, permita que aclare en nombre del presidente. Lingtao podría sufrir un sabotaje interno en las próximas horas, ya sea autoinfligido o mediante un ciberataque.

—Entendido, señor Tosh. Haremos lo necesario, respondió Statton.

—General, quiero dejar en claro que se preparen, pero no actúen a menos que yo lo ordene —remarcó el presidente.

—Sí, señor —afirmó el general.

El presidente colgó.

—¿Y qué hay de Artemis Wang, señor? —preguntó Tosh.

—Haremos lo mismo que con Andy Chen. El fiscal general me acaba de mandar el acuerdo de culpabilidad. Hablemos con él ahora mismo.

—Un segundo, señor, lo atajó Rainer, si hacemos eso, deberíamos exigir como parte del acuerdo toda la base de datos de las personas reclutadas por Chen y localizadas por Duncan en nombre de Wang; así avanzaremos mucho más rápido.

—Exacto, eso haremos —accedió el presidente—. Permítanme añadir esta cláusula al acuerdo. Bien, iniciemos el contacto, ando corto de tiempo.

—Deme un instante, señor. Quiero entrar en su oficina —anunció Tosh.

—De acuerdo —dijo el presidente.

Nicolás atravesó la inmensa área de oficinas hasta el enorme escritorio de Wang, con una panorámica de la bahía de San Francisco al fondo. Artemis estaba sentado con su abogado, y ambos se pusieron de pie al verlo acercarse.

—Nicolás, te presento a… —empezó Wang.

Pero Nicolás lo interrumpió mentalmente:

—Artemis, tal vez convenga que le pidas a tu abogado que salga de la habitación hasta que lo necesites.

Los ojos de Artemis estuvieron a punto de saltar de sus cuencas.

—No reacciones ni menciones nuestra conversación, pensó Tosh, solo pídele que salga y te espere afuera.

El abogado los miró perplejo: ninguno había pronunciado palabra, pero sus miradas parecían comunicarse.

—Lee, ¿podrías dejarnos solos un momento? Te llamaré cuando te necesite.

—Artemis, no quiero que hables sin mí presente.

—Nicolás es mi amigo; no es un empleado del gobierno.

Da igual, Artemis. Cualquier cosa que digas ante cualquiera podría usarse en tu contra.

—Está bien. Espérame afuera, por favor.

Lee Anderson, considerado por muchos el mejor penalista de la ciudad, no se sentía cómodo, pero como eran amigos de años, accedió a salir.

Hasta ahora, las gestiones que Anderson había hecho ante el Departamento de Justicia y otras agencias no habían revelado nada sobre la posible investigación contra su cliente. Sin embargo, lo que Artemis le había contado sonaba incriminatorio en un asunto grave: espionaje.

—Artemis, tengo en la línea al presidente de Estados Unidos. Señor presidente, adelante, por favor —dijo Tosh mentalmente.

—Señor Wang, inició el presidente, conmigo están el general Collins, Rainer Sábato y Nicolás Tosh, quien se halla frente a usted. Estamos comunicándonos con una tecnología que nos permite enviar nuestros pensamientos directamente a su cerebro. Usted puede simplemente hablar, y lo escucharemos con toda claridad.

—Señor presidente, ¿puedo saber por qué hablamos de esta forma?

—Primero, porque es un método seguro, y, sobre todo, porque lo que vamos a decirle se basa en esta tecnología.

—¿Y por qué está el señor Tosh involucrado, si es un ciudadano particular? Asumo que esta es una comunicación no oficial, ¿cierto?

—Así es, y el señor Tosh colabora con nosotros en todo lo relacionado a dicha tecnología. Quizá no debería responderle ninguna pregunta, señor Wang, pero quiero que esté preparado para lo que voy a decirle.

—Sí, señor, me queda claro. Gracias.

—Señor Wang, la tecnología que hemos aplicado en usted no solo nos permite comunicarnos, sino también ver lo que usted ve y escuchar lo que oye y dice.

Un breve clip de video le mostró a Artemis lo que él mismo estaba mirando, al igual que todo lo que hablaba.

—También registramos cada uno de sus pensamientos, tal como ocurren.

Entonces, en su cerebro aparecieron en letras grandes sus reflexiones más recientes, tal como un texto desplazándose en pantalla.

—Además, hemos descargado su vida completa en video HD, desde los bancos de memoria de su cerebro.

Se reprodujo un clip de su última videoconferencia con Andy Chen.

—Finalmente, prosiguió el presidente, tenemos igualmente en video todo lo relacionado con las personas con quienes usted ha interactuado en su vida, y ahora estamos en proceso de descargar las vidas completas de quienes hayan interactuado con usted y ya estén registrados en la red, al igual que hicimos con la suya.

Un clip de la visita de Molina años atrás a la isla apareció, tal como se vio a través de los ojos de Molina.

Wang lucía como si le hubiesen arrebatado el alma.

—Señor Wang, continuó el presidente, ha cometido delitos graves que probablemente le significarían pasar el resto de su vida en prisión. Si desea tener alguna posibilidad de libertad condicional o una pena reducida, le ofrezco la oportunidad de cooperar con nosotros. ¿Está dispuesto?

—¿Puedo hablar con mi abogado?

—Por supuesto. Pero por favor hágale saber que hemos confirmado que tenemos video en alta definición de cada segundo de su vida y que podemos buscar a cualquier persona o suceso en su historial de inmediato. Dado que usted ha cometido actos de espionaje y traición que ponen en peligro la seguridad nacional, contamos con la autorización del G-7 y el Congreso de los EE. UU. para usar esta tecnología secreta en su contra.

—Señor, ¿cómo voy a explicarle todo esto?

—Eso le corresponde a usted, señor Wang.

—Señor, con todo respeto, ¿qué quiere de mí?

—Si está de acuerdo, le enviaremos un acuerdo de cooperación y confidencialidad para que su abogado lo revise. Según ese acuerdo, no podrá hablar de esta tecnología ni de quienes estamos en esta llamada con nadie. A cambio de su cooperación, le ofrecemos indulgencia, y lo trataremos bajo jurisdicción del Departamento de Justicia. Hemos dejado sus delitos y todo el contenido relativo a la tecnología o nombres en blanco, de modo que ni su abogado los vea. ¿Cuál es su respuesta?

—Acepto.

—Nicolás, ¿puedes encargarte?

—Enseguida, señor. Lo imprimiré de inmediato.

Tosh se dirigió a la impresora más cercana y ordenó a la red neural que capturara el dispositivo e imprimiera el documento. En cuestión de segundos, se lo entregó a Anderson, mientras Artemis se apartaba a discutirlo con su abogado. Lee Anderson leyó el acuerdo:

—¿Estás reconociendo culpabilidad?

—Soy culpable, Lee.

—¿Te volviste loco, Artemis? Eso tendría que determinarlo un jurado. Primero deben probarlo —dijo Anderson, visiblemente alterado.

—Lee, por favor, examina el documento y define los pormenores. Luego hablamos con sus abogados —repuso Wang, solicitando los datos de contacto y llamando a los fiscales con el abogado Anderson.

—Señor Wang, volvió la voz del presidente, cuando el documento esté finalizado quiero que comprenda que vemos lo que usted ve, sabemos lo que piensa y dónde está, y nuestro espectro de cobertura incluye incluso su isla. Sabremos enseguida cualquier cosa que intente. Además, nuestro equipo de ciberdefensa está listo para cerrar por completo el sitio de Lingtao si se detecta algún sabotaje o ciberataque.

—Entiendo, señor, pero jamás dañaría a nuestra comunidad web.

Anderson le dio unas palmadas en el hombro a Wang.

—¿Podemos hablar un minuto?

Wang se apartó con su abogado a otra sala.

—Este documento es un modelo estándar. Hice correcciones y añadí par de cosas, pero sin poder ver más detalles y dado que la mitad está en confidencial, mi función se limita a esto —dijo el abogado.

—De acuerdo, Lee. Gracias.

Acto seguido, Wang regresó a su escritorio y confirmó al presidente que estaba dispuesto a firmar la versión revisada del acuerdo. Tosh lo imprimió de nuevo y pidió a Wang que llamara a un notario. Mientras tanto, el presidente O'Sullivan ajustaba su agenda de la tarde. Unos minutos después, todo estaba dispuesto.

—Señor Wang, primero nos facilitará la base de datos con toda la información de contacto de sus operativos y de los candidatos identificados. En segundo lugar, renunciará a su puesto como presidente y CEO dentro de aproximadamente sesenta días, que es el tiempo que tardaremos en desmantelar el resto de su red. Su cooperación consistirá en seguir dirigiendo la empresa con normalidad y no interferir durante ese desmantelamiento. Designaremos a un codirector general (Co-CEO) que deba aprobar cualquier decisión suya. Empezaremos hoy a planear en secreto su sucesión. Su salida oficial será por motivos de salud. Además, deberá aceptar donar todas sus acciones a una organización sin fines de lucro. Finalmente, el grado de su colaboración determinará su castigo. Ahora, señor Wang, disculpe un momento.

El presidente pausó la conversación con Wang.

—Nicolás, me gustaría proponerte como Co-CEO y, si estás de acuerdo, como presidente y CEO permanente —indicó el presidente.

—Es un honor, señor, pero no creo… —intentó replicar Tosh.

El presidente lo interrumpió:

—Déjame terminar, Nicolás.

—De acuerdo, señor.

—He pensado mucho en la gratitud que nuestro país te debe por todo lo que has hecho, sin pedir nada a cambio. Sabes que quiero mantener todo este asunto en secreto absoluto, por lo que quisiera hacerte una oferta si aceptas el cargo. Wang transferirá todas sus acciones a la Fundación Experta. Sé que les darás un uso benéfico. Además, me comprometo a que, salvo un castigo económico ejemplar, si Wang no quiebra el acuerdo que acaba de firmar, públicamente seguirá figurando como presidente y CEO, pero internamente te rendirá cuentas a ti. Salvo estas próximas semanas, solo necesitarás estar en la empresa físicamente unas pocas veces al año. Sin embargo, Nicolás, lo más importante aquí es la relación entre ustedes dos y que todo quede en secreto frente a empleados, clientes, proveedores, junta directiva, la bolsa, los medios, etcétera.

—Entiendo, señor. Doy por hecho que cuando habla de que él "renuncie" se refiere a que, mientras desmantelamos toda la red, Wang no interfiera.

—Exacto, pero, además, Nicolás, se debe a que podríamos eventualmente desplegar, al igual que con Chen, la red de espionaje más grande en China que nuestro país haya tenido nunca.

—Lo comprendo, señor. Creo que el señor Wang está listo. ¿Conectamos de nuevo?

—Adelante —aceptó el presidente.

—¿Listo, señor? —dijo Tosh.

—Señor Wang, por favor, proceda a firmar los documentos.

Artemis Wang procedió a ceder el control operativo de su creación a Nicolás Tosh y a transferir sus acciones de Lingtao a la Fundación

Experta. Igualmente, estampó su rúbrica en un acuerdo de cooperación y confidencialidad con el Gobierno, con la promesa de indulgencia. Sin necesidad de confesar nada, quedó reducido al 5 % de su fortuna y sin empresa.

—Señor Wang, continuó el presidente, no puedo asegurarle nada sobre los cargos judiciales. Todo dependerá de su cooperación con el señor Tosh y con nuestro Gobierno. Le sugiero que no toque el resto de sus activos, salvo para el curso ordinario de su vida diaria, porque habrá una multa significativa. Y, una vez más, lo que le quede, o no, depende de su comportamiento en los próximos meses.

La mente de Wang parecía ausente, como si le hubieran extraído la energía vital. Un segundo después, el presidente prosiguió:

—¿Le ha quedado todo claro, señor Wang?

—Sí.

—Entonces, por ahora, es todo —concluyó el mandatario.

Terminada la comunicación, Tosh contempló a su protegido y cliente caído en desgracia.

—Artemis, estuviste a centímetros de terminar en la prisión Supermax y que tiraran la llave. Has obtenido una tregua que evita la humillación pública y te permite seguir al frente de la empresa, de cara a la opinión, aunque a través de mí. Aun así, conservas una fortuna importante, quizá ya no de decenas de miles de millones, pero sí de centenares de millones de dólares. Aprovéchala del mejor modo.

—¿Qué hacemos ahora? —preguntó un Wang abatido.

—Nos queda mucho trabajo por delante —respondió Tosh.

Zermatt, Suiza
Seis semanas después

Epílogo de Algoritmo – 323

Un viento alpino cortante barría el cañón oculto mientras Nicolás Tosh salía a una plataforma recién construida sobre el Centro de Datos de Zermatt. Muy abajo, el superordenador cuántico latía con potencia silenciosa. Arriba, los satélites se actualizaban discretamente, transmitiendo datos desde todos los rincones del globo. Las paredes de piedra aún olían ligeramente a ozono tras la última actualización de hardware: el sistema era más grande que nunca.

Observaba las cumbres circundantes, pensando cómo un giro del destino lo había llevado desde un sueño adolescente en Bariloche hasta esto. • Había creado Walkyria, luego Experta. • Había dirigido el uso de CDA-322 a 324 por parte del G-7, salvando gobiernos enteros del colapso. • Y recientemente, había tomado control discretamente de Lingtao, el mayor imperio global de redes sociales y comercio electrónico.

Artemis Wang seguía siendo la cara pública, pero el mundo habría quedado atónito al saber que era Tosh quien decidía el destino de Lingtao desde su centro de datos. Cada vez que Wang escribía un correo electrónico personal, la red neuronal de Tosh verificaba que no ocultara secretos. Era parte del trato judicial de Wang, quien había entregado su fortuna a la Fundación Experta.

Tosh inhaló el fino aire montañoso, diciéndose que había hecho lo correcto. Los conspiradores que lo incriminaron ya no existían. La red de infiltración dirigida por Andy Chen ahora trabajaba para Estados Unidos. Pero algo parecía incompleto.

El poder siempre invita desafíos, pensó, recordando una conversación reciente con Rainer. Habían detectado señales no autorizadas, pruebas discretas en los límites de la red neuronal. ¿Sería ruido habitual o una señal de que alguien más estaba cerca de crear su propia tecnología mental?

Una leve vibración en su bolsillo activó su dispositivo identificador.

—*¿Nicolás, me escuchas?* —preguntó mentalmente Rainer.

—*Sí. ¿Hay novedades?*

—*Una nueva oleada de señales entrantes. Ni Chen, ni Wang... alguien más, desde un dominio de Europa del Este. No lo confirmamos aún, pero es avanzado.*

Tosh cerró los ojos. Cada vez que creía poder descansar, surgía una nueva amenaza. Era la dura realidad: cuanto más profundo penetraba el Centro de Datos en los sistemas globales, más vulnerable se volvía. Ahora que la Casa Blanca presionaba para expandir la «transparencia», alguien inevitablemente trataría de explotar estos algoritmos.

Sobre el autor,

Erasmus Cromwell-Smith II es un escritor, dramaturgo y poeta estadounidense. *Genialidad*, parte de la serie *El Equilibrista*, fue concebida a través de una profunda e intensa introspección en la experiencia y sabiduría del autor. Es su primera obra publicada.